Rita Mae Brown & Sneaky Pie Brown

Die Katze lässt das Mausen nicht

Rita Mae Brown
& Sneaky Pie Brown

Die Katze lässt das Mausen nicht

Ein Fall für Mrs. Murphy

Roman

Ins Deutsche übertragen
von Margarete Längsfeld

Ullstein

Der Ullstein Verlag ist ein Unternehmen
der Ullstein Heyne List GmbH & Co. KG
www.ullstein-verlag.de

Titel der amerikanischen Originalausgabe:
Catch as Cat can

Amerikanische Originalausgabe 2002 by Bantam Books, New York

Das Werk erscheint im Ullstein Verlag

Satz: MPM, Wasserburg
Gesetzt aus der 10,5 Punkt Janson
Druck und Verarbeitung: Ebner & Spiegel, Ulm
Printed in Germany 2003

ISBN 3 550 08406 4

John Morris und Robert Steppe gewidmet.
Sind sie gut, dann sind sie gut,
aber sind sie schlecht, dann sind sie besser!

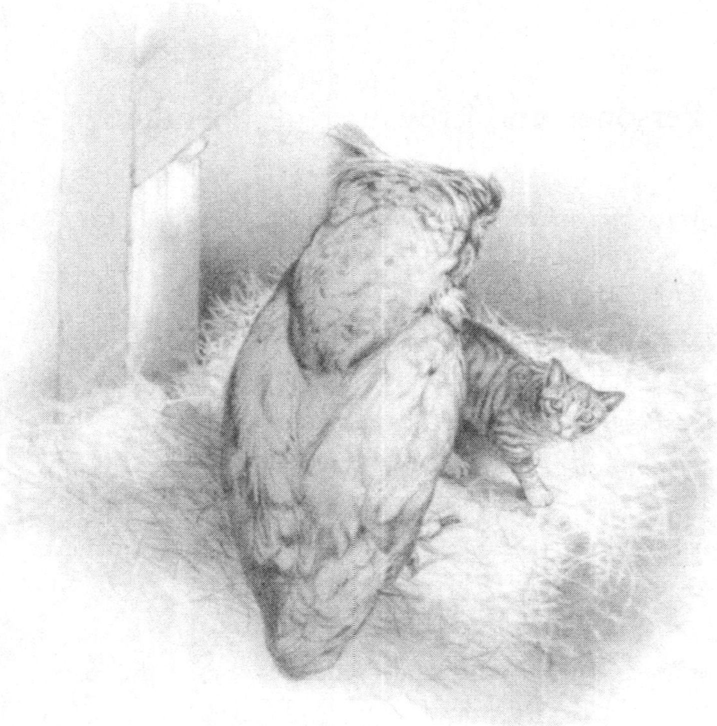

Personen und Ereignisse der Handlung

Mary Minor Haristeen (Harry), die junge Posthalterin von Crozet

Mrs. Murphy, Harrys graue Tigerkatze

Tee Tucker, Harrys Welsh Corgihündin, Mrs. Murphys Freundin und Vertraute

Pewter, Harrys unverschämt fette graue Katze

Pharamond Haristeen (Fair), Tierarzt, ehemals mit Harry verheiratet

Mrs. George Hogendobber, (Miranda), eine Witwe, die mit Harry im Postamt arbeitet

Susan Tucker, Harrys beste Freundin

BoomBoom Craycroft, eine große, schöne Blondine, die Harry den letzten Nerv raubt

Big Marilyn Sanburne (Mim), die unbestrittene Queen der Gesellschaft von Crozet

Little Mim Sanburne, Big Mims Tochter, die um ihre Identität kämpft

Tally Urquhart, älter als Lehm; sie sagt, was sie denkt, und das sogar zu ihrer Nichte Mim, der Erhabenen.

Rick Shaw, Sheriff

Deputy Cynthia Cooper, Stellvertreterin des Sheriffs

Herbert C. Jones, Pastor der lutheranischen Kirche von Crozet

Lottie Pearson, stellvertretende Direktorin an der Universität, zuständig für namhafte Spenden. Sie ist Mitte dreißig, ehrgeizig, mit guten Beziehungen und auf der Suche nach dem besten Mann. Wenn sie den besten nicht findet, könnte sie schwach werden und den erstbesten nehmen.

Thomas Steinmetz, Staatssekretär des Botschafters von Uruguay. Er ist zuvorkommend, steinreich und stets gut gelaunt. Er spricht nicht über sein Alter, dürfte aber Mitte vierzig sein.

Diego Aybar, Berater des Botschafters von Uruguay. Meistens steht er Thomas Steinmetz zur Seite. Er ist ein schöner, dunkelhäutiger Apoll, auf den die Frauen fliegen.

Sean O'Bannon, Eigentümer der Gebrauchtwarenhandlung O'Bannon's Salvage, zusammen mit seinem Bruder Roger. Nach dem Tod seines Vaters vor einem Jahr hat Sean das Geschäft übernommen und den Gewinn mittels Lieferungen an Recyclingbetriebe gesteigert. Er ist ein guter Geschäftsmann, allein lebend, Ende dreißig.

Roger O'Bannon, kontaktfreudig, raubeinig, in Lottie Pearson verknallt. Er arbeitet fleißig in der Gebrauchtwarenhandlung, ist aber auch ein fleißiger Draufgänger. Zuweilen strapaziert er Seans Geduld.

Don Clatterbuck repariert Lederwaren wie Sattelzeug oder Sofas und betätigt sich zudem als Hobby-Tierpräparator. Er ist ein halbherziger Angehöriger der Arbeiterklasse.

Pope Rat, ein verrufener Rattenmann, der auf dem Gelände von O'Bannon's Salvage wohnt. Er versteht es, Futter aus den Verkaufsautomaten zu stibitzen.

Abraham, ein sehr alter, vornehmer Bluetick-Jagdhund

Das Hartriegelfest, ein von vielen Kommunen in Mittelvirginia veranstaltetes Frühlingsfest mit Weinproben, Partys und Paraden. Crozet veranstaltet eine Parade.

Der Abbruchball, eine Benefizveranstaltung zugunsten einer wohltätigen Einrichtung, die alljährlich von Angehörigen des Abbruch-, Recycling- und Baugewerbes ausgewählt wird. Gegenwärtig richten die O'Bannons den Ball aus.

1

Lange silbrige Nebelschwaden drangen in die grünen Höhlen und Schluchten des Blue-Ridge-Gebirges. Fedrig strichen die Dunstschleier über Bäche und Flüsse. Es war morgens halb sieben. Die Judasbäume blühten, die Tulpen hatten sich geöffnet. Noch eine Woche, dann würde der weiße und rosa Hartriegel aufbrechen.

Mrs. Murphy, die seit halb sechs wach war, kuschelte sich an Pewter, deren leises Schnarchen sich anhörte wie eine Grabwespe bei der Arbeit, ein tiefes Summen. Die zwei Katzen ruhten in der Kuhle von Mary Minor Haristeens Rücken, während Tucker, der Corgi, sich der äußerst eindrucksvollen Länge nach auf dem bestickten Bettvorleger ausgestreckt hatte. Auch sie schnarchte leicht.

Murphy liebte den Frühling. Ihr Unterfell haarte aus, so dass sie geschmeidiger aussah und sich leichter fühlte. Die Rotkehlchen kehrten zurück, Indigofinken und Hüttensänger tummelten sich am Himmel. Unten am Bach schnappten die Sumpfhordenvögel nach Insekten und verschlangen sie mit einem Haps. Die Scharlachtangare flogen zu ihren Beutezügen in die Obstgärten. Das Ansteigen der Vogelpopulation erregte die Tigerkatze, wenngleich sie selten einen fing. Sie und Pewter träumten davon, den Blauhäher zu töten, der ihnen das Leben vermieste. Hasserfüllt und angriffslustig pflegte er im Sturzflug auf sie zu zu schießen, kreischend näher zu kommen, um dann in letzter Sekunde nach oben zu ziehen, gerade außer Krallenreichweite. Dieser spezielle Blauhäher machte sich zudem einen Spaß daraus, auf die saubere Wäsche zu kacken, die zum Trocknen auf der Leine hing. Auch Harry hasste ihn. Harry war Mary Minors Spitzname, und die Leute waren oft erstaunt, wenn ihnen eine junge, gut aussehende Frau vorgestellt wurde.

Die Leute vermuteten, ihr Spitzname rührte von ihrem Ehenamen her, dabei hatte sie ihn in der Grundschule erworben, weil ihre Kleidung großzügig mit Katzen- und Hundehaaren verziert war. Ihre kleinen Mitschülerinnen und Schulkameraden hatten das Buchstabieren noch nicht beherrscht, weshalb aus hairy – haarig – Harry wurde. Bis zum heutigen Tag hatten einige von denen, die mit ihr zur Schule gegangen waren, Probleme mit dem Buchstabieren, aber selten mit Harry.

Durch das geöffnete Fenster hörte die Katze das laute *Pochpochpoch* der Spechte. Sie konnte sich an keinen Frühling mit so vielen Spechten oder so vielen gelben Schwalbenschwanz-Schmetterlingen erinnern.

Der riesige, gut sechzig Zentimeter große Helmspecht bot einen furchterregenden Anblick. Dieser Vogel, der in den Hickory- und Eichenwäldern von Mittelvirginia zu Hause ist, war eine primitive Lebensform, und in Ruhestellung konnte man fast seine fliegenden Reptilien-Vorfahren in seinem Gesicht gespiegelt sehen.

Die kleineren Spechte, obwohl noch groß genug, waren weniger furchterregend. Mrs. Murphy sah den Spechten gerne zu, wenn sie einen Baum umkreisten, verhielten, nach Insekten pickten, dann wieder kreisten. Sie beobachtete, dass manche Vögel hoch kreisten und manche niedrig, und sie hätte gern gewusst warum. Sie konnte nicht nahe genug an einen heran, um zu fragen, denn sobald sie ihrer ansichtig wurden, flogen sie zu einem anderen ergiebigen Baum davon.

In der Regel hielten Vögel Gespräche mit Katzen für unter ihrer Würde. Die Mäuse, Maulwürfe und Spitzmäuse plapperten munter aus ihren sicheren Löchern heraus. »Plappern« ist höflich ausgedrückt; denn sie verspotteten die Katzen. Die Stallmäuse sangen sogar, weil sie wussten, dass sie Mrs. Murphy mit ihren Piepsstimmen zum Wahnsinn trieben.

Die Tigerkatze schaute auf die Uhr. Harry, die gewöhnlich um halb sechs aufstand, hatte verschlafen. Zum Glück war heute Samstag, und sie musste sich nicht sputen, um zur Arbeit im Postamt von Crozet zu kommen. Eine Teilzeitkraft nahm sich der Samstagspost an. Aber die gut durchorganisierte Harry mochte kein Tageslicht vergeuden. Murphy wusste, sie würde sich ärgern, wenn sie aufwachte und sah, wie spät es war.

Pewter schlug ein hellgrünes Auge auf. *»Ich hab Hunger.«*

»Im Napf sind Katzenkekse.«

»Thunfisch.« Die dicke graue Katze schlug das andere Auge auf und hob den hübschen runden Kopf ein wenig.

»Hätte nichts dagegen. Wecken wir unseren Dosenöffner.« Murphy lachte.

Pewter streckte sich, dann setzte sie sich frohgemut hin, mit dem Rücken zu Harrys Gesicht. Sachte schwenkte sie ihren Schwanz über die Nase der Frau.

Mrs. Murphy spazierte auf Harrys Rücken hin und her. Als das nicht den gewünschten Erfolg zeitigte, sprang sie auf und ab.

»Hatschi«, nieste Harry und schob den Schwanz aus ihrem Gesicht. »Pewter.«

»Ich hab Hunger.«

»Ich auch«, verkündete Murphy laut.

Der Hund, der jetzt wach war, gähnte. *»Ein Brocken Rindfleisch.«*

»Ihr Schätzchen.« Harry setzte sich auf, als Murphy von ihrem Rücken stieg. »Ach du liebes bisschen, halb sieben. Warum habt ihr mich so lange schlafen lassen?« Sie schlug die Zudecke zurück, setzte die nackten Füße auf den Bettvorleger und spurtete ins Bad.

»Ich bewache den Futternapf.« Pewter schwirrte ab in die Küche.

Murphy, die ihr folgte, sprang auf die Anrichte.

Tucker, viel fügsamer als die Katzen, begleitete Harry ins Badezimmer, machte ein komisches Gesicht, als sie sich die Zähne putzte, folgte ihr dann still in die Küche, wo Harry einen Kessel mit Wasser für Tee aufsetzte.

»So, was darf's sein?«

»Thunfisch!«, tönte es im Chor.

»M-m-m, Huhn mit Reis.« Sie stellte die Dose zurück.

»Thunfisch!«

»Leber.« Sie zögerte.

»Thunfisch!«

»Thunfisch«, stimmte Tucker ein. *»Wenn du ihnen keinen Thunfisch gibst, machen sie einen Aufstand, und dann dauert es ewig, bis ich mein Frühstück kriege«*, brummte sie.

Harry nahm eine andere Dose aus dem Schrank. »Thunfisch.«

»Hurra!« Pewter drehte kleine Kreise.

»Okay, okay.« Harry lachte und öffnete die Dose mit demselben Büchsenöffner, den ihre Mutter benutzt hatte. Die Hepworths, die Familie von Harrys Mutter, fanden modische Dinge unsinnig. Man kaufte etwas von guter Qualität und benutzte es, bis es den Geist aufgab. Der Büchsenöffner war älter als Harry.

Die Minors, die Familie ihres Vaters, ebenfalls praktische Leute, waren ein klein wenig geneigter als die Hepworths, sich von ihrem Geld zu trennen. Harry fiel irgendwo dazwischen.

Als sie Katzen und Hund gefüttert hatte, stellte sie eine Eisenpfanne auf den Herd und briet zwei Eier. Das Frühstück war ihre Lieblingsmahlzeit.

»So, ich hab Mr. Maupins Sämaschine übers Wochenende, dann will ich mal die Weiden nachsäen«, sagte sie zu den Tieren, die gute Zuhörerinnen waren. »Ich hatte Glück, dass ich sie kriegen konnte. Wer eine Sämaschine hat, kann sie für gutes Geld vermieten. Ich möchte ja gern eine kaufen, aber wir würden fast zwanzigtausend Dollar brauchen, und wisst ihr was, da stell ich mich doch lieber hinten an und warte, bis ich die von Mr. Maupin mieten kann. Selbst eine gebrauchte ist teuer, und man benötigt sie nur im Frühjahr und im Herbst, je nach ...« Ihre Stimme verklang, stieg dann wieder an. »Das Dumme ist, wenn man sie braucht, dann braucht man sie. Wir haben dieses Jahr Glück gehabt.« Sie streichelte den seidigen

Kopf von Mrs. Murphy, die zu ihr an den Tisch gekommen war. »Ich hab's einfach im Gefühl, das wird ein glücklicher Frühling. Alle Hände voll zu tun.«

Sie spülte das Geschirr, trat auf die umzäunte Veranda hinaus und zog ihre Stalljacke über, die an einem Haken hing. Die Temperatur betrug etwas über vier Grad, aber bis zum Mittag würden es fast achtzehn sein.

Als Harry in die frische kühle Luft hinaustrat, bemerkte sie als Erstes den Nebel auf den Bergen. Die aufgehende Sonne strahlte auf den Nebel und schuf Millionen winziger Regenbögen. Der Anblick war so schön, dass Harry wie angewurzelt stehen blieb und einen Moment den Atem anhielt.

Die Katzen sahen die Regenbögen, aber ihre Aufmerksamkeit war von einem riesigen Helmspecht in Anspruch genommen, der direkt vor der Veranda im Staub lag.

»Cool.« Pewter lief hin, versuchte, den jüngst verendeten Vogel ins Maul zu nehmen. Er war sehr schwer. Sie gab es auf.

»Ich könnte dir dabei helfen«, erbot sich Tucker.

»Wenn du meinen Vogel anrührst, bist du tot«, fauchte Pewter.

Mrs. Murphy lachte. *»Du hast ihn schließlich nicht erlegt, Pewter.«*

»Ich hab ihn gefunden. Das ist fast dasselbe.«

»Ja, die große graue Jägerin.« Tucker kräuselte verächtlich die Oberlippe.

»Ich seh dich nie was fangen, Dickarsch.« Pewter verengte die Augen zu Schlitzen.

»Ich bin nicht dick. Ich hab keinen Schwanz. Das macht mich dick«, gab Tucker spitz zurück. *»Das solltest du wissen, Fettsteiß.«*

Pewter holte aus und traf den Hund mitten auf die Nase. *»Knallkopf.«*

»Autsch.«

»Was habt ihr beiden bloß?« Harry ging zu den streitenden Tieren. »O nein.« Sie kniete sich hin, um den riesigen Specht zu inspizieren. »So einen kriegt man kaum noch aus der Nähe zu sehn.«

»Ich hab ihn gefunden.« Pewter legte ihre Pfote auf die pralle

Brust des Vogels, die Krallen ausgefahren, um der Geste Nachdruck zu verleihen.

»Pewter, lass los«, befahl Harry.

»Nur wenn ich meinen Vogel wiederkriege.« Sie schlug mit dem Schwanz.

»Lass lieber los«, riet Mrs. Murphy ihr.

»Na klar, damit du dir meinen Specht schnappen kannst.«

»Weil sie hier der Leithund ist,« bemerkte Tucker weise.

»Ich bin kein Hund.« Die graue Katze bemerkte dies mit hochmütiger Miene.

»Gut so, denn ich möchte nicht mit dir verwandt sein.«

»Du bist richtig fies«, sagte die Katze, ließ aber den Vogel los und zog die Krallen ein.

Harry betastete zuerst das Genick des Spechtes; manchmal fliegt ein Vogel gegen eine Fensterscheibe und bricht sich das Genick. Das Genick des Spechtes war unversehrt, und Spechte fliegen gewöhnlich nicht so nahe an Häuser heran. Sie drehte den Vogel um. Nicht die Spur einer Verletzung.

»Der Bursche ist schwer.«

»Wem sagst du das«, stimmte Pewter zu.

»In tadellosem Zustand. Seltsam. Wirklich seltsam.« Harry nahm den Vogel an den Füßen hoch und stand auf. »Präparator« war alles, was sie sagte.

»Ich kann die Federn von einem ausgestopften Vogel genauso gut ausrupfen wie von einem lebendigen.« Pewter lächelte.

»Lass sie gewähren, Pewter«, knurrte Tucker, der die Nase noch wehtat.

Die Katze sagte nichts; sie blieb Harry dicht auf den Fersen, als diese ihre alte große Kühlbox hervorkramte, Eis hineingab, den Specht in eine Plastiktüte wickelte und dann in die Kühlbox legte. Nach dem Nachsäen wollte sie den Präparator aufsuchen.

Dann ging sie zum Stall, brachte die drei Pferde nach draußen, säuberte die Boxen, schrubbte die Wassereimer und war im Nu auf dem Traktor, so fröhlich wie sie nur sein konnte.

Die Tiere hatten nicht den Wunsch, hinter dem Traktor her zu rennen, während Harry monoton auf den Feldern hin und her fuhr. So legten sie sich unter einem großen weißen Fliederstrauch nieder, dessen Blüten halb geöffnet waren. Pewter und Tucker riefen einen Waffenstillstand aus.

»Der war unheimlich – dieser Specht.« Mrs. Murphy beobachtete einen vorbeiziehenden Schwarm Marienkäfer.

»Ein Omen. Gefundener Schatz«, schnurrte Pewter.

Tucker legte den Kopf auf die Pfoten. *»Ein böses Omen, wenn du der Specht bist.«*

2

»Was meinst du?« Harry beugte sich über den schweren Holztisch, wo Don Clatterbuck den jüngst verendeten Helmspecht betrachtete.

»Kann ich machen. Klar.« Er lächelte. Seine Zähne waren gefleckt vom Tabakkauen, eine Gewohnheit, die er von seinem Großvater mütterlicherseits gelernt hatte, Riley »Booty« Mawyer, der trotz seines Alters noch als Farmer arbeitete.

Sie verschränkte die Arme. »Teuer?«

»Für dich nicht.« Er lächelte wieder.

»Nämlich?«

»Oh, ungefähr hundert Dollar, und du reichst meine Karte rum, wenn die Fuchsjagd wieder losgeht? Auf den Sammelplätzen.«

»Echt?« Harry wusste, dass sie ein gutes Geschäft machte; denn das Ausstopfen von Vögeln war schwieriger als das von Hirschköpfen.

»Ja. Wir kennen uns schon so lange, Skeezits.« Er nannte sie beim Spitznamen ihrer Kindheit.

»Das kann man wohl sagen.« Sie erwiderte sein Lächeln und deutete auf Couchtische, deren Platten von alten Nummernschildern bedeckt waren, einige aus den 1920er Jahren. »Die sind super. Du solltest sie nach Middleburg schaffen und dort in den teuren Geschäften anbieten.«

Seine Werkstatt, eine umgewandelte Garage, quoll über von Häuten, Messern zum Schneiden von Leder und einer Hochleistungsmaschine zum Nähen von Leder, wenngleich er gewöhnlich lieber mit der Hand nähte. Donald reparierte Sattelzeug, Ledersessel, Autopolster, sogar Lederröcke und hochmodische Sachen.

Er lebte ganz anständig davon und vom Präparieren, aber er bewies zudem eine kreative Ader. Die mit Nummernschildern belegten Couchtische waren seine neueste Idee.

»Bin nicht zufrieden. Ich möchte welche machen, bei denen ich die Farben für Muster verwende. Die alten New Yorker Schilder waren orangefarben, ich könnte also orange nehmen und, sagen wir, die alten kalifornischen Schilder, schwarz. Ich weiß nicht. Mal was andres.«

»Die sind gut. Die gleich hier vorne. Wo kriegst du die coolen alten Schilder her?«

»Hauptsächlich Haushaltsauflösungen. Trödelmärkte. Scharren.«

Da sie sich kannten, seit sie Kleinkinder waren, bedienten sie sich einer Art Kurzsprache. Scharren hieß, er scharrte Zeug zusammen wie ein Huhn Würmer aus dem Boden. Viele von Harrys Freunden redeten so, weil sie sich ihr Leben lang gekannt hatten. Bei der älteren Generation verknappte sich diese Kurzsprache zu Befehlen. In Virginia war es so, dass ältere Leute Befehle erteilten und junge Leute sie ausführten. »Jugendverehrung ist was für andere Gegenden«, wie die Virginier sagten. Was ein echter Virginier nie sagen würde, war, dass diese »anderen Gegenden« des Landes nicht zählten.

Ein anderes Grundprinzip des Lebens in Virginia war, dass die Gesellschaft von Frauen beherrscht wurde. Der ganze Staat war ein Matriarchat, sorgsam verdeckt natürlich. Man durfte die Männer nicht merken lassen, dass sie gelenkt, geleitet, beschwatzt oder manchmal offen bedroht wurden, um zu tun, was die Queen wollte – die Queen war die tonangebende Frau jeder Ortschaft.

Was die Männer den Frauen nie erzählten, war, dass sie das wussten. Jagen, Fischen und Golf verschafften ihnen eine

Pause von den fortwährenden Ansprüchen der Damen. Trotz der gelegentlichen Verärgerungen, Störungen und der Anstrengung, die es bereitete, den Frauen zu Gefallen zu sein, trugen die Männer Virginias diese Bürde aus Gründen, die sie eben diesen Frauen nicht mitteilten. Die Männer fühlten sich größer, stärker und kampfeslustiger, was auch hieß, dass sie diejenigen beschützen konnten, die kleiner, schwächer waren und sie brauchten. Sie lehnten es ab, die Frauen merken zu lassen, dass diese Damen sie brauchten und dass sie ganz genau wussten, was die Damen taten.

Die Taktik funktionierte meistens. Wenn nicht, war die Hölle los.

Harry und Don, beide Ende dreißig, glaubten fest, dass sie Teil dieses Tanzes waren. Natürlich waren sie das, und mit der Zeit würden sie verstehen, wie stark sie durch ihre Vorfahren und das Ethos Virginias beeinflusst worden waren.

»Du bist der Handwerker.« Sie lächelte.

»Ich schlag mich so durch.« Er wischte sich mit der Hand übers Kinn und hinterließ einen schwachen hellbraunen Streifen; er hatte Kalbsleder gefärbt, bevor Harry in seine Werkstatt kam.

»Du hast immer gute Arbeit geleistet. Ich weiß nicht, woher du deine Ideen nimmst. Ich erinnere mich an den Schuljubiläums-Festwagen mit dem bockenden Hengst. Ich weiß bis heute nicht, wie du das bockende Pferd hingekriegt hast. Das hat noch keiner übertroffen.«

»War nicht übel.« Er grinste.

»Woher kriegst du das ganze Zeug?« Sie zeigte auf einen zerbrochenen Ziergiebel aus schönem Stein, einen Riesenstapel alter Nummernschilder, eine alte Benzinpumpe, so eine, wo sich obendrauf eine Kugel dreht, und einen schönen alten Brewster-Phaeton, dringend reparaturbedürftig, aber ein Beispiel für die Kutschenbauerkunst.

Mrs. Murphy und Pewter saßen auf dem rissigen, dunkelgrünen Ledersitz der Kutsche. Der Kutschkasten war dunkelgrün lackiert mit roter und goldener Verzierung, wunderhübsch, wenn auch verblasst und rissig.

»O'Bannon.«

»Die Altwarenhandlung? Bin nicht mehr dagewesen, seit der alte Herr tot ist.«

»Die haben nach hinten raus um vier Morgen ausgebaut. Die Jungs sind gute Geschäftsleute. Sean leitet den Betrieb und Roger die Werkstatt, alte Autos. Er verbringt seine halbe Zeit immer noch bei Stockcarrennen. Du solltest da mal hingehen.« Don legte den Specht vorsichtig in eine große Gefriertruhe, in der er Wildbret aufbewahrte. »Sie haben sogar einen Eisenbahnwaggon auf dem alten Rangiergleis. Muss Spaß gemacht haben in der alten Zeit, als die Firmen alle Bahnanschluss hatten.«

»Wann hat Sean ausgebaut?«, fragte Harry. Sie wusste, dass Sean der ältere der beiden Brüder war und offenbar mehr zu sagen hatte als Roger.

»Ungefähr einen Monat, nachdem sein Dad gestorben war, hat er angefangen. Er sagte, er hätte seinem Vater nie begreiflich machen können, wie der Laden wachsen könnte. Er hat Geld bei der Bank geliehen. Es ist ein großer Ausbau.«

»Und ich dachte, ich wüsste alles.« Sie kratzte sich am Kopf.

»Willst wohl 'ne zweite Big Mim werden?« Don lachte, als er Mim Sanburne erwähnte, Ende sechzig, wiewohl sie ihr Alter nicht hinausposaunte. Mim war reich, schön, gebieterisch und gewillt, über ganz Crozet zu herrschen, ja über ganz Virginia, sofern man sie ließ – und auch, wenn man sie nicht ließ. Sie musste alles wissen.

»Danke«, erwiderte Harry trocken.

»Mom befiehlt insgeheim genauso gerne wie Mim.« Pewter kicherte.

Murphy widersprach ihrer Gefährtin. *»Glaub ich nicht. Ich glaube, sie will ihren eigenen Weg gehen, aber wenn sie in einer Menschengruppe arbeiten muss, dann will sie den Job getan kriegen. Mutter mag nicht lauter persönliches Zeug aus dem Leben anderer Leute hören – Mädchenklatsch. Das kann sie nicht ausstehn.«*

»Ich denke, sie könnte in Crozet genauso gut den Ton angeben wie Big Mim.«

»Sie hat die Fähigkeit, aber nicht den Wunsch.« Mrs. Murphy setzte sich auf und dachte, wie kultiviert es wäre, an so einem vollkommenen Frühlingstag wie diesem in einem Phaeton zu reisen.

»Little Mim nicht zu vergessen.« Tucker, die jeden Gegenstand auf dem Fußboden der Werkstatt inspiziert hatte, schlenderte herüber.

»Richtig.« Pewter dachte über die gesellschaftlichen und politischen Ambitionen von Mims einziger Tochter nach. *»Sie ist jetzt auch noch Vizebürgermeisterin.«*

Jim Sanburne, der Ehemann von Mim, Vater von Little Mim, war der Bürgermeister, seit Mitte der 1960er Jahre. Seine Tochter hatte ihn bei der letzten Stadtwahl um den Bürgermeisterposten herausgefordert, aber sie hatten einen Kompromiss gefunden, und sie war Vizebürgermeisterin geworden, von ihrem Vater ernannt, vom Stadtrat gebilligt. Hätte sie die Kampagne durchgezogen, wäre die Gemeinde geteilt gewesen. So aber blieb die Harmonie gewahrt, und Little Mim war Bürgermeister-Lehrling.

»Geh zu O'Bannon«, empfahl Don. »Da gehen Künstler hin. Nicht nur Motorfreaks. BoomBoom Craycroft ist einmal die Woche dort und sichtet Altmetall.«

»Was?«

»Sie schweißt Kunstwerke. Meint, das baut sie auf.«

»Nicht zu fassen.« Harry verzog das Gesicht. »BoomBoom kann bei keiner Sache bleiben, und jede neue Betätigung ist ihre Rettung und soll obendrein jedermanns Rettung sein. Na, wenigstens ist sie raus aus ihrer Gruppentherapiephase.«

Don wechselte das Thema. »Schon Vorbereitungen für das Hartriegelfest nächstes Wochenende getroffen? Unseren Frühjahrsritus Mitte April?«

»Nein.« Sie schürzte die Lippen. »Diese verdammte Susan. Sie löchert mich ununterbrochen.«

»Was musst du denn diesmal machen?«

»Paradekoordination.«

»Hä?«

»Das heißt, ich muss alle am Startplatz an der Crozet

Highschool aufstellen, sie richtig verteilen, das Megaphon benutzen und sie in Marsch setzen. Ist ganz einfach, bis man bedenkt, wer bei der Parade mitmarschiert. Der Kampf der Egos, unsere Version vom *Kampf der Titanen.*«

Don lachte. »Besonders BoomBoom. Dein Liebling.«

Harry musste so lachen, dass sie kaum sprechen konnte. »Sie führt eine Delegation von Krankheit-der-Woche an. Hab vergessen, welche Krankheit.«

»Letztes Jahr war es Multiple Sklerose.«

BoomBoom Craycroft, eine schöne und ehrgeizige Frau, wählte jedes Jahr eine wohltätige Einrichtung aus. Sie führte die Gruppe dann bei der alljährlichen Parade an, eine Feier für den Frühling und für Crozet. Es war nicht nur, dass sie Gutes tun und den Kranken helfen wollte, sie wollte zudem im Mittelpunkt stehen. Sie war entschieden zu alt, um oberste Cheerleaderin der Highschool zu sein, deswegen war dies ihr Ressort.

»Wir würden sicher nicht so lachen, wenn wir die Soundso-Krankheit hätten, aber ich kann nichts dafür. Echt nicht. Ich finde, sie sollte eine Truppe für Brustverkleinerung anführen.« Harry kicherte. BoomBoom schleppte oben eine Menge Gewicht mit sich herum.

Don keuchte. »Bloß nicht.«

»Typisch Mann. Du Trottel.« Sie formte mit Daumen und Zeigefinger eine Pistole und »erschoss« ihn. Sie ging zu dem großen Tresor hinüber. »Hast du deine Millionen hier drin?«

»Nee, bloß 'ne halbe Million.« Er lachte, dann überlegte er kurz. »Gib mir zwei Wochen für den Specht. Du hast mich in einer günstigen Zeit erwischt.«

»Super.« Sie klatschte ihn auf die Hand, sammelte ihre Brut ein, um sich zu O'Bannon zu begeben. »Wir sehn uns bei der Parade.«

3

Mit Ausnahme der Autobahnen waren die Straßen in Virginia überpflasterte Indianerpfade. Sie wanden sich durch die Berge, verliefen an Flussbetten und Bächen entlang, eine Freude für diejenigen, die das Glück hatten, einen Sportwagen zu besitzen.

Harry dagegen war stolze Besitzerin von zwei Transportern. Der eine, ein F350 Kombi, war wegen des starken Motors teuer im Verbrauch, aber sie brauchte ihn, um ihren Pferdeanhänger zu ziehen. Dank eines langfristigen Darlehens konnte sie sich die Abzahlungen leisten. Sie hatte noch drei Jahre lang abzubezahlen.

Für den täglichen Gebrauch fuhr sie ihren alten 1978er Ford Halbtonner; der lief wie eine Eins und war billig zu unterhalten und zu reparieren.

Heute kurvte sie in dem alten Supermann-blauen Ford um die Anhöhen und Täler; die zwei Katzen und Tucker fuhren fröhlich in der Fahrerkabine mit und gaben Kommentare zu der sich ausbreitenden Landschaft ab.

Don Clatterbucks Werkstatt lag gleich hinter der Kreuzung von Route 240 und Whitehall Road. Das Gelände von O'Bannon's Salvage befand sich östlich der Stadt ebenfalls an der Route 240, etwas abseits der Schnellstraße versteckt, als wollte man ungemein ästhetische Seelen nicht beleidigen. Zur weiteren Förderung der guten Beziehungen zur Gemeinde hatten die Brüder O'Bannon um die vier Morgen einen hohen, stabilen Zaun gezogen, eine immense Investition. An einem schmiedeeisernen Pfosten an der Einfahrt, gleich bei dem großen Flügeltor, schwang ein großes hübsches handgemaltes Schild. Auf schwarzem Grund stand mit weißen Buchstaben »O'Bannon's Salvage« geschrieben, eine rote Umrandung vervollständigte das Schild. Was jedoch jedermann auf das Gelände der O'Bannons aufmerksam machte, war nicht das Schild, sondern die Abrissbirne, die an einem neben dem Schild aufgestellten Kran hing. Jeden Morgen öffnete Sean oder Roger das schwere Maschendrahttor und jeden Abend schlossen sie es; der Kran mit der Abrissbirne stand da wie ein skelettartiger Wächter.

Als Posthalterin von Crozet, hier geboren und aufgewachsen, kannte Harry sämtliche Nebenstraßen und auch sämtliche Bewohner. Es gab keine Abkürzung zu O'Bannon. Sie musste durch die Stadt. Don hatte ihre Neugierde geweckt. Sie wollte Seans Neuerungen sehen.

Sobald sie nach Osten abgebogen war, kam sie am Supermarkt vorbei und erspähte auf dem Parkplatz Miranda Hogendobber, ihre Mitarbeiterin und Freundin. Ihre Papiertüten mit Lebensmitteln waren auf der Kühlerhaube des Ford Falcon abgestellt, einem antiken Vehikel, das Miranda täglich benutzte, da sie keinen Grund sah, Geld für ein neues Auto auszugeben, wenn das alte noch gut fuhr.

Miranda machte einen verstörten Eindruck. Harry bog auf den Parkplatz ein, fand eine Lücke und eilte zu ihrer Freundin, die Tiere hinterdrein.

»O Harry, ich bin so froh, dass Sie da sind. Schauen Sie. Schauen Sie sich das an!« Miranda zeigte auf ihre Reifen, die Radkappen waren weg. »So etwas ist mir noch nie passiert – und das am Supermarkt.«

»Nehmen Sie's nicht so schwer, Mrs. Hogendobber.« Mrs. Murphy rieb sich an ihrem Bein, überzeugt, dass das die Dame beruhigen würde.

»Was soll das Theater wegen einer Radkappe?« Pewter hob die Schultern.

»Das Auto ist von 1961. Wie kann sie Ersatz bekommen?«, erwiderte Tucker.

»Das Auto fährt auch ohne Radkappen.« Pewter hatte Mühe die Reaktionen der Menschen zu verstehen, da sie oft fand, dass ihnen das Wesentliche entging.

»Du kennst sie doch. Alles muss so sein und nicht anders. Kein Stängelein Unkraut in ihrem Garten. Sie mag nicht mit nackten Radmuttern rumkurven, verzeih den Ausdruck ›nackt‹.« Murphy ging um Miranda herum und rieb sich an dem anderen Bein.

»Haben Sie den Sheriff angerufen?«

»Nein. Ich bin eben erst herausgekommen.« Niedergeschlagen trat Miranda einen Schritt zurück, um noch einmal ihre nackten Räder zu betrachten.

»Ich sag Ihnen was, Sie bleiben hier und ich laufe zur Telefonzelle.« Harry setzte sich in Bewegung, dann blieb sie stehen. »Haben Sie was, das in den Gefrierschrank muss? Ich kann's mit nach Hause nehmen.«

»Nein.«

Harry rief im Sheriffbüro an, und ehe sie auflegte, um wieder zu Miranda zu gehen, kam Cynthia Cooper, eine Polizistin vom Sheriffrevier, auf den Parkplatz gefahren.

»Das ging ja schnell.« Harry lächelte die junge, attraktive Polizistin an.

»War gleich um die Ecke bei der Feuerwache; bin zum tausendsten Mal die Paradestrecke abgefahren.«

»Schauen Sie.« Miranda zeigte auf ihr Auto, als Cynthia mit dem Notizbuch in der Hand herüberkam.

»So eine Gemeinheit.« Cynthia legte ihren Arm um Miranda. »Haben Sie eine Ahnung, wie viel die wert sind?«

»Keinen Schimmer.« Miranda schürzte die von rosa Lippenstift glänzenden Lippen.

»Deswegen hat man sie vermutlich gestohlen. Weil sie schwer zu finden sind. Die müssen einiges wert sein«, dachte Harry laut.

»Warum kann sie keine neuen Radkappen dranmachen?« Pewter war gereizt. Sie wollte weiterfahren.

»Das ist nicht dasselbe.« Tucker schnüffelte an den Rädern, weil sie hoffte, einen menschlichen Geruch wahrzunehmen, aber der Täter hatte die Radkappen mit was anderem als seinen Händen abmontiert.

»Quatsch.« Die graue Katze gähnte.

»Halten wir euch auf?« Harry bemerkte das große Gähnen, das von einem kleinen Glucksen begleitet wurde. »Wollt ihr euch im Auto schlafen legen?«

»Haha«, lachte Mrs. Murphy.

»Sind wir nicht die makellose Mieze?«, murrte Pewter die Tigerkatze an.

»Lasst das. Ich wünsche mir mal einen Samstag, an dem ihr zwei euch nicht streitet.« Tucker setzte sich zwischen die zwei Katzen.

»Harry, während ich das aufschreibe, rufst du vom Streifenwagen aus bei O'Bannon an. Frag Sean, ob er Falcon-Radkappen hat.«

»Komisch, ich war gerade auf dem Weg dorthin.« Harry trabte zum Streifenwagen, rutschte hinters Steuer und griff zum Autotelefon. Als sie die Nummer wählte, bekam sie Neidgefühle. Sie hätte auch gern ein Autotelefon gehabt, aber es war ihr zu teuer. »Hi Sean, Harry hier.«

»Wie geht's, Harry?«

»Mir geht's gut, aber Mrs. Hogendobber nicht. Jemand hat eben die Radkappen von ihrem Ford Falcon gestohlen. Coop ist hier am Schauplatz des Verbrechens, sozusagen, und sie hat gemeint, ich soll Sie anrufen. Sie haben nicht zufällig Ford-Falcon-Radkappen da, oder?«

»Doch.« Sean senkte die Stimme. »Ich hab sie gerade dem Kerl abgekauft, der sie geklaut haben muss. Verdammter Mist.«

»Wir sind gleich da.« Harry drückte die »Ende«-Taste. »Hey Coop, er hat sie.«

»Meine Radkappen?« Miranda fuhr sich mit der Hand an den Hals.

»Er sagt, er hat sie eben jemandem abgekauft. Wenn das nicht Ihre sind, ist es ein komischer Zufall. Ich hab gesagt, wir sind gleich da.«

»Mrs. Hogendobber, sind Sie ruhig genug, um selbst in Ihrem Wagen hinfahren zu können? Ich komme mit dem Streifenwagen hinterher.«

»Natürlich bin ich ruhig genug.« Miranda konnte nicht glauben, dass die Polizistin dachte, der Diebstahl habe sie dermaßen aufgewühlt.

»Ich häng mich auch dran, wenn niemand was dagegen hat.« Harry hob Pewter auf, die in Richtung Supermarkt schlenderte. »Ich wollte sowieso dorthin.«

»Gut.« Cynthia öffnete die Tür des Streifenwagens.

Mrs. Murphy setzte sich auf Harrys Schoß, als Harry rückwärts aus der Parklücke setzte. *»Erst der Specht, dann die Radkappen. Was kommt als Nächstes?«*

Pewter kicherte. *»Vernichtung durch Todesstrahlen.«*

4

Wie Ameisen bei einem Picknick.« Mrs. Murphy staunte über die Menschen, die, etwa zwanzig an der Zahl, über die Freiflächen stiefelten, wo kunstvolle zerbrochene Säulen herumlagen, Ziergiebel und Sarkophage, alle säuberlich nach ihrem jeweiligen Zweck getrennt.

Die kurze Zufahrt zu dem Gebäude war von großen Terrakotta-, Stein- und Keramiktöpfen gesäumt. Neben der Steinabteilung befand sich eine Marmorabteilung mit großen Platten rosafarbenem Marmor, der aus einem alten Hotelfoyer stammen musste, kleineren Stücken grün geädertem Marmor, einer Platte, die vielleicht einmal eine Bartheke war, daneben tiefschwarzer Marmor, alles wiederum ordentlich gestapelt. Die größte Freifläche war angefüllt mit Bruchsteinen von Mauern, Häuserfundamenten, manche Blöcke kantig behauen, andere naturbelassen.

Die Innenräume des Hauptgebäudes enthielten hölzerne Leisten, Kamineinfassungen, Stützpfeiler, mundgeblasenes Glas, handgehämmerte Nägel. Ein wahres Füllhorn voller Schätze.

Parallel zum Hauptgebäude verlief ein Bahngleis. Neben dem Gebäude stand ein Plattformwagen, beladen mit schweren steinernen Simsen, Türstürzen und Mauerkrönungen. Tieflader lieferten einmal in der Woche Material und vielleicht ein altes Auto an. Hinter dem Wagen stand ein alter roter Eisenbahnwaggon, der noch nicht restauriert war.

Etwas abgelegen im hinteren Bereich des vier Morgen großen Geländes lag Rogers Autowerkstatt. Schnell wachsende

Kiefern schirmten sie vor den Blicken ab. Um die diversen Freiflächen gruppierten sich kleine propere Bauten. Sie sahen aus wie Gartenschuppen und enthielten Werkzeug, alte Traktorteile und andere Gegenstände, die vor der Witterung geschützt werden mussten.

Die Tiere waren von dem Gerümpel nicht so fasziniert wie die Menschen, aber manchmal hielt sich ein Duft von einem früheren Bewohner, einem Hund oder einer Katze. Solche olfaktorischen Informationen waren natürlich jüngeren Datums. Mitteilungen dieser Art gingen nicht von Scherben aus, die aus dem späten siebzehnten und frühen achtzehnten Jahrhundert gerettet worden waren.

Harry staunte über die Verwandlung des Altmaterialbetriebes in eine Art architektonischen Abladeplatz. Als sie das letzte Mal hier war, hatte Seans Vater, Tiny Tim, der sein Geld knickerig zusammenhielt, vergnügt über das Gelände geherrscht, einen einzigen großen Hof voller rostender Autos. Tim hatte alte Grabsteine gesammelt, weil er sich für die Steinmetzkunst interessierte. Er sprach gern über die Grabsteine, um dann zum umfassenderen Thema Tod überzugehen. Tiny Tim war entschieden gegen Autopsien gewesen. Als er starb, hatten seine Frau und seine Söhne keine Autopsie gewollt, so dass niemand genau wusste, woran er gestorben war. Aber ein Leben lang rauchen, trinken und alles verzehren, was ihn nicht zuerst verzehrte, das dürfte ihn zugrunde gerichtet haben.

Sean, groß und mager, trug ein ausgebleichtes orangerotes Leinenhemd, das er in eine Zimmermannshose gesteckt hatte. Keine Schmiere war in seine Hände eingezogen, keine Öl- oder Schmutzflecken verunzierten sein Hemd. Er hätte ein Obst- und Gemüsehändler sein können, wenn die Zimmermannshose nicht gewesen wäre.

An einer Wand waren Spezialwerkzeuge zum Restaurieren zu sehen: elegante Meißel, kleine und größere Hämmer, winzige Butanbrenner, um bleihaltige Farbschichten abzutragen. Die Sachen waren imponierend und teuer.

Cynthia und Miranda begaben sich zum Empfangspult.

Sean bat seine Assistentin Isabella Rojas sich der zwei Kunden anzunehmen, die er gerade bediente, und durchschritt den weiten Raum, um die zwei Frauen zu begrüßen. »Willkommen. Ich glaube, Sie haben Glück.«

Harry kam hinzu, die drei Tiere zockelten hinterher. »Herrlich ist es hier.«

»Danke.« Er richtete sich an Miranda. »Mrs. Hogendobber, folgen Sie mir.«

Menschen und Tiere verließen das Hauptgebäude, gingen etwa vierhundert Meter nach hinten, wo Tausende von an Drähten aufgehängten Radkappen im Sonnenlicht glänzten. Sie waren nach Automodell und Baujahr geordnet.

Der Widerschein von den funkelnden Flächen veranlasste Mrs. Hogendobber, die Hand über die Augen zu legen. »Meine Güte, ich hatte keine Ahnung, dass es auf der Welt so viele Radkappen gibt.«

»Kommt, wir inspizieren die Außengebäude.« Tucker wedelte mit ihrem nicht vorhandenen Schwanz. *»Da treibt sich bestimmt 'ne Menge Ungeziefer rum.«*

»Hältst dich wohl für 'nen Rattenfänger, was?« Pewter tänzelte umher, ihr graues Fell strahlte Überlegenheit aus. *»Du könntest nicht mal eine komatöse Maus fangen.«*

»Das musst ausgerechnet du sagen«, rief die Corgihündin über die Schulter zurück, als sie, gefolgt von Mrs. Murphy, zum Werkstattgebäude sprintete. Eine Fährte aus verblassenden Bierdosen gab Zeugnis von Roger O'Bannons Entwicklung. Enthaltsamkeit war keine Tugend, die man mit Roger in Verbindung brachte.

Pewter ging nicht mit. Sie machte sich nicht viel aus Mäusefangen oder aus Roger O'Bannon. Vögelfangen, das war ihr Zeitvertreib, und sie war immer noch sauer, weil Harry den Specht für Don Clatterbucks Kunst gerettet hatte. Sie wollte die Federn rausrupfen. Ehrlich gesagt hatte Pewter noch nie einen Vogel getötet, aber sie klaubte die auf, die tot oder aus dem Nest gefallen waren. Sie riss zu gerne die Federn aus. Sie wollte keinen Vogel fressen. Pewter fraß nichts, was nicht gründlich gekocht war, ausgenommen Sushi. Das Schwirren und Flitzen der Vögel reizte sie, und sie träumte davon, den Blauhäher zu töten, der in dem Ahornbaum hauste. Eines Tages würde der arrogante Bengel zu nahe fliegen, seinen Schnabel zu voll nehmen. Sie wusste, ihr Tag würde kommen und dann würde sie seinen üblen Schmähungen ein Ende bereiten. Doch für den Augenblick war sie es zufrieden, zu Harrys Füßen zu sitzen und sich die Geschichte von den Radkappen anzuhören.

»Meine Radkappen!« Miranda griff nach dem einzigen Satz Ford Falcon-Radkappen an dem Seil.

»Hören Sie, Mrs. H., wenn Sie den Diebstahl anzeigen, muss ich die Radkappen als Beweismittel sicherstellen. Wenn Sie keine Anzeige erstatten, können Sie sie gleich an Ihren Wagen montieren«, riet Cynthia ihr.

»Nein!« Miranda schüttelte ungläubig den Kopf.

»So ist das Gesetz.«

»Wie lange wird das dauern?«

»Das hängt davon ab, ob wir den Verdächtigen finden oder nicht. Wenn wir ihn finden und es zu einer Vernehmung und dann zu einem Gerichtsverfahren kommt, kann das Monate dauern – viele Monate.« Cooper seufzte, denn die geballten Verhandlungen zermürbten sie ebenso wie ihre Kolleginnen und Kollegen. Sie dachte sich oft, dass die Menschen viel besser dran wären, wenn sie versuchten, Probleme unter sich zu lösen, statt zum Sheriff oder einem Anwalt zu rennen, damit die das für sie erledigten. Irgendwie war den Amerikanern die Fähigkeit abhanden gekommen, sich hinzusetzen und miteinander zu reden, zumindest schien es ihr so.

»Ach du liebe Zeit, was werden die Mädels in der Kirche sagen?« Es bekümmerte Miranda, sozusagen unbekleidet herumzufahren. »Hm …«

»Vielleicht kommen wir zusammen zu einer Lösung.« Cynthia wandte sich an Sean, der jetzt die Radkappen von dem Seil nahm. »Die nahe liegende Frage: Wer hat Ihnen die Radkappen verkauft?«

»Normalerweise kümmert Roger sich in der Firma um die Sachen, die mit Autos zu tun haben, aber er ist im Moment nicht hier«, sagte Sean. »Ich war zufällig grade draußen, als ein Bursche mit den Radkappen vorgefahren kam.«

»Kennen Sie ihn?«

»Nein. Den hab ich noch nie im Leben gesehn. Ich wusste, dass Falcon-Radkappen rar sind, deshalb hab ich fünfzig Dollar dafür bezahlt, Großhandelspreis. Ich hab sie mit hundertzwanzig ausgezeichnet und gleich an das Seil gehängt. Wenn ich mir einen Augenblick Zeit zum Überlegen genommen hätte, wäre mir vielleicht klar geworden, dass es Mirandas waren, aber der Bursche sagte, sie wären von dem Falcon seiner Großmutter, der den Geist aufgegeben hat.«

»Wie sah er aus?«

»Schmächtig. Anfang zwanzig. Rötliche Haare, eine jämmerliche Andeutung von einem Schnurrbart.« Sean protzte mit einem roten Schnauzer und einem streng gestutzten Bart von üppiger Dichte, aber die Haare auf seinem Kopf waren schwarz und lang. Er band sie im Nacken zu einem Pferdeschwanz zusammen, den Harry hinter seinem Rücken als Schniepel bezeichnete.

»Irgendwelche charakteristischen Merkmale? Erinnern Sie sich an seine Kleidung oder sein Auto?«

»1987er GMC-Transporter. Grau. Virginia-Kennzeichen. Ah, eine Dallas-Cowboys-Windjacke, vielleicht so alt wie der Wagen und – ja, er hatte ein charakteristisches Merkmal. Sein linkes Auge war nach unten gesackt, eine alte Verletzung. Es war halb zu, und eine schmale rote Narbe verlief von oberhalb der Braue bis unters Auge.«

»Schniefnase? Fahrig?« Cynthia versuchte ein vollständigeres Bild von dem Täter zu bekommen.

»Nein. Ruhig. Hab auch keinen Alkohol gerochen.«

Miranda zog ihr Scheckbuch hervor; Harry hielt die Radkappen, die Sean ihr gereicht hatte. Die ältere Frau kramte in den Tiefen ihrer Handtasche. »Ich hab einen Stift hier drin, ich weiß es genau.«

»Stecken Sie's weg«, schalt Sean sie milde. »Ich lasse Sie nicht bezahlen für etwas, das Ihnen gehört.«

»Aber Sie haben den Dieb bezahlt.«

»Mein Problem. Im Ernst, Miranda. Stecken Sie sofort das Scheckbuch weg.«

Cynthia überlegte kurz. »Warum machen wir's nicht so? Sie schrauben die Radkappen an Ihr Auto. Ich schreibe den Bericht und sehe zu, ob ich den Burschen finde. Wenn Rick Shaw« – sie sprach von ihrem Chef, dem Sheriff – »die Beweismittel besichtigen will, schicke ich ihn zu Ihnen. Ich sehe keinen Sinn darin, dass Ihre Radkappen beschlagnahmt werden und dann Gott weiß wie lange irgendwo rumliegen. Lassen Sie mich nur machen.«

»Ich möchte nicht, dass Sie Ärger bekommen.« Miranda wusste Cynthia Coopers Anteilnahme zu schätzen. Sie hatte sich im Laufe der letzten Jahre mit der jungen Polizistin angefreundet.

»Ein bisschen Ärger wird mir nicht schaden.« Sie lächelte.

»Mir tut diese Geschichte Leid.« Wie die meisten Menschen in Crozet hatte Sean Miranda aufrichtig gern.

»Die Zeiten ändern sich, und wie es scheint, nicht zum Besseren. Sie hatten nichts damit zu tun.« Miranda lächelte ihn an.

»Wenn Sie mich nicht mehr brauchen, gehe ich wieder ins Lager. Samstags ist immer am meisten los.« Er ging ein paar Schritte, dann blieb er stehen. »Sie kommen doch alle auf den Abbruchball, ja? Am ersten Samstag im Mai. Das ist unsere Wohltätigkeitsveranstaltung für das Projekt ›Bauen für das Leben‹ zugunsten armer Leute, die ein Heim brauchen.«

»Das möchte ich nicht versäumen.« Cynthia klappte ihr Notizbuch zu.

»Mein Ex-Mann hat mich schon vor Monaten auf Ihren Ball eingeladen.« Harry lachte. »Es ist Abfohlzeit, und ich muss damit rechnen, dass mitten im Tanz sein Pieper losgeht. Die Risiken der Veterinärmedizin.«

Fair Haristeen, Harrys einstiger Ehemann, war ein sehr gefragter Pferdearzt. Er hatte sich eine schöne Praxis eingerichtet und eine moderne Klinik mit einem Operationssaal gebaut.

»Ungeziefer ausrotten. Ha«, keckerte Pewter, die versuchte, Harry zu ihren pelzigen Freundinnen zu dirigieren.

Harry sah auf die graue Kanonenkugel von einer Katze hinunter. Sie hätte sie ja hochgehoben, aber sie hatte die Arme voll mit Radkappen.

Miranda pfiff nach Tucker.

Ein Jaulen sagte ihnen, wo Tucker war, und auch, dass der Hund keine Eile hatte, sich wieder zu den Menschen zu gesellen.

»Ich bring die Radkappen zu Ihrem Wagen, Miranda. Ich montiere sie auch, aber zuerst sollte ich lieber die zwei holen. Was dagegen?«

»Natürlich nicht. Ich nehme Ihren Samstagnachmittag in Anspruch.«

»Ich wollte sowieso hierher, ehrlich.« Harry ging flugs zu dem Falcon, der vor dem neuen Hauptgebäude parkte. Sie stapelte die Radkappen neben der Fahrertür.

»Hey, ich montiere die Radkappen. Woher wollen wir wissen, dass kein anderer sie mitnimmt oder zu verkaufen versucht?« Cynthia kam herüber. »Hol du die Mädels.«

Harry setzte Pewter in die Fahrerkabine des Transporters, vergaß nicht, das Fenster ein Stück herunterzukurbeln, auch wenn es gar nicht so warm war, nur um die elf Grad. Dann lief sie zur Werkstatt. »Tucker!«

»Ich hab 'ne Ratte!«, jubelte Tucker.

»Ein Rattenloch. Du musst dich schon exakt ausdrücken«, korrigierte Mrs. Murphy den Hund, doch auch sie wusste, dass eine Ratte in dem Loch war, und sie plusterte den Schwanz ein bisschen auf. Eine Ratte konnte ein furchterregender Feind sein, mit Zähnen, die ohne weiteres einen dicken Brocken Fleisch aus einem rausreißen konnten.

Harry öffnete die große Schiebetür und schlüpfte hinein. Drei alte Autos in verschiedenen Stadien innerer und äußerer Wiedergeburt standen nebeneinander. An den Wänden hing Werkzeug, in der Ecke stand ein Luftverdichter, und das Glanzstück, eine hydraulische Hebebühne in einer Grube, gab Zeugnis von Roger O'Bannons Passion. So wie Sean alte Gebäude liebte, liebte Roger alte Autos; und zum Glück für beide Brüder erlebte der Markt für alte Personen- und Lieferwagen genauso einen Aufschwung wie das Restauriergeschäft.

Eine Wand war voll mit Zubehör, Schraubstöcken, Gummikeilriemen, die an Aufhängeplatten hingen. Alles war aufgeräumt und sauber, abgesehen von der Abfalltonne, die von Bierdosen überquoll.

Tucker und Murphy hockten in der hinteren rechten Ecke der Werkstatt.

»Kommt jetzt. Wir müssen los«, befahl Harry.

»Er ist hier drin. Er hat 'ne Tüte Popcorn.« Tuckers Nase trog sie nie.

»Woher er bloß das Popcorn hat?«, wunderte sich Mrs. Murphy.

Eine Stimme, viel tiefer, als sie erwartet hatten, erschreckte sie. *»Verkaufsautomat. Ich weiß, wie man da rein und raus kann. Und jetzt lass mich in Ruhe, bevor ich dir die Visage wegreiße.«*

»Vorher schlitz ich dir die Kehle auf!«, erwiderte Tucker grimmig.

»Hör mal, du Schisser, ich weiß in diesem Laden jede Menge Wege rein und raus. Wenn ich will, kann ich einfach rausschleichen, und du würdest es nicht mal merken. Aber das hier ist mein Wohnzimmer, und ich will, dass du verschwindest.«

»So kannst du mit mir nicht sprechen. Ich bin Tucker Haristeen!«

»Und ich bin der Papst. Also, Tucker, du bist in meinem Revier, ich bin nicht in deinem. Und nimm die Katze mit, ehe ich richtig fies werde.«

»Ihr zwei seid wohl von allen guten Geistern verlassen!« Seufzend hob Harry die unfolgsame Tucker hoch. »Wir gehen jetzt, und zwar sofort. Mrs. Murphy, wenn ich noch mal herkommen muss, um dich zu holen, gibt's heute Abend keine Katzenminze. Ist das klar?«

»Gemein. Du kannst manchmal so gemein sein«, murrte Mrs. Murphy.

»Papst Ratte, ich komm wieder, und dann krieg ich dich! Deine Tage sind gezählt«, versprach Tucker.

»Träum schön weiter.« Gelächter kam aus dem Loch.

Zwei mürrische Tiere gesellten sich zu der lethargischen Pewter auf dem Vordersitz; das Fenster auf der Fahrerseite war einen Spaltbreit heruntergekurbelt. Miranda hatte auf sie gewartet. Cynthia war abgefahren, weil sie einen Blechschadenunfall bei Wyant's Store in Whitehall aufnehmen musste.

»Danke noch mal, Harry.«

»Gern geschehn.« Harry winkte mit der Hand ab, als wollte sie sagen, das war doch nichts. »Was wollen Sie mit dem Rest des Tages anfangen?«

»Ich pflanze rosa Hartriegel an den Rand von meinem Vorgarten. Er braucht einen Abschluss. Haben Sie gewusst, dass die Römer an den Ecken ihrer Grundstücke Quittenbäume gepflanzt haben? Eine gute Methode, aber ich pflanze Hartriegel, rosa.«

»Hübsch.«

»Was haben Sie vor?«

»Den Garten umpflügen. Wird Zeit.«

»Es könnte noch mal Frost geben, aber ich glaube es kaum. Ich erinnere mich allerdings an ein Jahr in den Fünfzigern, als wir im Mai Frost hatten. Vergessen Sie nicht, Okra für mich zu pflanzen.«

Ehe die Frauen in ihr jeweiliges Gefährt steigen konnten, kam Roger durch das offene Tor gerattert. Ein funkelnder Anhänger rollte hinter seinem Ford Kombi. Anders als ein Pferdeanhänger hatte dieser keine Seitenfenster, Lüftungsschlitze oder Seitentüren.

Er bremste, dass es quietschte. »Hey, Babe.«

»Bin ich heute Morgen die vierzehnte, die Sie ›Babe‹ nennen?«

»Nee, die neunte.« Er fuhr an die Seite, damit andere Fahrzeuge vorbei konnten, stellte den Motor ab und stieg aus. »Mrs. Hogendobber, Sie sind auch ein Babe, aber Ihr Freund würde mir die Zähne in die Kehle rammen. Wie wär's darum, wenn ich einfach sage: ›Hi, liebliche Lady.‹«

»Roger, Sie sind ein Original.« Die brave Frau lächelte.

Sie schilderten ihm den Vorfall mit den Radkappen. Er war froh, dass die Radkappen gleich wieder aufgetaucht waren.

Während die Menschen plauderten, bemerkte Pewter: *»Wenn er zwanzig Pfund abnehmen, sich die Haare schneiden und sich ein bisschen besser pflegen würde, könnte er durchgehen.«*

»Als was?« Mrs. Murphy kicherte.

Darauf mussten Pewter und Tucker lachen. Tucker steckte die Nase aus dem offenen Fenster auf der Fahrerseite.

»Bisschen frisch.« Pewter sträubte ihr Fell.

»Ja«, erwiderte Tucker, die zusah, wie Roger die Ladeklappe herunterließ, um stolz sein Stockcar vorzuzeigen. Sie gingen die Laderampe hinauf, um diese neueste Inkarnation von Pontiac TransAm näher in Augenschein zu nehmen.

»… eines Tages.« Roger verschränkte die Arme.

»Tja, ich hoffe, dass Sie beim Rennen ganz groß rauskommen, aber, Roger, es ist so gefährlich.«

»Dein grüner Hornet ist toll.« Harry bewunderte den glänzenden metallic-grünen Pontiac.

»Oh, ich liebe diesen Wagen, wirklich, aber es ist so was wie der Unterschied zwischen« – er überlegte kurz – »einem guten Pferd und einem großen Pferd. NASCAR, das ist Spitzen-Motorsport. Ich krieche hier unten auf der Schmalspur.«

»Du hast 'ne Menge Pferde hier.« Sie klopfte auf die lang gestreckte Kühlerhaube des Wagens, trat dann wieder auf die Rampe. »Schmiere im Blut.«

Er drehte die Handflächen nach oben, Schmiere war tief in die Haut eingezogen. »Daddy hat mich die Abrissbirne schwingen lassen, als ich zwölf wurde. Ist angeboren. Maschinen.« Er sah zu der stählernen Giraffe hoch. »Funktioniert noch.« Dann sah er Harry an. »Komm mit.«

Harry war fasziniert von allem, was einen Motor hatte. Sie kletterte die Metallstufen zu der Kranführerkabine hinauf. Die Stufen hallten bei jedem Schritt.

»Was macht sie da?«, nörgelte Pewter; die Pfoten auf dem Armaturenbrett, blickte sie durch die Windschutzscheibe nach oben.

Mrs. Murphy und Tucker folgten ihrem Beispiel. Sie hörten den Motor zünden.

»Ich denke«, sagte Miranda laut vor sich hin, »ich fahre mal lieber mein Auto weg.«

»Wenn sie hier abhaut, sollten wir auch abhaun.« Pewter hielt auf das offene Fenster auf der Fahrerseite zu.

»Angsthase.« Kaum war das Wort aus Mrs. Murphys Mund, als die Abrissbirne über den Kofferraumdeckel schwang, dann über einen Teil vom Dach des neuen Hauptgebäudes.

»Adios!« Pewter floh aus dem Fenster.

»Verdammt.« Tucker stolperte zum Fenster: ein tiefer Fall für den Hund.

»Keine Bange, Tucker, ich kann die Tür aufmachen.« Murphy legte sich kraftvoll auf die Klinke und drückte mit aller Macht.

Als die Corgihündin das Klicken hörte, stieß sie gegen die Tür, und sie ging auf; Tucker purzelte nahezu hinaus. Kaum hatten sie Boden unter den Füßen, schossen Katze und Hund davon, gerade als die Birne auf dem Weg zurück über ihnen schwang.

»Jede Katze für sich«, rief Pewter unter ordentlich in Kreuzlage gestapelten Eisenbahnschwellen hervor.

Miranda kauerte in ihrem Falcon, den sie neben den Bahnschwellen geparkt hatte. »Ich sag euch was, ich hoffe, der Junge ist nüchtern.« Sie kletterte aus ihrem Auto, weil sie dachte, wenn etwas schief ging, hätte sie zu Fuß eine bessere Chance.

»Ich auch«, stimmte Pewter ihr zu.

Oben in der Kranführerkabine holte Roger die Birne ein, bis sie wieder an der Spitze des Kranarms hing. »Jetzt du.«

Harry setzte sich auf den rissigen schwarzen Ledersitz, der warm war von Roger. »Es kann losgehen.«

»Wenn du willst, dass die Birne runtergeht – nein, noch nicht hinlangen –, drückst du diese Greifer. Wenn sie komplett zu sind, geht die Birne schnurstracks runter. Rumms. Wenn du die Birne schwenken willst, drückst du die Greifer hier links, und das Rad« – er zeigte auf das Steuerrad – »bewegt die ganze Chose, dreht Kabine und Kran. Alles klar?«

»Kinderspiel.« Lächelnd schwenkte sie die Birne langsam über die andere Seite des Zauns, den Blick fest auf die Birne gerichtet. »Nach einer Weile kriegt man bestimmt den Dreh raus, wie man die Greifer, das Steuerrad und die Pedale ähnlich bearbeiten kann wie ein Trommler.«

»Genau, aber ich sag ja, wenn du einen Traktor fahren kannst, kannst du fast alle schweren Maschinen bedienen.«

Sie holte die Birne wieder nach oben, ließ sie ein Stückchen hinunter, holte sie dann hoch zur Spitze. »Ist das cool.«

»Ja.«

Sean kam heraus, blickte zusammen mit seinen Kunden, die draußen waren, nach oben. Er schrie, versuchte, sich über den schweren Dieselmotor hinweg verständlich zu machen: »Roger!«

Roger beugte sich aus der Kabine, winkte seinem Bruder, schwang sich dann wieder hinein. »Er ist so alt. Ist ein alter Mann geworden. Ich sag dir was, ich liebe meinen Bruder, aber Herrgott noch mal, er ist 'ne Nervensäge. Als wär dieser Laden der Mittelpunkt der Welt. Seit Dads Tod ist er so. Okay, okay, jeder muss sehn, wie er über die Runden kommt, aber Sean hält sich für unentbehrlich. Hey, die Friedhöfe sind voll von unentbehrlichen Leuten, verstehst du, was ich meine, Harry Barry?« Er seufzte. »Hab dich vermisst, warst lange nicht hier.«

»Danke, Rog. Das hast du nett gesagt.«

Er schüttelte den Kopf. »Der Laden läuft. Wir schuften schwer, aber alles, was ich verlange« – er winkte seinem gestikulierenden Bruder wieder zu, stellte dann den Motor ab –, »ist Freitag- und Samstagabend zum Rennen zu gehn.« Er sah nach unten. Sean hatte sich nicht von der Stelle gerührt. »Der große Bruder sieht dich an. So Babe, der Unterricht ist aus.«

»War super.«

Als sie nach unten kletterten, liefen die drei Tiere schnell wieder zu dem Transporter, sprangen hinein, und indem sie zusammen die Armlehne zu Hilfe nahmen, zogen sie die Tür zu.

Tucker musste zuerst auf die Trittstufe springen, aber sie hangelte sich auf den Sitz und half den Katzen, die Tür zuzuziehen.

»Sie braucht nicht zu wissen, dass ich die Tür aufkriegen kann.« Mrs. Murphy hob die langen seidigen Augenbrauen.

»Was sie nicht weiß, macht sie nicht heiß.« Pewter kicherte.

»Bin ich froh, dass ich am Leben bin.« Tucker atmete aus. *»Die*

schwarze Birne über meinem Kopf sausen zu sehen, das war nicht gerade Vertrauen erweckend.«

Harry, die Miranda begeistert ihre Unterrichtsstunde schilderte, bekam nicht mit, dass die Tiere die Tür des Transporters schlossen. Sie hatte auch gar nicht gemerkt, dass sie offen war, und sie war so aufgeregt darüber gewesen, oben bei der Abrissbirne zu sein, dass sie die unten stehenden Menschen nicht wahrgenommen hatte.

Sean bombardierte seinen Bruder mit ein paar Kraftausdrücken, die dieser achselzuckend quittierte. Sean machte auf dem Absatz kehrt und stolzierte zurück ins Hauptgebäude.

Roger lächelte die zwei Frauen an. »Die einzige Frage, die es wert ist, sie sich zu stellen, ist: ›Hab ich Spaß?‹«

Harry fuhr mit dem Gefühl nach Hause, dass der Tag sich beträchtlich zum Besseren gewendet hatte. Als sie auf ihre lange Farmstraße zum Haus abbog, sah sie einen funkelnden BMW 740il vor dem Stall parken. Der Wagen gehörte BoomBoom Craycroft, einer unglaublich schönen Frau, die eine Affäre mit Harrys Ex-Mann gehabt hatte, weswegen sie bei Harry nicht gerade gut angeschrieben war. Zugegeben, BoomBoom hatte mit Fair geschlafen, nachdem Harry sich von ihm getrennt hatte. Aber die Affäre hatte immerhin ungefähr sechs Monate gedauert. Harry war am Boden zerstört. Ausgerechnet BoomBoom! Sie hatte seit der Grundschule mit der groß gewachsenen Schönheit konkurriert. Harry gewann meistens bei den sportlichen und intellektuellen Veranstaltungen, aber BoomBoom lief nur eine knappe Sekunde langsamer als Harrys beste Freundin Susan Tucker. Worin jedoch keine Mitschülerin mit Boom konkurrieren konnte, das war ihre Wirkung auf die männlichen Klassenkameraden. Bei den meisten Männern, zumal wenn sie jung sind und unerfahren in weiblicher List, schlug BoomBoom ein wie die sprichwörtliche Bombe.

Die zwei Frauen waren in den letzten Jahren einigermaßen miteinander ausgekommen, aber mehr auch nicht.

»Verdammt, verdammt, verdammt«, flüsterte Harry vor sich hin.

»Hättest du mich die Ratte fangen lassen, wäre BoomBoom gekommen und wieder gegangen«, meinte Tucker wenig hilfreich.

»Tucker, sei still. Du weißt doch wie die manchmal sind. Bloß nicht die Pfoten verbrennen.« Mrs. Murphy legte die Pfoten aufs Armaturenbrett.

5

Ich bin ja so froh, dass du da bist. Ich wollte gerade wieder gehen«, erklärte BoomBoom, die von den drei Pferden auf der Koppel beäugt wurde.

»Haben wir ein Glück«, erwiderte Harry trocken. Mrs. Murphy, Pewter und Tucker rangelten darum, wer zuerst aus dem Transporter käme.

Pewter gewann nur deshalb, weil sie sich von Mrs. Murphys Rückens abstieß, die Sitzkante berührte, hinunterglitt, die Vorderpfoten auf die Trittstufe stellte und auf dem Boden landete.

»Ich kann nicht glauben, dass du das getan hast!« Mrs. Murphy war wütend.

»Dudeljöh.« Die graue Katze lief schnurstracks zum Haus, weil sie wusste, dass auf der Küchenanrichte ein großer Napf mit Katzenkeksen wartete.

»Ziemlich gut für ein dickes Mädchen.« Tucker kletterte vorsichtig heraus.

»Halt ihr nicht die Stange.«

»Tu ich nicht, aber sie ist erstaunlich.«

Die Katze erwiderte lachend: *»Du hast ja Recht, sie kann beweglich sein, wenn sie muss. Schließlich ist sie eine Katze.«*

»Ihr seid ichbezogen, ihr Katzen.« Tucker ging BoomBoom begrüßen, die sich vorbeugte und den glänzenden Hundekopf tätschelte.

Mrs. Murphy, die völlig außer sich war, stapfte in den Stall, ging in die Sattelkammer, ließ sich hinplumpsen und schrie in das winzige Mauseloch in der Mauer: *»Ich weiß, dass ihr da drin seid. Ich sag euch was, noch vor dem Heldengedenktag seid ihr Mäusesoufflé.«*

Die Mäuse, die tief schliefen, antworteten nicht. Erst recht erzürnt, lief die Katze ins Haus, wohin sich die Menschen unterdessen zurückgezogen hatten. Vielleicht konnte sie da drinnen jemanden ärgern.

Trotz ihrer Abneigung hatte Harry sich auf ihre Manieren besonnen und BoomBoom zu einem Tee oder kalten Getränk ins Haus gebeten.

BoomBoom hatte es sich im Wohnzimmer in einem von den alten Ohrensesseln gemütlich gemacht, die Harrys Eltern vor vierzig Jahren gekauft hatten, für fünf Dollar das Stück, weil sie aus der Zeit um 1930 stammten und damals aus der Mode und zudem ramponiert waren. Seither waren sie fünfmal neu bezogen worden; das letzte Mal, vor ihrem Tod, hatte Harrys Mutter sie mit weichem grünen Leder beziehen lassen, einerseits ein Luxus, aber eine kluge Investition, wenn man die lange Haltbarkeit bedachte. Höchstwahrscheinlich würde Harry die Sessel zeit ihres Lebens nicht neu beziehen lassen müssen.

»Ich hab ein klitzekleines Problem.« BoomBoom schlug die Augen nieder, was hieß, dass das Problem soeben an Größe gewonnen hatte. »Ich hoffe, du wirst mir helfen.«

»Oh. Warum fragst du nicht Susan?« Harry schlug ihre beste Freundin vor, die besser mit BoomBoom auskam als sie.

»Susan ist verheiratet.«

»Ah.« Harry machte sich langsam ein Bild.

Mrs. Murphy kam hereinstolziert, setzte sich auf den Couchtisch und brüllte: *»Alle sind schrecklich! Nur ich bin vollkommen.«*

»Murphy, was ist los mit dir?« Harry schlug nach ihr, um sie aus dem Zimmer zu scheuchen.

Die Tigerkatze wich diesem plumpen Versuch aus, indem sie auf den Ohrensessel sprang und sich auf der Rückenlehne hinter BoomBooms schönen langen blonden Haaren niederließ, die zu einem schlichten Knoten geschlungen waren. Da sie frisch vom Friseur kam, waren BoomBooms Strähnen lockerer als sonst. *»BoomBoom hat große Brüste. Die schlägt sich damit sicher beim Joggen ein blaues Auge. Es fällt ihr sicher schwer, sich vorzubeugen und wieder aufzurichten. Vielleicht schlägt sie mit dem Gesicht auf dem Boden auf«*, trällerte sie, sehr zufrieden mit sich.

»Boom, schubs sie da runter. Sie ist ungezogen.«

»Der Krach macht mir nichts aus. Aber der Thunfischgeruch aus ihrem Mund, der macht mich fertig.«

»Thunfischgeruch?« Mrs. Murphy machte große Augen, was deren herrliche, auffällige Farbe noch mehr leuchten ließ. Sie fuhr eine scharfe Kralle aus, hakte sie gekonnt in die hübsche Schildpattspange, die Booms Haare zusammenhielt. Mit einem Ruck riss sie die Hälfte der Haare aus der Spange, so dass Booms goldblonde Frisur aus der Fasson geriet.

»Jetzt reicht's aber!« Erbost stand Harry auf, packte die Katze – die keinen Widerstand leistete – und ließ sie auf den Boden fallen. »Noch so 'ne Nummer, und du schläfst heute Nacht im Stall.«

Pewter, die die Vorstellung beobachtete, sagte gelassen: *»Sie tut nur, was du gerne tun würdest, Mom. Du kannst BoomBoom nicht ausstehn.«*

»Genau.« Durch Pewters Unterstützung ermutigt, stieß Mrs. Murphy ein neuerliches Gejaule aus.

»Erst zankt ihr euch, und jetzt seid ihr ein Herz und eine Seele. Ihr seid infantil, ihr zwei.« Tucker verdrehte die Augen. Sie hatte sich neben Harry aufs Sofa gequetscht.

»Ein großes Wort, Tucker. Gratuliere«, sagte Mrs. Murphy sarkastisch, dann kehrte sie den Anwesenden den Rücken zu, nahm ihre Schwanzspitze in die rechte Pfote und führte sie zum Mund, um sie zu putzen.

»Hihi.« Pewter musste unwillkürlich lachen, weil sie es lustig fand, aber auch, weil es den Hund wahnsinnig machte.

Tucker ignorierte die Katzen. Sie legte den Kopf auf Harrys Schoß, guckte so liebenswert wie möglich.

»Du weißt, was ich mache. Mich abreagieren. Menschen reagieren sich andauernd ab«, meinte Murphy.

»Ich würde Menschen nicht nachahmen.« Pewter dachte daran, sich zu putzen, befand aber, dass sie zu müde war. *»Die sind eine Spezies, die das Motto hat: Ich kann es mir nicht immer schwer machen, aber ich kann mich bemühen. Sie machen alles so kompliziert, kein Wunder, dass sie sich abreagieren, meckern und jammern. Sie sind selbst schuld.«*

»Wohl wahr«, stimmte die Tigerkatze ihr zu.

BoomBoom hatte soeben eine elliptische Tangente beendet, die endlich zum Anfangspunkt zurückkehrte, nämlich dass sie Harrys Hilfe brauchte, »… du siehst also, Susan wäre nicht die Richtige, und Lottie Pearson ist übereifrig, falls du verstehst, was ich meine. Sie besucht Partys in Washington, Richmond und Charlotte, immer auf der Suche nach einem Mann mit Moneten. Sie wird langsam panisch von wegen Heirat, das schwör ich dir. Natürlich sagt sie, dass sie unterwegs ist, um Spender für die Universität zu werben. Ihre Arbeit als Spendensammlerin deckt eine große Menge Sünden, das schwör ich dir.« Lottie Pearson war eine Bekannte von BoomBoom, die sie manchmal mochte und manchmal nicht. Heute war ein Nicht-mögen-Tag.

Harry, die fürchtete, was kam, warf rasch ein: »Aber Lottie Pearson ist ledig und Susan nicht. Das ist ein Pluspunkt.« Harry kam darauf zurück, dass BoomBoom es zuvor verworfen hatte, sich an Susan um Hilfe zu wenden. Sie wünschte, BoomBoom würde zur Sache kommen. Was genau wollte sie?

»Lottie Pearson macht alles kompliziert. Ich möchte nicht, dass meine Freunde über ihre Vermögensverhältnisse ausgefragt werden.«

»Boom, ich komm nicht ganz mit. Was für Freunde? Wieso Vermögensverhältnisse?«

Nach einem langen, erfrischenden Schluck dampfendem Plantation-Mint-Tee stellte die groß gewachsene Frau die Tasse auf die dazugehörige Untertasse und setzte beides auf dem Couchtisch ab. »Das Porzellan deiner Großmutter. Ich erinnere mich an deine Großmutter.«

»Moms Mom.« Harry lächelte, als ihr das Bild einer schlanken, silberhaarigen Dame durch den Kopf ging.

»Sie war eine gute Lehrerin. Im Pony Club.«

Im Pony Club lernen junge Menschen alles über den Umgang mit Pferden. Reiten ist nur ein kleiner Teil dieser Künste.

Harry beugte sich vor. »Weißt du noch, wie sie uns das Zaumzeug zerlegen, in Wasser tauchen und dann wieder zusammensetzen ließ, und sie hat jede einzelne Arbeit begutachtet. Wie Susan mogeln wollte und eine Zahnbürste genommen hat, um die Gebissstange rundum sauber zu machen, statt sie ganz auseinander zu nehmen?«

BoomBoom lachte. »Und dann hat sie einen Vortrag über Abkürzungen gehalten. Hey, ich kann ihre Stimme noch hören, wenn ich den bequemen Weg erwäge – ›der kürzeste Weg ist oft der längste.‹«

Da sie auf die vierzig zugingen, sahen beide Frauen langsam ein, dass gemeinsame Erlebnisse bindend waren. Die Zeit verfügt über die größte Macht. Männer, die im Krieg auf entgegengesetzten Seiten gekämpft hatten, fühlten sich im Alter ihren ehemaligen Feinden oft mehr verbunden als eigenen Landsleuten, die jünger waren.

»Weißt du«, BoomBoom senkte die Stimme, ein lieblicher tiefer Sopran, ein Gegensatz zu Harrys klarem Alt. Hätten die zwei zusammen gesungen, würden sie himmlisch geklungen haben. »Ich bin seit einer Weile mit diesem göttlichen Mann zusammen. Er ist so interessant. Er ist weltmännisch, spricht vier Sprachen, und er ist wahnsinnig intelligent. Er kommt dieses Wochenende hierher, und in letzter Minute sagte sein Assistent an der Botschaft, er kann mitkommen und ...«

»Botschaft?«

»Ja. Er ist Staatssekretär des Botschafters von Uruguay.«

»Wer?« Harry kämpfte gegen ihre Wut.

»Mein Freund, Thomas Steinmetz, ist Staatssekretär.« BoomBoom hob die Hände. »Ich rede drum herum. Magst du den Freund meines Freundes begleiten? Das war es, was ich fragen wollte.«

Also, das war interessant. Katzen und Hund wandten die Köpfe und sahen Harry an, die blinzelte.

»Sag was«, riet Mrs. Murphy Harry.

»Ah …«

BoomBoom bemühte sich um etwas mehr Zusammenhang, nachdem die Katze jetzt sozusagen aus dem Sack war. »Gut aussehend. Witzig. Wirklich sehr witzig. Frisch geschieden.«

»Wie frisch?«

»Äh-hm, ein Jahr.«

»Wieso fragst du mich eigentlich?«

»Weil du witzig bist, weil du sehr attraktiv bist und weil, na ja, man kann nie wissen.« Sie hielt die Hand hoch, ihr großer Diamant warf das Licht zurück.

»Was wissen?«

»Wann der Blitz einschlägt.«

Harry drückte sich ein bisschen tiefer ins Sofa. Tucker weigerte sich zu weichen. »Tucker.«

»Ich will nichts verpassen«, antwortete der helläugige Corgi auf die Beschwerde.

»Ha«, kicherten die zwei Katzen.

»Harry, du musst mehr ausgehen.« BoomBoom griff wieder nach der Teetasse.

»Wie ironisch, wenn so was von dir kommt.«

Als Harry und Fair sich getrennt und die Scheidung eingereicht hatten, hielt seine kurze Affäre mit BoomBoom die Klatschzungen in Crozet in Bewegung. Es war wie die Kleinstadtversion der Präsentation auf den Titelblättern der Regenbogenpresse.

Harry fand immer, er hätte sich jemand außerhalb der Stadt suchen oder BoomBoom hätte ihn zurückweisen können. Die Tatsache, dass beide, Fair und BoomBoom, sehr gut aussehende Menschen in der Blüte ihrer Jahre waren, entging ihr.

»Du bist mir immer noch böse, und ich hab alles getan, außer zu Kreuze zu kriechen, und ich wiederhole zum tausendsten Mal, er hat von dir getrennt gelebt. Getrennt.«

Harry überging dies, weil sie nicht an BoomBooms Version vom Zeitrahmen der Affäre glaubte, und warf ein: »Es hat höllisch wehgetan. Und warum bist du eigentlich nicht mit ihm zusammen geblieben?«

»Ich könnte nie die Frau eines Tierarztes sein.«

Wahrere Worte wurden nie gesprochen. BoomBoom konnte nicht nur den Arbeitsverlauf eines Pferdearztes nicht aushalten, der mitten an einem romantischen Abend zu einer Kolik gerufen wurde, sie brauchte auch mehr gesellschaftlichen Rang, mehr Macht, mehr Geld.

BoomBooms Affäre mit Pharamond »Fair« Haristeen, Doktor der Veterinärmedizin, hatte auch damit zu tun gehabt, dass sie nach der Erschütterung über den plötzlichen Tod ihres jungen Ehemannes wieder zu sich selbst finden musste. Man muss ihr aber zugute halten, dass sie ihre Einsamkeit nie als Vorwand benutzte.

Für Fair war die Affäre schlicht und einfach eine Flucht vor der Verantwortung. Das war ihm klar. Nach sechs Monaten hatte er Schluss gemacht und sich in Therapie begeben – es war ihm entsetzlich schwer gefallen, um Hilfe zu bitten. Nach dem ersten Jahr in therapeutischer Behandlung bat er seine Ex-Frau um Verzeihung. Er hoffte noch immer Harry zurückzuerobern. Sie war die beste Gefährtin, die er finden konnte, das wusste er. Sie verstand was von Pferden. Sie verstand ihn. Sie war darauf gefasst, schwer zu arbeiten in diesem Leben und verlangte dafür einen Partner, der ebenfalls schwer arbeitete, treu blieb und viel Sinn für Humor hatte. Er wusste, dass er das jetzt bieten konnte.

Sie blieb zurückhaltend, wenngleich sie sich zuweilen wieder zu ihm hingezogen sah, nicht nur gefühlsmäßig, sondern körperlich, und das heizte die Sache nur an. Sie band es BoomBoom nicht auf die Nase, aber Susan wusste es, und Mrs. Hogendobber ahnte es.

Die Tiere verhielten sich diskret, was dieses Thema anbelangte.

Harry, die eine Weile geschwiegen hatte, sagte schließlich: »Was ich nicht verstehe, warum lässt du mich nicht in Ruhe? Warum ist es so wichtig, dass wir uns – irgendwas?«

»Weil wir Teil unseres gegenseitigen Lebens sind. Wir sind zusammen aufgewachsen. Und weil wir Frauen sind und Frauen in diesen Dingen klüger sind als Männer.«

»Ich glaube nicht, dass ich in Sachen Untreue klüger bin als ein Mann.«

»Aber er war dir nicht untreu, Harry. Ihr wart getrennt.« BoomBoom betonte dies noch einmal, als spräche sie zu einem begriffsstutzigen Kind.

»Können wir das ruhen lassen?« Harry verdrehte die Augen himmelwärts.

»Du hast es seit Jahren ruhen lassen. Wir können sicherlich miteinander auskommen. Wir arbeiten an denselben Projekten.«

»Das tun alle anderen auch. Wir leben in einer Kleinstadt«, meinte Harry mürrisch.

»Wir gehen zusammen auf die Jagd, wir spielen zusammen Golf und Tennis.«

»Ich spiele kaum Golf und Tennis. Ich hab keine Zeit dafür.« Harry wurde unruhig.

»Okay.« BoomBoom atmete tief ein. »Wirst du Diego Aybars Verabredung sein?«

»So heißt er?«

»Diego Aybar. Und glaub mir, er sieht gut aus, ist unternehmungslustig – auch wenn der Blitz nicht einschlägt, wirst du dich in seiner Gesellschaft wohl fühlen. Bitte sag ja, Harry. Ich weiß, er wird dich mögen, und es wird für uns alle ein unvergessliches Wochenende sein.«

»Fair hat mich zum Abbruchball eingeladen. Ich könnte überall sonst hingehen, außerdem bin ich Paradekoordinatorin für das Fest« – sie hielt inne –, »aber das weißt du ja. Allerdings, wenn der letzte Festwagen sich in Bewegung gesetzt hat …«

»Sag ja«, maunzte Pewter. *»Eine kleine Aufrüttelung des Status quo kann nicht schaden.«*

»Lauter Status und kein quo«. Mrs. Murphy beobachtete, wie ihr Mensch mit widerstreitenden Gefühlen kämpfte, von denen Misstrauen gegenüber BoomBoom das augenfälligste war.

»Harry, wenn es dir nicht zusagt, wenn du am Wochenende leidest, kaufe ich dir den neuen Wilson-Tennisschläger, von dem alle schwärmen. Dann kannst du mich schlagen.«

»Ich schlag dich sowieso. Du brauchst mich nicht zu bestechen, BoomBoom.«

»Also?«

»Was zieh ich an?«

»Gott, sie ist echt 'ne harte Nuss.« Pewter atmete aus.

»Und es fehlt ihr total an Spontaneität, aber ich liebe sie.« Mrs. Murphy lehnte sich schnurrend an Pewter, die sich zu ihr gesetzt hatte.

»Ihr zwei gebt wirklich ein hübsches Bild ab, aber ich bin neben Mom und ihr nicht.« Auf die Herausforderung des kleinen Hundes eingehend, sprangen die Katzen auf die Rückenlehne des Sofas. Sie ließen sich hinter Harrys Kopf plumpsen.

»Es wird lustig. Du brauchst nur ein Frühjahrskleid zum Tee. In deinem weißen Abendkleid siehst du super aus. Du brauchst nur ein einziges neues Kleid. Ich weiß, dass du ungern einkaufen gehst.«

»Das Abendkleid hat meiner Mutter gehört.«

»Klassisch. Ein Christian-Dior-Klassiker. Deine Mutter hatte einen fabelhaften Geschmack.«

»Und kein Geld. Das Kleid hat sie gewonnen.« Harry lächelte in Erinnerung an ihre Mutter, die so stolz auf das Kleid gewesen war, das sie tatsächlich bei einem Wettbewerb für die Gestaltung des Weihnachtsballs für die karitative Einrichtung United Way gewonnen hatte. Christian Dior, ein Freund von Tally – Big Mims Tante, die alle und jeden kannte –, hatte das Kleid als Preis ausgesetzt.

»Komm schon. Das wird Fair wachrütteln. Er hat keine Konkurrenten.«

Harry löste die verschränkten Arme. »Das stimmt.« Ihre Augenbrauen zuckten einen Moment. »Also gut, BoomBoom. Ich mach's. Ich weiß nicht genau, warum ich's mache, aber ich mach's.«

»Danke.«

»Frühlingsgefühle«, sagte Pewter lakonisch und ließ einen kleinen Rülpser folgen.

»Entschuldige dich, du Ferkel.« Mrs. Murphy berührte Pewter an der Schulter.

»Entschuldige. Frühlingsgefühle.«

»Pewter, wovon redest du?« Tucker wollte eine Antwort. Sie konnte es nicht ausstehen, wenn die Katzen sich »überspannt« gaben, wie sie es nannte.

»Frühlingsgefühle. Deswegen geht Harry mit diesem neuen Typ aus.«

»Da könntest du Recht haben«, stimmte Mrs. Murphy zu. *»Lottie Pearson wird sich schwarz ärgern. Sie ist auf Männerjagd, und BoomBoom hat sie zugunsten von Mom übergangen. Sie wird sich rächen, wartet's nur ab.«*

»An wem? Mom oder BoomBoom?« Tucker hob den Kopf.

»An beiden. Ich kenne Lottie. Ihr gesellschaftlicher Ehrgeiz ist am Sieden. Von einem gut aussehenden Mann begleitet zu werden, der im Botschaftsviertel von Washington arbeitet, das ist ihre Idealvorstellung. Sie würde noch mehr wichtige Leute kennen lernen, und sie würde wichtig wirken. Sie kultiviert Leute, so sagt man, glaube ich, bevor sie sie um Hunderttausende von Dollars für die Universität bittet. Sie würde auch gern eines Tages in dieser Stadt das Sagen haben. Dazu wird es nicht kommen. Big Mim wird hundertfünfzig Jahre alt. Guckt doch, wie alt Tante Tally ist. Die sterben nie, das schwör ich euch. Aber denkt an meine Worte, Lottie Pearson ist schlau und gerissen. Sie wird sich rächen.«

»Das ist so kleinlich!«, rief Pewter aus.

»Genau, aber so sind die Menschen eben. Sie entfernen sich immer weiter von der Natur, und sie werden sonderbar, obersonderbar.« Mrs. Murphy sah zu, wie Harry BoomBoom in die Küche zur Hintertür begleitete.

»Frühlingsgefühle.« Pewter marschierte in die Küche, um sich noch mehr Katzenkekse einzuverleiben.

6

Die Arbeitswoche verlief ohne besondere Vorkommnisse. Harry und Miranda sortierten die Post, zu dieser Jahreszeit eine leichte Aufgabe. Big Mim gab vor der Samstagsparade Erklärungen ab, wie sich das Hartriegelfest verschönern ließe. Alle lächelten, sagten »Sie haben Recht« und gingen ihren Geschäften nach.

Fair, Harrys Ex-Mann, war stark mit Abfohlen und Aufzucht beschäftigt. Als er erfuhr, dass Harry Diego Aybar zu der Teeparty und dann zum Tanz begleiten würde, schäumte er vor Wut; aber Fair hatte den Fehler begangen zu denken, er brauchte Harry nicht zu fragen. Er hatte angenommen, sie würde mit ihm hingehen, wenn sie sich von der Arbeit losreißen konnte. Er, für gewöhnlich ein zurückhaltender, vernünftiger Mann, knallte ihre Küchentür zu, was die Katzen erschreckte und Harry insgeheim freute.

Miranda strahlte, weil ihr Highschool-Schwarm, der aus Hawaii zurückerwartet wurde, wo er seine Besitzverhältnisse endgültig geregelt hatte, sie zu allen Festivitäten begleiten würde. Sie wollte ihn Freitagmorgen am Flughafen abholen, und sie rechnete damit, dass er sich bis zum Samstag, dem großen Tag, von den Strapazen seiner Arbeit und der Reise erholt haben würde. Tracy Raz, ehemaliger Spitzensportler der Crozet Highschool, Abschlussklasse von 1950, war ein zäher Bursche und ein interessanter obendrein.

Reverend Herbert C. Jones, Pastor der lutheranischen Kirche und diesjähriger Parademarschall, war so vergnügt, wie man ihn nie gesehen hatte, und das wollte etwas heißen, war der gute Pastor doch ohnehin ein fröhlicher Mensch.

Little Mim als Vizebürgermeisterin von Crozet nutzte die Gelegenheit, auf der Aufstellung von mehr Abfalltonnen entlang der Paradestrecke zu bestehen. Sie machte sich bei den Kaufleuten der Stadt beliebt, indem sie die Kosten für die Anfertigung der Flaggen übernahm, die sie über ihre Eingänge hängten. Auf die Flaggen, die das Wort »Crozet« vor einem französisch-blauen Hintergrund zierte, war zudem auf der unteren rechten Seite eine Eisenbahnschiene aufgestickt. Da Crozet nach Claudius Crozet benannt war, einem ehemaligen Ingenieur in der Armee Napoleons, hoffte sie, dass Auswärtige nach den Schienen fragen würden. Nachdem Crozet in Russland in Gefangenschaft gewesen war, hatte er sich dem Kaiser wieder angeschlossen, war bei Waterloo dabei gewesen, hatte es geschafft, den Royalisten zu entkommen und sich nach Amerika einzuschiffen. Er hatte vier Tunnels durch das Blue-Ridge-Gebirge getrieben, eine technische Glanzleistung, die als eines der Wunder des neunzehnten Jahrhunderts galt. Sein Werk – ohne Dynamit, nur mit Hacken, Schaufeln und Äxten vollbracht – existiert bis zum heutigen Tag, ebenso wie die Straßen, die er von der Küstenebene bis ins Shenandoah-Tal gebaut hat.

Die Stadt selbst wurde nie zu einer glanzvollen Bahnstation, sondern blieb ein stiller Haltepunkt, bevor man sich in die Berge begab. Die meisten Einwohner arbeiteten schwer für ihren Lebensunterhalt, einige jedoch erfreuten sich ererbten Reichtums, darunter Little Mim, weswegen sie die Flaggen auch selbst bezahlte. Sie dachte, wenn die Kaufleute die Flaggen nach draußen hängten, würde das den Tag noch bunter gestalten und Stolz auf die Gemeinde bekunden. Nicht, dass es den Bewohnern der kleinen, unspektakulären Stadt an Stolz mangelte, aber er äußerte sich auf die stille Art der Virginier: Sie sprachen nicht darüber. Das Umland mit seinen Apfelhainen zog Touristen aus aller Welt an, ebenso wie Albemarle County selbst, das mit den Geistern von Jefferson und Monroe belastet war, gar nicht zu reden von den vielen Filmstars, Sportgrößen und literarischen Lichtern, die, angelockt von der natürlichen Schönheit der Gegend und der Universität von Virginia, hierher gezogen waren. Da es nur eine Flugstunde von New York City entfernt war, pendelten einige der reichsten Bewohner täglich in ihren Privatjets hin und her.

Obwohl Crozet zu Albemarle County gehörte, wurde Charlottesville, die Bezirkshauptstadt, von den Einwohnern mehr oder weniger ignoriert.

Little Mim, Republikanerin, und ihr Vater, Demokrat, regierten die Stadt jetzt gemeinsam. Er lancierte sie, bedrängte sie aber zugleich, die Partei zu wechseln. Bislang hatte sie widerstanden.

Die Kaufleute verehrten sie, und nicht nur wegen der Flaggen. Wie ihr Vater hatte sie ein natürliches Gespür für Politik.

Lottie Pearson unterstützte Little Mim. Beide Frauen waren knapp einssiebzig groß, schlank und sehr gepflegt. Da jede mit Vorliebe helle Frühlingspullis, Khakihosen und flache Schuhe trug, konnte man sie von hinten einzig dadurch unterscheiden, dass Lottie honigbraune Haare hatte, während die von Little Mim diese Woche aschblond waren. Lottie bot in dieser Woche ein auffälliges Bild, da sie auf eine Leiter kletterte und die großen Blumenkörbe, die an jeder Straßenecke hingen, goss und inspizierte. Wie Fair war sie nicht begeistert, dass Harry Diego Aybar begleitete, aber sie machte gute Miene dazu. Little Mim war dermaßen mit den Festvorbereitungen beschäftigt, dass sie wirklich keine Zeit hatte, allen mitzuteilen, was sie dachte, obwohl sie es so gerne wollte. Little Mim, die geschieden war, fühlte sich allmählich einsam. Diego wäre auch für sie ein passender Begleiter gewesen.

Der letzte Arbeitsgang vor der Parade war die Beflaggung. Alle legten sich ins Zeug, und bald wehten die blaugoldenen Fahnen an der Route 240 und der Whitehall Road. Fahnen hingen an den Gebäuden. Blaugoldene Flaggen und Wimpel flatterten aus den Fenstern. Blau und Gold waren die Farben der französischen Armee unter Napoleon gewesen, das meinte die Stadt zumindest. Weiß und Gold mit der Lilie war das Emblem der Royalisten, deswegen war nirgends eine Lilie in Sicht.

Außer dem großen Kran mit der Abrissbirne, den die Gebrüder O'Bannon benutzten, um die schwereren Gegenstände durch die Stadt zu transportieren, besaßen sie noch einen zweiten, kleineren Kran. Roger hatte den Dreh raus, aufzutauchen, wo immer Lottie gerade war, stets mit der Ausrede, er habe dort etwas zu erledigen. Er bat sie, ihn zum Abbruchball zu begleiten, der am ersten Wochenende im Mai stattfand, aber sie hielt ihn hin und sagte, sie müsse zuerst das Hartriegelfest hinter sich bringen.

Da sie ihn nicht mit einem klaren Nein beschied, machte er sich Hoffnung. Sean riet ihm aufzugeben, ebenso Don Clatterbuck, sein Angelkumpan. Roger schwor, er werde sie erobern.

Freitagabend kroch Harry nach Hause. Sie hatte im Postamt allein die Stellung gehalten, weil Miranda zum Flughafen musste. Sie dachte sich zudem, dass Miranda und Tracy sich viel zu erzählen haben würden, weswegen sie Miranda untersagt hatte, wieder zur Arbeit zu kommen. Das Ironische war, dass Miranda keine Postangestellte war. Ihr vor langer Zeit verstorbener Mann war der Posthalter gewesen, und sie half jetzt aus, um was zu tun zu haben. Als George starb, ließ die Macht der Gewohnheit sie im Postamt ein- und ausgehen. Harry tat Miranda viele kleine Gefälligkeiten, hatte aber das Gefühl, die grenzenlose Großzügigkeit der älteren Frau niemals angemessen vergelten zu können.

Entschlossen, früh schlafen zu gehen, schlüpfte Harry um neun ins Bett, Mrs. Murphy, Pewter und Tucker ebenfalls.

Kurz bevor die Tiere einschliefen, murmelte Pewter: *»Ich hab das Gefühl, morgen wird ein großer, großer Tag.«*

»Das Hartriegelfest ist immer ein großer Tag.« Tucker wälzte sich auf die Seite.

»Da kommt noch mehr.« Die graue Katze schloss die schönen hellgrünen Augen.

Mrs. Murphy, die auf dem Rücken neben Harry lag, wandte den Kopf und sah Pewter an, die auf dem Kissen ruhte. *»Katzenintuition.«*

7

Der Samstag dämmerte hell und klar herauf, morgens um halb sechs betrug die Temperatur acht Grad. Die Judasbäume standen in voller Blüte, nur die in den Senken, wo es kühler war, blieben dunkel himbeerrot, bevor sie voll aufblühen würden. Die Apfelbäume hatten noch einige wenige Blüten, aber die

Birnbäume waren abgeblüht, ebenso die Pfirsichbäume. Die Gärten in der Stadt waren voller Tulpen und Stiefmütterchen. Aber die Pracht, die Herrlichkeit, die Schönheit des Frühlings lag in den Hartriegelblüten, die sich zufällig diesen Tag ausgesucht hatten, um aufzugehen. Die Berge waren übersät mit wildem Hartriegel. Cremig rosa blühende Bäume sprenkelten leuchtend grüne Rasenflächen. Weißer und rosa Hartriegel säumte Zufahrten. Wo man hinsah, blühte Hartriegel, und um das Bild vollkommen zu machen, hatten sich auch die Azaleen geöffnet. Kräftig rosa, blasslila und flammend orangerote Azaleen verkündeten die endgültige Ankunft des Frühlings in Virginia. Die Glyzinien, die sich an Türstöcken und Pergolen wiegten, ergänzten die unglaublichen Farben um lavendel und weiß. Von Glyzinien überwucherte alte Ruinen lockten Fotografen an.

Ja, es war Frühling geworden, aber nicht irgendein Frühling, sondern Frühling im Blue-Ridge-Gebirge, die Apotheose aller Frühlinge.

Harry lächelte, als sie morgens um neun zu ihrer alten Highschool fuhr. Die Parade würde um zehn beginnen. Ihr Zugeständnis an ihre Aufgabe bestand darin, Wimperntusche aufzutragen, ihre Jeans und ein frisches weißes T-Shirt zu bügeln. Ein roter Pullover mit rundem Halsausschnitt hielt sie warm. Die Temperatur betrug um die zehn Grad. Mrs. Murphy, Pewter und Tucker, bewährte Parade-Helferinnen, waren vollendet herausgeputzt.

Als Harry den alten Transporter parkte, war die Temperatur auf fünfzehn Grad gestiegen. Bis zum Mittag würde sie wohl zwanzig Grad erreicht haben und den Tag über diese wohlige Wärme bewahren.

Trotz Lampenfiebers lächelten alle, als sie sich auf dem geteerten Platz vor der Crozet Highschool aufstellten. An einem Tag wie heute war es unmöglich, nicht zu lächeln.

Mrs. Murphy und Pewter saßen auf einer hölzernen Milchkiste, die auf der Ladefläche des Transporters stand. Da Harry dort geparkt hatte, wo die Parade losging, hatten sie die beste Aussicht. Tucker konnte es nicht ertragen, nicht bei Harry zu sein, deshalb blieb sie ihrem Menschen auf den Fersen.

»Wie sehe ich aus?« Reverend Jones streckte die Arme aus, eine blaugoldene Marschallschärpe bedeckte seine Brust.

»Nach einer Million Dollar.« Harry lächelte. »Sind Sie bereit?«

»Was mach ich denn schon außer winken?« Der ältere Mann lachte.

Sean und Roger O'Bannon kamen hinzu. Roger, der eine Spur kleiner war als sein Bruder, hatte seinen rotblonden Haaren offensichtlich erst vor kurzem einen Bürstenschnitt verpassen lassen.

»Schon Zeit?«

»Noch Zeit.« Harry lächelte ihn an. »Dein neuer Haarschnitt gefällt mir.«

»Schonzeit.« Roger schnippte mit den Fingern, ganz der jüngere Bruder, ein bisschen aufsässig. »Weißt du, dass ich jetzt im fünfzehnten Jahr einen Festwagen fahre? Krieg ich 'nen Orden dafür?«

»Nein, Roger. Das zeigt, dass du ein Masochist bist.« Harry lachte.

»Seit ich den Führerschein habe.«

»Lügner.« Sean stieß seinen Bruder an. »Du bist schon gefahren, bevor du den Führerschein hattest.«

»Aber keinen Festwagen.«

»Wenn Dad hier wäre, würde er das regeln.«

»Ist er aber nicht.« Roger gab Harry einen Klaps auf den Rücken. »Leg bei Lottie ein gutes Wort für mich ein.«

»Wieso?«

»Sie spielt die Unnahbare.«

»Kluges Mädchen.« Sean lachte.

Roger knurrte ihn an, fletschte die Zähne wie Fänge. Das erschreckte Tucker, die zurück knurrte. »Ich möchte, dass sie mit mir auf den Abbruchball geht.«

»Du machst meinen Hund nervös«, sagte Harry zu Roger.

»Dieselbe Wirkung hat er auf Lottie.«

»Sean.« Roger hob in höchster Verzweiflung die Hände. »Was wollen die Weiber?«

»Frag uns, immer eine auf einmal«, erwiderte Harry rasch.

Roger lachte. »Gut gegeben.«

Sean sagte zu Roger: »Beharrlich sein und Geschenke schicken. Funktioniert bei mir immer.«

»Ach? Seit wann?« Roger zog an Seans Pferdeschwanz.

»Du fährst ihren Festwagen. Das sollte deine Hormone anstacheln.« Sean brachte seinen Pferdeschwanz wieder in Ordnung. »Zeig ihr, dass sie was Besonderes ist.«

»Jungs, soll ich lieber gehn?«

»Ich sagte Hormone. Von seiner Spermenzahl war nicht die Rede.« Sean feixte. »Da ist ihm nicht zu helfen.«

Harry hob die Hände. »So genau wollte ich's gar nicht wissen! Jeder geht jetzt wieder zu seinem Festwagen.«

»Du bist mit Frauen schlimmer als ich«, gab Roger seinem Bruder flugs zurück.

»Nun?« Harry verschränkte die Arme.

»Ich gehe.« Roger machte auf dem Absatz kehrt.

»Ich nicht.« Sean wartete, bis sein Bruder außer Hörweite war, dann flüsterte er: »Meinst du, es würde was nützen, wenn du mit Lottie sprichst?«

»Bestimmt nicht. Sie ist sauer, weil BoomBoom für mich eine Verabredung mit jemand arrangiert hat, mit dem sie auf den Ball gehn wollte.«

»Wer ist es?«

»Ich kenne ihn nicht. Ein Freund aus Washington. Lottie kennt ihn auch nicht, aber er ist neu, und er hat eine gute Stellung bei einer Botschaft. Die Vorstellung hat sie wohl gereizt. So oder so, auf mich würde sie nicht hören. Bitte Little Mim, dass sie euch hilft, Lottie hat für das Fest mit ihr zusammengearbeitet. Ist 'nen Versuch wert.«

Sean lächelte matt. »Danke, Har.« Er ging ein paar Schritte, dann drehte er sich zu ihr um. »Er ist ganz okay, ein bisschen ungeschliffen. Typischer Motorfreak.«

»Ich weiß.« Sie blinzelte, als Sean sich aufmachte, um Little Mim zu suchen.

Harry sah auf ihre Uhr, dann auf ihr Klemmbrett. Sie überprüfte die Festwagen. Der Wagen von O'Bannon's Salvage war eine sorgsame Rekonstruktion von Monticello, aus Schrott gefertigt.

»Die gewinnen mit Sicherheit den Preis«, flüsterte ihr Reverend Herb, der hinter sie getreten war, ins Ohr.

Harry wandte sich wieder ihrer Liste zu. »Herb, Sie sehen blendend aus, und Sie werden in etwa fünfzehn Minuten losziehen. Wir haben die St.-Elizabeth-Kapelle gleich hinter Ihnen und dem Mah-Jongg-Club.«

Die Mah-Jongg-Damen, die meisten in Rikschas, die von strammbeinigen Burschen gezogen wurden, trugen chinesische Kleider. Der Club existierte seit den 1920er Jahren, und dies waren die übrig Gebliebenen, unter ihnen Tante Tally Urquhart in einem stahlblauen Kleid.

Harry griff nach dem Megaphon, als sie den quadratmetergroßen Holzsockel erklommen hatte, der ihr als Kommandostand diente. »Hey, Leute.« Alle plapperten noch. »Erde an Parade. Erde an Parade.« Langsam verstummten die Versammelten, vielleicht fünfhundert an der Zahl. »Noch zehn Minuten bis zum Start. Wenn ihr noch mal aufs Klo müsst, dann geht jetzt.« Kichern und Gelächter. »Denkt dran, die Parade dauert immer länger als wir denken. Entlang der Strecke stehen Leute mit Eimern voll Eis, Wasserflaschen, Gatorade. Die sind für euch da. Wenn ihr auch nur ein kleines bisschen durstig seid, ruft rüber, und sie bringen euch was zu trinken.«

»Scotch mit Eis«, brüllte Tante Tally; für eine Frau über neunzig hatte sie eine kräftige und jugendliche Stimme.

»Oh, Sie haben mir mein Geschenk vermasselt.« Reverend Herb Jones trabte hinüber und überreichte ihr eine Flasche guten Scotch; alles ringsum schrie vor Lachen, und als der Vorfall von vorne nach hinten weitergesagt wurde, erklang immer wieder Gelächter.

»Ich könnte ein bisschen Katzenminze vertragen.« Pewter war Harry dankbar, dass sie eine große Schüssel mit Wasser sowie Katzenkekse in den Transporter gestellt hatte, aber sie hätte gern auch Katzenminze gehabt.

»Dann steig doch in eine Rikscha. Das erhöht deine Chancen.« Murphy lachte.

»Ja, warum nicht.« Die graue Katze lehnte sich über die Kante des Transporters.

Harry sah wieder auf die Uhr. »Noch acht Minuten.«

Eine sportliche Gestalt joggte neben den versammelten Festwagen her.

»Willkommen daheim!« Harry strahlte, als sie Tracy Raz sah.

»Hey, Mädel.« Sie beugte sich herunter, und er gab ihr einen Kuss. »Ich komm später zu Ihnen. Knuddel ist nervös. Ich glaube, ihre Tröte ist ein bisschen rostig.« Er lachte über Miranda, die er manchmal »Knuddel« nannte, das war ihr Spitzname aus der Highschoolzeit.

Miranda war die Stimmführerin der Kirche zum heiligen Licht, und der Chor hatte sich auf einem Festwagen aufgestellt, der den Namen »Treppe zum Paradies« trug – was anderes hätte man auch nicht erwartet.

»Haben Sie BoomBoom gesehen?«

»Vor einer Minute. Aufgedonnert.« Er lächelte.

»Kein Wunder. Hey, Sie kommen doch zum Tanztee. Wir sehen uns dort.«

»Alles klar.« Er gab ihr noch einen Kuss und joggte die Wagenreihe zurück bis dorthin, wo Miranda in ihrem Chorgewand zu sehen war, mit dem Rücken zu Harry. Die anderen Chormitglieder nahmen auf der Treppe zum Paradies ihre Plätze ein. Einige machten den Eindruck, als würde ihr Schöpfer sie in Bälde zu sich rufen.

»Mom, vergiss bloß nicht, selbst Wasser zu trinken«, bellte die stets fürsorgliche Tucker.

Harry stieg herunter, nahm den Hund auf den Arm und kletterte wieder hinauf. Sie verstand nicht ein Wort von dem, was der Corgi gesagt hatte.

Jim Sanburne und Little Mim saßen in einem offenen Cabrio hinter Herbs Festwagen.

Harry lächelte ihnen zu und sie lächelten zurück. »Little Mim, Sean sucht dich.«

»Er hat mich gefunden. Ich werde tun was ich kann«, lautete die wenig begeisterte Antwort.

Lottie war auf dem dritten Festwagen, »Töchter der Zeit«, der von den Vereinigten Töchtern der Konföderation gesponsert wurde. Lotties Reifrock war so weit, dass ein steifer Wind sie in die Luft befördern könnte. Roger fuhr diesen Wagen, Sean fuhr den O'Bannon-Festwagen.

»Noch vier Minuten«, rief Harry.

Ein Zupfen an ihren Jeans ließ sie sich umdrehen. BoomBoom, für den Festwagen der Herz-Hilfe als Zwanziger-Jahre-Feger kostümiert, sagte: »Ich möchte, dass du Diego vor dem Tee kennen lernst. Mary Minor Haristeen, darf ich vorstellen, Diego Aybar.«

Harry machte den Mund auf, aber es kam erst mal nichts heraus. Sie starrte in die klaren braunen Augen eines der bestaussehenden Männer, denen sie je begegnet war. »Ah – willkommen in Crozet.«

»Es ist mir ein Vergnügen. BoomBoom sagt, ich solle Sie in Tante Tallys« – er sagte »Tante Tallys« mit einem spanischen Akzent und einem Anflug von Belustigung – »Garten treffen. Sie sagt, alle verlieben sich in dem Garten.«

»In den Garten.« Harry lächelte.

»Nein, in dem Garten«, berichtigte BoomBoom. »Hört, ich muss jetzt wieder auf meinen Wagen. Diego, die beiden besten Plätze, sich die Parade anzusehen, sind hinten auf Harrys Transporter oder die Ecke Route 240 und Whitehall Road.«

»Versuchen Sie's mit dem Transporter«, stammelte Harry. »Die zwei Katzen sind gute Gesellschafterinnen.«

Die zwei Katzen lachten in eben diesem Augenblick über ihre Mutter, die völlig aus dem Häuschen war. Keine konnte sich erinnern, Harry jemals so gesehen zu haben.

»Die besten Freunde kommen auf vier Beinen daher«, sagte Diego mit seiner betörenden hellen Baritonstimme.

»Also das ist mal ein Mann mit Verstand.« Mrs. Murphy trat vor, um ihn zu begrüßen, als er graziös auf die Ladefläche sprang.

»Noch eine Minute«, rief Harry ins Megaphon.

Reverend Herb Jones richtete sich gerade auf, holte tief Luft. In dem Auto hinter ihm gab Little Mim ihrem Vater einen Kuss auf die Wange. Die Fahrer ließen die Motoren an. Einige Kapellenmitglieder warfen die Schultern zurück, andere leckten ihre Mundstücke an, während die Trommler erwartungsvoll ihre Stöcke wirbelten.

»Zehn, neun, acht, sieben, sechs, fünf, vier, drei, zwei, eins – los!«, rief Harry.

Die Trommler klapperten rhythmisch mit ihren Stöcken. Die vier Highschool-Kapellen, die, gleichmäßig verteilt, die Parade begleiteten, marschierten an ihre Plätze. Reverend Jones fuhr vorneweg langsam vom Schulplatz. Die St.-Elizabeth-Kapelle, die als Erste mit Musik dran war, ging anfangs nur mit Basstrommeln los, *bumm*, *bumm*, *bumm*, dann kamen die Schnarrtrommeln hinzu, und binnen einer Minute schmetterten alle die stets beliebte Titelmelodie von *Rocky*.

Harry winkte jeder Gruppe zu, als sie an ihr vorbeizog. Sie hörte das Gejohle der vielen Menschen, die sich am Straßenrand drängten. Tränen schossen ihr in die Augen. Sie hatte ein Gefühl, als würde ihr eigenes Leben an ihr vorbeiziehen. Der Anblick von Tally Urquhart in ihrer Rikscha, die an ihrer zweiundneunzigsten Parade teilnahm (Tally war schon als Kleinkind ein Star gewesen), ließ die Tränen fließen.

Was für ein großes Glück ist es doch, dort zu sein, wo man Menschen kennt, wo man Menschen liebt und hoffentlich von ihnen geliebt wird. Dass ihre Familie unmittelbar nach dem Unabhängigkeitskrieg hier heimisch geworden war, nachdem es sie von der Küstenebene fort trieb, wo sie seit 1640 gelebt hatte, stärkte ihr Heimatbewusstsein nur noch mehr.

Tucker drückte sich an Harry. Tucker liebte Musik. Die Katzen waren auf das Dach des Transporters gesprungen, um ja nichts zu verpassen.

Harry winkte Freunden und Nachbarn zu, als sie vorüberzogen, und dann sah sie wieder zu Diego hin. Sein Lächeln war fünftausend Megawatt stark. Sie lächelte zurück, froh, dass dieses kleine Stück von Virginia ihm gefiel. Es war ihr nicht in den Sinn gekommen, dass auch sie ihm gefiel.

Harry war zumute, als würde ihre Brust zerspringen. Die Freude, so groß, wie Gram tief war, überwältigte sie nahezu.

8

Es waren nur drei Kilometer von der Highschool bis zur Hauptkreuzung der Stadt, aber die Strecke war hügelig. Dies berücksichtigend, hatten die Konstrukteure der Festwagen Geländer und Stützen ersonnen, etwa imitierte Steinblöcke mit kleinen Handgriffen daran, an denen sich die Leute auf den Wagen festhalten konnten, wenn diese bergab rollten.

Lottie Pearson hatte das vergessen. Als der Festwagen der Töchter der Konföderation sich kurz vor der Feuerwache abwärts neigte, taumelte sie vom Wagen, und nur das Metall in ihrem Reifrock, der zuerst auf dem Pflaster landete, rettete sie. Sie blieb unverletzt, und Freunde, die an der Paradestrecke standen, halfen ihr wieder hinauf. Roger konnte den Wagen nicht verlassen. Lotties Rock war verbogen, was zur Folge hatte, dass ihre lange Unterhose hervorguckte. Jedes Mal, wenn sie den Rock zurechtschob, rutschte er hinten hoch. Das erzeugte Hochrufe und Gelächter, aber nicht von der Art, die sie zu hören gehofft hatte. Da sie die führende Dame ganz vornean auf dem Wagen war, wollte sie ihren Posten nicht aufgeben. Wenn sie die Wahl hatte, ihren Hintern zu zeigen oder sich zurückzuziehen, beschloss Lottie tapfer, ihren Hintern zu zeigen.

Als die letzte Kapelle vom Parkplatz marschierte, die schwarzrote von der Albemarle Highschool, sprang Harry von ihrem Sockel.

»Mom ist ein bisschen braun geworden. Sieht gut aus zu ihrem weißen T-Shirt«, bemerkte Pewter, als Harry ihren Pullover auszog, da es wärmer wurde. Kichernd erinnerte Pewter sich an den Anblick, wie Harry ihre Jeans und ihr T-Shirt gebügelt hatte.

»Niemand sieht in Jeans besser aus als Harry«, rief Tucker hinter ihrer Mutter hervor. *»Ich meine, wenn dieser Mensch einen trainierten Körper mag, dann muss er Mom mögen.«*

Mrs. Murphy liebte ihre Mutter, aber ihr war klar, dass nicht alle Männer natürliche Frauen mögen. Viele, von

Künstlichkeit angezogen, wollen üppiges Haar, vorzugsweise blond, bis zum Maximum hochgepuschte Titten, lange Fingernägel, teure Kleider und vollendetes Make-up. Mit einem Wort, BoomBoom.

Harry war tatsächlich eine schöne Frau, aber sie hatte keinen Sinn dafür. Die hohen Wangenbeine unterstrichen die wunderbare Struktur ihrer Gesichtsknochen. Ihre langen schwarzen Wimpern lenkten die Aufmerksamkeit auf ihre sanften braunen Augen. Sie trug selten Lippenstift auf den vollen Lippen. Die kurzen schwarzen Haare ringelten sich unmittelbar oberhalb ihres Nackens. Aber man musste Harry schon sehr genau anschauen, um ihre Schönheit wahrzunehmen. Die Schönheit einer Frau wie BoomBoom sprang einem direkt ins Auge.

Da Harry frei von Eitelkeit war, konnte sie sich auf ihr jeweiliges Gegenüber konzentrieren. Sie hielt sich nicht für hübsch. Sie sorgte sich nicht darum, was für einen Eindruck sie machte. Ihr Augenmerk galt dem anderen Menschen. Diese Eigenschaft betörte mehr Männer als ihr Aussehen, sobald sie sie einmal genau betrachtet hatten. Sie hatte etwas Unschuldiges an sich. Nie, nicht ein einziges Mal, war ihr in den Sinn gekommen, dass Männer sie attraktiv finden könnten. Sie hatte ihren Ex-Mann seit dem Kindergarten gekannt. Die Kunst zu flirten, Männer zu verführen, erschien ihr unerheblich, weil sie Fair immer geliebt hatte. Als er sie verließ, nahm sie an, dass sie nie wieder lieben würde. Sie ließ keine Tiraden vom Stapel, wie schrecklich die Männer seien, dass sie die Frauen ausnutzten und dann fallen ließen, der übliche Aufschrei der verlassenen Frau. Harry hatte Frauen gesehen, die sich Männern gegenüber abscheulich benahmen. Für sie war ein Geschlecht so schlimm wie das andere.

Fairs Bemühungen um Versöhnung rührten sie. Sie liebte ihn aufrichtig, aber jetzt auf ganz andere Weise. Anfangs meinte sie ihm nie wieder vertrauen zu können. In letzter Zeit dachte sie, dass sie es vielleicht doch könnte. Er hatte etwas gelernt und sie hatte etwas gelernt, aber das Schwierige dabei war, dass sie nicht wusste, ob sie wieder romantische Gefühle für ihn empfinden würde. Mit Sicherheit konnte sie mit ihm ins Bett gehen. Sie kannte seinen Körper wie eine Blinde die Blindenschrift. Aber das schließt romantische Sehnsucht nicht ein.

Sie teilte diese Gedanken Susan oder Miranda nicht mit. Harry behielt ihre geheimsten Gedanken für sich; manchmal fragte sie die Tiere nach ihrer Meinung.

Als Mrs. Murphy Harry auf den Transporter zukommen sah, spürte sie die Leichtigkeit ihres Schritts und die aufwallende Energie, die das Gesicht ihres Menschen verklärte.

»Wie könnte Diego Mom nicht mögen … aber ist er gut genug?« Mrs. Murphy streckte sich. *»Immerhin können wir Charaktere besser beurteilen als Menschen. Wir müssen diese Situation durchleuchten.«*

»Du hast Recht, und ich hätte von vornherein daran denken sollen.« Tucker hatte ein schlechtes Gewissen.

»Du hättest es schon noch getan.« Mrs. Murphy sprang auf die Ladefläche des Transporters, just als Diego, durchschnittlich groß und muskulös, hinuntersprang.

»Ach Quatsch«, widersprach Pewter. *»Ein Mensch ist ziemlich genau wie jeder andere. Sie machen einen Riesensums um diese winzig kleinen Unterschiede, aber als Spezies sind sie alle aus demselben Holz geschnitzt.«*

»Mutter ist besser.« Tucker verteidigte Harry, die sie von ganzem Herzen liebte.

»Sie machen sich ins Hemd wegen Pingel- und Popeligkeiten, aber ich finde, sie sind alle sehr verschieden, und das ist ihr Dilemma. Sie sind Herdentiere, und sie brauchen einander, um zu überleben, aber sie können keine Gemeinschaften gründen, die alle einschließen. Das ist ein echtes Kuddelmuddel. Sie erkennen ihre wesentliche Natur nicht, nämlich Teil der Herde zu sein«, erklärte Murphy.

»Ich bin nicht Teil einer Herde.« Pewter sprang stolz zu Murphy.

»Natürlich nicht. Du bist eine Katze«, sagte Murphy.

»Murphy, die Idee mit der Herde hört sich gut an, aber du hast einmal gesagt, Hunde sind Rudeltiere, und ich bin hier – nicht bei

anderen Hunden.« Tucker wartete, dass Harry sie in die Fahrerkabine des Transporters setzte.

»Wir sind dein Rudel.« Mrs. Murphy machte ihren Standpunkt klar. *»Der Umstand, dass wir Katzen plus ein Mensch sind, ist unerheblich.«*

»H-m-m.« Tucker sann hierüber nach, während die Menschen miteinander plauderten. *»Daran hab ich nie gedacht.«*

»Mrs. Murphy, die Superkatze.« Murphy warf sich in die Brust, dann lachte sie.

»... lustiger«, beendete Diego seinen Satz, der mit »umso« begonnen hatte. Er war einverstanden gewesen, mit zwei Katzen, einem Hund und Harry vorne in dem Transporter mitzufahren. Es schien ihm überhaupt nichts auszumachen.

Harry fuhr hinten herum. Sie parkten in der Nähe der Hauptkreuzung und gingen das letzte Stück zu Fuß. Die Katzen blieben bei geöffneten Fenstern im Transporter. Keine von beiden liebte Gedränge; allerdings ritten sie meistens auf Harrys Schultern, wenn sie mal ins Getümmel mussten. Pewter beschwerte sich über die Marschmusik. Mozart war ihr lieber. Außerdem taten die Trompeten ihren Ohren weh. Mrs. Murphy fand, es war Zeit für ihren Mittagsschlaf.

Beflissen begleitete Tucker Harry und Diego. Als sie zu der Hauptkreuzung kamen, säumten die Menschen die Straße in Viererreihen, eine Masse für Crozet. Mit einssiebenundsiebzig konnte Diego über den größten Teil der Menge hinwegschauen, aber Harry mit einssiebenundsechzig musste sich auf die Zehenspitzen stellen.

Diego schob sich vorsichtig nach vorne, griff hinter sich nach Harrys Hand und zog sie mit sich. Als die Leute sahen, dass es ihre Posthalterin war, mit Tucker auf dem Arm, machten sie gerne Platz.

Kaum hatten sie ihren Standort erreicht, als der Festwagen der Vereinigten Töchter der Konföderation vorüberrollte; Lottie und ihre Unterhose riefen Bemerkungen hervor.

Harry hörte Roger O'Bannon einem Zuschauer zubrüllen: »Gib mir zwanzig Mäuse, und ich kipp sie alle auf die Straße.«

Das Angebot wurde mit Gelächter quittiert. Lottie ignorierte es natürlich.

Angespornt von dem Gelächter, steckte Roger den Kopf noch weiter aus dem Laster, der von dem Festaufbau kunstvoll verborgen war. »Hey, Lottie, willste den Reifen nicht wegschmeißen?«

»Halt den Mund, Roger.«

»Du solltest lieber nett zu mir sein. Ich steuere dieses Schiff.« Er lachte laut. Sie ignorierte ihn wieder, darum stieß er einen missbilligenden Pfiff aus. »Lottie, oh, Lottie Pearson.«

»Roger, um Himmels willen, pass auf, wo du hinfährst.«

Sie waren dicht an den Straßenrand geraten.

»Wollte euch Mädels bloß was leckeres Kaltes zu trinken besorgen.«

Danny Tucker, Susans Sohn, eilte herbei, zwei Getränke in jeder Hand. Die Damen nahmen sie begierig entgegen.

»Wie konnten die Frauen diese Dinger bloß anhaben?«, murrte eine junge Dame, denn die Montur war schwerer als alles, was sie je getragen hatte.

»Sie haben sie nicht jeden Tag angezogen«, fuhr Lottie sie an, besann sich aber, dass sie sich auf die Menge konzentrieren sollte. Sie lächelte breit und winkte, dann sah sie, erblickte sie Diego Aybar. Ihr Lächeln gefror. Sie fasste sich und ignorierte weiterhin Roger, dessen Ansinnen immer schlüpfriger wurden.

Am Ende der Parade war die Stimmung der Teilnehmer und der Menge noch ausgelassener als zu Beginn. Der Grund hierfür war, dass die Veteranen von Kriegen im Ausland eine kleine Blaskapelle mit zwei Schnarrtrommeln hatten und sich gegen Ende der Parade marschierend und spielend aus ihr lösten. Sie marschierten geradewegs in eine kleine Bar, wo sie weiterhin ihren Mann standen.

BoomBoom machte ein Polaroid-Foto von Don Clatterbuck und Roger auf dem Festwagen. Die »Schönheiten« waren samt und sonders geflohen. In dem Moment, als sie knipste, begaben sich die zwei Männer schnurstracks in die Bar.

»Ist das immer so?«, fragte Diego.

»Mehr oder weniger, das heißt, sie betrinken sich entweder mehr oder weniger.« Harry lächelte.

»Ah, ja.« Er lächelte zurück, und es war offensichtlich, dass sie ihm gefiel. In der Botschaft gab es nicht viele Frauen wie Harry. Sie faszinierte ihn. »Bei uns sind die Jahreszeiten anders herum. Frühlingsgefühle stellen sich Ende Oktober und Anfang November ein.«

»Ich stelle es mir schön vor in Südamerika.«

»Ja – nicht jeder Zentimeter, aber – ja.«

»Hat BoomBoom Ihnen den Zeitplan für heute gegeben?«

»Wir gehen auf eine Teeparty. BoomBoom wollte, dass ich Sie im Garten treffe. Sie hatte vorgeschlagen, dass ich mir die Parade anschaue und Sie anschließend treffe, aber ich wollte Sie so bald wie möglich kennen lernen, und ich bin froh, dass ich es getan habe.«

»Ich auch. Ich vermute, BoomBoom wollte, dass wir uns im Garten treffen, weil ich dann ein Kleid angehabt hätte. Das kommt selten vor.« Harry errötete kurz. »Offen gesagt, ich bin fast immer in Jeans.«

»Señorita, Sie sind schön, ganz egal, was Sie anhaben.« Er neigte leicht den Kopf.

»Oh, das ist gut.« Tucker war begeistert.

Harry brach in Lachen aus. »Mr. Aybar ...«

»Diego.«

»Diego, Sie sind sehr liebenswürdig.« Sie holte tief Luft. »Wir haben noch ein paar Stunden, bevor wir uns für die Party umziehen müssen. Wenn Sie wollen, kann ich Sie herumfahren, Ihnen ein bisschen die Gegend zeigen. Allerdings glaube ich nicht, dass wir es rechtzeitig bis Monticello und zurück schaffen können.«

Er hob die Hand. »Ich bin dort gewesen. Mr. Jefferson besitzt meine volle Bewunderung.«

»Rumkreuzen?«

»Rumkreuzen.« Er sprach ihr Wort nach. Diego lernte schnell.

Und sie kreuzten herum und plauderten die ganze Zeit. Sie

fuhr an Landsitzen, Apfelhainen, Rinderfarmen vorbei. Zu ihrer Freude erfuhr sie, dass die Aybars einen Wohnsitz in Montevideo unterhielten, aber auch eine *Estancia* hatten, wo sie Vieh züchteten.

Diego hatte an der Duke-Universität und an der Yale-Universität und abschließend in seiner Heimat Uruguay Jura studiert. Sein Vater hatte ihn zum diplomatischen Dienst getrieben, doch sein Herz gehörte der Landwirtschaft.

»Ich bin an einem Scheideweg.«

»Und Ihr Vater wird verstimmt sein?«

»Er wird an die Decke gehen.« Diego lächelte matt. »Die Familie ist in meiner Heimat, oh, ich kann nicht sagen wichtiger, aber enger, tiefer verpflichtet vielleicht. Hier kommt die Arbeit zuerst – so scheint es mir zumindest. Heimat heißt Familie. Und wie alles ist das gut und schlecht. Sehen Sie, wir haben herrschende Familien, und sie fragen nicht, was ist das Beste für Uruguay, sondern was ist das Beste für die Familie.«

»Ich glaube, ich verstehe. Und Sie kommen aus einer solchen Familie.«

»Mein Vater und mein Großvater würden das gerne glauben.«

»Vielleicht kann dieses Wochenende Ihre Gedanken von Ihrem Scheideweg abbringen.«

»Oder mir helfen, zu einem Entschluss zu kommen. Man möchte seine Familie ja ungern enttäuschen, nicht? – aber man möchte auch ungern dem eigenen Ich Gewalt antun.«

»Darüber sind ganze Romane geschrieben worden.« Harry bog ab in Richtung Berge. »Wo ist Thomas Steinmetz?«

»Er musste noch ein paar Verpflichtungen nachkommen, aber er wird zum Tee da sein. Sie müssen wissen, dass Ihr Bezirk überquillt von pensionierten Botschaftern, Diplomaten, ranghohen Beamten und höheren Militär-Offizieren«, erwiderte Diego.

Als Harry Diego vor BoomBooms Gästehaus absetzte, hatten sie eine Menge über einander erfahren. Das Wichtigste war vielleicht, dass sie beide Sinn für Humor hatten.

Das Telefon klingelte, als Harry sich mit ihrer Strumpfhose abmühte.

»Wie findest du Diego?«, fragte BoomBoom.

»Er sieht gut aus und ist charmant.«

»Ich dachte mir, dass er dir gefällt. Landwirtschaft ist seine Leidenschaft.«

»Ja, das haben wir festgestellt. Rufst du nur an, um dich zu erkundigen, wie ich ihn finde?« Harry blieb BoomBoom gegenüber misstrauisch.

»Hm, nein. Ich brauche deine Hilfe. Roger O'Bannon hat Lottie Pearson beleidigt, und sie ist sowieso schon wütend auf mich – umso mehr, als sie ein Auge auf Diego geworfen hat. Ich habe Tante Tally gebeten, Roger wieder auszuladen, aber sie will nichts davon hören, du weißt ja, Tante Tally liebt Szenen über alles. Ich dachte, du könntest vielleicht mit ihr sprechen. Sie kann dich besser leiden als mich.«

»BoomBoom, seit wann bist du um Lottie Pearson besorgt? Da steckt doch mehr dahinter, als du mir erzählst.«

»Nein, wirklich nicht. Ich hatte gehofft Tante Tally mit einer Szene zu verschonen.«

»Um Gottes willen, BoomBoom, Tante Tally lebt bei Szenen auf.« Harry fing an zu lachen.

»Du hast Recht, ich hab mir selbst widersprochen.« BoomBoom seufzte tief. »Ich hatte gehofft, mich selbst zu verschonen.«

Tante Tally sollte ihre Szene bekommen, aber eine andere als die, die BoomBoom vorausgesehen hatte.

9

Damit eine Party in Virginia ein Erfolg wird, sind bestimmte Vorkommnisse unerlässlich. Erstens muss jemand in Tränen aufgelöst fortgehen. Zweitens muss jemand infolge maßlosen Saufens ohnmächtig werden. Drittens muss es eine Schlägerei geben, und schließlich muss sich jemand verlieben.

Nach diesen Begebenheiten gefragt, würden die meisten Virginier die Schlägerei, die Tränen und die Trunkenheit verurteilen, aber nicht so Tante Tally. Freimütig bekennend, dass das Leben Theater sei oder zumindest ihre Partys Theater seien, mischte sie ihre Gäste wie Wasser und Schwefelsäure und wartete dann auf die Explosion.

Mit zunehmendem Alter wurde ihr Appetit auf dramatische Ereignisse nur noch mehr angeregt. Ihre geliebte, wenngleich bekrittelte Nichte Big Mim meinte, das komme daher, weil Tante Tally kein Sexualleben habe. Sie bringe anderer Leute Hormone in Wallung.

Als sie dies hörte, fauchte Tally: »Natürlich hab ich kein Sexualleben. Es gibt keine Männer über neunzig und die unter neunzig wollen nichts von mir wissen. Finde mir einen Liebhaber und ich sorge dafür, dass ihm die Puste ausgeht. Ich bin immer noch scharf im Bett, Marilyn, merk dir das!«

»Lieber Gott, verschone mich«, murmelte Big Mim durch ihre mattbronzefarben geschminkten Lippen.

Dies spielte sich vor Reverend Jones, Miranda, Susan und Ned Tucker ab sowie Lottie Pearson, die zeitig gekommen war, um sich unter die älteren Herrschaften zu mischen, stets auf der Jagd nach großzügigen Spendern für die Universität. Big Mim konnte auf keinen Fall verschont werden.

»Worauf starrt ihr alle mit offenem Mund? Auf diese Weise fangt ihr Fliegen.« Tally schnippte ihren Stock mit dem silbernen Hundekopf zu den Anwesenden hin. Ehe sie die Versammelten noch mehr schelten konnte, flog die Tür auf, und alle Übrigen schienen zugleich einzutreffen. Die O'Bannons stürmten äußerst aufgekratzt herein. Roger trug aus Gründen, die nur ihm und Jim Beam bekannt waren, einen Minzezweig an seinem Sportsakko. Sean küsste Tante Tally mehrmals. Sie ließ ihn nur ungern los.

Ned Tucker merkte, dass Tante Tallys Personal, fast so alt wie die große Dame selbst, nie und nimmer imstande sein würde, die Hors d'œuvres und Getränke fix genug herumzureichen. Flugs dirigierte er die Leute an die Bar, eine vorläufige Maßnahme. Dann rief er den Kapellmeister der Crozet Highschool an, einen alten Freund, er möge ein paar Schüler schicken, damit sie das Essen herumreichten. Er werde der Crozet Highschool eine Spende zukommen lassen.

Kaum hatte er aufgelegt, als BoomBoom hereingewirbelt kam, der durchsichtige Rock ihres Frühjahrskleids in duftigem Lavendelblau fing das Licht und die Brise ein. Neben BoomBoom reihte sich Thomas Steinmetz, blond, mittelalt, tadellos gekleidet, in die Schlange, um Tante Tally seine Aufwartung zu machen. Er war ein Mann, der nach London flog, wenn ihn die Lust überkam, um sich bei Trunbull & Asser für Hemden, in Geschäften in der Jermyn Street für Anzüge und bei Lobb's oder Maxwells für Schuhe Maß nehmen zu lassen. Hinter Thomas stand Diego, ebenfalls tadellos in Schale, ein leuchtend türkisfarbenes Tuch in der Brusttasche seines Seiden-Leinen-Jacketts.

Tallys scharfem Blick entging nichts. »Harrow?«, fragte sie Thomas.

»Ja.« Er nickte der Amerikanerin zu, die seine alte Schulkrawatte aus England erkannt hatte. Die meisten Amerikaner hatten keinen Schimmer davon.

»So, dann sind Sie ein kluger Mann – klug genug, um eine der schönsten Frauen Virginias zu begleiten.« Sie taxierte ihn.

»Madam, ich spreche soeben mit der schönsten Frau Virginias.« Thomas verbeugte sich tief, und Tally schürzte die Lippen, wollte schon etwas von wegen die Älteste der Uralten sagen, beschloss aber in letzter Minute, sich über das Lob zu freuen.

»Sie sind sehr liebenswürdig, Herr Botschafter.« BoomBoom hatte Tally zuvor natürlich über seine Biographie aufgeklärt, ihn aber von der rechten Hand zur Nummer eins befördert. Er hatte nichts dagegen. Tally wandte sich nun Diego zu, den BoomBoom ihr vorstellte. Als sie sich einen Moment Zeit nahm, um ihn zu mustern, seine hellbraunen Augen, die tiefschwarzen Haare, hielt sie die Luft an. Ach, wäre sie doch nur wieder jung!

Sie und Diego plauderten und lachten; zwei Katzen und ein Hund tobten derweil durchs Haus.

»Schnell. Machen wir, dass wir an der Empfangsreihe vorbeikommen!« Mrs. Murphy lief ihren Freundinnen voraus. *»Tante Tally besteht sonst darauf, dass wir Kunststücke vorführen.«*

»Ich rieche Schinkenbiskuits.« Pewter bekam einen verträumten Blick.

»Später. Wir müssen uns an den Menschen vorbeidrücken.« Tucker stupste Pewter mit der Nase an, weil die dicke Katze langsamer geworden war.

»Die können genauso gut mir aus dem Weg gehn«, erwiderte sie und warf keck den Kopf zurück, setzte sich aber in Bewegung.

»Wo ist Harry?«, fragte Tally.

BoomBoom rief über die Schulter, denn Tally begrüßte jetzt Tracy Raz, der unterwegs für Miranda und Tante Tally jeweils ein Orchideenbouquet zum Anstecken gekauft hatte. »Im Garten.«

»Sie kann nicht in den Garten gehen, bevor sie sich in die Empfangsreihe gestellt hat. Sagen Sie ihr, sie soll ihren Allerwertesten hierher bewegen, sonst kriegt sie was von mir zu hören.«

»Ich hole sie, aber …« BoomBoom ging sich umsehen, dann kam sie zurück und flüsterte der alten Dame etwas ins Ohr.

»Oh, gut, schon recht, aber sagen Sie ihr, dass sie dann herkommen muss.« Sie lächelte kurz. »Harry. H-m-m.«

Diego schritt in den Garten. Harry erwartete ihn in einem schlichten Kleid, das ihr aber sehr gut stand. Sie saß zurückgelehnt auf einer hübschen Bank, die im achtzehnten Jahrhundert angefertigt worden und ein kleines Vermögen wert war. Tally fand, dass Gegenstände benutzt werden sollten. Ihr einziges Zugeständnis an den Wert der Bank war es, die Gartenmöbel jeden Abend in den großen Abstellraum schaffen zu lassen. Sie hatte Freude an ihrem George-II.-Silber, ihrem Hepplewhite-Sofa, den Stühlen, dem ganzen Drum und Dran, das alten Virginia-Wohlstand verkörperte, aber sie war nicht von ihrem Besitz besessen. Auch gab sie nicht damit an. Das taten nur Neureiche.

Diego verbeugte sich, dann küsste er Harrys rechte Hand, indem er mit den Lippen ihren Handrücken streifte, so wie es sich gehörte. »In Zukunft werde ich den Frühling mit Ihnen gleichsetzen.«

Sie lachte. »Diego, Sie verstehen es, einer Frau den Kopf zu verdrehen.«

»Darf ich Ihnen etwas zu trinken holen?«

»Ich glaube, das werden Sie müssen, weil Tante Tallys Butler es wohl kaum von der Bar bis in den Garten schaffen wird.« Sie bemerkte seinen fragenden Blick und wies dann auf den Butler, der zufällig gerade langsam an der offenen Fenstertür vorbeischlurfte.

»Ah, ein Herr in der Fülle seiner Jahre.«

»Bevor Sie mir was zu trinken holen, muss ich Tante Tally meinen Respekt erweisen. Ich bin hinten ums Haus gelaufen und habe mich nicht in die Empfangsreihe gestellt, weil ich wollte, dass Sie mich im Garten finden. Jetzt habe ich wohl den Eindruck verdorben, weil ich's Ihnen erzählt habe. Ich war spät dran, weil die Kühe von meinem Nachbarn durch den Zaun gebrochen sind und ich sie zurücktreiben musste. Mein Nachbar versteht so gut wie nichts von Landwirtschaft, außerdem ist er zu Fotoaufnahmen für Nordstrom in Seattle. Ich hab's gerade noch geschafft!«

»Ist er Fotograf?«

»Model. Little Mim war verrückt nach ihm. Sind Sie Marilyn schon begegnet?«

»Nur kurz, auf dem Weg zu Ihnen.«

Harry stand auf, etwas unsicher auf den hohen Absätzen. »Ich weiß nicht, warum ich so viel rede. Ich bin eigentlich ziemlich schweigsam. Jeder wird Ihnen das sagen und noch eine Menge mehr, denke ich.« Sie lächelte, ihre weißen Zähne unterstrichen ihre klaren, offenen Züge.

»Ich begleite Sie zu Tante Tally, der Erhabenen. Ich nehme an, sie hat sich ihren Namen bei der Jagd verdient?« Er spielte auf den Jagdruf tally-ho an, wenn ein Fuchs gesichtet wird.

Harry strahlte. »Oh, Sie kennen sich mit der Fuchsjagd aus?«

»Tally-hoch«, rief er, als sie an der Bar vorbeigingen und Ned Tucker eine Flasche mächtig teuren Champagner in die Höhe hielt.

Beide lachten, als Roger ein bisschen zu laut sagte: »Komm schon, Ned. Hör auf mir zu erzählen, wie toll er ist und schenk ein, verdammt.«

»Ein Künstler?« Diego bemerkte Rogers Aufzug … knapp daneben, obwohl er ein Sportsakko anhatte. Die Cowboystiefel machten es auch nicht besser.

»Äh – Autoschlosser. Er und sein Bruder Sean haben eine Altwarenfirma mit architektonischen Bruchstücken, Säulen und so was. Ist ganz interessant.« Sie waren bei der Schlange angelangt, die für Tante Tally anstand. Big Mim hatte sich zu ihrer Tante gestellt.

Kaum hatten Harry und Diego sich eingereiht, da trat ausgerechnet Fair hinter sie, der mit seinen einsfünfundneunzig alle überragte.

»Harry.« Er gab seiner Ex-Frau einen Kuss. Er wusste von BoomBoom, dass Harry bei den Südamerikanern »aushalf«, wie BoomBoom es ausdrückte, aber natürlich hatte Boom es unterlassen, Diego zu beschreiben. Als Harry sie miteinander bekannt machte, hatte Fair Mühe, seine Überraschung und Bestürzung zu verbergen. Er fasste sich. »Willkommen in Crozet.«

»Danke.« Diego schüttelte ihm kräftig die Hand.

In diesem Moment kam Harry bei Tante Tally und Big Mim an. Die beiden Damen erfassten die Situation. Ein verschlagenes Lächeln huschte über Tante Tallys Lippen, die großzügig, aber nicht nachlässig mit einem Lancôme-Lippenstift geschminkt waren.

»Tante Tally, ich hab geschummelt.«

»Ich weiß, aber Sie haben es für eine gute Sache getan.« Sie bot Harry ihre Wange zum Kuss. »Ich sah Ihre Tiere hier durchstürmen, da wusste ich, Sie konnten nicht weit sein. Ihre eine Katze, die graue, wird mich um Haus und Hof fressen.«

»Seien Sie froh, dass sie nicht trinkt.«

Tally lachte. »Tja, so ist das. Und Mr. Aybar, Sie dürfen mir auch einen Kuss geben, da Sie mich ja nun kennen.« Sie hielt ihm die andere Wange hin, und Diego küsste sie auf die Wange, dann küsste er ihre Hand.

Er verbeugte sich und küsste auch Big Mim die Hand. Ihre Miene hellte sich merklich auf.

Als Harry und Diego weitergingen, machten Tante Tally und Big Mim ein großes Tamtam um Fair, wie nett es von ihm sei, auf eine Verabredung mit Harry zu verzichten, damit die Herren aus Uruguay nicht allein seien, was das Abfohlen mache, wie es ihm gehe und so weiter.

Als Fair weiterging und rasch von Lottie Pearson abgefangen wurde, die einen geblümten Hut trug, flüsterte Tally ihrer Nichte zu: »Ich li-i-iebe meine Partys. Ja-ha.«

»Du bist unverbesserlich.« Big Mim lachte, dann begrüßte sie Cynthia Cooper, die ebenfalls in einem Frühjahrskleid steckte. »Ich glaube nicht, dass ich Sie schon einmal so reizend gesehen habe.«

Die groß gewachsene Frau gab gut gelaunt zurück: »Mrs. Sanburne, ich glaube nicht, dass Sie mich schon einmal in einem Kleid gesehen haben.«

»Hm … ja.«

»Sie sind groß, Mädchen. Ihnen würde alles stehen, sogar ein Kettenhemd«, sagte Tante Tally. »Kommt Ihr Chef auch?«

»Der Sheriff sagt, er will versuchen, es möglich zu machen, aber er ist heute ein bisschen im Rückstand.«

»Es ist nett von ihm, dass er Sie bei uns sein lässt.« Tally ließ ihre Hand los, und Cynthia begab sich zu ihrer Freundin Harry.

Big Mim flüsterte: »Polizeischutz. Du hast mir nicht gesagt, dass du Polizeischutz angefordert hast.«

»Hab ich nicht. Ich kann Cynthia Cooper gut leiden.« Tally strahlte Lynne Beegle an, eine beliebte Reiterin, die in der Empfangsreihe vorrückte.

Harry, Diego und Cooper plauderten drauflos, und alsbald

gesellten sich Miranda Hogendobber, Tracy Raz, Susan Tucker und Ned dazu. Sie feierten Tracys Rückkehr, stellten fest, dass Diego viel Sinn für Humor hatte und amüsierten sich prächtig miteinander.

In einer Ecke wehrte Lottie Pearson Roger O'Bannon ab. Mit einem Lächeln wies sie seine Avancen zurück. Sie würde es nie zugeben, aber sie genoss die Aufmerksamkeit. Fair, der nicht ihr Begleiter war, hatte ihr etwas zu trinken geholt und dann die Runde gemacht. Im Augenblick unterhielt er sich mit Little Mim über Bebauungsvorschriften, kein Lieblingsthema von ihm, aber eins von ihr.

Lottie zog eine Zigarette aus ihrer kleinen mit Perlen bestickten Unterarmtasche. »Verdammt.« Sie fand kein Feuerzeug.

Roger nahm ein buntes Streichholzbriefchen aus seinem Sportsakko, zündete ein Streichholz an und gab ihr Feuer. »Hier, kannst du behalten.« Er machte eine Pause. »Ich hol dich um acht ab«, erklärte er.

»Nein, tust du nicht.« Sie warf den Kopf zurück.

»Ich geh auch heute Abend mit dir auf Mims Ball. Du hast keine Verabredung. Und ich begleite dich zum Abbruchball.«

»Wer hat dir das gesagt?«, fragte Lottie verstimmt. »Ich hab eine Verabredung für heute Abend.«

»Ein kleines Vögelchen.«

Sie erspähte BoomBoom drüben im Raum. »Ein großes Rotkehlchen. Warte, bis ich die in die Finger kriege.«

»Mir wär lieber, du würdest mich in die Finger kriegen.«

Die das mithörten, unterdrückten ein Kichern, sorgsam darauf bedacht, nicht zu dem drohenden Drama hinzustarren.

»Roger, träum schön weiter.«

»Weißt du, was mit dir los ist, Lottie? Du bist ein verdammter Snob. Und weißt du, was noch? Ich hab noch nie einen Snob gesehn, der wirklich froh wäre, weil es so wenige Menschen gibt, zu denen er sich herablassen kann, verstehst du? Und du brauchst Freunde auf dieser Welt. Du brauchst Freunde. Die Welt ist manchmal grausam. Du brauchst Freunde, und du brauchst was zu trinken.«

»Du hast genug getrunken, weswegen ich dir verzeihe, dass du mich Snob genannt hast. Wenn du willst, dass ich mit dir ausgehe, Roger, dann stellst du es wirklich unmöglich an.«

»Ich bin nicht betrunken.« Ein streitlustiger Ton schlich in seine Stimme. »Und ich werde reich. Das hast du vergessen. Wie viele F.F.V.s haben Geld? Guck dir Harry an. Prima Blut und keinen Penny.« Er mochte Harry, aber es machte ihm nichts aus, sie als Beispiel für die Feinen Familien Virginias anzuführen. »Der Laden brummt. Ich bin kein armer Mann. Hat deine Mutter dir nicht gesagt, dass es genauso leicht ist sich in einen reichen Mann zu verlieben wie in einen armen? Also, ich bin reich.«

Lottie war im Augenblick nicht gut auf Harry zu sprechen, weil sie fand, Diego hätte ihr Begleiter sein sollen. Es war herzlos von BoomBoom, Diego mit Harry zusammenzubringen. Harry hätte schließlich mit ihrem Ex-Mann zu den Partys gehen können. Alle wussten, dass er sie noch liebte und unbedingt zurückhaben wollte.

»Lottie, vielleicht hast du zu viel getrunken.« Roger berührte ihren Arm, da sie in Gedanken vertieft war.

»Hach. Nein!«

»Dann lass mich dir was holen. Die Welt sieht schöner aus, wenn du ein paar Jim Beam intus hast.«

Die John-D'earth-Kapelle fing im Garten zu spielen an. Tante Tally hatte ihren zerlegbaren Tanzboden im Freien aufstellen lassen. Die Leute schlenderten nach draußen.

Sean, der Sportsakko und Krawatte trug, kam hinzu. »Roger, halt dich ein bisschen zurück, sonst bist du heute Abend nicht mehr zu gebrauchen.«

»Der große Bruder sieht dich an«, sagte Roger ohne Bosheit, als Sean mit Lottie im Schlepptau weiterging.

»Danke, Sean«, sagte Lottie leise.

»Er war schon immer verknallt in dich, Lottie. Ich wünschte, du könntest über sein Äußeres hinwegsehen. Roger ist ein guter Mensch, und er würde ein guter Ernährer sein. Solide. Er braucht eine Frau, die ihn festigt. Er trinkt, weil er einsam ist.«

»Das sagt ein Mann, der immer noch Single ist.« Lottie fand, dass Sean der besser aussehende Bruder war.

»Das Geschäft hat so viel Zeit gekostet, weit mehr, als ich dachte. Ich sag dir was, ich hab gelernt, meinen Vater und meinen Großvater zu achten. Sie haben das Geschäft gegründet, und sie haben sich mit der Zeit verändert, aber am Ende hatte Dad seinen Weg gemacht. Rog und ich müssen alles, was wir haben, ins Geschäft stecken. Weißt du, ich mag die Herausforderung.« Er atmete aus, lange und tief. »Aber ich muss mehr rauskommen. Auf dem Schrottplatz finde ich keine Frau.«

»Oh, wenn BoomBoom, die frisch gebackene Künstlerin, auf euer Gelände kommt, dann kommen doch sicher auch andere Frauen.«

»Du würdest dich wundern, was für Leute uns da draußen aufsuchen.« Er grinste halb zustimmend. »BoomBoom erstaunt mich. Sie macht tatsächlich Schweißarbeiten.« Er hob die Hand. »Ehrlich, sie macht Skulpturen aus Schrott, und die sind nicht übel. Irgendwie drollig. Aber ich glaube trotzdem nicht, dass ich die Liebe meines Lebens auf dem Schrottplatz finde.«

»BoomBoom mit einem Schweißbrenner.« Lottie hob die Augenbrauen.

Tante Tally folgte ihren Gästen in den Garten, wo die Mitglieder der Marschkapelle Getränke und Hors d'œuvres servierten. »Wo kommen die vielen Kinder her? Haben die Leute sich hinter meinem Rücken vermehrt?«

»Ned Tucker hat Unterstützung angefordert«, erklärte Big Mim.

»Er sollte für ein öffentliches Amt kandidieren. Er ist sehr gescheit.«

»Für welches Amt?« Big Mim wollte nicht, dass jemand der Karriere ihrer Tochter in die Quere kam. Sie war froh, dass Marilyn endlich ein Lebensziel hatte.

»Kongress.«

»Ja, das wäre gut, aber schauen wir erst mal, wie Little Mim sich macht.«

»Sie ist Vizebürgermeisterin, und sie ist jung. Lass ihr Zeit.«

»Aber Ned ist auch jung«, sagte Big Mim.

»Er ist Ende vierzig. Marilyn ist in den Dreißigern. Lass Ned den Weg bereiten.« Tante Tally klopfte mit ihrem Stock auf den Ziegelweg, zeigte ihre Ungeduld ebenso wie ihre Intelligenz. Wenn Ned für den Kongress kandidierte und gewann, dann könnten Tally und andere ihm eines Tages zu einem Senatsposten verhelfen, und Little Mim könnte seinen Sitz erben. Es käme zu keinem harten Kampf, und auf diese Weise hätten sie zwei Politiker am Ball. Eine Menge Wenns, aber die meisten Bestrebungen fangen so an, und Tante Tally gab nicht viel auf Wenns.

»Darf ich um diesen Tanz bitten?« Reverend Jones reichte Tante Tally die Hand.

»Ich dachte schon, Sie holen mich nie von ihr weg.« Lachend betrat Tally die Tanzfläche. »Sie ist immer um mich herum. Was denkt sie eigentlich? Dass ich vor ihren Augen umkippe, weil ich älter bin als Lehm?«

»Sie bleibt in Ihrer Nähe, weil sie Sie liebt.«

»Ach was«, erwiderte Tally dem Reverend.

Diego hielt Harry in seinen Armen. Ein Schauder rieselte über ihren Rücken. Fair, der mit Lottie tanzte, guckte wütend.

Thomas Steinmetz machte die Runde bei den Damen und kehrte immer wieder zu BoomBoom zurück, wie es sich gehörte.

»Du machst eine Menge Frauen glücklich.« BoomBoom lächelte ihn an.

»So lange ich dich glücklich mache.« Er lächelte sie an wie einer, der es gewöhnt ist, von den Frauen zu bekommen, was er will.

Roger kam zu ihnen, ein bisschen nüchterner jetzt. »Sind Sie wirklich ein Botschafter?«

»Thomas Steinmetz, Roger O'Bannon, mit seinem Bruder Besitzer von O'Bannon's Salvage«, sagte BoomBoom.

»Sehr erfreut.« Thomas streckte seine Hand aus.

Roger blinzelte, dann schüttelte er ihm die Hand. »Ganz meinerseits. Sie haben Zinnminen in Uruguay?«

»Bolivien hat mehr als wir.« Er sah, dass Tante Tally an einen Tisch geführt wurde. »Wenn Sie mich entschuldigen wollen, ich bin jetzt an der Reihe, mit Tante Tally zu tanzen.«

»Glückspilz«, erwiderte Roger gleichgültig.

Lottie kam an BoomBoom vorbei und zischte: »Das war echt beschissen von dir, Harry mit Diego zu verbandeln. Du willst Fair zurückhaben.«

BoomBoom drehte sich auf dem Absatz um. »Lottie, du bist so kleinlich und so daneben. Ich sollte dir eigentlich eine knallen.«

»Du bist gewalttätig veranlagt. Das warst du schon auf der Highschool. Nur zu, schlag mich doch«, stachelte Lottie sie an.

Roger packte Lottie am Arm. »Komm, Lots. Lass uns reden.«

»Nein.« Sie schüttelte ihn ab.

Roger stand einen Moment unentschlossen da, dann ging er mit leicht schwankendem Schritt davon.

»Lottie, sei nicht blöd. Ich hab Harry und Diego zusammengebracht, weil ich wusste, dass er die Landwirtschaft liebt. Wie sollte ich ahnen, dass sie gut miteinander können? Weil du unglücklich bist, willst du nicht, dass jemand anders glücklich ist.«

Lottie hob ein wenig die Stimme. »Zicke.«

»Ja«, scherzte Susan, die einen Teil der Auseinandersetzung mitanhören konnte. »Ich kann in drei Komma sechs Sekunden von null auf Zicke beschleunigen. Frag meinen Mann.«

Lottie richtete den Blick fest auf Susan, die bei Cynthia stand, dann beschloss sie, sich von Roger wegführen zu lassen. Susan und Cynthia traten zu BoomBoom.

»Du wirkst echt stark auf Frauen«, sagte Cynthia lachend zu BoomBoom.

»Meistens negativ.« Sie lächelte aber, weil Thomas gerade zu ihr zurückkam.

»Sie wird uns alle überdauern.« Er deutete auf Tante Tally.

»Die erste Frau in Albemarle County, die ein Flugzeug geflogen und noch andere Sachen gemacht hat«, bemerkte Susan.

Pewter war unter dem langen Tisch im Haus fest eingeschlafen. Voll gestopft mit Truthahn, Schinken, Räucherlachs und anderen Delikatessen brauchte sie ein Nickerchen zur Unterstützung ihrer Verdauung. Tucker lag neben ihr, ein leises Blubbern entschlüpfte ihrer Schnauze.

Murphy nahm von allem eine Kostprobe, aber sie war keine große Esserin. Sie war in die Küche gegangen.

Der Gehilfe vom Party-Service machte sich an der großen silbernen Warmhaltekanne zu schaffen, in die er Kaffee einfüllte. Er sagte schnippisch zu jemand von den jungen Leuten: »Lass den Kaffee nicht ausgehn – aus nahe liegenden Gründen.«

»Meckerfritze.« Murphy rollte ihren Schwanz um sich, während sie zusah.

»Sieh zu, dass du Rohzucker rausbringst. Ich hab festgestellt, dass er fast alle ist.«

»Ja, Sir«, sagte Brooks Tucker, Susans und Neds Tochter. Sie ging durch die mit Porzellan und Silber bestückte Speisekammer in die Küche, die fast leere silberne Zuckerdose in der Hand. Sie füllte sie mit Rohzucker und eilte ins Speisezimmer, um sie auf den Tisch zu stellen. Auf dem stand eine zweite Zuckerdose mit weißem Würfelzucker. Auch der ging schnell zur Neige. Honig stand ebenfalls auf dem Tisch. Sie überlegte, ob es Tante Tally stören würde, wenn sie ein paar nicht zusammenpassende Schalen mit Zucker füllte, um der Nachfrage zu genügen, vergaß es dann aber, als Ted, der Koch vom Party-Service, sie zurückrief und ihr auftrug, ein Tablett mit saftiger Möhrentorte herauszubringen.

»Möchtest du mir helfen, Mrs. Murphy?«, fragte Brooks.

»Klar.« Die Katze trottete hinter Brooks her, dann blieb sie im Speisezimmer und setzte sich auf den Kaminsims, so dass sie alles überblicken konnte.

Draußen auf der Tanzfläche stieß der dunkelhäutige Diego, als er den nächsten Tanz mit Harry tanzte, unabsichtlich mit Fair zusammen.

»Sehen Sie sich vor, Freundchen, und überhaupt könnten Sie meine Frau loslassen.«

»Ich bin nicht deine Frau.« Harry war entsetzt.

Darauf tippte Fair Diego auf die Schulter. Diego sah Harry fragend an, die ihm zu verstehen gab, dass sie mit Fair tanzen würde. Sie tanzten weniger, als dass sie sich ruhig hin und her wiegten. Keiner sprach ein Wort.

Diego trat zu BoomBoom, Thomas und Susan, die den Männern in zwei Sätzen Harrys Ehe und ihre Auflösung schilderte.

»Sie waren auf der Highschool ein Paar. Sie haben geheiratet und, na ja, es ist nicht gut gegangen.«

»Ah, verstehe«, sagte Diego gefühlvoll. »Ihm scheint noch an ihr zu liegen.«

»Allerdings«, bestätigte Susan resolut. »Er will sie wiederhaben. Sie war das Beste, was ihm je passiert ist, und er hat sie verloren. So was kommt vor.«

»Harry zu verlieren dürfte ein schwerer Verlust sein«, murmelte Diego.

»Jeder entwickelt sich in seinem eigenen Tempo.« BoomBoom hatte nicht den Wunsch, bei diesem Thema zu bleiben.

Susan hatte natürlich verstanden. Sie wurden von Sean abgelenkt, der seinen Bruder ins Haus bugsierte.

»Sie ist nicht interessiert«, sagte Sean so, dass die kleine Gruppe es mitbekam.

»Ist sie wohl. Du verstehst die Frauen nicht, Sean«, meinte Roger.

Die Musik war zu Ende und Diego nahm Harrys Hand und verließ die Tanzfläche. Fair blieb einen Moment dort stehen.

»M-m-m, der sieht rot«, bemerkte Tante Tally, der eben nichts entging, vor allem, dass Miranda Hogendobber so glücklich war wie seit ihrer Kindheit nicht mehr, und dass Tracy Raz zwanzig Jahre jünger aussah. Sie waren sichtlich verliebt.

Sean setzte Roger hin und besorgte ihm eine Tasse Kaffee. Viele Menschen drängten sich am Tisch, um sich Kaffee und Tee zu holen. Die Desserts waren aufgetragen worden.

Mrs. Murphy dachte daran, Pewter und Tucker zu wecken, aber sie schliefen tief. Auf ihrem hohen Posten fiel ihr auf, wie viele Männer kahle Stellen auf dem Kopf hatten.

Roger war geladen, aber nicht so geladen, wie Sean glaubte. Er konnte immerhin noch die Leute erkennen, konnte noch sprechen. Seinen Kaffee trank er schweigend.

Sean beugte sich vor, flüsterte Lottie etwas zu, die jetzt bei den Desserts war. Sie sah zu Roger hin, dann seufzte sie.

»Es würde ihm so viel bedeuten«, sagte Sean. »Und er könnte eine zweite Tasse vertragen.«

Mrs. Murphy beobachtete, wie Lottie ein großes Stück Schwarzwälder Kirschtorte auftat, dann zur Warmhaltekanne ging und eine Tasse Kaffee einschenkte. Sie griff nach einer Silberdose mit Würfelzucker. Sie hielt einen Moment inne, und Thomas, der direkt hinter ihr stand, reichte ihr die Porzellandose mit Rohzucker. Er hatte gerade einen Löffel hineingetaucht, doch da er ein Gentleman war, ließ er Lottie den Vortritt. Sie gab drei gehäufte Löffel Zucker in die Tasse und drehte sich just in dem Moment um, um Thomas die Dose zurückzugeben, als er danach greifen wollte. Die Dose rutschte Lottie aus der Hand und ging zu Bruch, und der Zucker verteilte sich überall auf dem Fußboden aus unterschiedlich breiten Fichtenkernholzbrettern.

»Verzeihung«, sagte Lottie.

»Es war meine Ungeschicklichkeit. Das verschafft mir Gelegenheit, Sie um einen Tanz zu bitten, wenn Sie mit dem Nachtisch fertig sind.« Er spielte den Vorfall herunter.

»Ich bleibe nicht lange weg.« Lottie lächelte und hoffte, das würde BoomBoom ärgern.

Die Leute beobachteten beiläufig, wie sie zu Roger ging, ihm Kaffee und Kuchen brachte. »Roger, es tut mir Leid, dass ich so ruppig war, aber manchmal kannst du einen ganz schön nerven. Denk dir mal eine weniger ungehobelte Art aus, auf Frauen zuzugehen, ja?«

Er fand es nett, bedient zu werden, und sagte leise: »Ich bin wie ein Elefant im Porzellanladen. Aber ehrlich, Lottie, wir würden uns prima amüsieren, wenn du mit mir auf den Ball gehen würdest. Ich verspreche, dass ich nicht trinke. Ich kauf dir ein Bouquet zum Anstecken und – also ich hab lange gebraucht, um den Mut aufzubringen.«

»Wirklich?«

»Ja, du machst mir 'ne Heidenangst.« Er trank den Kaffee. »Bloß weil ich dich nerve, heißt noch lange nicht, dass ich keine Angst habe.«

»Hm – lass mich drüber nachdenken, während ich mit Thomas Steinmetz tanze.«

»Ich bleib hier sitzen. Rühr mich nicht vom Fleck.« Zum ersten Mal an diesem Nachmittag lächelte er aufrichtig.

»Manche Männer kapieren's einfach nicht«, dachte Mrs. Murphy bei sich. *»Einer Frau zeigen, dass man sie gern hat, ist eine Sache. Sie bedrängen, das ist was anderes. Männer müssen ein bisschen geheimnisvoll sein. Sie sollten von Katzen lernen.«*

Die Party nahm ihren Lauf, und noch einige Männer forderten Lottie zum Tanzen auf. Tante Tally ließ keinen Tanz aus.

Als Lottie zu Roger zurückkam, schlief er fest, sein Kopf ruhte auf seiner Brust.

»Roger. Roger.« Sie schüttelte ihn. »Roger, du fauler Sack, wach auf«, rief sie munter. »Roger.« Lottie trat zurück. »O mein Gott.«

Little Mim kam hinzu und sagte ohne zu überlegen: »Was hast du ihm denn in den Kaffee getan? Er ist bewusstlos.«

»Er ist entweder ohnmächtig oder – tot.« Lotties Miene drückte Entsetzen aus.

»Ach Lottie, sei nicht so theatralisch. Er hat seit der Parade getrunken.« Little Mim packte seinen Arm, um ihn hochzuziehen. »Er ist warm. Wirklich.« Mit einem Anflug von Abscheu und Entschlossenheit gab sie ihm einen Stoß, und er kippte nach vorn, fiel flach aufs Gesicht.

Little Mim sah zu Roger und wieder zu Lottie. »Roger!«

Mrs. Murphy sprang vom Kaminsims, lief unter den Tisch und weckte Pewter und Tucker. Tucker rannte zu Roger, schnupperte und wich zurück.

Cynthia Cooper wurde vom Tanzboden geholt. Sie trat ins

Zimmer und meinte, Roger sei bewusstlos. Sie fühlte an seinem Hals nach dem Puls. Nichts. Sie versuchte es noch einmal. Unterdessen traten weitere Gäste hinzu. Sie drückte Zeige- und Mittelfinger wieder an seinen Hals. Nichts. »Er ist tot.«

10

Warum muss alles immer mir passieren?«, grummelte Tally, als sie sah, wie ihre Gäste mit der Situation zu kämpfen hatten.

Aber was soll eine Gastgeberin denn tun, wenn jemand auf ihrer Party stirbt? Den Leichnam nach der Feier wegschaffen? Ihn nach draußen schleppen und auf den Rasen kippen, damit niemand ihn sehen muss? Die Angehörigen trösten? Doch jahrelanger Anstandsunterricht sowie die jahrelange Herrschaft über Crozet, ehe sie ihrer Nichte das Feld überließ, hatten Tally ein sicheres Gespür verliehen.

Sie horchte auf, als die Sirene des Ambulanzwagens in anderthalb Kilometer Entfernung heulte. Geräusche trugen weit in der ruhigen ländlichen Gegend.

»Meine Damen und Herren, wenn Sie sich bitte in den Garten begeben wollen.« Sie nickte Ned Tucker zu, worauf er die Leute durch die geöffneten Glastüren hinaus geleitete. Dann ging sie zu Sean, der auf dem Stuhl saß, auf dem Roger gesessen hatte, bevor Little Mim ihn hochzerrte. Seans Mund hing schlaff herab. »Sean, kommen Sie, setzen Sie sich zu mir.« Die über Neunzigjährige führte den großen, hageren Mann in das elegante Wohnzimmer. Big Mim half ihr, ihn sanft auf das mit pfirsichfarbenem Satin bezogene Hepplewhite-Sofa zu setzen.

»Tante Tally, ich gehe die Tür aufmachen.«

»Danke, Liebes.«

Aber Cynthia Cooper war zuerst dort und öffnete die Tür

für Diana Robb und ihre Assistenten vom Rettungsdienst, Dick und Susan Montjoy. Big Mim schloss sich ihnen an, als sie zu der Leiche gingen.

Diana sagte leise zu Cooper und Big Mim: »Ich hab gewusst, dass die Kokserei ihn eines Tages umbringen würde.«

»Ich hatte keine Ahnung«, flüsterte Big Mim erstaunt, hatte sie doch geglaubt, alles über alle zu wissen.

Cooper zuckte mit den Schultern. »Die Menschen benutzen den besseren Teil ihrer Intelligenz, um ihre Gewohnheiten geheim zu halten. Ich kriege das tagtäglich mit.«

»Ja, das kann ich mir denken«, erwiderte Mim verstört. »Sean steht unter Schock. Ob er's gewusst hat?«

Während Diana und Dick den Toten vorsichtig in den Leichensack und dann auf die Bahre hoben, ging Big Mim leise ins Wohnzimmer.

»Sean.« Tante Tally tätschelte seine Hand. »Sean, Lieber, sie bringen Roger fort.«

Big Mim beugte sich vor. »Ich weiß, es ist schwer. Gibt es ein Bestattungsinstitut, das Sie …«

Er hob ruckartig den Kopf. »Hill und Woods.«

»Ja. Ich gehe ihnen Bescheid sagen.« Sie hielt einen langen Augenblick inne. »Um Ihres Wohles willen, Sean, möchten Sie vielleicht eine Autopsie anordnen?«

Er ließ den Kopf in die Hände sinken. »Nein. Ich will nicht, dass man meinen Bruder aufschneidet.«

Tally und Big Mim wechselten einen Blick, dann ging Big Mim wieder zu Diana Robb und den Montjoys. »Hill und Woods. Sagen Sie ihnen, dass Sean im Augenblick nicht in der Verfassung ist, Entscheidungen zu treffen.«

»Okay.« Diana rollte die Bahre hinaus, Susan hielt ihr die Tür auf.

Als die Tür sich schloss, faltete Big Mim die Hände; ihr siebenkarätiger Smaragdring funkelte wie grünes Feuer. »Ich wünschte, er würde eine Autopsie anordnen. Wenn junge Menschen so sterben, möchte man wissen, woran. Es könnte in der Familie liegen.«

»Ja, aber wenn junge Menschen Drogen nehmen, vor allem

Kokain, richtet das Verheerungen im Körper an«, sagte Cooper.

»Das Einzige, was ich Roger je nehmen sah, war Bier und Bourbon, und davon ein bisschen zu viel.« Die ältere, tadellos gekleidete Frau sah aus dem Fenster zu, wie Diana die Tür des Ambulanzwagens schloss.

»Das ist es ja eben. Man sieht die Leute das Zeug nicht nehmen. Albemarle County ist ein sehr, sehr wohlhabender Bezirk, Mrs. Sanburne. Man kann hier alles kaufen, und es gibt eine Reihe Leute, die Drogen nehmen. Sie kennen sich untereinander und beschützen sich gegenseitig«, flüsterte die Polizistin.

»Aber wir hätten doch bestimmt Anzeichen bemerkt, Cynthia. Eine Veränderung im Verhalten. Einen plötzlichen Gewichtsverlust oder das Gegenteil. Er wirkte so normal. Nicht gerade eine Leuchte, aber eben – normal.«

»War er auch.« Sie seufzte. »Ich kann nicht beweisen, dass er Kokain genommen hat, aber wir haben Dianas Wort, und sie irrt sich selten.« Sie überlegte kurz. »Manche Menschen können ein, zwei Linien Kokain nehmen und es genießen wie manche ein, zwei Drinks. Einer der Gründe, weswegen die Anti-Drogen-Kampagne nicht greift, ist, dass sie den Leuten nicht die Wahrheit sagt. Sie verteufelt Drogen anstatt zu erklären, dass unterschiedliche Menschen unterschiedliche Anlagen haben. Der eine kann trinken ohne Alkoholiker zu werden, und bei einem anderen reicht ein Schluck, und er ist verloren. Es gibt so vieles, was wir nicht wissen und anscheinend gar nicht wissen wollen.«

»Billigen Sie etwa Drogen?« Mim konnte es nicht glauben.

»Nein. Aber sind wir nicht scheinheilig? Eine Droge ist erlaubt, der Alkohol. Man soll entweder alle erlauben oder alle verbieten. So sehe ich das, und es würde mir die Arbeit erheblich erleichtern.«

»Ich muss darüber nachdenken. In der Zwischenzeit suche ich lieber jemanden, der Sean nach Hause bringt. Und ich sollte die Gäste aus dem Garten entlassen. Diese Sache wird sich auf meinen Ball heute Abend auswirken.« Sie sagte es ohne Groll, mehr in dem Sinne, dass das Leben jedem von Zeit zu Zeit einen Strich durch die Rechnung macht.

»Ich fahre Sean nach Hause«, erbot sich Cynthia.

»Danke.«

Als Big Mim sich in den Garten begab, kamen Mrs. Murphy, Pewter und Tucker zum Vorschein und brachen ihr Schweigen.

Pewter beschwerte sich verstimmt: *»Du hast mich nicht rechtzeitig aufgeweckt. Ich bin von Lottie Pearsons Kreischen wach geworden. Du hast alles gesehn!«* Mrs. Murphy hatte ihr erzählt, was passiert war.

Mrs. Murphy tappte hinüber, ohne sich auf die kleine Menge verstreuten Rohzucker zu konzentrieren, der in die Bodenritzen gefallen war. *»Woher sollte ich wissen, dass er grade gestorben war? Ich hatte keine Ahnung, bis er auf den Boden plumpste. Und da bin ich euch zwei gleich holen gegangen.«*

Tucker blinzelte. *»Er ist einfach umgekippt?«*

»Heute rot, morgen tot.« Pewter kicherte.

»Diana meint, Kokain hat ihm den Garaus gemacht. Die Menschen senken zwar die Stimme, aber es ist so leicht für uns, sie zu hören.« Murphy überging Pewters Heiterkeit. *»Ich hab aber bei Roger nie Kokain gerochen.«*

»Leicht auszumachen. Bitter. Sie schwitzen es aus.« Tucker rümpfte die Nase.

»Papst Ratte dürfte es wissen.« Pewter sprach von der Ratte in Rogers Werkstatt. *»Er hat bei Roger gewohnt … ohne dass Roger es wusste.«*

»Es spielt eigentlich keine Rolle.« Tucker beobachtete, wie Fair Haristeen und Reverend Jones Sean auf die Füße halfen. *»Er ist hin und damit aus und vorbei.«*

Aber es war natürlich nicht aus und vorbei.

11

Hummeln umsummten die Glyzinie, ihre dicken Leiber waren ein Triumph über Physik und Logik. Da waren sie, ein ganzes Geschwader, die schwarzgelben Leiber schossen in der Spätnachmittagssonne zielstrebig hierhin und dorthin.

Harry und Susan hatten sich nach draußen gesetzt. Mims Wohltätigkeitsball würde in zwei Stunden beginnen. Die zwei Frauen beklagten das Ereignis. Mim hatte kaum eine andere Wahl, als es stattfinden zu lassen, weil es sich um eine Benefizveranstaltung handelte. Zumal der Todesfall nicht ihre Familie betraf. Niemand erwartete, dass sie die Sache abblies.

»Wir müssen hin«, sagte Susan.

»Sicher. Wir gehen hin. Alle werden dort sein, aber es wird bleischwer werden. Du weißt ja, wie Big Mim ist, wenn eine Wohltätigkeitsveranstaltung ausfällt.«

»Sie wird dieses Fest besonnen angehen. Schließlich kann keiner solche Dinge steuern.« Susan zog das Minzeblatt aus ihrem Tee und kaute es. »Ich mag Pfefferminze. Du hast das beste Minzebeet.«

»Ich ziehe diese Minze auf der Fensterbank. Es wird noch einen Monat dauern, bis mein Kräutergarten genug abwirft.« Sie legte die Hand über die Augen, um ihre drei Pferde auf der Wiese zu betrachten. Sie hatte sie auf die größere Weidefläche hinausgebracht.

»Es war grässlich, wie Little Mim Roger vom Stuhl gezerrt hat.« Susan senkte den Blick, was bei Harry ein Kichern hervorrief. »Harry, du bist schrecklich.«

»Na ja – es war ulkig. Wer sagt, dass der Tod nicht ulkig sein kann? Nicht, dass ich Roger tot sehen wollte«, fügte Harry hastig hinzu. »Immerhin hat er mir gezeigt, wie man die Abrissbirne steuert, und er konnte lustig sein, wenn er nicht grade … du weißt, was ich meine. Hätte er seinen Tod sehen können, er hätte ihn als komisch empfunden. *Echt.*«

»Du bist furchtbar.«

»Nein, bin ich nicht. Ich bin ehrlich. Dass Lottie Pearson so schwachsinnig geschrien hat wie am Spieß, hat es nur noch verstärkt. Und eins muss ich BoomBoom lassen.« Sie lächelte Susan durchtrieben an. »Sie hat die dämliche Lottie aus dem Zimmer bugsiert. Hätte Lottie noch lauter geschrien, wär das Kristall zu Bruch gegangen.«

Susan dachte darüber nach, während Mrs. Murphy sich in dem frisch gemähten Gras herumwälzte. »Murphy, hast du einen hübschen Bauch.«

»Meiner ist netter.« Pewter wälzte sich ebenfalls herum.

»Fetter.«

»Netter.« Pewter schloss die Augen.

»Meiner ist weißer.« Auch Tucker wälzte sich herum.

»Guck dir das an. Drei verwöhnte Kinder. Ach, könnte ich doch eins von meinen Tieren sein.« Harry lächelte. »Was für ein Leben.«

»Keine Rechnungen. Keine Steuern. Kein Stress. Keine unrealistischen Erwartungen an die Zukunft. Sie leben im Augenblick.« Susan seufzte. »Ich wäre besser dran, wenn ich mehr wie sie sein könnte.«

»Ich auch.« Harry rutschte auf ihrem Stuhl herum. »Miranda und Tracy haben gesagt, sie bringen Sean was zu essen und gehen dann zu Big Mim. Meinst du, wir sollen auch was zu essen hinbringen?«

»Morgen. Es wird schwer werden für Ida O'Bannon. Sie hat sich noch nicht ganz vom Tod ihres Mannes erholt. Ich weiß nicht, ob Sean das alles bewältigen kann. Männer werden gewöhnlich nicht so gut mit so was fertig.«

»Nein.« Harry kniff die Augen zusammen, als eine Hummel sie anflog, feststellte, dass sie keine Blume war und davonsummte. »Lottie Pearson ist wütend auf BoomBoom.« Sie brauchte es nicht näher zu erklären, weil Susan wusste, warum. »Aber sie hat sich von Boom wegführen lassen. Sie will was, aber ich kann mir nicht denken, was.«

»Dein Gehirn ist ein Grashüpfer.«

»Ich weiß. War schon immer so. Ich hatte nicht die Absicht, das Thema zu wechseln, und ich bedauere Ida und Sean.«

»Was meinst du, ist Thomas Steinmetz verheiratet?«

Harry zuckte mit den Achseln. »Keine Ahnung. Wenn ja, dann ist es ganz schön gewagt von ihm, hierher zu kommen und bei Boom zu wohnen. Washington ist nicht sehr weit weg. Er scheint mir eh ein draufgängerischer Typ zu sein.«

»Herzchen, mit Telefon, E-mail und Fernsehen ist nichts sehr weit weg. Das ist wunderbar und beängstigend zugleich.«

Sie schwiegen ein Weilchen, während auf der Wiese die Regenpfeifer riefen, deren helle Stimmen klar zu erkennen waren.

»Hatte Roger Feinde?«

»Harry.« Susan hob die Stimme, in der Belustigung und ein leichter Vorwurf mitschwangen. »Du guckst zu viel *Mystery Theater.*«

Kleinlaut erwiderte die schlanke Frau: »Die Serie ist gut.«

»Wer würde Roger O'Bannon umbringen wollen? Falls er überhaupt einen Feind hatte, dann sich selbst. Er hockte da in seiner Werkstatt wie eine Ameisenlarve in ihrem Nest. Sein Gesellschaftsleben beschränkte sich auf Stockcarrennen. Er war sehr nett, aber wer von oben bis unten voller Schmiere ist, kann nicht erwarten, dass jemand wie Lottie Pearson auf ihn fliegt.«

»Lottie ist ein Snob.«

»Halb Albemarle County ist so.«

»Vermutlich.« Harry atmete aus. »Ging mir nur so durch den Kopf, das ist alles. Sag, hast du die Skulptur von dem fliegenden Blaureiher in Tante Tallys Garten gesehn?«

»Ja.«

»Die hat BoomBoom aus Schrott gemacht. Verblüffend, was?«

»H-m-m.« Susan nahm genüsslich noch einen großen Schluck. »Diego Aybar.« Dank ihrer langen Freundschaft mit Harry brauchte Susan keinen Übergang. Sie konnte so schnell wie Harry von einem Thema zum anderen springen, dabei sah sie sich selbst als logischen, systematischen Menschen.

»Ja?«

»Du bist in ihn verknallt.«
»Du hast ja 'ne Meise.«
»Das muss ich wohl, um deine beste Freundin zu sein. Erzähl schon, Harry, das gehört zur Freundschaft dazu.«
»Also – er sieht gut aus …«
»Umwerfend.«
»Okay, Susan, er ist umwerfend.«
»Und charmant.«
»Ja, aber er hat was an sich, so was Süßes, wirklich, mir fällt kein anderes Wort dafür ein. Ich wünschte, die amerikanischen Männer würden nicht dauernd versuchen, sich so, äh, männlich zu geben, sondern einfach nur sie selbst sein, verstehst du.«
»Hey, das war ja ein richtiger kleiner Ausbruch«, sagte Susan lachend, »jedenfalls für deine Verhältnisse.«
»Diego hat eben« – sie dachte scharf nach, konnte jedoch keinen Ersatzbegriff finden – »was Süßes.« Sie atmete ein. »Aber ich kenne ihn kaum.«
»Genau.«
»Entdecke ich da einen bissigen Ton in deiner Stimme?«
»Nein, sicher nicht. Ich hoffe nur, dass du eines Tages fliegst. Dass du dich gehen lässt. Außerdem glaube ich nicht mehr an Fehler.« Susan setzte ihr Glas so heftig ab, dass die Eiswürfel zusammenstießen.
»Häh?«
»Fehler. Es gibt keine Fehler. Egal was man tut, egal, wie schrecklich es einem zu dem Zeitpunkt vorkommt, es ist kein Fehler, weil man diese Lektion lernen musste, drum – lass los.«
»Das glaube ich nicht.«
»Harry, ich hab gewusst, dass du das sagen würdest.«
»Ja, weil es so ist. Mord ist ein Fehler. Man kann nicht jemanden ermorden und dann sagen, man musste diese Lektion lernen. Die Lektion lautet, nehme ich an, dass das Leben eines Menschen wertvoll ist und niemand das Recht hat, es ihm zu nehmen, außer in Notwehr natürlich.«
»Wir sprechen nicht von Mord.«

»Ich führe deine Fehlertheorie nur zu ihrem extremen Schluss.«

»Und beweist damit die Richtigkeit meines Standpunkts.« Susan warf den Kopf zurück, und schallendes Gelächter erfüllte die duftende Luft. »Du musst loslassen.«

Harry saß einen Moment still und dachte über Susans Gedanken nach, dann lächelte sie zaghaft. Antworten war nicht nötig.

12

Brennende Fackeln säumten die lange, gewundene Auffahrt zu Dalmally, Mims Anwesen. Die Flammen, die sich orangerot vor dem Zwielicht abhoben, gaben einem das unheimliche Gefühl, in der Zeit zurückzugehen. Der Sonnenuntergang brachte kühle Abendluft. Die Temperatur fiel auf elf Grad und würde wohl fast bis zum Gefrierpunkt sinken.

BoomBoom kam in einem schimmernden himbeerroten Chiffon-Abendkleid, eine Silberfuchsstola um die Schultern drapiert. Thomas würde den Motor abgestellt haben und aus seinem Mercedes-Sportwagen gesprungen sein, um Boom-Boom die Tür aufzuhalten, aber Mim, die nichts dem Zufall überließ, hatte einen Parkdienst aus Charlottesville engagiert. Sie verlangte, dass kein Fahrer die teuren Autos für eine Spritztour missbrauchte. Die Parkdienstfirma hatte einen entsprechenden Vertrag unterzeichnet. Mim ließ es sich niemals nehmen, das Personal vor einem Fest antreten zu lassen und über das Gesetz aufzuklären, das Gesetz Virginias und Mims Gesetz. Das hatte sie von ihrer Tante Tally und ihrer Mutter gelernt.

Nicht alle Gäste schwammen in Reichtum. Tracy Raz chauffierte Miranda in ihrem Ford Falcon. Die Leute meinten lachend, Miranda würde sich in diesem Auto beerdigen lassen, das selbst schon über vierzig Jahre alt war. Sie trug ein rotes Kleid, vom Stil her beinahe mittelalterlich, das ihr fabelhaft stand. Sie scheute sich nicht, ein bisschen anzugeben, nachdem sie so viel abgenommen hatte. Als sie an der Empfangsreihe entlangging, murmelten Big Mim, Little Mim, Jim und Tante Tally einander zu, wie jugendlich Miranda aussah. Auch Tracy hatte ein paar Pfund verloren und wog jetzt mit siebenundsiebzig Kilo so viel wie einst, als er das Team der Crozet Highschool zum Staatsbesten geführt hatte.

Miranda und Susan hatten geholfen, Harry zurechtzumachen und anzuziehen, daher sah die junge Frau blendend aus, als sie an der Empfangsreihe vorbeischritt. Ein schlichtes königsblaues Etuikleid mit tiefem Ausschnitt, der durch die langen Ärmel erst recht gewagt wirkte, war ideal für sie. Diego neben ihr, im Abendanzug, konnte den Blick nicht von ihr lassen.

Fair Haristeen konnte es auch nicht. Nachdem er sich gelobt hatte, seine Ex-Frau vor der Sommersonnenwende zurückerzuerobern, ging er lächelnd zu Diego und begann geflissentlich ein Gespräch mit ihm.

Während sie sich unterhielten, traf Lottie Pearson ein, den bedrückten Donald Clatterbuck im Schlepptau. Don, der sich in dem offensichtlich in letzter Minute geliehenen Abendanzug unwohl fühlte, lächelte schüchtern, wenn die Leute ihn erkannten, was aber einen Moment dauerte. Don hatte sich nicht mal für seine Highschool-Abschlussfeier so in Schale geworfen. Da Roger O'Bannon sein Kumpel gewesen war, hatte die Nachricht von seinem Tod ihn bestürzt. Er wäre lieber nicht zu Big Mim gegangen. Lottie Pearson hatte einen Anfall bekommen, als er kneifen wollte, weshalb er die energische Frau widerwillig begleitete.

Thomas flüsterte BoomBoom ins Ohr: »Die Amerikaner müssen lernen, Abendkleidung niemals zu leihen. Gute Sachen halten ein Leben lang.«

»Vorausgesetzt, man behält seine Figur, was bei dir der Fall ist«, hauchte sie ihm daraufhin ins Ohr, was ihm die Röte in die Wangen trieb.

»Ah, Diego.« Thomas winkte ihn heran. »Ich habe dich nicht hereinkommen sehen.« Er verbeugte sich tief vor Harry. »Die Schönheit der Landschaft Virginias wird nur von der Schönheit seiner Frauen übertroffen.«

Sogar BoomBoom blieb der Mund leicht offen stehen, sie blinzelte und sagte: »Mary Minor, wenn deine Mutter dich jetzt sehen könnte.«

Harry lachte. »Ich weiß nicht recht, ob sie es glauben würde.« Als sie Thomas' und Diegos fragende Mienen bemerkte, fügte sie rasch hinzu: »Mutter ist daran verzweifelt, eine adrette Lady aus mir zu machen. Mit einer Tochter wie BoomBoom wäre sie glücklicher gewesen.«

»Harry, sag das nicht. Deine Mutter hat dich geliebt.«

»Boom, sie hat mich geliebt, aber sie wäre lieber mit dir einkaufen gegangen.«

Sie lachten. Lottie Pearson, die Don mit sich zog, stolzierte vorbei. Außerstande, Diegos hübschem Gesicht zu widerstehen, hielt sie an und stellte Don beflissen vor. Bei den zwei Herren aus Uruguay fühlte Don sich augenblicklich wohl. Sie taten sogar interessiert, als Don sich über die Wunder des Präparierens ausließ. Lottie beachtete ihn nicht weiter. Er war ja beschäftigt. Sie hätte Diego gerne mit Beschlag belegt, musste sich aber damit begnügen, gemeinsam mit Harry mit ihm zu plaudern. Lottie hatte sich nie Gedanken über Harry gemacht, doch in diesem Augenblick verabscheute sie Harry Haristeen. Selbst die wissenden Seitenblicke zu Fair verfehlten ihren Zweck. Fair zog Harry nicht fort von dem dunklen, gut aussehenden Mann, auch machte er keine Anstalten, Lottie bei ihren Flirtversuchen zu unterstützen.

»Ich weiß, ihr wundert euch, wie ich heute Abend hierher kommen kann, nach dem Vorfall bei Tante Tally, aber, also ich habe Reverend Jones angerufen, und er hat gesagt, ich soll meinem Herzen folgen. Schließlich bin ich nicht eng mit den O'Bannons befreundet, und Roger, der Arme, konnte ganz schön nerven. Er ist ja kein Verwandter und, na ja, die Menschen sterben nun mal. Was ist mit all den Footballspielern, die abkratzen, bevor sie vierzig sind?« Sie fuhr sich mit der Hand an die Kehle. »Und ihr wisst ja, wie Big Mim sein kann, wenn man nicht auf ihren Partys erscheint.«

»Das wissen wir«, sagten Harry und Fair wie aus einem Munde, was beide erröten ließ. Aufgrund der gemeinsam verbrachten Jahre hatten sie oft den gleichen Gedanken.

»Ist Big Mim denn so ein Drachen?« Thomas' angenehme Stimme überzog jedes Wort wie mit Honig. »Sie ist so liebenswürdig.«

»So lange man in ihrem Sinne handelt.« Lottie verzog den Mund zu einem Flunsch.

Don, der mit dem Finger unter seinem Halsbund entlangfuhr, meinte besonnen: »Man sollte die Gastgeberin nicht kritisieren, wenn man ihre Gastfreundschaft genießt.«

Thomas neigte den Kopf leicht zu Don. »Ein Virginia-Gentleman.«

»Wer, Don?«, fragte Lottie erstaunt.

Harry wechselte das Thema, indem sie sich direkt an Don Clatterbuck wandte. »Wie steht's mit meinem Specht?«

»Steif gefroren.« Er lachte.

»Specht?«, fragte Thomas.

»Als ich vor ein paar Tagen aufgewacht bin, habe ich, vielmehr hat meine graue Katze Pewter einen Helmspecht gefunden. Das ist ein sehr großer Specht. Tot. Sie hat vorgegeben, er sei ihre Beute, was absurd ist, wenn man Pewter kennt, und ich habe sie schließlich überredet, ihn mir zu überlassen. Bin schleunigst damit zu Don. Er ist der Beste. Sie sollten seine Arbeiten sehen.« Nach einer Pause fügte sie hinzu: »Museumsqualität.«

Don wurde rot. Lotties Blicke schossen hin und her. Wie sollte sie Diego nur von Harry loseisen? Sie wollte ihn bitten, sie zu einer großen Ehemaligen-Benefizveranstaltung mit Abendessen und Tanz zu begleiten, aber er klebte förmlich an Harry. Bestimmt würde er Harry nicht so attraktiv finden, wenn er sie ölverschmiert beim Reparieren ihres alten Traktors sehen könnte. Harry war einfach zu unweiblich.

»Was ist ein Helm…?« Lächelnd tastete Diego nach der nächsten Silbe.

»Helmspecht.« Fair Haristeens tiefe Stimme sprach das Wort zu Ende. »Der größte Specht in Amerika, gut fünfzig

Zentimeter. Kennen Sie die Woody-Woodpecker-Zeichentrickfilme?«

»Ja.« Diego lachte.

»Die basieren auf dem Helmspecht, der einen leuchtend roten Kamm und einen roten Bartstreif hat und einen charakteristischen lauten Schrei. Woody Woodpecker hat sich auch den geborgt.«

»Kann man so einen Vogel zu sehen bekommen?«, fragte Thomas.

»Durchaus. Sie verstecken sich nicht. Und sie haben eine seltsame Art zu fliegen.« Als Tierarzt war Fair in seinem Element, und das behagte ihm. »Sie flattern ein paar Mal, legen dann die Flügel flach an und sausen ab wie Raketen. Man hört sie, bevor man sie sieht. Sie sind laut.«

»Wenn sie an tote Bäume klopfen, hallt es durch den Wald. Fair hat Recht. Es ist laut.« BoomBoom war froh, dass sie von Roger O'Bannons Ableben abgelenkt waren. Sie war sich da ein bisschen abgesondert vorgekommen, weil er in anderen Kreisen verkehrt hatte. Als aber Lottie auf das Thema Roger zu sprechen gekommen war, fand BoomBoom sie dumm und eingebildet.

»Sie fressen die Ameisen in den Bäumen.« Harry lächelte die zwei Besucher an. »Sie wollen eigentlich nichts von Spechten hören, oder?«

»Ich schon. Ich bin Hobbyzoologe. In Nordamerika gibt es viele ungewöhnliche Tiere.«

Jim Sanburne trat hinzu und klopfte Fair auf den Rücken. »Kommst du morgen zur Waschbärjagd? Jack Rackland bringt Red Cloud mit.«

»Red Cloud?« Diego amüsierte sich bestens, ging es hier doch ganz anders zu als im Botschaftsviertel.

»Sagenhafter Jagdhund, mein Lieber, sagenhaft. Hat so gut wie alles gewonnen, was es in diesem Land bei Jagdprüfungen zu gewinnen gibt.« Jims Stimme trug durch den ganzen Raum.

»Ist das wie die Fuchsjagd?«, fragte Diego neugierig.

»Oh, Sie wollen sicher nicht auf Waschbärjagd gehen. Das ist so was von provinziell.« Lottie verdrehte die Augen.

Jim Sanburne räusperte sich. »Musik.« Dieses eine Wort

erklärte den Einheimischen die Waschbärjagd. Jim liebte die Töne der Jagdhunde, ihre tiefen, hohen und mittleren Stimmen. Das war Musik.

Lottie verzog das Gesicht. »Man kann sich den Knöchel brechen beim Rumrennen im Dunkeln.«

»Dafür gibt's Taschenlampen.« Harry fand Lottie so sympathisch wie Hautausschlag.

»Gehen auch Frauen auf Waschbärjagd?«, wollte Thomas wissen.

»Ja. Alle können mitmachen, sofern sie von den Hundehaltern eingeladen werden. Es ist nicht wie bei der Fuchsjagd, für die eine geprägte Karte verschickt wird, verstehen Sie?« Thomas bekundete mit einem Nicken, dass er sich mit der Fuchsjagd auskannte, und Harry fuhr fort: »Man kann mit einem Hund jagen oder mit zweien, einem Gespann also. Man kann Waschbären sogar mit einem Rudel jagen, das liegt im Ermessen des Jägers oder der Jäger. Sie lassen ihre Hunde oft zusammen laufen, damit der Klang besser ist, und oh, der Klang trägt weit in der Nacht. Da sträuben sich einem die Nackenhaare.«

»Was geschieht, wenn man den Waschbär findet?« Diego wollte diese einzigartige Südstaatengepflogenheit gerne mal erleben.

»Der Waschbär klettert auf einen Baum, sitzt da und guckt einen an. Man kann ihn runterschießen oder leben lassen. Ich lasse den Waschbär in Ruhe, dann habe ich auch ein andermal das Vergnügen seiner Bekanntschaft.« Jim verschränkte die Arme, dann fügte er hinzu: »Es ist nicht sportlich, ein Weibchen zu töten, zumal im Frühjahr. Sie könnte Junge haben.«

»Ah, ja.« Diego lächelte.

»Muss man bezahlen, um teilzunehmen?« Thomas wollte mitkommen.

»Durchaus nicht, mein Lieber, durchaus nicht. Ich sag Ihnen was, ich rufe Jack gleich an und frage ihn, ob Sie beide morgen mitkommen können. Wie steht's mit euch, Harry, Fair?«

Sie nickten.

»Sie finden es bestimmt abstoßend«, erklärte Lottie.

»Ich komme auch mit.« Trotz ihrer perfekten Fingernägel, Kleidung und allem Drum und Dran war BoomBoom schließlich ein Kind vom Lande.

»In Ordnung. Jack sollte heute Abend eigentlich mit seiner Frau Joyce hier sein, aber als ich ihm sagte, er müsse im Gesellschaftsanzug erscheinen, hat er sich entschuldigt. Er sagte, wenn ich ihm die Pistole auf die Brust setzte, würde er einen Smoking anziehen – vielmehr sich von Joyce reinstecken lassen –, aber einen Frack zieht er nicht an.« Jim lachte laut und dröhnend. »Ich sag euch eins, jagen kann der Mann. Seine Frau auch. Und meine Herren, ich bringe eine Kleinigkeit mit, um die Nachtkälte zu vertreiben, eine Kleinigkeit, die wir in den Bergen besser machen, als sie irgendwo sonst gemacht wird.«

»Sprich lieber leise.« Fair blinzelte. »Cooper ist direkt hinter dir.«

Die Polizistin, die mit Tracy und Miranda sprach, drehte sich um, als ihr Name fiel. »Hab nichts gehört.«

»Schön. Ich fand schon immer, eine taube Frau wäre von Vorteil.« Jim blinzelte.

»Du meinst dumm, oder? Eine die nicht reden kann.« BoomBoom blinzelte auch.

»Sollte ich das gemeint haben?«

»Sexistisches Schwein.« Harry pikte Jim mit dem Finger in den Bauch.

»Schrecklich. Nur zu, tut was ihr nicht lassen könnt. Schmeißt mich raus. Ach geht ja gar nicht, ich bin ja hier zu Hause.« Jim lachte schallend, dann schlurfte er zum Telefon.

»Wie kann er so was sagen?« Lottie war wütend.

»Er nimmt uns auf den Arm.« Harry richtete den Blick wieder auf Diego. »Alle Frauen in diesem Raum wissen, dass Jim Sanburne alles tun würde, um jemand zu helfen; sein Herz ist größer als er selbst.«

»Das ist keine Entschuldigung für Sexismus.« Lottie schürzte die Lippen. »Du nimmst die Männer in Schutz, Harry.« Das »Du« war mit Anzüglichkeit geladen.

»Sei nicht so ’ne trübe Tasse.« Don unterdrückte ein Kichern. »Sonst muss ich dich ausstopfen.«

Hierauf lachten alle bis auf Lottie.

Miranda und Tracy gesellten sich zu der Gruppe, gerade als Gretchen, die Majordomus, Butler und Hausmädchen in einer Person war, mit dem Glockenspiel durch die Menge schritt. Sie schlug immer dieselben drei Töne an, was hieß, dass es Zeit war, sich ins Speisezimmer zu begeben.

Nach dem Essen spielte das Orchester im Ballsaal, der mit rosafarbenem und weißem Hartriegel dekoriert war, und mit Schneeball, der sowohl Wohlgeruch als auch Schönheit beisteuerte. Lottie saß neben Don, der sie nicht zum Tanzen aufforderte. Am Ende zog sie ihn auf die Tanzfläche und zischte ihm zu: »Kalte Füße gekriegt?«

Mim und Jim Sanburne verfügten über die Mittel, ein Abendessen für sechzig Gäste auszurichten, sieben Gänge, zu jedem Gang ein anderer Wein, Champagner, Sorbets, und Torten zum Abschluss. Mim war in Reichtum aufgewachsen, und wenngleich sie nie etwas anderes gekannt hatte als Überfluss, hatte sie an Anfällen von emotionalem Ausgehungertsein gelitten. Als Reaktion darauf hatte sie Jim Sanburne geheiratet. Er war groß, stark, stattlich, arm. Über die Jahre erwies er sich als geil wie ein brünstiger Kater. Seine Zügellosigkeit hatte mit seinem Sexualtrieb so viel zu tun wie die Tatsache, dass eine reiche Frau zu haben nicht das ist, als was es gepriesen wird. Mit der Zeit hatten sie sich zusammengerauft. Er hörte auf, den Weibern nachzulaufen, und sie hörte auf, ihn herumzukommandieren.

»Nein, ich bin bloß kein guter Tänzer«, erwiderte Don.

Miranda hatte ihre Handtasche in dem Falcon gelassen. Weil sie ihren Lippenstift brauchte, stand sie von einem der Tischchen auf, die rings um die Tanzfläche aufgestellt waren. »Schatz, hast du den Parkschein?«

Tracy griff in die Innentasche seines Cutaway. »Hab ich. Aber bleib du nur sitzen. Ich hole dir deine Tasche, Liebes.«

»Warum holen wir sie nicht zusammen?« Sie zwinkerte ihm zu.

Das ältere Paar schlenderte durch die Räume zur Vorderfront des Hauses, wo sie dem Parkwächter den Schein gaben. Auf einem Handy gab er die Nummer durch. In der Ferne hörten sie den alten Motor aufheulen.

Das Auto wurde von einem schlanken jungen Mann mit rötlichen Haaren und einem dünnen Schnurrbart gebracht.

»Warten Sie, nicht aussteigen. Ich muss nur die Handtasche der Dame rausholen. Sie können den Wagen gleich wieder zurückbringen.«

Als Tracy hineingriff, um Mirandas kleine mit Perlen bestickte Handtasche an sich zu nehmen, fasste Miranda den jungen Mann ins Auge, der ihr kostbares Vehikel fuhr. Ihr fiel auf, dass sein linkes Auge nach unten gesackt war und er über der Augenbraue eine rote Narbe hatte, die bis unterhalb des Auges verlief. Sie brauchte einen Moment, um es zu registrieren, dann platzte sie heraus: »Sie, Sie haben meine Radkappen gestohlen!«

Er wurde bleich, stürzte aus dem Wagen und rannte schnurstracks in die Dunkelheit.

Tracy stürmte hinterher. Er war nicht umsonst Star-Läufer gewesen, und er war immer noch gut in Form. Obwohl der Junge einen Vorsprung hatte, war er dem älteren Mann nicht gewachsen. Als er sich umdrehte, um zu sehen, ob Tracy aufholte, stolperte er und fiel hin, stand auf, versuchte Tempo zuzulegen, aber Tracy wusste, wie man einen Gegner zu Fall bringt. Er beugte sich hinunter, stieß sich mit dem rechten Fuß ab, stürzte sich auf den Rücken des jungen Mannes. Tracy traf ihn so heftig, dass der Junge in die Luft segelte wie eine Stoffpuppe und dann mit einem grässlichen Geräusch auf dem Boden landete. Tracy war sogleich auf ihm, nahm seinen Kopf in den Schwitzkasten. Ein schwerer Gegenstand an einer Kette, die der junge Mann um den Hals trug, rutschte aus seinem Hemd, als Tracy ihn festnagelte. Es war ein Mercedesstern.

»Ich hab nix gestohlen.«

»Das werden wir ja sehn.«

13

Tracy ging kein Risiko ein, als er den jungen Mann zum Haus beförderte. Er hatte ihn fest im Griff, indem er seinen linken Arm nach hinten gedreht hielt und ihn mit der anderen Hand am Kragen hatte. Jedes Mal, wenn der Junge sich losreißen wollte, riss Tracy ihm den linken Arm hoch, was ein Jaulen hervorrief. In der kühlen Abendluft kündete Donner über den Bergen ein nahendes Frühjahrsgewitter an.

Der Chef-Parkplatzwächter besaß die Geistesgegenwart Big Mim zu holen, die sich wiederum Cynthia Cooper schnappte. Die zwei Frauen warteten mit Miranda Hogendobber, als Tracy seine Beute ablieferte.

»Das ist der Mann, den Sean beschrieben hat«, sagte Miranda. Besonders beunruhigte sie die Tatsache, dass ein junger Mensch stahl.

Cynthia trat einen Schritt vor. »Ich bin Cynthia Cooper, Polizistin. Wenn Sie kooperieren, wird die Sache vielleicht etwas weniger unerfreulich.«

»Ich hab nix gestohlen«, verteidigte er sich störrisch.

»Wollen wir nicht mit Ihrem Namen anfangen?« Dann wandte Cynthia sich an Tracy: »Sie können ihn loslassen. Und danke.«

Der verängstigte Junge murrte: »Fix für 'n alten Mann.«

Miranda musste unwillkürlich lächeln. »Junge, Sie sind von einem der besten Läufer überwältigt worden, die dieser Staat je hervorgebracht hat.«

Der Junge musterte Tracy argwöhnisch, der Miranda zum Dank für ihr Lob anstrahlte.

»Wie heißen Sie?« Big Mim ließ sich ihre Verärgerung anmerken.

»Wesley Partlow.«

»Ihre Anschrift, Mr. Partlow?«, fragte Cooper routinemäßig.

»Hab keine.«

»Sie müssen doch irgendwo schlafen.« Sie ließ nicht locker.

Er zuckte mit den Schultern. »Wenn ich müde bin, geh ich …«

»Nun machen Sie schon, wo wohnen Sie? Sie sind ordentlich angezogen. Sie tragen ein weißes Hemd und eine schwarze Hose«, sagte Big Mim.

»Das Hemd haben die mir gegeben.« Er nickte zu seinem Chef hinüber. »Alle angeheuerten Parkplatzwächter tragen weiße Hemden und schwarze Hosen. Das Logo ist über der Tasche.«

»So ist es.« Big Mim verschränkte die Arme.

»Versuchen wir's noch mal. Wo wohnen Sie?« Geduldig wiederholte Cooper ihre Frage, wohl wissend, dass sie nur Lügen zu hören bekommen würde. Sie hatte diesen Typ schon so oft gesehen: jung, störrisch, aufsässig.

»Nirgends.«

»Sie sind obdachlos?«

Er grinste. »Ja.«

»Wo ist der 1987er GMC-Transporter, mit dem Sie zu O'Bannon's Salvage gefahren sind? Der mit der Dallas-Cowboys-Jacke drin.«

Er riss die Augen weit auf.

»Wo ist er?« Cooper hätte ihm zu gerne das Grinsen aus dem Gesicht geschlagen.

Er senkte den Blick.

»Sind Sie hungrig?« Miranda, sogar unter diesen Umständen die Güte selbst, dachte, mit etwas zu essen sei ihm vielleicht geholfen.

»Nein, Ma'am.«

»Ich weiß, Sie wollten mich nicht in Harnisch bringen, aber mein Falcon ist mein Ein und Alles. Wenn Sie mit uns kooperieren, können wir das klären und …« Mirandas Stimme verlor sich.

Tracy legte Miranda seinen Arm um die Taille. »Schatz, reg dich nicht auf deswegen.«

»Die Sache lässt sich ganz schnell klären, bevor ich Mr. Partlow in Gewahrsam nehme. Ich fahre mit ihm zu Sean O'Bannon.«

Wesleys Blick verfinsterte sich, seine Kinnlade klappte zu.

Big Mim, die nicht merkte, dass Cooper eine Falle stellte, sagte: »Cynthia, das können Sie nicht tun. Nicht heute Abend. Nicht jetzt. Roger ist noch nicht mal kalt. Ich glaube nicht, dass Sean in der Verfassung ist, einen Dieb zu identifizieren.«

Wesley hob ruckartig den Kopf, alle Sinne in Alarmbereitschaft, Angst flackerte jetzt in seinen Augen. »Wer ist tot?«

»Roger O'Bannon. Haben Sie ihn gekannt?«, fragte Cooper.

»Nein«, antwortete er nicht überzeugend. Er wurde noch misstrauischer.

Cooper seufzte. Für sie war der Ball zu Ende. »Ich hab das ganz komische Gefühl, Mr. Partlow, dass Sie und Ärger gute Bekannte sind. Tracy, bleiben Sie bei ihm, während ich nach einem Streifenwagen telefoniere? Im Jeep ist es mir zu unsicher. Er würde bei der ersten roten Ampel türmen.«

14

Das Hartriegelfest, mit dem der Staatsbaum und der Frühling gefeiert wurden, verschaffte Nachtschwärmern jedes Jahr Mitte April reichlich Gelegenheit, es zu bunt zu treiben. Autounfälle, Zerstörung von Eigentum und Streitigkeiten hielten den Sheriff und seine Leute in Atem.

Sheriff Rick Shaw hatte diese Nacht die ganze Truppe draußen bei der Arbeit. Als Cooper ihn wegen Partlow anrief, fuhr er selbst in einem Streifenwagen hin. Es ging nicht an, dass Big Mim missgestimmt war. Seine Anwesenheit als der höchste gewählte Gesetzeshüter des Bezirks besänftigte die große Dame meistens. Auch hatte er, seit er vor zwanzig Jahren gewählt worden war, gelernt, Mim als Erste zu benachrichtigen, wenn etwas Erschütterndes geschah. Das machte ihm das Leben leichter, aber mit ihren weit verzweigten Verbindungen konnte sie ihm auch oft helfen.

Mit dem Älterwerden verbessert sich das Urteilsvermögen eines Menschen gewöhnlich. Wenn nicht, ist er entweder tot oder ein Säufer. Rick Shaw hatte gelernt seinem Urteil zu vertrauen. Er hielt sich bei seinem Vorgehen an die Buchstaben des Gesetzes, verließ sich aber auch auf seinen Instinkt. Früher war er wütend geworden, wenn Mary Minor Haristeen in Begleitung ihrer Tiere am Schauplatz eines Verbrechens hereinplatzte. Mit der Zeit hatte er gelernt, dass Hilfe von außergewöhnlichen Seiten kommt. Einmal hatte der Corgi eine Menschenhand gefunden, was am Ende zu einem Mörder führte. Harry und ihre pelzigen Gefährtinnen hatten eine eigenwillige Art, in Dinge hineinzuplatzen.

Daher war er, als er vor Mims Hauseingang hielt, nicht überrascht, Big Mim, Miranda, Tracy Raz und Harry anzutreffen sowie Diego, dem er vorgestellt wurde.

Harry konnte sich kein Ereignis entgehen lassen. Als sie Mim auf Coop zusteuern sah, hatte sie gewusst, dass etwas im Busch war und war der Polizistin gefolgt. Diego fand ihre Neugierde belustigend.

Rick lächelte seiner Lieblingspolizistin zu. »Coop, amüsieren Sie sich. Dies ist Ihr einziger freier Abend seit zwei Monaten. Ich schaffe den Übeltäter weg.«

»Sie können mich nicht wegen dem Radkappendiebstahl einsperren – ich war's nicht.« Wütend schob Wesley den Mercedesstern, der wieder rausgerutscht war, unter sein Hemd.

»Junge, ich kann Sie wegen fast allem einsperren.« Frohgemut zog Rick ihm die Arme auf den Rücken und legte ihm Handschellen an.

BoomBoom und Thomas gingen soeben vorne hinaus.

»Mim, hier sind Sie. Es war wunderbar.« BoomBoom hatte den Satz kaum zu Ende gesprochen, da sah sie, wie Rick Wesley auf die Rückbank des Streifenwagens verfrachtete. »Was ist denn hier los?«

»Miranda meint, er hat die Radkappen von ihrem Falcon gestohlen«, sagte Harry.

»Ein Glück, dass er nicht unseren Schmuck gestohlen hat.«

BoomBoom legte schützend die Hand auf ihr unschätzbares Collier aus Saphiren und Diamanten.

»Der Schmuck ist nichts. Die Frau ist alles. Ich hätte Angst, dass er dich stehlen würde.« Thomas küsste sie auf die Wange, nachdem er Wesley einen feindseligen Blick zugeworfen hatte, den dieser prompt erwiderte.

»Das wäre mal was Neues«, meinte Mim sarkastisch. Thomas gab dem Chef-Wächter seinen Parkschein.

»Scharfzüngig«, flüsterte Diego Harry zu.

»Wie lange kennen Sie Thomas schon?«

Diego zuckte mit den Achseln. »Unsere Familien sind befreundet. Er ist etwas älter als ich, deswegen sind wir nicht zusammen zur Schule gegangen. Seit ich an der Botschaft arbeite, kenne ich ihn näher. Davor«, er zog die Schultern hoch, »gesellschaftlich. Wie heute Abend.«

»Ein Frauenheld«, flüsterte sie und runzelte die Augenbrauen.

»Findet er«, erwiderte Diego und kicherte, ein Kichern, das ihn unwiderstehlich machte, zumal die amerikanischen Männer sich selten ein kesses Kichern erlauben.

»BoomBoom schluckt es widerstandslos.«

»Es gibt einen Frauentyp, der das tut, und dieser Typ sind Sie nicht«, sagte Diego scharfsichtig.

»Hm – nein.«

Sie wurden voneinander abgelenkt, als Wesley Partlow sich auf der Rückbank des Streifenwagens umdrehte und es ihm trotz der Handschellen gelang, den Stinkefinger zu zeigen. Rick ließ den Motor an.

»So ein Arschloch«, murmelte Coop vor sich hin.

Tracy, der neben ihr stand, sagte: »Beim Militär hab ich solche Kerle andauernd gesehen. Wir hatten damals die Wehrpflicht, und es gab immer einen kleinen Prozentsatz von Leuten, die dachten, dass die Regeln für sie nicht gelten. Das wurde ihnen meistens während der Grundausbildung ausgetrieben. Mir scheint, Wesley Partlow wird die Erfahrung versäumen, bei den bewaffneten Streitkräften zu dienen. Leider. So was macht Männer aus Heinis wie dem.«

»Eins ist mal sicher, der geht nirgendwo hin.« Cooper zog ihren linken hochhackigen Schuh aus, um ein Kieselsteinchen rauszuschütteln. »Miranda, ich hätte nicht gedacht, dass wir Ihren Radkappenschänder so schnell finden würden.«

»Ich auch nicht. Bestimmt hat er auch den Transporter gestohlen.«

»Das steht fest.« Cooper rieb sich die bloßen Arme, als diesseits der Berge ein Blitz zuckte. »Sieht ganz so aus, als hätte sich das Gewitter endlich über das Blue-Ridge-Gebirge gewälzt.«

15

In Sekundenschnelle tobte der Wind mit gut sechzig Stundenkilometern durch Crozet, hob Partyzelte in den Himmel, zerfetzte gestreifte Markisen, ließ Big Mims Gäste sich schaudernd an die Kamine zurückziehen, da die Temperatur rapide sank.

Schwarze Wolken, schwärzer als die Nacht, jagten über den Baumwipfeln dahin; weiße, rosafarbene und sogar bläuliche Blitze durchzuckten die wirbelnden Wolken, um unten einzuschlagen. Ein heller Strahl traf das Blechdach von Mims Geräteschuppen; die den Blitz sahen, wurden vorübergehend geblendet. Zum Glück fing der Schuppen nicht Feuer.

Die Quote an Autounfällen beim Hartriegelfest sank unter den Durchschnitt, weil die meisten Leute so vernünftig waren, die Straßen zu verlassen. Die wenigen, die blieben, knallten an Leitplanken. Die Leute des Sheriffs und die Abschleppdienste arbeiteten so schnell sie konnten.

So sehr Cynthia Cooper sich auf diesen Abend gefreut hatte, ihr Pflichtbewusstsein und das Wissen, dass Rick Shaw überlastet war, verlangten, dass sie sich von ihren Gastgebern verabschiedete, in ihren Jeep sprang und ins Sheriffbüro fuhr. Sie zog ihre Uniform an, schnappte sich den einzigen verbliebenen Streifenwagen und fuhr in den peitschenden Regen hinein.

»Coop an Sheriff Shaw.«

»Hey«, meldete sich die vertraute, müde Stimme.

»Ich fahre raus nach Boonesville. Unfall an der Kreuzung.«

»Wieso sind Sie im Dienst?«

»Alle Mann an Deck an einem Abend wie heute. Yancys Streifenwagen war einsam. Wo ist Yancy?«

»Im Krankenhaus. Mit gebrochenem Kiefer.«

»Was?«

»Er hat 'nen Raser angehalten, Dschinn Marks, der im Zickzack fuhr. Der Kerl ist ausgestiegen, Yancy hat ihm die Taschenlampe ins Gesicht gehalten, und der Kerl hat voll mit 'nem Hammer zugeschlagen. Hatte ihn hinter dem Rücken, es war pechschwarze Nacht, und Yancy hat's nicht kommen sehen.«

»Verdammt.«

»Scheußliche Nacht. Aber Yancy fehlt weiter nichts. Wenn sie ihm den Kiefer mit Draht verschließen, muss er zwangsläufig abnehmen.«

»Allerdings.« Sie lächelte. »Hat er den Schuft eingebuchtet?«

»O ja. Sitzt mit dem kleinen Arschloch Partlow in derselben Zelle. Hey, ich weiß nicht, wann wir heute Nacht fertig werden, aber wenn's so weit ist, spendier ich Ihnen Kaffee und 'nen Doughnut.«

»Das beste Angebot, das mir in der ganzen Woche untergekommen ist.«

»Ende«, kam es von ihm.

Während Cooper nach Boonesville fuhr, einer kleinen Gemeinde nördlich von Charlottesville, tanzten Harry und Diego um Mitternacht den letzten Tanz. Big Mim bat alle zum Kaffee in die Bibliothek. Ihre Adleraugen registrierten genau, ob jemand nicht mehr fahrtüchtig war. Ihr Mann verfrachtete diese wenigen schleunigst in die Zimmer über den Stallungen. Jims große, massige Gestalt war eine Garantie für wenig Widerstand.

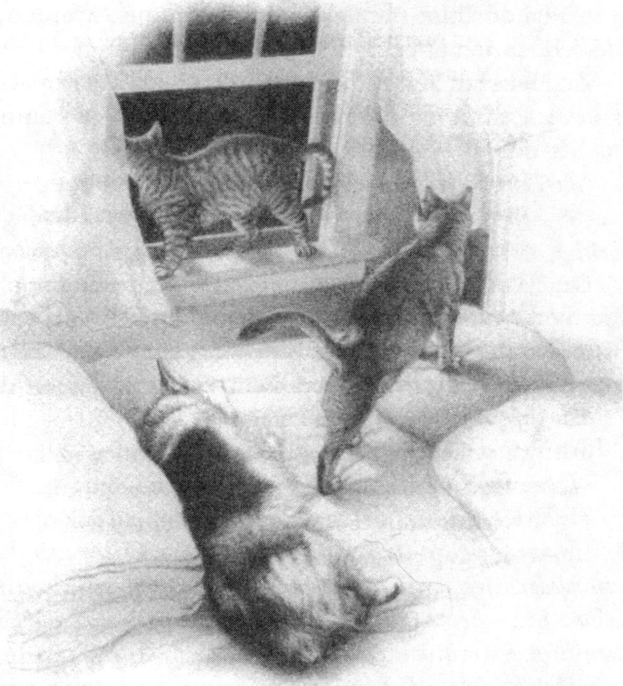

Droben grollte der Donner, die Blitze ließen die Felder in unheimlichen Farben leuchten. Die Pferde hatten sich wohlweislich in ihre Ställe zurückgezogen. Auch die Kühe verzogen sich dorthin, standen geduldig bei den Pferden, die sich dem Rindvieh überlegen fühlten.

Zu Hause in Harrys Schlafzimmer hielt Tucker sich die Augen zu. Pewter gab sich den Anschein, das Gewitter mache ihr nichts aus.

Mrs. Murphy, die sich auf dem Bett zusammengerollt hatte, sagte: *»Richtig schlimm ist das. Mich wundert's, dass es nicht hagelt.«*

Die Worte waren kaum heraus, als auf dem Dach ein gewaltiges Prasseln niederging. Hagelkörner so groß wie Golfbälle fielen herab, prallten von allem ab, was sie trafen.

»Wow!« Pewter raste zum Fenster.

»Es war eine finstere und stürmische Nacht«, skandierte Mrs. Murphy mit Geisterstimme.

»Das ist gar nicht komisch.« Tucker schauderte.

»Waschlappen.« Pewter warf den Kopf zurück.

»Hack nicht auf ihr rum. Ihr ist so was echt zuwider, und dies ist ein widerwärtiges Gewitter. Die Pferde sind bestimmt froh, dass Mom die Außentüren von ihren Boxen aufgemacht hat. Sie hat einen siebten Sinn, wenn's ums Wetter geht.«

»Sie guckt den Wetterbericht.« Pewter, die sich nie von Menschen beeindrucken ließ, fuhr zusammen, als ein dickes Hagelkorn degen das Fenster schlug.

»Das kam nicht im Wetterbericht. Ich hab ihn mit ihr geguckt. Das hier ist so ein wildes Gewitter, das aus dem Nichts kommt.« Mrs. Murphy wusste, wie schnell sich das Wetter in den Bergen ändern konnte. *»Die Menschen haben Glück, dass ihr Getreide noch nicht hoch genug steht, um platt gedrückt zu werden, aber die Hartriegelblüten wird's wohl von den Bäumen reißen.«*

Das Geräusch von Harrys Transporter, der die Zufahrt hochkam, ließ sie alle an die Hintertür sausen. Sie schwebte zur Tür herein, als sei das Wetter ihr schnuppe. »Hallo, Babys.«

»Ich bin froh, dass du zu Hause bist«, gestand Pewter.

Tucker, heilfroh, weil Harry zu Hause war, heftete sich ihrem Menschen an die Fersen. *»Ich hasse dieses Wetter.«* Auch Pewter beschloss, Harry zu folgen.

Mrs. Murphy hüpfte vor ihnen her; der Hagel hörte sich an wie Artilleriefeuer. *»Seien wir froh, dass wir heute Nacht drinnen sind, heil und gesund.«*

Dasselbe empfand Cynthia Cooper, als sie endlich wieder in ihrer Dienststelle war. Es war halb fünf Uhr morgens, ihre Augen brannten, ihr Mund war trocken. Es hatte einen Blechschaden nach dem anderen gegeben.

Sie stieß die schwere Schwingtür auf. Der Duft von frischem Kaffee wehte ihr entgegen.

Rick lächelte. »Hier sind Doughnuts. Von Krispy Kreme.«

»Ich hab 'nen Bärenhunger.« Sie schenkte Kaffee ein, schnappte sich einen glasierten Doughnut und sank auf ihren Schreibtischstuhl. »Wo sind die andern?«

»Draußen. Ich hab bei Krispy Kreme angerufen und denen gesagt, sie sollen allen Doughnuts und Kaffee geben. Ich würde die Rechnung übernehmen. Gott sei Dank läuft's jetzt ein bisschen ruhiger. Die nächste Schicht fängt um sechs an. Hey, wollen Sie 'nen Doughnut mit Gelee?«

»Nein. Mir können Sie nichts weismachen. Die haben Sie für sich gekauft.«

»Äh – ja. Ich hab sogar 'ne Stange Zigaretten gekauft, die ich in Ihrem Schreibtisch verwahren werde.«

»Warum?«

»Wenn meine Frau reinkommt, wird sie in meinem Schreibtisch nachgucken.«

»Aus kleinen Lügen werden große.« Coop verdrehte die Augen.

»Es ist mein einziges Laster. Ich hab versucht es aufzugeben und am Ende beschlossen, was soll's. Ich kann's genauso gut genießen.«

»Ja.« Sie nahm sich noch einen glasierten Doughnut. »Das Problem bei mir ist, ich genieße die ersten zwei Züge, danach schmeckt es mir nicht mehr. 'n Haufen Geld verschwendet für zwei Züge. Ich hab Hunger. Ich denke, ich werde Miranda anrufen und sie bitten, morgen ihre Zimtteilchen mit Orangenglasur zu backen.«

»Jetzt ist morgen.«

»Oh – dann eben übermorgen.« Sie leckte sich die Finger ab. »Mim hat wieder ein tolles Fest gegeben. Sie hatte befürchtet, es würde trübselig werden wegen Roger O'Bannons Tod, war's aber nicht. War ja eigentlich nicht Rogers Bekanntenkreis.«

»Wahrscheinlich nicht. Was ist passiert?«

»Er ist auf seinem Stuhl umgekippt. Im Großen und Ganzen so, wie Sie es über Funk gehört haben.« Sie sprach von den Funkgeräten in den Streifenwagen. »Das gibt einem zu denken. Ich meine, von wegen rauchen und Doughnuts essen und fettige Hamburger.«

»Coop, wenn man dran ist, ist man dran.« Rick verschränkte die Arme vor der Brust und lehnte sich auf seinem großen Sessel zurück. »Und Sean will einer Autopsie nicht zustimmen?«

»Nein, es sei denn, er hat es sich anders überlegt. Er war, nun, das können Sie sich ja vorstellen. Er hat sich zusammengenommen, aber es war ein schwerer Schock.«

»Die Menschen sind eigen, was Autopsien angeht. Wenn es mein Bruder wäre, ich würde es tun. Falls es was Erbliches ist, etwas, das ich behandeln lassen könnte.«

»Moment mal. Eben haben Sie gesagt, Sie rauchen, was soll's, und wenn man dran ist, ist man dran.«

Er grinste. »Ich?«

»War's nicht Emerson, der gesagt hat, ›Beständigkeit ist das Steckenpferd kleiner Geister‹?«

»Sie sind die Leseratte, aber hört sich gut an.« Er spitzte die Ohren. »Herrgott, das Unwetter wird schlimmer.«

Sie verputzte den letzten Doughnut. »Wer ist im Tadsch Mahal?« Sie meinte das Gefängnis.

»Volles Haus. Studenten. Leute, die es besser wissen sollten und Dschinn Marks, der Kerl, der Yancy eine verpasst hat.«

»Dschinn? Na ja, vermutlich besser als Geist-Bewegt-Uns. Erinnern Sie sich an den?«

»Lässige Garderobe. Bettlaken.« Rick lachte. »Und die Leute geben solchen Burschen Geld. Fromme Spinner. Ich hab den falschen Beruf. Ich rasier mir den Schädel, mach mir ’nen Punkt mitten auf die Stirn, hülle mich in Bettlaken und singe ›Om‹ – und schon bin ich reich. Ich sag den Leuten, sie sind abgespannt und müssen inneren Frieden finden.«

»Geist-Bewegt-Uns hat’s mit vorpubertären Mädchen getrieben.«

Rick schüttelte den Kopf und verzog das Gesicht. »Er hat gesagt, das gehört zu seiner Religion. Der kommt die nächsten Jahre nicht aus dem Kittchen.«

»Ist Dschinn der richtige Name von dem Kerl?«

»Steht so in seinem Führerschein. Oh, diesen Partlow kann ich nicht wegen Radkappen festhalten. Ich lass ihn nachher laufen. Eigentlich sollte ich ihn jetzt gleich entlassen. Ihn mit ’nem Tritt in seinen jämmerlichen Hintern in den Sturm rausbefördern. Aber zuerst fahr ich mit ihm beim Schrottplatz vorbei.«

»Ich denke, ich statte ihm einen Besuch ab.« Sie sah auf die Uhr. »Ein Weckruf um fünf sollte ihn zum Lächeln bringen.« Sie ging zum Zellentrakt, Rick kam mit. Die Verhafteten lagen ausgestreckt in den Zellen, sturzbetrunken, und schliefen ihren Rausch aus. Wesley jedoch saß aufrecht, lauschte auf den Sturm. »Einen wunderschönen guten Morgen«, scherzte Cynthia.

»Hört sich an wie ein Tornado.«

»Die sind lauter«, erwiderte Rick ihm. »Wir bringen Sie nachher zu O’Bannon’s Salvage. Wenn Sean Sie einwandfrei identifiziert, sind Sie geliefert. Wenn nicht, sind Sie frei.«

»Ich hab nix gestohlen. Er wird’s Ihnen sagen.« Wesley lauschte auf den stärker werdenden Hagel.

»Okay.« Rick zuckte mit den Schultern.

»Wesley, wenn Sie mit uns kooperieren, macht’s die Sache leicht.«

»Nichts ist leicht.«

»Na schön.« Sie drehte sich um und ging hinaus, Rick mit ihr. Als sie aus dem Zellentrakt heraus waren, blieben sie einen Moment stehen.

Rick seufzte. »Ich muss sowieso meinen Anstandsbesuch

machen. Ich frage Sean, ob er's schafft, den kleinen Wichser zu identifizieren. Wenn nicht, lassen wir ihn laufen.«

Sean war unerwarteterweise einverstanden, er sagte, er könne damit fertig werden. Als Rick Wesley zu ihm brachte, schwor er, den Jungen nie gesehen zu haben, obwohl die Beschreibung, die er gegeben hatte, auf Wesley zutraf. Entweder gab es zwei junge Männer mit einer auffälligen Narbe über dem linken Auge, oder Sean war zu durcheinander, um irgendetwas auf die Reihe zu bringen. In seinem angegriffenen Zustand hätte er aber auch denken können, es lohne sich nicht, einen Jungen wegen Radkappen zu belangen.

Rick entließ Wesley Partlow. Er hatte den Führerschein des Jungen schon vom Verkehrsamt überprüfen lassen. Das Papier war gültig und echt. Die Anschrift lautete Randolph Street, Waynesboro. Rick machte sich nicht viele Gedanken deswegen. Kleiner Fisch.

16

Sonntagmorgen um sieben fuhr Fair Haristeen durch die Pfützen in Harrys Zufahrt. Er hielt vor dem Stall, weil er wusste, dass sie beim Pferdefüttern war. Als die Tür seines Transporters zuschlug, sauste Tucker freudig hinaus, um den Tierarzt zu begrüßen. Tucker liebte Fair.

»War das nicht ein fürchterliches Unwetter?« Der Corgi wackelte mit dem schwanzlosen Hinterteil.

Kleine Zweige waren über den Hof verstreut und Blätter von Hartriegelblüten bedeckten die Erde.

»Du bist der allerbeste Hund.« Fair bückte sich, um den seidigen Kopf zu streicheln.

»Ich bin hier drin«, rief Harry aus dem Mittelgang des schönen alten Stalls.

»Hab ich mir gedacht.« Fair sprang über eine Pfütze. »Du solltest das Dach von BoomBooms Stall sehen. Schweizer Käse.«

»Dein erster Besuch heute?«

»Nicht direkt. Als ich vorbeifuhr, sah ich sie und Thomas draußen vorm Stall stehen, drum hab ich angehalten. Als Kelley« – Fair sprach von BoomBooms verstorbenem Ehemann – »damals den Stall gebaut hat, konnte ich nicht glauben, dass er so ein billiges Dach draufsetzt. Der Mann war Bauunternehmer. Er wusste es besser.«

»Ja, aber Reiten war nicht seine Sache, drum hat er einen billigen Stall gebaut. Ziemlich schäbig von ihm.«

Fair setzte seine Baseballkappe ab. »Ist mir nie in den Sinn gekommen. Er hatte mehr Geld als Gott.«

»Nur eine kleine Rache seinerseits. Kontrolle. Und welchem Umstand habe ich deine Gesellschaft zu verdanken?«

»Hat das Wort Kontrolle was damit zu tun?«

Mrs. Murphy, die bei Simon, dem Opossum, auf dem Heuboden herumtrödelte, bemerkte: *»Weißt du was, ich glaube, er wird einsichtig.«*

»M-m-m.« Simon zeigte wenig Interesse für menschliche Paarungen und Trennungen. *»Hab ich dir schon die Perlen gezeigt, die ich gefunden habe?«* Er rollte seinen Schatz heraus.

»Simon, das sind keine Perlen, das sind Kugellagerkugeln, und wenn du die hier irgendwo gefunden hast, bedeutet das, dass eins von Moms Geräten bald einen grässlichen Tod sterben wird.«

»Echt?«

»Echt. Wo hast du sie gefunden? Ich nehme an, es ist schon ein paar Tage her. Du warst bestimmt nicht so dämlich, bei dem Unwetter rauszugehn.«

»Sag ich nicht.«

»Na gut. Sag's nicht, aber bring sie zurück – vielleicht sieht sie sie, bevor der Schaden irreparabel ist. Irgendwas ist kaputt.«

»Ich bring sie nicht zurück und ich sag's nicht. Und vielleicht hab ich sie ja gar nicht hier gefunden. Sie glänzen, und ich hab sie ehrlich gefunden. Ich mag glänzende Sachen.«

»Beuteltiere sind anormal.« Mrs. Murphy peitschte ihren schönen Schwanz hin und her. Es passte ihr nicht, wenn man ihr nicht gehorchte.

»Dass Pewter sich einen toten Specht schnappt und Harry ihn dann nimmt, das ist ziemlich anormal.«

»Sie hat ihn zum Präparator gebracht.« Mrs. Murphy lachte, ihre gute Laune war wiederhergestellt. *»Und weißt du was, Pewter wird den ausgestopften Vogel in Fetzen reißen, sobald er ins Haus gebracht wird.«* Die Katze schlich auf Zehenspitzen an die Kante des Heubodens, da sie zu dem Schluss gekommen war, die Unterhaltung der Menschen könne interessanter sein als ihre eigene. Nicht, dass sie Simon nicht mochte, aber er war zuweilen ein bisschen einfältig.

Pewter ruhte in der Sattelkammer auf einer ordentlich zusammengelegten Stalldecke. Sie hatte sich beim Frühstück voll gestopft und würde den halben Tag zum Verdauen brauchen.

»War das ein Hartriegelfest.« Fair tauchte ein sauberes altes Handtuch ins Wasser, strich damit über ein Stück Glycerinseife und fing an, Harrys Jagdsattel abzureiben.

»Das musst du nicht machen.«

»Nein, aber ich mache mich gern nützlich.« Er summte eine Billy-Ray-Cyrus-Melodie, dann räusperte er sich. »Du scheinst gut mit Diego auszukommen.«

»Ja«, lautete die knappe Antwort.

Fair war klug genug, von Harry keine Erklärung zu erwarten. Er kannte sie sein Leben lang, und da er mit ihr verheiratet gewesen war, glaubte er sie besser zu kennen als sonst irgendjemand, ausgenommen vielleicht Susan Tucker. Aber Frauenfreundschaften existierten auf einer anderen Ebene als eheliche Beziehungen. Er lachte oft in sich hinein, wenn er müßiges Gewäsch über die Unterschiede zwischen Männern und Frauen hörte. Den Experten zufolge waren Frauen, was ihre Gefühle betraf, mitteilsamer als Männer, und sie waren einander verbunden, indem sie sich gegenseitig an ihren Gefühlen teilhaben ließen, wogegen Männer durch Aktionen verbunden waren. In all den Jahren, die er Mary Minor kannte, hatte sie nie aus freien Stücken mitgeteilt, was sie empfand. Man musste es ihr aus der Nase ziehen. Sie erzählte munter, was sie dachte, las, sah, tat, aber nicht was sie fühlte. Susan hatte ihr einst deswegen Vorhaltungen gemacht, aber Harry war eben Harry und damit basta. »Nimm mich oder lass mich« lautete ihre Devise, und als Fair darüber nachdachte, kam er zu dem Schluss, dass sie Recht hatte. Entweder nimmt man die Menschen wie sie sind, oder man lässt es bleiben, und kein Lamentieren und Zureden wird sie ändern oder einem näher bringen.

»Der Typ sieht aus wie ein Filmstar.« Fair schnippte den Steigbügel über die Sitzfläche des Sattels, damit er die Seitenblätter besser putzen konnte. Der Sattel war sauber, aber er musste was zu tun haben.

»Stimmt, aber du siehst auch toll aus.« Sie zwinkerte ihm zu.

»Das sagst du zu allen Männern.« Er lachte, froh, bei ihr zu sein. »Übrigens, Lottie Pearson ist auf dem Kriegspfad.«

»Gegen mich oder BoomBoom?«

»Alle, die ihr über den Weg laufen, aber ich denke, du und BoomBoom, hm, sagen wir mal, haltet eure Skalps fest.«

»Was ist Lotties Problem?« Harry schrubbte im Ausguss der Sattelkammer einen Wassereimer sauber. Es gab heißes und kaltes Wasser, ein hübscher Komfort in einer Sattelkammer. »Es ist ja nicht so, dass ich eines Morgens aufgewacht bin und gesagt habe, ›heute bring ich Lottie Pearson in Weißglut‹. Und ich habe nur zugesagt, Diego zu begleiten, weil BoomBoom mir so zugesetzt hat. Sie hat gesagt, Lottie würde ihn zu Tode langweilen, wogegen ich über Landwirtschaft sprechen könnte.«

»Lottie gerät in Panik und sie ist verbittert.«

Harry hob den Kopf, um in Fairs blaue Augen zu sehen. »Panik, wieso?«

»Sie ist über dreißig, war nie verheiratet und hat nichts in Aussicht.«

Harry ließ den Eimer in den Ausguss fallen und stemmte die Hände in die Hüften. »Ach komm, das glaubst du doch selbst nicht.«

»Doch, bei Lottie glaub ich das. Mannstoll.«

»Sagt ein Mann.« Harry kicherte.

»Hey, wir mögen ja das langsamere Geschlecht sein, aber ich kenne keinen Mann, der keine Antenne für eine Frau hat, die verrückt aufs Heiraten ist. Sie verströmt den Angst- oder Paarungs- oder sonst einen Lockstoff. Nichts vertreibt einen

Mann schneller als das, abgesehen von persönlicher Unsauberkeit, nehme ich an.«

Harry machte sich wieder ans Schrubben. »Darüber hab ich nie nachgedacht, aber vermutlich hast du Recht. Was gibt es da in Panik zu geraten, Fair? Man kann nicht einfach losgehen und einen Partner finden. Das ist nicht wie ein Autokauf.«

»Nein, aber es ist eine größere Anschaffung.« Er lächelte. »Was ich bei Lottie anstößig finde, ist, dass sie heiraten will, ihr aber keiner gut genug ist. Roger O'Bannon war verrückt nach ihr und, hm, jetzt ist er tot. Er war ihr nicht fein genug.« Fair unterbrach seinen Gedankengang. »Es ist schwer, in der Vergangenheit von ihm zu sprechen.«

»Ich weiß, was du meinst.«

»Sie will einen von den Feinen Familien Virginias. So ein oberflächliches Getue.«

»Wir haben gut reden, weil wir selbst dazugehören.«

»Hast du dir jemals auch nur einen Moment etwas daraus gemacht, dass deine Vorfahren 1620 hierher gekommen sind? Nein, 1640. Gutes Gedächtnis.« Er tippte sich an die Stirn.

»Nein. Ich bin stolz auf sie, aber deswegen bin ich nicht besser als alle anderen. Und der Sklavenhandel hat Ende des siebzehnten Jahrhunderts stark zugenommen, insofern sind für mich die afroamerikanischen Familien ebenfalls F.F.V.«

»Wenn es etwas gibt, das ich an Virginia richtig hasse, dann ist es die übertriebene Ahnenverehrung.« Er schnippte den anderen Steigbügel über den Sitz. »Andererseits schenkt es uns Beständigkeit, nehme ich an. Wie auch immer, wenn Lottie einen von uns heiratet, ist sie trotzdem nicht F.F.V.«

»Nein, aber ihre Kinder.«

»Na großartig. Eine neue Generation von Snobs.« Fair lachte wieder. »Mein liebster blamabler Moment der Virginier war, als die Nachfahren von Thomas Jefferson sich bei einem Familientreffen darüber stritten, ob sie Sally Hemings Nachkommen teilnehmen lassen sollten, nachdem die DNA-Proben ergeben hatten, dass sie Jeffersons Blut in sich trugen. Ich meine, wir leben im einundzwanzigsten Jahrhundert, und da streiten sich Leute wegen so was.«

»Du bist heute Morgen so redselig.« Sie schüttelte den Kopf.

»Tatsächlich«, er atmete aus, »bin ich froh, Diego nicht hier zu finden.«

Sie warf ihm einen vernichtenden Blick zu. »Oh, ob ich gleich bei der ersten Verabredung mit ihm ins Bett gehen würde? Meintest du das?«

»Äh – ja.«

»Fair, mein Körper gehört mir.«

»Ich liebe deinen Körper.«

»Ach Fair ...« Sie hob die Hände.

»Deinen Geist liebe ich auch.«

»Jetzt wird's spannend.« Mrs. Murphy beugte sich weit über die Heubodenkante.

Sogar Pewter wachte auf. Tucker saß da mit heraushängender Zunge und lauschte auf jede Silbe.

»Du kannst richtig schmeichlerisch sein, wenn du willst. Hör zu, ich tu was ich will, wann ich will und mit wem ich will. Setz mir keine Grenzen.«

»Hab ich nicht getan.«

»Ja, und du hast auch nie Rivalen gehabt.«

»Oh, und jetzt hab ich einen?«

»Schon möglich.«

»Ich kann's nicht ausstehen, wenn du kokett bist.«

»Und ich kann's nicht ausstehen, wenn du mich zu gängeln versuchst.«

»Ich gängel dich nicht.« Er beugte sich über den Sattel. »Ich bin ehrlich.«

»Dann will ich auch ehrlich sein. Ich mag Diego und ich werde ihn höchstwahrscheinlich wiedersehen. Davon abgesehen weiß ich gar nichts.«

»Geh nicht mit ihm ins Bett.« Fairs Ton wurde bestimmter.

»Ich tu was ich will, verdammt noch mal.«

»Die lateinamerikanischen Männer sind ihrer Mutter treu und sonst keiner. Du weißt nicht, mit wem er alles geschlafen hat. Du kannst nicht vorsichtig genug sein.«

»Das ist ausgesprochen rassistisch.« Ihre Stimme war voller Bitterkeit.

»Ist doch wahr. Sie werden von ihren Müttern beherrscht!«

»Fair, red keinen Stuss.« Harry lachte. Er war unabsichtlich komisch.

»Ich versuche nur dich zu beschützen.«

»Nein, tust du nicht. Du willst nicht, dass ich mit einem anderem ins Bett gehe als mit dir.«

»Zugegeben.«

»Krieg dich wieder ein.«

»Harry, mach langsam. Überleg doch mal. Was für eine Zukunft könnte ein Mann aus einem Land voller Ex-Nazis dir bieten?«

»Fair, um Himmels willen!«

»Stimmt doch.«

»Das trifft auch auf Argentinien und Paraguay zu und übrigens auch auf die Vereinigten Staaten. Hat unsere Regierung nach dem Krieg nicht jedem Deutschen Unterschlupf gewährt, der über Wissen verfügte, das wir brauchten oder wollten? Und außerdem ist das über fünfzig Jahre her. Ich nehme an, dass die meisten von diesen Knilchen tot sind. Und du bist also jetzt Uruguay-Experte?«

»Man kann's einem Mann nicht verdenken, wenn er sich bemüht.«

»Ja, ja. Um das Thema zu wechseln, gehst du heute Abend auf die Waschbärjagd?«

»Hatte ich vor.«

Die beste Zeit für die Waschbärjagd ist der Herbst, aber manchmal trainiert ein Jäger seine jungen Jagdhunde schon früher an derselben Leine mit einem älteren Hund. Im Sommer war es zu heiß, deshalb war der Frühling oft eine gute Zeit, um junge Jagdhunde arbeiten zu lassen. Die tragenden Waschbärweibchen werfen gewöhnlich zwischen April und Mai ein bis acht Junge. Sie würden nur Männchen jagen.

Harry füllte den ausgespülten Eimer mit sauberen Schwämmen und stellte ihn unter den Ausguss. »Wann wird Rogers Beerdigung sein?«

»Mittwoch oder Donnerstag. Es sei denn, Sean meint, er muss bis zum Wochenende warten wegen Leuten von außerhalb. Bezweifle ich aber. Herb dürfte es wissen. Bringt einem den Tod ein bisschen näher, nicht?«

»Nee.« Sie schüttelte den Kopf. »Man kann nicht darüber nachdenken. Das tut nicht gut. Man kann mit vier Jahren sterben oder mit hundert. Aber man kann nicht darüber nachdenken.«

»Du hörst dich an wie dein Dad.«

»Ist aber wahr.«

»Mag ja sein, aber Rogers Tod lässt mich darüber nachdenken. Eben sitzt er noch auf dem Stuhl, und im nächsten Moment liegt er auf dem Boden und Mim zerrt an seinem Arm und Lottie kreischt.«

»Das war vielleicht ein Wochenende. Lottie kippt vom Festwagen. Nein, warte, es fing damit an, dass Mirandas Radkappen gestohlen wurden und bei O'Bannon landeten. Dann segelt Lottie vom Festwagen. Bei dem Reifrock wundert's mich, dass sie nicht gleich wieder hochgesegelt ist, sonst hätte sie ein lebendiges Taco-Bell-Logo abgeben können. Dann segnet Roger das Zeitliche. Der Heini, der Mirandas Radkappen geklaut hat, tritt auf Mims Party als Wagenparker auf. Tracy stellt ihn. Dann rast ein Höllensturm durch Albemarle County. Und du fürchtest, dass ich mit einem anderen schlafe statt mit dir? Gibt's da nicht einen chinesischen Fluch, ›Mögest du in interessanten Zeiten leben‹?«

17

Diego und Thomas verbrachten den Tag auf Windy Ridge, einem Landgut, das dem pensionierten Gesandten am englischen Königshof gehörte. Da Harry den Gästen nicht als Fremdenführerin zur Verfügung stehen musste, arbeitete sie und unterdrückte ihre Aufregung wegen der abendlichen Waschbärjagd. Sie liebte die Jagd. Das Aufsammeln des Schutts rund um ihr Haus nahm zwei Stunden in Anspruch.

Dann inspizierte sie ihre Zäune, um sich zu vergewissern, dass sie nicht ramponiert waren. Blair Bainbridges Rinder zottelten nur zu gern hinüber auf Harrys saftige Weiden. Zwar machte es ihr nichts aus, sie zurückzubefördern, aber sie hatte nicht immer die Zeit, sie über den Bach zu treiben, den Zaun zu reparieren, nachzusehen, ob etwas beschädigt war. Zudem konnten ihre drei Pferde, Poptart, Tomahawk und Gin Fizz die Kühe nicht leiden. Sie legten die Ohren an, fletschten die Zähne, stießen grobe Beschimpfungen aus und befanden auch die Tatsache, dass Rinder vier Mägen haben, einer Schmähung wert.

Mrs. Murphy und Tucker begleiteten Harry auf ihrem Rundgang. Pewter erklärte, das Unwetter habe ihre Nerven strapaziert; sie müsse sich im Haus ausruhen. Der unverschämte Blauhäher umflatterte die Küchenfensterbank. Als er die schlafende Pewter auf dem Küchentisch sah, gab er einen Schwall von Verwünschungen von sich.

Nach einem arbeitsamen Tag fanden die Tigerkatze und Tucker, es stehe ihnen zu, an der Waschbärjagd teilzunehmen. Beide waren stinksauer, als Harry sie im Haus einschloss, das Tiertürchen absperrte und dann in ihrem blauen 1978er Ford-Transporter davonfuhr.

»*Dafür wirst du büßen!*«, drohte Murphy, während die roten Rücklichter in die Abenddämmerung entschwanden.

»*Halt die Klappe.*« Pewter wälzte sich herum.

»*Du hast den ganzen Tag geschlafen. Sag bloß nicht, du bist müde.*«

»*Ich hab nicht den ganzen Tag geschlafen. Der widerliche Blauhäher hat sich auf die Fensterbank gehockt. Er hat mich eine fette graue Sau geschimpft, eine Seekuh, ein doofes Dickfell. Den bring ich um!*«

Mrs. Murphy ging von der Tür weg, sprang auf die Küchenanrichte, trottete zum Fenster über dem Spülbecken. »*Ich kann's nicht glauben, dass sie mich allein gelassen hat! Wir haben heute gearbeitet. Wir haben 'ne Party verdient.*«

»*Wir waren zu Tante Tallys Teeparty eingeladen. Freilich, die ist nicht so gut gelaufen, was?*«, fügte Tucker nachdenklich hinzu.

»Darum geht's nicht.« Mrs. Murphy schlug an die Fensterscheibe.

Pewter sprang auch auf die Anrichte. Sie ging zielstrebig zu dem großen Napf mit Katzenkeksen, steckte den Kopf hinein und schmatzte drauflos.

»Geräuschvolle Esserin.« Tucker kicherte.

»Schwanzloses Wunder.« Pewter warf ein Bröckchen für den Hund auf den Boden. *»Ich hab für einen Tag genug Beleidigungen erlitten.«*

»Blöde Zeit zum Waschbären jagen.« Murphy hoffte einen Weg zu finden, ihren Verlust kleiner zu machen. Sie liebte jede Art von Jägerei, und wenn sie nur von der Ladefläche des Transporters aus zusah. Schließlich war sie die beste Jägerin von Mittelvirginia, vielleicht sogar von ganz Virginia.

So verstimmt sie auch war, sie hätte froh sein sollen, dass sie zu Hause gelassen worden war.

Die durchweichte Erde zog den Jägern glatt die Stiefel von den Füßen. Die Büsche und Äste, schwer von Tropfen, durchnässten jeden, der daran vorbeistreifte. Der Durant Creek, ein Nebenfluss vom Beaver Creek, dröhnte wie ein Diesel-Müllauto unter Vollgas.

Harry, durch das Leben im Freien abgehärtet, machte der Matsch nicht viel aus. BoomBoom war eine erstaunlich gute Kumpanin. Thomas in seinem teuren Outfit von Holland and Holland hielt sich tapfer. Diego trug, was Harry ihm gesagt hatte. Nach dem Besuch bei dem ehemaligen Gesandten Großbritanniens hatte er ein Paar Arbeitsstiefel der Marke Red Wing gekauft und seine Aufmachung mit einer alten Jeans und einem Leinenhemd vervollständigt. Thomas fand Diegos Stiefel zu bäuerlich, nicht englisch genug. Das bedauerte er jetzt jedoch, als er versuchte, in seinen grünen Gummistiefeln mitzuhalten, herrlichen Hochschaftstiefeln, für die Feldarbeit geeignet, aber nicht, um hinter Jagdhunden herzulaufen. Thomas strengte sich mächtig an, um dran zu bleiben, seine Taschenlampe zuckte hin und her, während er sich abmühte. Boom blieb mit ihm zurück, ein Opfer für sie, da sie liebend gern vorne war.

Jacks Jagdhunde trieben in rascher Folge zwei Waschbären in die Enge. Jack rief die Hunde zurück, ging etwa vierhundert Meter weiter und ließ sie wieder arbeiten. Joyce, seine Frau, kam mit.

Fair schätzte gute Hundearbeit und sah erfreut die glänzenden Felle der Jagdhunde. Er wäre gern hinter Harry und Diego geblieben, zwang sich jedoch, ihnen voraus zu gehen.

Jim Sanburne bildete mit Don Clatterbuck die Nachhut; die zwei Männer bewegten sich in gemächlichem Tempo und lauschten freudig der »Musik«.

Harry hielt die Taschenlampe, während sie und Diego hinter Fair her gingen.

»Sie haben wieder einen. Haben ihn am Bach aufgespürt«, sagte Harry, aber die Worte waren kaum aus ihrem Mund, als ein Grollen von oben sie überraschte.

Tief jagende Wolken kündeten das nächste Unwetter an. Harry fühlte, dass es kühler wurde, achtete aber nicht weiter darauf. Der bewölkte Himmel hielt die Witterung am Boden; die sinkende Temperatur, jetzt um die neun Grad, würde wohl zum plötzlichen Ende einer herrlichen Jagdnacht führen.

Ein Blitz über dem Bach ließ alle wie angewurzelt stehen bleiben.

»Leute, ich muss abbrechen. Wir können nicht hier draußen bleiben.« Jack setzte das gewaltige Kuhhorn seines Großvaters an die Lippen und sammelte seine Hunde.

Joyce sah zum Himmel hoch. »Ich hoffe bloß, das wird nicht wie gestern Abend.«

Während die Leute umkehrten und zu ihren Autos gingen, kam der Donner näher, und vereinzelte Regentropfen platschten herab.

Impulsiv nahm Diego Harrys Hand, zog sie an sich und küsste sie. Sie erwiderte seinen Kuss, dann rissen sie sich los und rannten lachend zu den Autos.

Etwas Glitzerndes fiel Harry ins Auge. »Halt.«

Der Regen fiel jetzt gleichmäßiger, aber sie wandte sich abseits des Weges nach links. Diego folgte ihr. Sie kniete sich hin, hob den Mercedesstern und eine zerrissene Kette auf. »Der Radkappendieb.«

»Merkwürdig.« Diego betrachtete den Gegenstand.

»Er hat ihn am Hals getragen.« Ein markerschütternder Donnerschlag veranlasste sie, schleunigst zum Transporter zurückzukehren. Im Laufen steckte Harry den Mercedesstern in ihre Tasche. Bis sie und Diego ihren sicheren Hafen erreicht hatten, waren sie durchnässt und schauderten.

Sie hatten am Ende eines Kiesweges nordöstlich von Crozet geparkt, an der Grenze zwischen den Farmen von Booty Mawyer und Marcus Durant. Durant, der dieses Wochenende nicht in der Stadt war, war ein leidenschaftlicher Waschbär-, Fuchs- und Kaninchenjäger. Er machte auf so gut wie alles Jagd. Er hatte eine sechs mal fünf Meter große Hütte gebaut mit einem Blechdach, einem Holzofen und zwei Doppelstockbetten an den Wänden. Da konnte er sich schlafen legen, wenn seine Hunde bis spät in die Nacht herumliefen. Da er ein großzügiger Mensch war, überließ er die Hütte seinen Freunden, solange sie alles wieder aufräumten.

Mit trockenem Holz, das draußen unter einem schützenden Vorsprung gestapelt war, machte Fair Feuer. Bald war der kleinen Gruppe warm geworden, sie ließen einen Krug herumgehen und erzählten sich Geschichten, wie es von alters her bei den Nachtjägern Brauch war.

Thomas und BoomBoom saßen nebeneinander auf der Kante eines Doppelstockbetts, ebenso Jack und Joyce. Die anderen saßen auf umgedrehten Milchkisten und Holzstühlen vor dem Ofen.

Jim lehnte sich zurück, stellte seine kalten, nassen Füße an den Ofen. Alle hatten Schuhe, Stiefel, Socken ausgezogen und hofften, dass sie trocken sein würden, bevor sie sie wieder anziehen mussten.

»Hab ich euch schon mal erzählt, wie ich das erste Mal mit Mim auf Waschbärjagd war?« Jim ließ seinen Blick durch den Raum schweifen. »Vermutlich nicht. Also, ich war heil aus Korea zurück, und ich war noch keine drei Tage zu Hause, da sah ich Mim im Gespräch mit Tante Tally aus der Crozet National

Bank kommen. Ich hab meinen Wagen angehalten, bin rausgesprungen, hab vor den Damen den Hut gezogen und Mim auf der Stelle gefragt, ob sie mit mir ausgeht. Hatte gehört, dass ihre Familie die Romanze mit einem anderen unterbunden hat, weil er nicht vornehm genug war. Hey, der war tauglicher als ich, aber wer nicht wagt, gewinnt nicht, und zum Teufel mit der Tauglichkeit. Tante Tally hat mich gemustert, als wär ich ein Pferd, das man kaufen konnte. Also, Mim hat ja gesagt. Da fragt Tally, ›wo wollen Sie mit ihr hingehen?‹

›Waschbärjagd‹, sag ich. ›Ah, verstehe, das jagen Sie, junger Mann.‹« Lachend imitierte er Tallys Stimme. »War 'ne schöne Nacht. Frisch, man konnte die sich färbenden Blätter riechen. Marcus' Vater Lucius hatte ein gutes Rudel Jagdhunde, ließ sie los. War das eine Jagd!

Mim war 'ne flotte kleine Biene. Sie hat wacker mitgehalten, und auf einmal hörten wir's schreien und fluchen. Allmächtiger. Die Hunde rannten auf Arnold Berryman los, der Ellie McIntire schützte. Hat die gekreischt. Er hielt seinen Mantel über sie. Hat den Hunden eine Heidenangst eingejagt. Ich dachte, das wär meine letzte Verabredung mit Mim gewesen.

Sie hat sich so amüsiert, dass sie fragte, wann wir es wieder tun könnten.« Er schlug sich auf die Schenkel und lachte, die anderen lachten mit ihm.

»Ellie McIntire.« BoomBoom schüttelte den Kopf, sie erinnerte sich an die unverheiratete Bibliothekarin, die ihre Herzen mit Schrecken erfüllt hatte, als sie Kinder waren.

»Danke«, sagte Thomas, als er den Krug von Fair entgegennahm. Nach einem tiefen Schluck reichte er ihn BoomBoom.

»Thomas, wie finden Sie unser Wasser vom Land?«, fragte Jack, der nicht mittrank.

»Stark und süffig«, erwiderte der ältere Mann.

»Thomas, erzähl ihnen, wie dein Großvater das Telefon nach Montevideo gebracht hat.« BoomBoom schob ihren Arm durch seinen und lehnte sich an ihn.

»Oh …«

»Erzählen Sie«, fielen die anderen ein.

»Mein Großvater hat das Telefon in London gesehen. Er war vor dem Ersten Weltkrieg dort unser Botschafter. Er gründete eine Gesellschaft und rief den ersten Fernsprechdienst in unserem Land ins Leben. Später hat mein Vater es sich nicht nehmen lassen, den ersten Fernsehsender zu gründen. Ich weiß noch, dass ich als Junge sehr enttäuscht war, als ich entdeckte, dass Jojo, der Clown aus der Kindersendung, deutlichen Gingeruch verströmte.« Alle lachten.

»Erzähl ihnen, was du getan hast.«

»Meine Liebe«, zierte er sich.

»Thomas hat in ihrer Kommunikationsgesellschaft die Satelittentechnik eingeführt.«

»BoomBoom, das war die logische Weiterentwicklung. Es bedurfte nicht der Intelligenz oder der Courage von Großvater oder Vater. Oder der Entschlossenheit meiner Mutter, die den Fernsehbetrieb übernahm. Sie tritt wegen Herzproblemen jetzt ein bisschen kürzer, aber sie ist wirklich klüger als ich.«

»Die Steinmetz' sind fix im Erkennen von Zukunft und Profit«, bemerkte Diego anerkennend. »Die Aybars sind Viehtreiber statt Satellitenbetreiber.« Er lachte.

»Sich mit Rindviehchern abgeben ist nie verkehrt«, sagte Jim. »Kommen Sie sich mal meine Herefords angucken.«

»Geht man unten bei Ihnen jagen?«, fragte Jack höflich.

»Ja, und angeln. Wenn Sie Hochseeangeln mögen, müssen Sie zu uns kommen«, sagte Thomas mit einer Spur Stolz in der Stimme.

»Hört sich an wie Maschinengewehrfeuer.« Joyce sah zu dem Blechdach hoch, da der Regen heftiger wurde.

Die vier Jagdhunde fanden das auch und rückten näher zu ihren Menschen.

»Ich würde gerne mal runter kommen zum Angeln.« Jim lächelte Thomas an. »Mim und ich waren nie in Uruguay. Gibt es was, das wir mitbringen können … Jeans vielleicht? Wer Russland besucht, bringt Jeans mit. War zumindest in den Siebzigern so. Für Jeans aus den Vereinigten Staaten haben die Leute 'nen Haufen Geld bezahlt.«

»Nichts mitbringen«, erwiderte Thomas. »Wir kümmern uns um alles.«

»Manche Sachen kosten dreimal so viel und manche sind unglaublich billig«, fügte Diego hinzu. »Wir haben keine Hunde für die Fuchs- oder Waschbärjagd. Die würden einen hohen Preis erzielen.«

»Das sind meine Babys.« Joyce lachte.

»Hier, den hätte ich fast vergessen.« Harry zog den Mercedesstern hervor.

BoomBoom lachte. »Wo ist der Wagen?«

»Das ist das einzige Teil, das ich mir leisten konnte.« Harry lachte auch. »Nein, ich hab ihn ein Stück weiter hinten auf dem Weg gefunden. Als Tracy Wesley Partlow während Mims Party ins Haus brachte, trug er so einen Stern am Hals.«

»Hat jemand einen als vermisst gemeldet?«, lautete Fairs logische Frage.

»Nicht dass ich wüsste«, antwortete Jim, »aber viele von unseren Gästen waren ihrer Sinne nicht mehr mächtig.«

Alle lachten.

»Es kann auf zweihundertneunzig Dollar kommen, den Stern zu ersetzen«, sagte Thomas. »Behalten Sie ihn.« Er machte eine kurze Pause. »Ich musste einmal einen ersetzen.«

Harry kam nicht vor ein Uhr morgens nach Hause. Sie ging sofort ins Bett und übersah das zerfetzte Petit-point-Kissen im Wohnzimmer. Schönen Gruß von Mrs. Murphy.

18

Eine Gewitterserie krachte vierundzwanzig Stunden lang durch Crozet. Zwischendurch war es ein paar Minuten still, und ab und zu hellte sich der Himmel auf, aber binnen einer halben Stunde verfinsterte er sich wieder, Regen fiel, und tiefes Donnergrollen hallte durch Berg und Tal.

Harry sortierte inmitten von Donnerschlägen die Post. Tucker hatte sich unter dem kleinen Tisch im hinteren Bereich des Postamts verkrochen. Mrs. Murphy saß auf der Trennklappe zwischen Publikums- und Arbeitsbereich. Der breite, glatte alte hölzerne Schalter, der sich an einer Stelle hochklappen ließ, hatte Generationen von Crozetern ihre Post holen gesehen.

Die Eisenbahn, gebaut von Claudius Crozet, dem genialen Ingenieur der Neuen Welt, brachte Post und Nachrichten schneller in den nach ihm benannten Ort. Die Bewohner warteten nicht mehr auf die Postkutsche. Sie konnten am Bahnhof stehen und zusehen, wie die Postsäcke vom Zug geworfen wurden. Die Post aus Crozet wurde an eine Art Galgen gehängt, so dass der Sack vom fahrenden Zug aus geschnappt werden konnte. Die Züge hatten als Postämter eingerichtete Waggons, und oft war Geld in so einem Postwagen, weshalb die Postangestellten vorsichtshalber eine Pistole bei sich trugen.

Die Stadt hatte ihr jetziges Postamt an der Wende des neunzehnten Jahrhunderts gebaut und eine einzige Änderung vorgenommen, um mehr Parkplätze zu schaffen, da Autos mehr Raum brauchen als Pferde. In dem hübschen Gebäude waren in hundert Jahren dreimal neue Leitungen verlegt worden, das letzte Mal 1998. So klein die Poststelle auch war, sie war mit dem nationalen Postcomputersystem vernetzt. Miranda weigerte sich, mit dem Rechner zu arbeiten. Die viel jüngere Harry beherrschte es im Nu. Sie war klug genug, Miranda nicht einzuweisen. Sie wartete, bis Miranda sie darum bitten würde – was sie letztendlich auch tat.

So verlockend die Verheißungen der Technik sein mögen, oft zieht sie nur neue Probleme nach sich. Die Postcomputer husteten, spuckten und lagen oft mit Virusinfektionen danieder. Wohl konnten sie Päckchen wiegen, blitzschnell Portokosten für In- und Ausland berechnen, doch jeder, der mit einer Waage umzugehen verstand, einem tausende Jahre alten Instrument, konnte dieselbe Information in ungefähr derselben Zeit liefern. Und so großartig der flimmernde Bildschirm sein mochte, Briefe mussten zuweilen immer noch von Hand entwertet werden, Gebührenvermerke erforderten Menschenhände, und das Sortieren der Post, sobald sie in den Postämtern eingetroffen war, erfolgte wie eh und je – Brief für Brief.

Kurzum, die Arbeitsweise der Postangestellten hatte sich im Laufe des letzten Jahrhunderts kaum gewandelt. Und auch die Ankunft des einundzwanzigsten Jahrhunderts hatte an dieser Arbeit nichts geändert.

Harry hatte einen Computer, mit dem sie E-mails verschickte oder sich gelegentlich im Internet einloggte, um etwas nachzusehen. Sie hatte einmal einen Abend damit verbracht, sich im Internet über Hereford-Rinder zu informieren. Dann war sie zur Angus-Seite gewechselt und hatte die Einträge verglichen. Doch meistens fand sie, dass die Revolution im Informationswesen mehr Rausch als Realität war.

Und nichts konnte einen Liebesbrief ersetzen. Die Sinnlichkeit des Papiers, seine Farbe, die Tinte, der Inhalt, das Vertrauliche waren unantastbar und einmalig.

Während Harry an diesem Montag die Post sortierte, dachte sie daran, Diego einen Brief zu schreiben. Vielleicht würde sie den Kuss im Regen erwähnen oder wie herrlich es gewesen war, an einem kühlen Frühlingsabend mit ihm zu tanzen. Sie konnte aber auch über die Heuernte schreiben. Sie summte vor sich hin, als Miranda das gestreifte Geschirrtuch von den Zimtteilchen mit Orangenglasur zog, die sie mit zur Arbeit gebracht hatte. Der Duft von Mirandas bester Kreation vermischte sich mit dem des Kaffees, der im Hinterzimmer gebrüht wurde.

»Das kommt vom Himmel.«

Miranda sah auf die alte Bahnhofsuhr an der Wand. »Vom Himmel, morgens um halb acht.« Ein Donnerschlag brachte sie zum Lachen. »Ich kann mich nicht erinnern, schon mal so viele Gewitter erlebt zu haben. Eins nach dem anderen. Ich komme gleich rüber und helfe Ihnen. Oh, Tee?«

»Ja, danke. Sie brauchen sich nicht zu beeilen. Ist nicht so viel Post heute, was mich wundert. Genießen Sie die Flaute. Die Sommerurlaubspostkarten werden früh genug hereinflattern. Vorher kommen noch die Einladungen zu den Schulabschlussfeiern. Das nimmt nie ein Ende.« Sie sortierte Postkarten, als würde sie Spielkarten austeilen.

Miranda brachte ihr den Tee. Sich selbst schenkte sie eine Tasse stärkenden Kaffee ein. Miranda hatte sich von Mim überreden lassen, in einen Kaffeeclub einzutreten, und nun bekam sie jeden Monat eine andere Sorte teuren Kaffee aus Frankreich, Deutschland, Spanien, der Schweiz. Dieser köstliche Kaffee kam aus einem berühmten Wiener Kaffeehaus.

Auf ein leises Klopfen an der Tür neben dem Tiertürchen sagten beide Frauen »Herein.«

»Hi.« Susan trat schnell ein, denn der Regen war stärker geworden. »Habt ihr schon mal so was …?«

»Nein«, sagten sie wieder wie aus einem Munde.

»Seid ihr ein Duett, ihr zwei?« Lachend schüttelte Susan die Regentropfen aus ihren kastanienbraunen Haaren. Sie hatte eine Pagenfrisur.

»Hogendobber und Haristeen. Klingt gut. Wie wär's mit H. und H.?« Harry lachte.

»Hört sich an wie Süßigkeiten.« Susan schnupperte den feuchten Duft.

»Aus Wien.« Miranda schenkte ihr eine Tasse ein.

»Sie sind unsere Expertin, Miranda. Als Nächstes eröffnen Sie noch eins von diesen überkandidelten Cafés, wo eine Tasse drei Dollar kostet.«

»Er ist unverschämt teuer, aber guter Kaffee ist nun mal was Besonderes, und ganz besonders die erste Tasse.« Ein lauteres Donnern ließ aller Augen sich gen Himmel heben. Miranda senkte den Blick als Erste wieder. »O Tucker, du armes Schätzchen, ist ja gut.« Sie kniete sich hin, um den zitternden Corgi zu streicheln.

Pewter, die ganz unten im Postkarren war, sagte mit hellem Stimmchen: *»Ich mag den Krach auch nicht.«*

Harry ging zu der rundlichen grauen Katze, um sie zu liebkosen.

»Angsthasen«, kritisierte Mrs. Murphy die zwei kurz und bündig.

»*Gemeine Zicke*«, gab Pewter prompt zurück.

»Ich bin froh, dass ich nicht verstehe, was sie sagen.« Harry lachte. »Hey, wir waren gestern Abend mit Jack und Joyce Ragland auf Waschbärjagd. Sind klatschnass geworden. Wir waren jagen, bis der Sturm richtig wütete, aber es war trotzdem eine tolle Nacht. Die Stimmen der Ragland-Jagdhunde sind irre. Man kriegt 'ne Gänsehaut davon. Ich war erst heute Morgen zu Hause.«

»Sie haben doch keinen geschossen, oder?« Der Gedanke, Tiere zu schießen, war Miranda zuwider.

»Nein.«

»Während du auf Waschbärjagd warst, hab ich mit meinen zwei Engeln ihre Großeltern besucht. Danny« – Susan sprach von ihrem Sohn – »wollte den neuen Audi Sportwagen sehn, den Mama sich gekauft hat. Er hat ihr gesagt, sie sieht wie ein Teenager aus in ihrem TT. Ich glaube, so heißt er. Jedenfalls sieht er fabelhaft aus und fährt sich fantastisch. Meine Mutter, einundsiebzig Jahre alt, fährt einen Hightech-Sportwagen. Find ich super! Was haben Sie gemacht, Miranda?«

»Vorhänge genäht für Tracys Wohnung. Er hat meine Waschmaschine repariert. Romantisch. Ja, das war's wirklich. Wir hatten das ganze Wochenende beim Hartriegelfest mitgemacht. Da tat es gut, daheim zu sein und sich häuslich zu betätigen. Mädels, Sie müssen sich seine Wohnung mal ansehen, direkt über der alten Apotheke. Er hat die ganze Etage für dreihundertfünfzig im Monat. Es muss viel dran gemacht werden, aber Eddie Griswald konnte sich nicht davon trennen. Jeder in Crozet will ein eigenes Haus besitzen. Tracy ist erst mal heilfroh.«

»Ich kann anstreichen«, erbot sich Harry.

»Das wird ihn freuen.«

»Oh, das hab ich noch gar nicht erzählt. Guckt mal, was ich gestern Nacht gefunden habe.« Harry ging zu ihrer Tasche, einer alten dänischen Schulmappe, die stellenweise durchgescheuert war. Sie kramte am Boden der Tasche herum und holte den Mercedesstern heraus.

Susan nahm ihn ihr ab. »Die waren in den Achtzigern und

frühen Neunzigern der Hit, erinnerst du dich? Stadtkinder haben sie abgerissen und getragen.«

»Das war vor meiner Zeit«, scherzte Harry.

»Ach hööör doch auf.« Susans Augenbrauen schnellten in die Höhe, während sie das Wort in die Länge zog. »Wo hast du ihn gefunden?«

»In der Nähe vom Durant Creek, wo wir jagen waren.«

»Den hatte doch der Junge um den Hals hängen.« Miranda griff sich ihr erstes und einziges Orangen-Zimtteilchen, ein Akt der Kasteiung. Im Vorjahr hätte sie um diese Zeit schon drei verzehrt gehabt, aber sie hatte den Genuss von Süßem drastisch reduziert und im vergangenen Jahr über dreißig Pfund abgenommen. Sie würde in ihre Kleider aus der Highschoolzeit gepasst haben, wenn sie sie aufgehoben hätte.

»Vielleicht ist es nicht seiner«, meinte Susan. »Andererseits, wie viele herrenlose Mercedessterne gibt's hier schon?«

»Gleich kommt wieder einer«, warnte Mrs. Murphy Tucker und Pewter, als ein heller Blitzstrahl ein gewaltiges Grollen ankündigte.

»So«, Susan hob fröhlich die Stimme, »und wann siehst du Diego wieder?«

»Äh – ich weiß nicht. Wenn nicht nächstes Wochenende, dann vielleicht übernächstes. Ich mag ihn.«

»Nicht zu übersehen.« Susan lächelte. »Und er mag dich.«

»Scheint so.«

»Welcher Mann würde Sie nicht mögen?« Für Miranda war Harry in mancher Hinsicht wie eine Tochter.

»Das haben Sie nett gesagt.« Harry war rot geworden.

»War Fair bei der Waschbärjagd?« Susans Neugierde sprudelte über.

»Ja.«

»Und?«

»Ziemlich genau, was man erwartet hätte«, sagte Harry. Sie warf ein Päckchen auf den Abschnitt A-B des Paketregals.

Miranda und Susan wechselten einen Blick, dann sahen sie wieder zu Harry.

»Eifersüchtig.« Mrs. Murphy sprach aus, was offensichtlich

war; gewöhnlich tat sie das nicht, aber unter Menschen war es oft notwendig.

Little Mim hielt vor dem Postamt. Es goss in Strömen. Sie blieb in ihrem 83000 Dollar teuren Mercedes sitzen und wartete, dass der Regen nachließ, aber er hörte nicht auf. Es regnete nur noch heftiger.

Murphy mit ihren scharfen Augen bemerkte, dass der Stern an Little Mims Luxuswagen fehlte. *»Ah-ha.«*

»Wieso ah-ha?«, murrte Pewter am Boden des Postkarrens.

»An Little Mims mattsilbernem Mercedes fehlt der Stern.«

»Echt?« Pewter kletterte aus dem Postkarren, worauf dieser ein Stückchen in die Gegenrichtung rollte. Sie sprang neben Murphy auf die Trennklappe. *»Tatsächlich.«*

Als die Menschen bemerkten, dass die Katzen zu Little Mim hinausstarrten, sahen auch sie hin.

»Meine Güte, an ihrem Auto fehlt der Stern!« Miranda fiel es zuerst auf.

»Wahrhaftig.« Susan kicherte.

»Junge, Junge, Wesley Partlow wird bestimmt gevierteilt.« Harry seufzte. »Ich werde ihr den Stern am besten geben, wenn sie reinkommt.«

»Was wolltest du auch sonst damit anfangen?«, fragte Susan.

»Auf einen Holzsockel montieren und ins Bücherregal stellen. Näher werde ich einem Mercedes wohl niemals kommen.« Harry nahm einen Schirm aus dem Ständer am Vordereingang. »Ich geh raus und hol sie rein. Also der Junge, der muss dämlich sein wie Rotze.«

»Harry, wie vulgär.«

»Verzeihung, Miranda.« Sie öffnete die Tür einen Spalt. »Ich möchte nicht in seiner Haut stecken.«

Wahrere Worte wurden nie gesprochen.

19

Schneiden Sie ihn ab«, wies Rick Shaw einen von seinen Männern an.

Die Fotos waren aufgenommen, der Leichnam eingestäubt worden, um Fingerabdrücke nehmen zu können, der Boden unter dem Toten untersucht.

Zwei Jugendliche, die das holperige Stück Land hinter Crozet Elder Care, einem Heim für alte Menschen, überquerten, hatten Wesley Partlow an einer Eiche baumelnd gefunden. Die Zunge hing ihm auf die Brust, sein Gesicht war purpur bis schwärzlich, die Augen quollen hervor, und Füße und Hände waren geschwollen von der sich ansammelnden Flüssigkeit. Die Unwetter waren seinem Aussehen nicht eben förderlich gewesen, hatten aber vermutlich seine Augen vor den Vögeln geschützt.

Natürlich hatte der grausame Anblick den jungen Leuten einen heillosen Schrecken eingejagt, aber sie hatten die Geistesgegenwart besessen, den Sheriff anzurufen. Auch wenn Rick Shaw und Cynthia Cooper im Laufe der Jahre jede Menge unerfreuliche Anblicke erlebt hatten, bedeutete das nicht, dass sie dergleichen gerne sahen.

Der Tote wurde vorsichtig auf die Bahre herabgesenkt. Hätte man Wesley abgeschnitten und herunterplumpsen lassen, wäre der Leichnam wohl noch mehr beschädigt worden. Ein Gerichtsmediziner kann kein Menschenleben retten, soviel steht fest, aber gewöhnlich weiß er den körperlichen Zustand eines Menschen richtig zu beurteilen, wenn auch einen Tag zu spät.

Während Diana Robb die sterblichen Überreste eines vergeudeten Lebens fortrollte, begutachtete Coop die Rinde des Baumes. »Wenn er den Baum raufgekraxelt ist, hat er keine Rinde abgeschabt.«

»Er hätte eine lange Streifspur gemacht. Kleinere Spuren hätte der Regen sich vorgenommen, was meinen Sie?« Rick sah zum Himmel. »Und da kommt noch mehr.«

»Ich weiß nicht, Chef. Er war leicht. Er hätte ohne große Mühe raufklettern können, ohne viel Schaben und Rutschen. Ich hab mich nach Reifenspuren umgesehn.«

»Tja.« Auch Rick hatte sich gefragt, ob Wesley von der Ladefläche eines Transporters hochgehievt worden war. »Weggewaschen.«

Wesley Partlow schien nicht der Typ zu sein, der Selbstmord beging.

»Ich kapier das nicht.«

»Besuchen wir Dschinn Marks.«

Sie fuhren los, platschten durch immer tiefer werdende Schlammlöcher. Als sie in die Route 240 einbogen, fiel der Regen in dicken Tropfen, die auf die Windschutzscheibe spritzten.

Als sie gut dreißig Minuten später zum Einkaufszentrum Fashion Mall kamen, goss es wieder in Strömen. Sie parkten am Nebeneingang und rannten zum Sears Warenhaus. Dschinn Marks arbeitete in der Rasenmäherabteilung. Er wurde blass, als er die zwei erblickte.

Rick bat den anderen Mann hinter der Theke: »Können Sie die Stellung halten? Ich muss Mr. Marks kurz sprechen.«

»Geht klar.« Der mittelalte Mann nickte.

Rick winkte Dschinn, ihm zu folgen. Zusammen mit Cynthia gingen sie zum Platz in der Mitte des Zentrums. Nur wenige Einkaufsbummler waren unterwegs, an Werktagvormittagen war nicht viel los.

»Möchten Sie sich setzen?« Rick deutete auf eine Bank.

»Nein.«

»Als Sie mit Wesley Partlow eingebuchtet waren, hat er da etwas zu Ihnen gesagt? Dass er auf jemand wütend war oder jemand auf ihn? Irgendwas?«

Dschinn schüttelte den Kopf. »Nein.«

»Machte er einen deprimierten Eindruck?«, fragte Cynthia.

»Der doch nicht.« Dschinn lächelte wehmütig. »Ich war zwar betrunken, aber ich erinnere mich an seine freche Schnauze.«

»Hat er Autos erwähnt, Radkappen?«

»Nein. Er hat gesagt, er hat nichts gemacht. Er würde da

nicht reingehören und er würde rauskommen. Ich hab gesagt, ich hab ’nem Bullen eine verpasst, und da hat er gelacht. Ich wollte Yancy nicht schlagen. Ich wollte nicht – na ja, ich war betrunken.«

»Das ist uns bekannt«, erwiderte Rick. »Ist Ihnen an Wesley irgendwas Ungewöhnliches aufgefallen?«

»Nein.«

»Hat er was angedeutet, dass er mit irgendwem in der Stadt Geschäfte macht?«

»Nein.«

»Hat er was von einem Transporter gesagt?«

»Nein.«

Jetzt war Cooper an der Reihe. »Was würden Sie sagen, war er ruhig, aufgewühlt, mürrisch oder ängstlich?«

»Äh, wachsam. Wir haben nicht viel gesprochen. Er hat gesagt, wenn ich kotze, macht er mich kalt. Als ich aufgewacht bin, war er weg.«

»Ach übrigens«, fragte Rick, »wie sind Sie heute Morgen zur Arbeit gekommen?«

»Zu Fuß.«

»Im Regen?«, fragte Coop.

»Ich werd noch länger im Regen rumlaufen. Den Führerschein bin ich für drei Jahre los.«

»Vielleicht sollten Sie das Trinken sein lassen.« Coop gab ihm die Telefonnummer der Anonymen Alkoholiker. »Ein Versuch kann nicht schaden.«

»Ja«, murmelte er.

»Rufen Sie dort an, Dschinn«, drängte Coop. »Wenn wir Sie das nächste Mal auflesen, dann vielleicht in einem Leichensack, oder weil Sie wen totgefahren haben.«

»Die nächsten drei Jahre bestimmt nicht. Ich setz mich nicht ans Steuer.«

»Lassen Sie das Trinken sein. Sie kriegen es nicht in den Griff«, erklärte sie kategorisch.

»Sie können wieder an die Arbeit«, sagte Rick zu ihm.

Dschinn wandte sich zum Gehen, dann blieb er stehen. »Was ist mit dem Jungen passiert?«

»Man hat ihn erhängt an einem Baum gefunden.«

Dschinn blinzelte. »Scheiße.«

»Wenn Ihnen irgendwas einfällt, rufen Sie uns an.«

»Das Arschloch hätte sich nie erhängt«, platzte Dschinn heraus.

»Das sehen wir auch so«, meinte Rick.

Im Streifenwagen wischten Rick und Coop sich die Gesichter ab, die wieder feucht vom Regen waren.

Rick zündete sich eine Zigarette an. »Es liegt keine Meldung über einen gestohlenen Transporter vor.«

»Der siebenundachtziger GMC.« Sie steckte sich auch eine an. »Vielleicht war er nicht gestohlen.«

»Der Gedanke ist mir auch schon gekommen.«

»Wer würde ihm einen Transporter leihen?«

»Ein Blödmann.« Rick inhalierte. »Oder ein Hehler.«

»O'Bannon?«

»Hab ich auch schon dran gedacht. Tim O'Bannon hätte seine Sprösslinge umgebracht, wenn sie so eine Nummer abgezogen hätten. Er war so ehrlich wie der Tag lang ist. Hätte nie gestohlene Ware angenommen.«

»Der alte Herr ist tot.«

»Sean ist nicht so dumm. Mit dem Verkauf von gestohlener Ware ein paar tausend Dollar an der Steuer vorbei verdienen, aber den ganzen Laden aufs Spiel setzen? Das würde er nicht tun«, sagte Rick nach einer Pause.

»Wer weiß?« Cooper öffnete das Fenster einen Spalt, um den Rauch hinauszulassen, doch der Regen spritzte durch den Spalt. Sie kurbelte das Fenster schleunigst wieder hoch, aber ihr rechter Oberschenkel war bereits nass. »Verdammt.«

»Losfahren ist sinnlos, solange ich nicht sehen kann, wohin ich fahre.« Rick seufzte. »Coop, von Drogen mal abgesehen, was könnte 'ne Menge Mäuse einbringen? Mit schwarzgebranntem Schnaps kann man immer noch reich werden, wenn man vorsichtig ist.«

Keiner musste dem anderen sagen, dass sie das Ableben von Wesley Partlow als Mord betrachteten. Es ist wahr, dass Menschen tiefes Leid und heimliche Verluste in sich bergen können und sich am Ende umbringen. Und manchmal überdeckt eine mürrische Fassade Schmerz; aber beide Gesetzeshüter spürten, dass das hier nicht der Fall war. Jemand hatte ein Seil über den Baum geworfen und Wesley Partlow aufgeknüpft, ganz wie im Wilden Westen.

»Ich habe im Computer nach einem Strafregister gesucht. Wesley Partlow hat es geschafft, eine weiße Weste zu behalten. Er war schlauer als ich ihm zugetraut hatte. Ich dachte, er wäre bloß ein dummer kleiner Ganove.«

»Nach der Autopsie kommt er unter die Erde.« Rick blinzelte, der Regen hatte ein wenig nachgelassen. »Wie steht's mit Ihrem Appetit?«

»Wieso?«

»Haben Sie ihn nach diesem Morgen nicht verloren?«

»Nein. Sie?«

»Da müsste schon mehr passieren, als dass einer erhängt aufgefunden wird. Gehen wir ins Riverside Café.«

»Ich rufe Big Mim von unterwegs an. Die Nachricht wird sich in ganz Crozet verbreiten. Die zwei Kinder werden es rumerzählen. Sie werden monatelang Albträume haben.«

»Ja.« Er bog vom Parkplatz aus nach rechts ab und fuhr zur Kreuzung High Street und Free Bridge. »Warten Sie einen Moment, bevor Sie die Queen von Crozet anrufen. Haben Sie nachgeguckt, wie viele 1987er GMC-Halbtonner es in Virginia gibt?«

»Über zwanzigtausend, mit Vierrad- und mit Zweiradantrieb, alle noch zugelassen.«

»Und in Albemarle County?«

»Da ist Yancy dran, weil er rumsitzen muss. Er wird wohl 'ne ganze Weile rumsitzen.«

»Okay.«

»Wir wissen nicht, ob der Transporter hier zugelassen ist. Könnte in einem anderen Staat angemeldet sein.«

»Ich weiß.«

»Das ist wie ein Puzzlespiel«, sagte Cooper, »alle Teile wurden durcheinander auf den Tisch gekippt.«

Er drehte sich zu ihr hin. »Vielleicht liegen nicht alle Teile auf dem Tisch.«

20

Die Nachricht von dem grausigen Fund erreichte das Postamt gegen halb zwei. Big Mim kam vorbei, nachdem sie ihre Besorgungen erledigt hatte.

»Ich fühle mich schrecklich.« Miranda meinte es ernst.

»Sie haben ihn nicht gekannt.« Harry beeilte sich, sie zu trösten. Sie wusste, wie schuldbewusst Miranda zuweilen sein konnte.

»Sie hat Recht, Miranda. Du hast nur gemeldet, dass deine Radkappen gestohlen wurden, und durch Zufall oder was auch immer hat er auf meinem Fest die Autos geparkt. Und du kannst mir glauben, die Parkdienstfirma hat was von mir zu hören bekommen. Die kriegen nie wieder einen Auftrag von mir. Er hat zwar keinen Schaden angerichtet, aber die sollten ihr Personal besser überprüfen. Sie haben sich darauf herausgeredet, dass er einen gültigen Führerschein hatte und sie wegen der Hartriegel-Partys alle Kräfte brauchten, die sie kriegen konnten.« Mim schüttelte ihren Regenschirm aus. »Ich hab eine Sauerei gemacht. Tut mir Leid. Ich hatte nicht gedacht, dass er so nass ist.«

»Keine Sorge, ich wisch den Boden auf, bevor ich heute Abend gehe. An einem Tag wie heute ist das nun mal so.« Harry kraulte Pewter am Schwanzansatz.

»Weiß man, wie lange er dort war?«, fragte Miranda.

»Nein. Das wird der Gerichtsmediziner feststellen«, erwiderte Big Mim. »Die Bevölkerung unseres Bezirks ist so stark angewachsen, dass wir jetzt zwei Vollzeitgerichtsmediziner haben, hast du das gewusst?«

»Das wusste ich nicht«, antwortete Miranda.

»Ich muss Cynthia anrufen und ihr sagen, dass ich den Mercedesstern gefunden und Marilyn gegeben habe.«

Harry lief zum Telefon, während Miranda Big Mim informierte. Big Mim hatte Little Mim seit dem Frühstück nicht mehr gesehen, daher wusste sie nichts von dem zurückgegebenen Stern.

»Ich wünschte, Mutter hätte den Stern nicht gefunden.« Mrs. Murphy stöhnte. Der niedrige Luftdruck machte ihr zu schaffen.

»Na wenn schon.« Pewter schnurrte. *»Wesley Partlow bedeutet ihr nichts.«*

»Sie ist neugierig. Sie wird jetzt erst recht neugierig sein. Du weißt, wie sie manchmal ist«, pflichtete Tucker Mrs. Murphy bei.

»Wenn er sich umgebracht hat, dann war's das«, erwiderte die hartgesottene Pewter. *»Er hatte nicht viel vom Leben zu erwarten, oder?«*

»Ich kann mir nicht vorstellen, dass ein Hund sich umbringt«, meinte Tucker nachdenklich. *»Ich glaube, das ist eine Eigenheit der Menschen. Selbstmord.«*

»Wenn es Selbstmord ist, haben wir nichts zu befürchten.« Mrs. Murphy gesellte sich zu Pewter auf dem Schalter. *»Aber wenn es keiner ist, kriegen wir einen stürmischen Frühling.«*

»Ach woher denn«, sagte Pewter mit einer Spur Sarkasmus. *»Wer setzt schon seine Freiheit aufs Spiel, um eine Niete wie Wesley umzubringen?«*

21

Der durchweichte Boden konnte einem Pferd glatt die Hufeisen wegziehen. Er klebte auch an den Schuhen der Menschen, als Harry und Cynthia Cooper den Wildpfad unweit vom Durant Creek entlang trotteten. Tucker, bis zu den Knien im Matsch, begleitete sie. Mrs. Murphy und Pewter, die auf der Farm bleiben mussten, planten weitere verheerende Vergeltungsschläge.

Harry zeigte mit dem Finger. »Hier treffen wir auf die alte Farmstraße. Herrje, ist das laut.«

Coop blieb an der Stelle stehen, wo sich der Wildpfad und die Farmstraße kreuzten. »Der Boden ist aufgeweicht. Wenn es noch mehr Regen gibt, werden die Bäche und Flüsse über die Ufer springen.«

»Treten.«

»Richtig.«

»Wir sind zurückgerannt. Ich hab was glänzen sehen. Und das ist auch schon alles. Wir sind hingegangen, ich hab gesehen, dass es der Mercedesstern war. Fußabdrücke oder Reifenspuren sind mir keine aufgefallen. Es fing an zu schütten, aber es hatte vorher schon geregnet, wie du weißt. Wenn hier ein PKW oder Transporter gefahren wäre, dann wären da tiefe Furchen gewesen. Da waren aber keine.« Sie ging ein Stück. »Hier ungefähr.«

»Wohin führt die Farmstraße?«

Tucker, deren Sinne viel schärfer waren, schnupperte herum. Von einer menschlichen Witterung war keine Spur geblieben, nur ein Hauch von Kojotengeruch hatte sich gehalten. Sie war froh, dass ihre Mutter das nicht riechen konnte, denn Kojoten bedeuteten eine Menge Ärger für jedermann. Die Gewalt der Stürme hatte kleine Zweige und Büsche niedergedrückt und Knospen von den Bäumen gerissen. Tucker konnte auch nicht mehr Beweise sammeln als die Menschen.

»Zum Bach.«

»Irgendwelche Gebäude, Schober oder so was am Weg?«

»Nein. Marcus Durants Hütte ist das einzige Gebäude, und die ist da hinten, wo wir geparkt haben.«

»Gut, kehren wir um.« Coop schob die Daumen in ihren Gürtel. »Wenn was auf der Erde war, ist es längst weggewaschen, aber«, sie sah sich noch einmal um, »ich muss jedem Hinweis nachgehn. Ich frage mich bloß, was Wesley um Himmels willen hier draußen gemacht hat, falls er hier war.«

»Komm, Tucker.«

»Komme schon«, erwiderte die Hündin, verärgert, weil sie nicht mehr Witterung ausmachen konnte.

Ein scharfer Wind kam auf, als die zwei Frauen und der Hund zurückgingen.

»Fühlt sich heute wirklich nicht nach Frühling an«, bemerkte Cooper.

»Geht einem durch Mark und Bein. Coop, was ist los? Du wärst nicht mit mir hier draußen, wenn du nicht beunruhigt wärst.«

»Ich glaube nicht, dass Wesley Partlow Selbstmord begangen hat. Marshall Well kann sich nicht vor heute Abend an die Autopsie machen. Ich werde meine Meinung für mich behalten, bis ich sein Ergebnis habe.«

»Ist es nicht schwierig, eine Autopsie an einem Leichnam vorzunehmen, der im Freien hing?«

»Die Jungs verstehen ihr Handwerk. Sie nehmen Gewebeproben. Ich könnte das nicht. Ich verlasse mich auf ihr Gutachten, weil sie die Leiche äußerst gründlich untersuchen. Rick und ich haben geschulte Augen, aber wir sind keine Ärzte.«

»Ich kann mir nicht vorstellen, dass ein Junge wie Wesley kampflos aufgehängt werden konnte. Es gibt bestimmt einfachere Methoden jemanden umzubringen als ihn zu hängen.«

»Nicht, wenn ein Strick alles ist, was man hat. Was, wenn unser Mörder, sofern es einen gibt, keine Pistole hatte oder kein Messer? Im Moment weiß ich überhaupt nicht viel, und schon gar nicht, warum Wesley hier draußen war. Ich nehme mal an, zwischen der Zeit, als wir ihn losgemacht haben, und der Zeit, als du den Mercedesstern gefunden hast, lagen fünf bis sechs Stunden.«

»Er wird den Stern nicht absichtlich weggeworfen haben«, dachte Harry laut. »Er könnte ihn im Laufen oder bei einem Kampf verloren haben. Von hier bis zu dem Altenpflegeheim in Crozet sind es ungefähr fünf Kilometer.«

»Ja.« Coop öffnete die Tür des Streifenwagens.

»Mach die Tür zu, Cynthia. Lass mich erst mal Tuckers Pfoten abwischen.«

»Ich kann sie selber waschen«, knurrte Tucker.

Harry hatte geistesgegenwärtig ein altes Handtuch in den Streifenwagen geworfen. Sie bückte sich und rieb damit dem Corgi die verschlammten Pfoten ab. »Ich würde gar nicht erkennen, dass du weiße Füße hast, Fräulein Köter.«

Coop lehnte sich an die Autotür. »Er hat keine Drogen genommen. Daran denke ich immer als Erstes. Soweit wir wissen, war Wesley clean.«

»Ich hätte gedacht, der hat alles genommen, was er kriegen konnte. Vielleicht war er vernünftiger, als ich ihm zugetraut habe – dem bisschen, das ich von ihm gesehn habe. Manche Menschen sind lebenslange Nieten. Klingt hart, ist aber wahr. Miranda wird wütend, wenn ich das sage, weil sie glaubt, dass jeder durch den Herrn erlöst werden kann. Hoffentlich hat sie Recht.«

»Sie zitiert in letzter Zeit nicht mehr so viel die Bibel.« Coop lächelte. »Tracy?«

»Ja, aber einen missionarischen Bekehrungseifer hatte sie eigentlich nie. Okay, zeitweise war sie nahe dran, aber sie hat sich etwas gemäßigt. Ich hab's eigentlich gern, wenn sie die Bibel zitiert. Ich lerne was dabei. Ich habe kaum was auswendig gelernt außer dem Hamlet-Monolog, und den kann ich nicht ausstehn.« Harry, die nachdenklich Tuckers Pfoten abrieb, verlor sich in Gedanken.

»M-m-m, lass gut sein, sie ist jetzt sauber genug.«

»Schön, Tucker. Rein mit dir.«

»Ich hab dir gesagt, ich kann mich alleine waschen.« Tucker setzte sich auf die Rückbank und fing an, ihre Pfoten zu waschen.

Während sie die Whitehall Road entlangfuhren, fragte Coop: »Haben die Farmen da draußen irgendwas, das einmalig ist?«

»Einmalig? Nun ja, einige sind sehr schön, aber was Einmaliges fällt mir nicht ein. Viele waren im Bürgerkrieg voll von verwundeten Soldaten. Sie wurden mit der Eisenbahn transportiert, und die Leute holten sie am Bahnhof ab, unsere und Yankees, und nahmen sie mit nach Hause. Gott, muss das ein Zustand gewesen sein. In fast jedem Haus in Mittelvirginia waren Soldaten.«

»Kann man sich schwer vorstellen.«

»Vom Chirurgen drohte genauso große Gefahr wie vom Feind. Aber nein, es gibt da nichts Außergewöhnliches, es sei denn, man rechnet die Architektur dazu.«

»Wenn ich nur wüsste, was er hier unten gemacht hat.«

»Hat jemand ihn von der Wache abgeholt?«

Coop schüttelte den Kopf. »Er ist raus und losgegangen.«

»Unheimlich.«

»Wesley?«

»Das Wochenende. Das reinste Todeswochenende. Zuerst Roger, und dann Wesley.«

»Ich hab gehört, dass Lottie Pearson sich einen Anwalt genommen hat«, sagte Cynthia.

»Das ist nicht dein Ernst.«

»Für den Fall, dass wir sie beschuldigen, Roger vergiftet zu haben. Die Frau leidet unter Verfolgungswahn. Niemand beschuldigt sie wegen irgendwas. Es war ihr Pech, dass sie ihm Kaffee und Kuchen brachte.«

»Von wem weißt du das?« Harry konnte sich etliche Leute denken, die die Nachricht zuerst erfuhren.

»Little Mim.«

»Lottie hat sich an sie rangeschleimt.«

»Hm, ja, das ist Little Mim klar. Sie sagt, sie hat Boom-Boom angerufen um ihr zu sagen, dass es eine richtige Entscheidung von ihr war, dich mit Diego zusammenzubringen und nicht Lottie.«

»Das hat sie gesagt?« Harry war überrascht.

»Du bist viel amüsanter als die verklemmte Lottie.« Coop stieß einen Pfiff aus. »Und er ist umwerfend.«

»Schönheit allein bringt's nicht.«

»O Harry, das sagst du immer über Pferde.«

»Das passt auch auf Männer.«

Lachend bog Coop nach rechts ab in Richtung Harrys Farm. »Wer weiß, was die Männer über uns sagen?«

»Dass wir schön sind, sexy und wunderbar. Etwa nicht?« Harry lachte auch.

»Aber sicher.«

»Musst du heute Abend zu der Autopsie?«

»Nein, ich hab den Abend frei. Endlich kehrt wieder Normalität ein.«

»Miranda, Susan und ich gehen in Tracys Wohnung über

der Apotheke, anstreichen. Miranda bringt Essen mit. Wie gut bist du mit dem Pinsel?«

»Wie Picasso.«

Als Harry in ihr Haus trat, fiel ihr auf, wie still es war. Keine Katze in Sicht. Erst im Wohnzimmer bot sich ihr der Anblick von verwüsteten Lampenschirmen, auf den Boden geworfenen Kissen, ihrem über den ganzen Teppich verstreuten Potpourri.

»Mrs. Murphy! Pewter!«

»Du glaubst doch nicht, dass die sich blicken lassen, oder?«, fragte der kluge Hund. *»Sie sind beide im Stall auf dem Heuboden, dafür leg ich meine Pfote ins Feuer.«*

Harry sah auf die alte Uhr auf dem Kaminsims. »Verdammt. Komm, Tucker, ich wollte die zwei ja mitnehmen zu Tracy, aber jetzt bleiben sie hier.«

Sie schnappte sich ihre alte weiße Malerhose, ein weißes T-Shirt und ging zur Tür hinaus, die vergnügte Tucker an ihrer Seite.

Bei Tracy angekommen, ließ sie Dampf ab über die Zerstörungswut der Katzen. Das ließ sie schneller streichen, aber sie ging behutsam vor und kleckste nicht. Miranda hatte ein kräftiges warmes Beige fürs Wohnzimmer gewählt, die Fenster wurden leinenweiß umrandet.

Mit Cynthia wurde das Tempo richtig flott. Sie hatten das Wohnzimmer und alle Umrandungen bis acht Uhr geschafft. Miranda hatte in der Küche zwei Klapptische aufgestellt. Susan vergaß ihre Diät. Sie konnte sich nicht beherrschen, das Essen war zu gut.

Tracy hatte direkt nach der Highschool in Korea gekämpft. Er war beim Militär geblieben, hatte seinen Collegeabschluss gemacht, und nachdem er jahrelang hervorragend gedient hatte, wurde er vom CIA aus der Armee abgeworben. Er gehörte nicht zum rechten Flügel; er hatte bei der Regierung so viel Misswirtschaft gesehen, dass er von blindem Patriotismus kuriert war. Er achtete jedoch die Verfassung und liebte sein Land mitsamt Fehlern und Schwächen. Er besaß einen logischen Verstand, konnte gut analysieren. Als er sich in Hawaii zur Ruhe setzte, dachte er, alles würde gut sein, aber dann war vor drei Jahren seine Frau gestorben. Zum fünfzigsten Highschool-Treffen war er nach Hause gekommen und hatte seinen Highschool-Schwarm wiedergefunden, Miranda, die ihrerseits verwitwet war. Es war, als seien sie nie getrennt gewesen. Darauf war er noch einmal nach Hawaii geflogen, hatte dort seine Angelegenheiten geregelt, sein Haus verkauft und war wiedergekommen.

Tracy und Miranda gehörten einer Generation an, wo man nicht mit einem Angehörigen des anderen Geschlechts zusammenwohnte, wenn man nicht verheiratet war. Er konnte von seiner Wohnung zu Fuß zu Miranda gehen, und alles würde sein, wie es sich gehörte.

»Wann räumen Sie die Möbel ein?«, fragte Susan. »Haben Sie Möbel?«

»Ein paar.« Er sah Cynthia Cooper an. »Ist Ihnen der Knoten an dem Strick aufgefallen? Ich frage das nicht, um das Thema zu wechseln.«

»Sah für mich einfach wie ein Knoten aus.«

»Sie haben den Strick natürlich als Beweismaterial sichergestellt.«

»Ja.«

»Was dagegen, wenn ich ihn mir morgen mal ansehe? Und wer hat die nächsten Verwandten verständigt?«

»Das Sheriffbüro von Augusta County.« Coopers Miene trübte sich kurz. Sie wollte nicht in die Gerichtsbarkeit einer anderen Polizeidienststelle eingreifen, aber sie hätte mit jemandem von Augusta gehen sollen. Sie wollte morgen hinfahren.

Der Polizist Everett Yancy, der dank seines verdrahteten Kiefers schon ein paar Pfund leichter geworden war, sprang von seinem Stuhl, als Deputy Cooper durch die Tür des Sheriffbüros trat.

»Coop!« Er bugsierte sie zu seinem Schreibtisch, pflanzte sie auf seinen Stuhl, beugte sich vor und tippte einen Code ein. »Was halten Sie davon?«

Auf dem Computerbildschirm erschien eine Nachricht von

Carol Grossman, ihrer Kontaktperson am DMV, dem Verkehrsamt in Richmond. Das DMV bearbeitete sowohl Daten von Zweigstellen im ganzen Staat als auch von einzelnen Autofahrern.

Die Nachricht lautete:

Hey, Sie haben Samstagabend nach seinem Führerschein gefragt. Hier sind unsere Unterlagen.

Frdl. Gruß,
Carol

Yancy langte an Cooper vorbei nach vorn, um mehr Text aufzuscrollen. Sie hatte Wesley Partlows Führerschein vor Augen. Aber das Foto darauf zeigte nicht Wesley Partlow.

Zum ersten Mal spürte Cooper, dass sie den Boden unter den Füßen verlor. Sie wusste, sie begaben sich in tieferes Gewässer.

Sie sah zu Yancy hoch. »Die Leute sind gut – richtig gut.«

Kaum hatte sie Carol Grossmans Nachricht aufmerksam gelesen, als das Telefon läutete. Es war für sie.

»Hallo.«

»Deputy Cooper, Officer Vitale hier. Tut mir Leid, dass ich ein bisschen hintendran bin. Ich war bei den Partlows, wie Sie gebeten hatten. Niemand ist tot.«

»Danke, Officer.« Sie legte den Hörer auf. »Ganz sicher ist jemand tot, ganz so wie mein Hirn!« Sie stürmte hinaus.

22

Sie haben Hummeln im Hintern.« Miranda tränkte die Stempelkissen mit Farbe, klappte die Kästchen zu und schob sie unter den Schalter.

»Ich will wissen, was vorgeht.«

»Wir wollen alle wissen, was vorgeht. Deshalb ist Tracy heute Morgen zum Sheriffbüro gefahren.«

»Und warum hat er noch nicht angerufen?«

»Harry, er ist erst seit einer halben Stunde weg. Beruhigen Sie sich doch.«

»Ja, es ist Zeit für mein Vormittagsschläfchen. Ich brauche Ruhe.« Pewter gähnte.

Die Eingangstür flog auf, BoomBoom kam herein, sie trug eine Latzhose, große Kreolen-Ohrringe und ein knallgrünes T-Shirt. »Guten Morgen, die Damen.«

»Wie ich sehe, willst du einen Tag auf dem Traktor verbringen.« Harry dachte, sie säße jetzt gern auf ihrem alten John Deere.

»Nein«, lautete die knappe Antwort. BoomBoom steckte ihren Schlüssel ins Schloss ihres Postfachs und zog schwungvoll die Messingtür mit dem Glasfensterchen auf.

»Rechnungen«, klärte Tucker sie auf. Der Corgi hatte heute Morgen geholfen, die Post zu sortieren.

»Oh, hallo Tucker. Ich hab dich nicht gesehn, als ich reinkam.«

»Warum hast du die Latzhose an, was hast du vor?«

»Harry, ich bin es nicht gewöhnt, dass du dich so für meinen Tageslauf interessierst.« BoomBoom sortierte die Umschläge wie einen Stapel Spielkarten. »Was gibt's Neues?«

»Nichts.« Harry gab sich nonchalant.

BoomBoom tänzelte zum Schalter, lehnte sich daran und schnurrte: »Du möchtest wissen, ob Thomas etwas über Diego gesagt hat.«

»Ach was.«

»Ich kann's nicht ausstehen, wenn Menschen versuchen zu schnurren.« Mrs. Murphy streckte ein Bein von sich, steckte den Kopf darunter und putzte die Hinterseite des Beins.

Harry zeigte auf die gelenkige Tigerkatze. »Wenn ich ihr das befehlen würde, würden die Leute von Tierquälerei sprechen.«

»Sie können das nicht.« Miranda lächelte. »Ich sowieso nicht. Der Dalai Lama könnte es sicher auch nicht.«

»Was hat der Dalai Lama damit zu tun?« BoomBoom zog die Nase kraus, eine Angewohnheit von ihr, wenn sie verwundert war.

»Verrenkt er sich nicht zu einer Brezel und schläft auf Nägeln?« Miranda machte große Augen. »Und geht über Feuer?«

»Nein, das ist ein Yogimeister.«

»Yogi Bär.« Harry kicherte.

»Aber ehrlich, die können so was. Manche haben außerkörperliche Erlebnisse«, sagte BoomBoom.

»Ich habe außerkörperliche Erlebnisse, wenn ich Grippe habe.«

»Harry, das ist unerhört.« BoomBoom stapelte ihre Post auf dem Schalter, kippte sie auf die Seite und schob die Umschläge zusammen. »Also, willst du nun wissen, was Diego zu Thomas gesagt hat?«

»Sicher.«

»Mutter, tu nicht so cool.« Mrs. Murphy hatte ihr Hinterbein noch über dem Kopf.

Tucker ging hinter den Schalter, als Harry ihn hochklappte. *»Murphy, ich wünschte, du würdest das nicht machen. Das tut schon beim Hingucken weh.«*

»Wenn du nicht solche Stummelbeinchen hättest, könntest du das auch«, sagte die Tigerkatze mit übermütiger Häme.

»Haha«, erwiderte der Hund trocken.

»Warum beachtet mich niemand?«, schmollte Pewter.

»Du hast gesagt, du willst ein Schläfchen machen«, schoss Murphy zurück.

»Schlaf ich etwa?«

»Pewter, du bist so was von verdreht.«

»Alle Katzen sind verdreht.« Der kleine Hund steuerte auf das Tiertürchen zu.

»Wohin gehst du? Was tust du?«, wollte Mrs. Murphy wissen.

»Hey, hier drin gibt's nichts als zwei zickige Katzen.«

»Ach ja?« Pewter plusterte ihr Fell auf.

»Du willst wohl nicht hören, was Thomas BoomBoom erzählt hat.« Mrs. Murphy warf ihr geschickt den Köder hin.

»O doch.« Tucker blieb stehen, ging zurück zum Schalter.

»Nun?« Miranda beugte sich erwartungsvoll über den Schalter.

»Thomas hat gesagt, Diego hofft Harry wiederzusehen.« BoomBoom hakte ihren Daumen unter den Träger ihrer Latzhose. »Hat er dich angerufen?«

»Nein, Thomas hat mich nicht angerufen«, sagte Harry.

»Du weißt, was ich meine. Sei nicht so klugscheißerisch, Harry.«

»Ja, Diego hat mich angerufen. Sind jetzt alle zufrieden?«

»Das haben Sie mir nicht erzählt.« Miranda war gekränkt.

»Weil er gestern Abend nach unserer Malerfete angerufen hat. Ich hab vergessen, es Ihnen zu erzählen, weil so viel anderes los ist. Also, Diego muss diese Woche nach Montevideo fliegen, hofft aber zum Abbruchball wieder hier zu sein.«

»Oh. Was für eine Malerfete?«, fragte BoomBoom.

Gelangweilt von den Menschen, nahm Mrs. Murphy ihr Hinterbein schließlich herunter, ließ die Schnurrhaare vorschnellen und starrte zu Tucker hinab. *»So ein hübsches Hündchen.«*

Tucker sah hoch, aber einen Sekundenbruchteil zu spät, denn die Katze stürzte sich auf sie und warf sie um. *»Uff.«* Tucker blieb die Luft weg, und sie wurde durch die Gewalt von Murphys Luftangriff herumgerollt.

Pewter rückte mit gespitzten Ohren näher an das Gerangel heran. *»Das kann ja heiter werden.«*

»Banzai! Tod dem Kaiser«, trällerte Murphy.

»Du guckst zu viele Kriegsfilme«, schnauzte Tucker, während sie sich hochrappelte. Sie flitzte aus dem Tiertürchen, dicht gefolgt von Mrs. Murphy.

Pewter zögerte noch. Immerhin war die Gasse mit Pfützen übersät, doch die Schreie von draußen lockten sie schließlich zum Tiertürchen hinaus, wo Katze und Hund über sie herfielen, wohl wissend, dass sie drauf reinfallen würde.

»Eine Endlos-Fete.« Harry lachte.

»Wieso Malern?«

Harry und Miranda erzählten BoomBoom von der Malerfete in Tracys Wohnung, und dass Tracy Coop gebeten hatte, sich den Strick ansehen zu dürfen.

Just in diesem Augenblick klingelte das Telefon. Miranda

nahm ab und Harry drängte sich neben sie. BoomBoom eilte hinter den Schalter, um mitzuhören.

»Oh, hallo Mim.« Miranda bemühte sich, ihrer Stimme die Enttäuschung nicht anmerken zu lassen.

»Ist mein Päckchen von Cartier gekommen? Ich habe meine Tank-Uhr vor Wochen nach New York zur Reparatur geschickt.« Mim betonte das Wort »Wochen«.

»Kein Päckchen heute. Ich bin es gewöhnt, dass du meine erste Kundin bist. Wo steckst du?«

»Mit Marilyn auf dem Weg nach Richmond. Ich habe ihr versprochen, mit ihr zu Monkey's zu gehen.« Sie sprach von einem Bekleidungsgeschäft, wo Damen wie sie gerne einkauften. »Ich rufe vom Autotelefon aus an. Glockenklar, nicht?«

»Amüsiert euch gut, ihr zwei. Tschüss.« Miranda legte auf.

Lottie Pearson kam durch die Tür. »Hallo.« Sie öffnete ihr Schließfach, nahm ihre Post an sich und ging gleich wieder.

»Hat man dafür Töne?« BoomBooms Augenbrauen schnellten in die Höhe.

Das Telefon klingelte wieder. Alle griffen danach, aber Miranda war schneller. Sie nahm den Hörer ab. »Hallo.«

»Hi, Süße«, ertönte Tracys tiefe Baritonstimme. »Ich fahr jetzt zurück. Brauchst du was?«

»Was meinen Sie?« Harry hatte sich vorgebeugt und sprach in den Hörer.

»Haben Sie meiner schönen Freundin das Telefon weggegrapscht?«

»Nein. Sie ist direkt neben mir. BoomBoom auch. Wir hängen an jedem Wort von Ihnen.«

»Oh.« Er atmete ein. »Schweres Seil, ein Kletterseil. Sie wissen doch aus Filmen, wenn im Alten Westen jemand aufgeknüpft wird, dass der Strick eine ganz bestimmte Schlinge hat?«

»Ja«, sagten sie wie aus einem Munde.

»Das hatte ich mir ansehen wollen. Ob Wesley sich die Zeit genommen hat, eine solche Schlinge zu machen, sofern er sich umgebracht hat, oder sein Mörder, sofern er ermordet wurde. Die Schlinge ist nicht so leicht zu knüpfen, wie man annehmen möchte.«

»Und?« Harry hob die Stimme.

»Nein. Ein einfacher Knoten, wie man ihn macht, wenn man ein Päckchen verschnürt.«

»Schnuckiputz, was hat das zu bedeuten?«, fragte Miranda atemlos; sie hatte den Hörer zurückerobert.

»Dass entweder Wesley oder sein Mörder nicht wusste, wie man die Schlinge macht, oder dass es ihm egal war, oder dass er nicht die Zeit hatte. Oder dass das Kletterseil halten würde.«

»Da komm ich nicht mit.« BoomBoom konnte ihm beim besten Willen nicht folgen.

»Ein Grund, weswegen man die Schlinge benutzte, um Menschen aufzuhängen, war der, dass sie das Gewicht des Körpers hielt und das Genick brach. Das ist menschlicher als erdrosseln, was passiert, wenn man einen gewöhnlichen Paketknoten macht. Mit der Zeit gibt der gewöhnliche Knoten auch bei einem Strick von guter Qualität nach.«

»Ich krieg 'ne Gänsehaut. Komm jetzt nach Hause.« Miranda lachte verhalten.

»Mach ich. Sag den Mädels tschüss von mir.«

Miranda legte den Hörer auf. Die drei Tiere hopsten durch das Tiertürchen, nun wieder ein Herz und eine Seele.

»Das mit der Schlinge wusste ich nicht.« Harry fuhr sich instinktiv mit der Hand an die Gurgel. »Gleichzeitig ersticken und pendeln. Eine furchtbare Art zu sterben.«

»Ich glaub, wir haben was verpasst.« Mrs. Murphy setzte sich still auf einen Stuhl an dem Tisch im hinteren Bereich.

»Wir brauchen bloß abzuwarten. Sie müssen es zwangsläufig anderen Menschen erzählen. Du weißt ja, wie sie sind.«

Pewter sprang auf einen Stuhl an dem Tisch und fing an, den Matsch zwischen ihren Zehen herauszubeißen. Schmutz war ihr zuwider.

»Dieses ganze Gerede von Tod ...« Booms Stimme verklang, wurde dann kräftiger. »Morgen ist Rogers Beerdigung. Geht ihr hin?«

»Das wissen Sie doch.« Miranda runzelte einen Moment die Stirn. »Wieso fragen Sie überhaupt?«

»Ich weiß nicht.« BoomBoom krümmte die Schultern,

dann entspannte sie sich. »Ich bin ein bisschen aufgewühlt. Sie nicht?«

»Nun ja, es waren seltsame Tage, aber vielleicht messen wir all dem zu viel Bedeutung bei.« Miranda bemerkte die winzigen Matschkügelchen, die auf den Boden fielen, da Pewter auf einem Stuhl in ihrer Nähe saß. »Pewter, das hebst du schön wieder auf.«

»Ich mach's weg.« Harry holte Kehrschaufel und Handfeger aus dem kleinen Besenschrank im hinteren Bereich.

»Also, ich muß los.«

»Du hast noch nicht gesagt, warum du eine Latzhose anhast.« Harry kniete sich hin und kehrte die Matschkügelchen auf.

»Ich geh zur Arbeit.«

»Was für 'ne Arbeit?«, fragte Harry ziemlich unhöflich.

»Schweißen. Ich hab den Auftrag eine Henne und Küken für Opal Michaels zu machen.«

»Dann machst du am besten ein Huhn mit Haltung«, sagte Harry.

»Wenn es für Big Mim wäre, kriegte der Vogel ein Krönchen aufgesetzt.« Lachend öffnete BoomBoom die Eingangstür.

Miranda hob Mrs. Murphy hoch und streichelte sie. »Es freut mich zu sehen, dass Sie und BoomBoom sich jetzt besser verstehen.«

»Sie hat sich immer mehr Mühe gegeben als ich.«

»Freut mich, dass Sie das einsehen. Denken Sie an die *Sprüche*.« Miranda zitierte Kapitel siebzehn, Vers siebzehn der Sprüche Salomons: »›Ein Freund liebt allezeit, und als ein Bruder wird er in der Not erfunden.‹«

»So weit würde ich nicht gehen.« Harry zwinkerte ihr zu.

Mrs. Murphy lauschte, als die Matschklümpchen auf den Boden fielen. *»Pewter, du hast mehr Matsch zwischen den Zehen als ein Elefant.«*

»Du etwa nicht?«

»Nicht so viel wie du.«

»Warum putzt du dich nicht?«, wunderte sich die graue Katze.

»Ich warte, bis sie deinen Dreck aufgekehrt hat. Dann mach ich neuen.«

Tucker kicherte. *»Murphy, du bist schrecklich.«*

23

Die lutheranische St. Lukaskirche, ein schmucker Bau aus dem achtzehnten Jahrhundert mit Tür- und Fensterstürzen in Ziegelrot und Weiß, füllte sich mit den Menschen, die Roger O'Bannon die letzte Ehre erweisen wollten. Die Stadtbewohner drängten in die Bankreihen, durch die Buntglasfenster strömte das Licht.

Alle erhoben sich, als Sean O'Bannon und Ida, seine Mutter, durch die Tür neben dem Lesepult eintraten, um ihre Plätze in der ersten Reihe einzunehmen. Die einst zahlreichen O'Bannons waren im Laufe der Jahrzehnte immer weniger geworden. Da weder Roger noch Sean verheiratet waren, könnte die Familie mit Sean aussterben.

Als Mutter und Sohn sich gesetzt hatten, nahmen auch die Versammelten wieder Platz.

Die Leute staunten über Seans verändertes Äußeres. Er hatte sich von seinem Pferdeschwanz getrennt, sich einen ordentlichen Haarschnitt verpassen lassen und war glatt rasiert. Ein gut geschnittener dunkelgrauer Anzug verlieh ihm ein stattliches, ernstes Aussehen. Niemand konnte sich erinnern, dass Sean seit der Highschoolzeit einen Anzug getragen hatte; er hatte sich immer einfach gegeben, Kultiviertheit war nicht seine Sache gewesen. Reverend Jones trat ernst und feierlich aus einer Tür hinter der Kanzel. Er neigte den Kopf vor dem Altar, wandte sich dann den Versammelten zu. Herb, dem Begräbnisse nicht fremd waren, bemühte sich, diesem letzten Ereignis Bedeutung zu verleihen. Er vermied Platitüden, nichts sagende Phrasen.

Fair saß bei Harry. Susan und Ned Tucker, Miranda und Tracy saßen auf der anderen Seite von Harry. Nach der Trauerfeier fuhren sie zum Friedhof im Süden der Stadt, einem schön gelegenen Gelände mit einem herrlichen Blick auf wogende Weiden. Als der Sarg ins Grab gesenkt wurde, liefen Tränen über Seans Wangen. Bis dahin hatte er an sich gehalten. Seine Mutter legte ihren Arm um seine Taille.

Als Harry mit Fair, Susan und Ned in Neds Auto wegfuhr, stand Sean noch am Grab.

»Bedrückend«, sagte Susan.

»Harry, willst du zum Postamt oder hast du Zeit zum Mittagessen?« Ned bog links ab, Richtung Stadt.

»Zur Arbeit. Miranda isst mit Tracy zu Mittag.«

»Soll ich dir ein Sandwich vorbeibringen?«, erbot sich Susan.

»Ja. Hühnchen, Salat, Tomate und Mayo auf Vollweizenbrot wär nicht schlecht.«

»Hast du Katzen- und Hundefutter im Postamt?« Ned hielt vor der Post.

»Susan, das weißt du doch. Eher verhungere ich als die drei.« Harry lächelte und sprang aus dem Auto.

»Ich muss zur Quail Ridge Farm.« Fair kurbelte das Fenster herunter. »Gehst du am Wochenende mit mir ins Kino?«

»Klar«, erwiderte Harry.

Das Postamt war nur fünfzehn Gehminuten vom Friedhof entfernt, aber Harry war lieber zusammen mit ihren alten Freunden im Auto gefahren. Als sie zum Hintereingang hineinging, erspähte sie die zwei Katzen, die mit den Pfoten in den Rückseiten der Postfächer angelten. Sie sprangen herunter, als Harry die Hintertür zumachte und dann hinüberging, um die Rolltür – einem kleinen Garagentor ähnlich – aufzuschließen, die den Publikumsbereich vom Arbeitsbereich des Postamts trennte.

»Was macht ihr zwei da?«

»Nichts«, sagten sie nicht überzeugend.

Sie ging zu den offenen Rückseiten der Postfächer, warf einen Blick hinein, kniff ein Auge zu, um besser sehen zu können. Aufgerissene Briefumschläge boten sich ihr dar. Verärgert zog Harry sie heraus. »Großartig, Big Mim und Fair. Ausgerechnet die Sachen von den beiden musstet ihr zerfetzen.«

»Wir haben bloß gespielt«, erwiderte Pewter. *»Ist doch nichts Schlimmes passiert.«*

»Noch nicht.« Tucker wälzte sich auf den Rücken.

»Du solltest auf unserer Seite sein.« Mrs. Murphy schubste den Postkarren in den sich untätig fläzenden Hund.

Noch ehe ein erstklassiger Kampf ausbrechen konnte, öffnete Cynthia Cooper die Eingangstür.

»Hey, ich hatte gedacht, dich bei der Beerdigung zu sehn«, sagte Harry.

»Ich musste den gerichtsmedizinischen Befund über Wesley Partlow abholen.«

»Und?«

»Er wurde ermordet.«

Harry verzog das Gesicht. »Durch Erhängen?«

»Eindeutig. Der Bursche war offenbar gar nicht so leicht umzubringen. Bei dem Regen und dem Zustand des Leichnams, als wir ihn fanden, haben wir ihn sofort in den Kühlraum geschafft. Und die gründliche Untersuchung ergab, dass kleine Haarbüschel aus seinem Kopf gerissen und blaue Flecken am Rumpf waren. Er hat sich mächtig gewehrt. Marshall Wells kann es nicht mit Gewissheit sagen, ist sich aber zu neunzig Prozent sicher, dass Wesley nicht tot war, als ihm der Strick um den Hals gelegt wurde. Bewusstlos vielleicht, aber nicht tot.«

»Grauenhaft.«

»Ja. Ich war heilfroh, dass ich bei dieser gerichtsmedizinischen Untersuchung nicht dabei sein musste.«

»Ich glaube, ich könnte keine durchstehen, auch wenn die Leiche in gutem Zustand wäre.«

»Man gewöhnt sich dran. Stell dir den Körper als Buch vor. Du schlägst es auf und liest.« Die große blonde Frau wies auf die Trennklappe.

Harry nickte, und Cooper hob die Klappe und ging nach hinten.

»Kaffee, Tee, Cola. Susan bringt mir ein Sandwich vorbei. Du kannst gern die Hälfte abhaben.«

»Ich hab grade gegessen.« Sie setzte sich auf einen Stuhl. »Kein Zeichen vom dem GMC-Transporter. Ich weiß nicht, ob Wesley ihn gestohlen und zurückgegeben hat, bevor der Eigentümer etwas merkte, ob er ihn gestohlen und der Eigentümer es nicht gemeldet hat, oder ob der Eigentümer ihm den

Wagen geliehen hat. Ich denke, der Transporter wird mich auf die richtige Spur bringen. Was mir außerdem zu schaffen macht, ist, dass ich kein Strafregister finden kann. Wir haben seine Zahnarztunterlagen rausgeschickt. Das ist oft der einfachste Weg, was zu erfahren, das und der Name. Aber Wesley Partlow ist nicht sein richtiger Name.«

»Was?«, rief Harry, als Cooper ihr von dem falschen Foto auf dem Führerschein erzählte.

»Ich fahr gegen Abend mal rüber nach Waynesboro.«

Harry setzte sich Cooper gegenüber. Mrs. Murphy sprang auf ihren Schoß und Pewter kuschelte sich auf Coopers Schoß. »Es ist fast, als wäre er ein Geist, nicht? Eine namenlose, unbekannte Person, die«, sie hielt inne, »keine Spur hinterlassen hat.«

»Abgesehen von den Falcon-Radkappen.« Cynthia Cooper sog Luft zwischen die Zähne. »Ein Junge wie der müsste Spuren von Missetaten hinterlassen, ein richtig schlimmes Strafregister. Ich werde es schon noch finden.«

»Heißt das, ihr müsst die Überreste aufbewahren?«

»Nein, wir haben Fotos von der Leiche. Und wir haben Fotos von ihm für die Verbrecherkartei gemacht und seine Fingerabdrücke abgenommen, als wir ihn eingebuchtet haben. Es hat wenig Sinn, ihn im Kühlraum zu behalten. Wenn eine Leiche entstellt oder verwest ist, kann man sie oft nicht erkennen. Aber seltsam, manche Leichen bewahren ihre Gesichtszüge lange Zeit, die Augen können weg sein, auch die Lippen, aber sie sind trotzdem noch gut identifizierbar.

Meine Theorie ist, falsche Titten, Kunststoffhüften, die ganzen medizinischen Fortschritte bewirken, dass Leichen sich länger halten. Wir leben nicht länger, wir sterben länger – sozusagen.«

»Du bist ganz schön fertig«, stellte Harry fest.

»Ein bisschen.«

»Wie geht's Rick?« Harry streichelte Mrs. Murphy unter dem Kinn.

»Du weißt, wie er ist, wenn er einen ungelösten Fall hat. Er hat alle topographischen Karten der Umgebung aneinander gestückelt und an die Wand gepinnt. Er benutzt bunte Steckstifte für die Tage. Am ersten Tag werden alle bekannten Bewegungen des Opfers blau markiert. Am zweiten Tag grün und so weiter. Das System ist gut, weil Rick besser denkt, wenn er sich etwas bildlich vorstellen kann.«

»Er ist ein guter Sheriff.«

»Ja. Nicht etwa, dass der Bezirk das anerkennen würde.« Coop seufzte. »Die Leute halten so was für selbstverständlich.«

»In jeder Beziehung.« Harry wollte über den Tisch greifen, aber das quetschte Murphy ein, darum ließ sie es bleiben. »Der einzige Grund, jemanden wie Wesley umzubringen ist, dass er auf frischer Tat ertappt wurde, als er wieder was geklaut hat oder«, sie hielt eine Sekunde inne, »weil er etwas wusste.«

»Rache.«

Harry überlegte einen Augenblick. »Kann sein.«

»Angenommen, er hat jemanden schwer beleidigt? Versucht, die Frau eines Mannes zu verführen oder schlimmer noch, eine minderjährige Tochter. So was kann einen normalen Menschen glatt zur Explosion bringen. Mord ist normal. Deswegen wollen wir nicht hingucken. Die Medien sind fasziniert von Serienmördern, eine ziemlich seltene Verirrung, aber die meisten Morde sind Durchschnittsangelegenheiten, die von Durchschnittsmenschen begangen werden.«

»Nach dieser Theorie wäre Wesleys Mörder in seiner eigenen Gesellschaftsklasse zu suchen. Oder nicht? Menschen wie Wesley haben nicht viel Kontakt zu Leuten weiter oben auf der Leiter.«

»Meine Güte, so ein hübsches graues Bäuchlein, und so viel davon.« Cooper lachte, als Pewter sich auf ihrem Schoß herumrollte. »Ah – ich weiß nicht. Was, wenn er Gelegenheitsarbeiten auf einer großen Farm verrichtet und sich an die Dame des Hauses rangemacht hat?« Sie zuckte mit den Achseln. »Wer kann das wissen, verdammt noch mal?«

»Er konnte immerhin Radkappen verkaufen.«

»Und Autos parken.«

»Ich vermute, dass er jemanden in Crozet kannte. Er ist

nicht bloß durchgekommen. Ich meine, man kommt nicht einfach durch Crozet. Durch Charlottesville ja, aber nicht durch Crozet. Wir liegen ein bisschen abseits.« Harrys Miene hellte sich auf. Sie liebte es, Dinge auszuklamüsern.

»Die Route 64 ist nicht so weit weg, die 250 auch nicht.«

»Ja, aber wer nach Crozet kommt, hat meistens ein Anliegen oder eine Person im Sinn. Wir sind eben ein bisschen unbedeutend.«

Cooper schwieg eine Weile und dachte nach. »Ich glaube, du hast Recht. Und was jetzt?« Sie fuhr mit den Fingern durch Pewters Fell.

»Ich weiß nicht, aber ich kann helfen.«

»Nein«, sagte Tucker unter dem Tisch.

»Ach Tucker, sei nicht so 'n Piesepampel«, schalt Mrs. Murphy sie. *»Diese Sache wird den Frühling beleben.«*

»Du bist doch diejenige, die immer zur Vernunft rät«, hielt der Hund ihr entgegen.

»Vielleicht ist mir langweilig.« Die Tigerkatze legte ihre Pfote auf Harrys Unterarm. *»Ich könnte ein bisschen Dramatik gebrauchen.«*

»Sei vorsichtig mit dem, was du dir wünschst.« Pewter wandte den Kopf, so dass sie Murphy unter dem Tisch hindurch angucken konnte.

»Und was würdest du dir wünschen?«, erwiderte die Tigerkatze.

»Steak Tartar, garniert mit geschmorten Mäuseschwänzen.«

24

Im Shenandoah-Tal an der Westseite des Blue-Ridge-Gebirges lag die bescheidene Stadt Waynesboro. Wenn auch nicht wohlhabend wie ihre östliche Nachbarstadt Charlottesville, bewies Waynesboro dennoch einen eigenen Charakter, der sich durch Aufrichtigkeit, Fleiß und gute Laune auszeichnete.

Cynthia Cooper mochte die Stadt, deren Wirtschaft von einer DuPont-Chemiefabrik beherrscht wurde. Die Virginia Metallhandwerksbetriebe hatten ihren Sitz ebenfalls in Waynesboro, und Cooper schaute gern vorbei und sah den Männern dabei zu, wie sie die schönen Türschlösser aus Messing und andere Gegenstände schufen, für welche die Firma mit Recht berühmt war.

Cynthia bog rechts ab, fuhr an Burger King und McDonald's vorbei Richtung Westen. Dann bog sie in die Randolph Street ein, die von schmucken, gepflegten Häusern gesäumt war.

Sie parkte vor einem flachen, weiß gestrichenen Ziegelbau mit marineblauen Fensterläden. Die rote Haustür hatte einen großen blank polierten Messingklopfer, der zweifellos in den Virginia Metallhandwerksbetrieben hergestellt worden war.

Sie bediente den Klopfer. Binnen Sekunden wurde die Tür von einer verhärmten Frau geöffnet, die Mitte vierzig sein mochte, aber auf den ersten Blick älter wirkte. Dicht an ihrer Seite war ein hübscher Golden Retriever.

»Mrs. Partlow?«

Die Frau trat unwillkürlich einen Schritt zurück. »Sie sind schon die zweite, die von der Polizei hierher kommt. Mein Sohn ist nicht tot.«

»Ja, das weiß ich, Ma'am, und es tut mir Leid, dass ich Sie belästige. Ich bin Deputy Cynthia Cooper vom Sheriffbüro von Albemarle County. Ist Ihr Sohn zu Hause?«

»Ja, er ist da. Er arbeitet in der Nachtschicht in der DuPont-Fabrik. Er schläft.«

»Verstehe.« Cooper lächelte zu dem Golden Retriever hin. »Schöner Hund.«

»Das ist Rolex. Wesley hat sie mir zum Geburtstag geschenkt. Er sagte, er kann sich keine Rolex leisten, aber das Hündchen würde mir mehr Freude machen als jede Uhr. Und er hatte Recht, was, Rolex?« Sie tätschelte den seidigen Kopf, und Rolex wedelte mit dem Schwanz.

Cooper griff in die Innentasche ihrer Jacke, zog einen Führerschein hervor und gab ihn Mrs. Partlow. »Ist das Ihr Sohn?«

Ihre Augenbrauen schnellten in die Höhe. »Nein. Wer ist das?«

»Das wissen wir nicht.«

Mrs. Partlow betrachtete den Führerschein. »Alles andre stimmt.«

»Wir hoffen, dass Ihr Sohn weiß, wer der Mann auf dem Foto ist. Würde es Ihnen etwas ausmachen, ihn zu wecken?«

»Nein, überhaupt nicht. Ist sowieso Zeit, dass er aufsteht. Bitte kommen Sie herein, Deputy …«

»Cooper.« Sie trat ein.

Der Parkettboden in der Diele glänzte.

»Kommen Sie ins Wohnzimmer. Ich gehe Wesley wecken.« Mrs. Partlow verschwand im Flur, Rolex heftete sich an ihre Fersen.

Cooper hörte Grunz- und Stöhnlaute.

Mrs. Partlow kam zurück. »Er ist gleich da. Kann ich Ihnen etwas zu trinken anbieten?«

»Nein danke, Ma'am.«

Wesley erschien bald darauf, er trug ein blaues T-Shirt, Jeans und Turnschuhe ohne Socken. »Hi.«

Cooper stand auf und gab ihm die Hand. »Es tut mir Leid, dass ich Sie störe.«

»Ist schon okay.« Der schmächtige, kraushaarige junge Mann lächelte.

»Hier, Ihr Führerschein.«

Er nahm ihr das steife Stück Pappe aus der Hand. »Ich hab meinen Führerschein. Glaub ich. Ich seh mal nach.« Er lief in sein Zimmer.

Cooper hörte, wie metallene Kleiderbügel auf einer metallenen Kleiderstange geschoben wurden. Rolex hob den Kopf. »Gute Ohren, Rolex.«

Wesley kam verdattert wieder ins Wohnzimmer. »Er ist weg! Ich hab meinen Führerschein immer in der Tasche von meiner Bomberjacke, außer wenn's richtig heiß ist, dann steck ich ihn einfach hinter die Sonnenblende von meinem Wagen.«

»Haben Sie eine Ahnung, wie lange Ihr Führerschein schon weg ist?«

Er überlegte kurz. »Ich war tanken. Da hatte ich ihn noch. Vorige Woche. Ich …« Er hielt inne. »Also, erinnern ist irgendwie schwierig. Ich denk halt nie an meinen Führerschein.«

»Erkennen Sie den Mann auf dem Foto?«

Er sah sich das Bild genau an. »Irgendwie schon. Gesehn hab ich ihn, weiß aber nicht, wie er heißt.«

»Wer immer er ist, er kann mit Sicherheit einen Führerschein frisieren, oder er kennt einen, der's kann.« Cooper lächelte.

»Ja. Sieht echt aus für mich.«

»Für mich auch«, fiel Mrs. Partlow ein.

»Mr. Partlow, denken Sie mal nach. Jeder Hinweis, den Sie mir geben können, ist eine große Hilfe.«

»Er ist tot, nicht? Mom sagt, der Polizist von Augusta war hier, um ihr zu sagen, dass er tot ist.«

»Ich glaube, ich hab ihn mehr überrascht als er mich.« Mrs. Partlow lächelte schmallippig.

»Ja, er ist tot. Könnten Sie ihn an der Tankstelle gesehn haben?«

»Äh, nein.« Wesley setzte sich und stützte das Kinn in die Hand. »Könnte ihn bei Danny's gesehen haben, das ist die Bar hinter der Post im Zentrum.« Er runzelte die Stirn. »Ja.«

»Und wenn Sie zu Danny's gehen, wo lassen Sie dann Ihre Jacke?«

»Häng sie auf oder leg sie über die Stuhllehne.«

Nach ein paar weiteren Fragen ging Cooper und fuhr zu Danny's. Louis Seidlitz, der Barmann, bereitete sich gerade auf den Abendansturm vor.

Louis erkannte das Gesicht, konnte sich aber nicht an einen dazugehörigen Namen erinnern.

Auf der Rückfahrt nach Charlottesville, bergauf und über den Afton Mountain, dachte Cooper, wie fix und gewandt der falsche Wesley Partlow gewesen war. Fix genug, um einen Führerschein zu klauen. In wie viele Taschen mochte er gefasst haben, ehe er fündig wurde? Offenbar hatte er sie durchwühlt, ohne dass man auf ihn aufmerksam wurde. Cooper musste an den Spruch denken: »Gelegenheit macht Dichter wie Diebe.«

25

Obwohl tags darauf die Erde noch matschig war, verhieß der rotkehlcheneierblaue Himmel einen herrlichen Frühlingstag. Spät blühender Hartriegel bedeckte den Berghang. Die früheren Blüten waren vom Sturm geköpft worden, doch die Böschungen waren noch mit leuchtend roten Feuersternen übersät.

Tucker saß auf der Hintertreppe des Postamts und atmete die berauschenden Frühlingsdüfte ein.

Harry ging die sechseinhalb Kilometer zur Arbeit oft zu Fuß, doch nach den Regenfällen der letzten Woche fuhr sie mit dem Auto. Auf dem Weg zur Arbeit hatte sie einen Abstecher zu der kleinen Holzhandlung außerhalb der Stadt gemacht. Zum Glück war genug Sägemehl da, um es auf die Ladefläche zu schaufeln. Gewöhnlich gab es bis Mittwoch oder Donnerstag immer genug Sägemehl, so dass Pferdebesitzer vorbeikommen und aufladen konnten. Harry lud ihren Transporter voll, breitete eine Plane darüber und kam um halb acht zur Arbeit.

Kaum waren sie dort angekommen, eröffnete Tucker den Katzen, sie werde allein einen Streifzug machen.

»Ist mir recht«, erklärte Pewter.

Murphy sagte leicht pikiert: *»Warum allein?«*

»Will mich bei meinen Hundefreunden umhören. Nicht alle von ihnen haben Katzen gern.«

»Besorg dir neue Freunde.« Die Tigerkatze kehrte ihr den Rücken zu.

Voller Vorfreude und mit einem berauschenden Freiheitsgefühl holte Tucker noch einmal tief Luft, dann trabte sie munter durch die Gasse hinter dem Postamt. Sie wandte sich nordwärts, so dass sie, nachdem sie Eigenheime und die neue Grundschule hinter sich gelassen hatte, auf freies Feld gelangte. Trotz ihrer kurzen Beine hatte der Corgi ein flottes Tempo drauf. Tucker konnte nämlich sehr schnell rennen, und gelegentlich genoss sie den köstlichen Sieg, einem Jagdhund davonzulaufen, einem Spaniel oder einmal sogar einer dänischen Dogge. Es muss jedoch angemerkt werden, dass die dänische Dogge einen Splitter in der Pfote hatte. Wie auch immer, Tucker war ein zuversichtlicher, vergnügter Hund. Sie sauste über gepflegte Rasenflächen; die Hunde in den Häusern bellten nichtige Warnungen. In kürzester Zeit war sie auf den Feldern.

Frühgetreide, dessen winzige Schößlinge eben durch die Furchen brachen, überzog die roten Lehmfelder mit einem grünen Schimmer. Auf anderen Feldern wogte das Gras schon über Tuckers Kopf. Sie schob sich durch ein Feld mit einer Mischung aus Roggen und Timotheusgras. Tucker konnte alle Grassorten am Geruch unterscheiden. Sie kam zu einer viel befahrenen Farmstraße und dachte sich, sie könnte mal zum alten Mawyer-Hof gehen. Booty Mawyer, siebenundsiebzig Jahre alt, bestellte seine dreihundert Morgen fast noch genau so, wie er es immer getan hatte. Pfiffig wie er war, steckte er kein Geld in große Anschaffungen wie Traktoren, Düngerstreuer, Heupresse und dergleichen. Er hielt vier belgische Ackergäule und ließ sie jeweils als Zweiergespann arbeiten. Die Kosten für Fütterung und Beschlagen der Pferde waren viel niedriger als die Ratenzahlungen für einen Traktor. Und Booty bekam alles geschafft. Sein Enkel Don Clatterbuck half ihm abends aus, und während der Heuernte arbeitete Don ganztägig bei ihm.

Tucker konnte den alten Mann und seine Pferde aus der Ferne hören. Ein Hauch von Perlgrasduft durchzog den leichten Südwind. Tucker blieb stehen und schnupperte. Wind von Süden bedeutete meistens Feuchtigkeit, und zwar jede Menge, aber der Tag war unheimlich klar. Dennoch verließ Tucker sich auf ihren Hundesinn. Sie hielt es für das Beste, zur Mittagszeit wieder im Postamt zu sein.

Fest entschlossen, auf alle Fälle jemanden zu besuchen, lief sie eilends die Straße entlang und gelangte als Erstes zu den alten Tabakräucherschuppen. Wie so viele Farmer in Mittelvirginia, hatte Booty Mawyer einst mit seinen Tabakquotenzuteilungen einen guten Profit erzielt. Nach dem Zweiten

Weltkrieg war das Geschäft abgeflaut, die Lohnkosten waren in die Höhe geschnellt, und viele Farmer ließen ihre Quotenzuteilungen ungenutzt. Aber die Einrichtungen des blühenden Tabakhandels waren noch vorhanden – Räucherschuppen, Lagerschuppen und in der Stadt das alte Auktionshaus.

Füchse hegten eine besondere Vorliebe für Räucherschuppen. Weswegen, konnte Tucker sich nicht erklären, ihr leuchtete jedoch ein, dass es immer von Vorteil war, unter einem hübschen Gebäude einen Bau zu haben. Es waren eine Menge solide Nebengebäude vorhanden, doch die Tabakräucherschuppen übten eine Faszination auf den Rotfuchs aus. Tucker hatte nichts gegen Füchse. Mrs. Murphy hasste sie und fauchte schon, wenn nur der Name eines Fuchses fiel. Von Zeit zu Zeit schloss die Katze einen Waffenstillstand, aber der eigentliche Grund, weshalb Murphy Füchse verabscheute, war der, dass sie dieselbe Beute jagten.

Die Monarchfalter flatterten zusammen mit Tuckers Gedanken in die Höhe, als sie zu dem Schuppen gelangte. Sie ging um die Seite des Gebäudes herum und blieb stehen. Direkt vor ihr stand der 1987er GMC-Transporter, die ausgebleichte Jacke der Cowboys-Footballmannschaft war über den Sitz geworfen.

26

Tucker sauste dermaßen stürmisch durch das Tiertürchen ins Postamt, dass ihre Füße seitwärts wegrutschten und sie schlitternd umkippte. Ein Zusammenstoß mit dem Postkarren beendete ihren unüblichen Bewegungsablauf.

Während sie sich hochrappelte, rief sie: *»Ich hab ihn gefunden! Ich hab den Transporter gefunden.«*

Mrs. Murphy, die dem schlitternden Hund belustigt zugesehen hatte, sprang vom Tisch. *»Wo?«*

»Bei Booty Mawyer.«

»Was?« Die Katze traute ihren Ohren nicht.

Pewter, wieder mal aus dem Schlaf gerissen, schüttelte sich und steckte den Kopf aus dem Postkarren, in dem sie geschlafen hatte. *»Tucker, wovon redest du? Du hast mich aufgeweckt.«*

»Ich sage dir, der GMC-Transporter steht vor dem alten Tabakräucherschuppen auf Booty Mawyers Grundstück.«

»Woher weißt du, dass es der richtige Transporter ist?«, fragte Pewter skeptisch.

»Die Cowboys-Jacke liegt über dem Sitz. Wie Sean gesagt hat. Erinnerst du dich?« Die klugen Hundeaugen glänzten.

»Das hat er gesagt, oder?« Die graue Katze zog sich mit den Vorderpfoten aus dem Postkarren.

»Was ist denn hier für ein Tumult?« Harry lächelte auf ihre Freundinnen hinunter.

»O Mom, ich wünschte, du könntest mich verstehn.« Der Corgi ließ die Ohren kurz sinken und stellte sie dann wieder auf.

Harry gab Tucker einen Hundeknochen. Der Gerechtigkeit halber bekamen die Katzen ein paar Happen Haute-Feline-Katzenfutter, dann machte sie sich wieder daran, die Kartonregale umzuräumen.

»Ich finde, wir sollten der Sache auf den Grund gehn. Hört sich gar nicht gut an.« Mrs. Murphy bürstete ihre Schnurrhaare mit den Pfoten. *»Weißt du, Tucker, Rick Shaw und Coop hätten den Transporter ohne weiteres bei Booty Mawyer ausfindig machen können. Allein schon anhand der Nummernschilder, und wenn Sean die Nummer nicht wusste, hätten sie bloß in den Computern des Verkehrsamts nach 1987er GMC-Transportern in Albemarle County suchen müssen. Also stimmt da was nicht.«*

»Das ist es ja, Murphy, es gibt keine Nummernschilder. Wo die Schilder sein sollten, ist ›Farmwagen‹ draufgepinselt. Der Transporter ist längst abgemeldet.«

»Warum hast du das nicht gleich gesagt?« Die Katze war schon auf dem Weg zur Tür.

»Du hast mir ja keine Zeit gelassen. Und weißt du, Murphy, Autos mit der Aufschrift ›Farmwagen‹ sind nicht befugt, auf der Straße zu fahren. Wer wollte sich schon an diesen alten Karren erinnern?«

»Tucker, tut mir Leid. Komm jetzt.« Sie verschwand durch die Tür, ihr Schwanz witschte als Letztes hinaus.

Während Tucker der geschmeidigen Tigerkatze nacheilte, jammerte Pewter: *»Ich rieche Regen. Ich werde nass.«*

»Dann bleib hier, Fettsack.« Der Corgi konnte sich einen Abschiedshieb nicht verkneifen.

»Verlasst mich nicht! Ich möchte nichts verpassen.« Die graue Katze grummelte vor sich hin: *»Ich weiß, ich werde es bereuen.«*

»Was haben sie bloß?« Harry kratzte sich am Kopf, als Pewters graues Hinterteil durch die Tür verschwand.

»Da muss irgendwo eine Party im Gang sein.« Miranda lachte. »Kommen Sie, ich halte das Päckchen, sonst kippen Sie noch das Regal um.«

Die drei Tiere flitzten über den Rasen. Tucker hielt fremde Hunde in Schach, indem sie erklärte, sie wollten nur quer durch und seien gleich raus aus ihrem Revier. Der Corgi kündigte den fremden Hunden außerdem an, sie würden vermutlich auf demselben Weg zurückkommen, und sie bedaure, sie zu stören, aber es gehe um eine wichtige Angelegenheit.

Die anderen Haustiere verhielten sich vernünftig, abgesehen von einem australischen Schäferhund, der dermaßen ausfallend wurde, dass Tucker den Katzen riet, vorauszulaufen. Sie näherte sich dem mittelgroßen Hund, der angesichts der Entschlossenheit der Corgidame und ihrer entblößten Reißzähne zu dem Schluss kam, dass der Durchgang über seinen Rasen kein so großes Vergehen sei.

Auf dem Roggenfeld holte Tucker die Katzen ein.

»Dem hast du bestimmt das Maul gestopft.« Murphy streifte die schlanken Roggenhalme.

»Fürs Erste.«

»Wie weit noch?« Pewter nieste, weil Pollen in ihrer Nase kitzelten.

»Ich hab dir doch gesagt, bleib im Postamt«, schalt Tucker sie.

»Ich beklag mich ja nicht. Ich will bloß wissen, wie weit«, fauchte sie zurück.

»Zehn Minuten.« Tucker schob sich durch den Roggen.

Sie liefen schweigend weiter, bis sie auf die Farmstraße trafen. Die ausgefahrenen Furchen kamen Tucker diesmal noch tiefer vor. Nicht weit entfernt konnten sie einen Traktor heulen hören.

»Hört sich nicht gut an, was?«, bemerkte Pewter.

»Nein.« Tucker erspähte den Tabakschuppen weiter vorn und legte Tempo zu. Sie umrundete das Gebäude; der beißende Rauchgeruch von Jahrzehnten war noch deutlich wahrnehmbar. *»Was!«*

Die zwei Katzen rempelten sie fast um.

»Und? Wo ist der Transporter?«, stichelte Pewter.

»Er war hier. Ich schwöre es!«

»Hört sich an, als ob der Traktor feststeckt. Los, wir suchen ihn«, schlug Mrs. Murphy vor. *»Vielleicht zieht Booty ihn ja mit dem Transporter raus.«*

Booty zu finden erwies sich als einfach, nicht nur wegen des Heulens des Traktors, sondern weil Booty unflätig fluchte. Die Tiere bekamen Worte zu hören, die sie noch nie gehört hatten.

Der Traktor war in ein Schlagloch gerutscht, das vom Fahrersitz aus wohl nicht zu erkennen gewesen war. Die Hinterräder steckten zu einem Viertel bis zu den großen gelben Radkappen hinauf im Schlamm. Booty, dessen Arbeitsanzug von frischem Matsch glänzte, legte Steine, alles was er finden konnte, vor die Räder, dann schwang er sich wieder auf den Sitz, um es noch einmal zu versuchen.

Abraham, ein Bluetick-Jagdhund, sah traurig zu, wie sein Mensch Zustände kriegte. Abraham, der zwei Jahre älter war als Gott, litt an vermindertem Hörvermögen, steifen Hüften und schwindendem Sehvermögen, aber sein Geruchssinn war noch gut.

»Abraham«, rief Tucker ihm laut zu, als sie näher kamen, *»wie geht's denn so?«*

»Tucker, wer ist bei dir? Sind das Chihuahuas?« Er blinzelte.

»Das verbitte ich mir«, brauste Pewter auf.

»Pewter, er ist fast so alt wie Booty.« Mrs. Murphy versetzte der grauen Katze einen Stoß, um sie in die Schranken zu weisen.

»Mrs. Murphy und Pewter sind bei mir«, antwortete Tucker.

»Hallo, Mädels«, grüßte Abraham sie mit ausgesuchter Höflichkeit. *»Ich entschuldige mich für meinen Menschen, aber wie ihr vermuten könnt, kämpft er mit den Elementen, und wenn meine Nase was taugt, dann sind wir binnen einer halben Stunde nass. Er wird einen zweiten Traktor brauchen, um diesen rauszuziehen. O je.«* Er stieß einen langen, langen Seufzer aus.

»Für einen Menschen muss man sich doch nicht entschuldigen.« Tucker lachte.

»Mit dem Regen hat er Recht«, flüsterte Pewter Mrs. Murphy zu. *»Ich fühl ihn kommen. Wenn ich nass werde, brauche ich Stunden zum Trocknen. Ich kann es nicht ausstehen, wenn meine Haare zusammengedrückt werden. Murphy, hörst du überhaupt zu?«*

»Hör auf zu quengeln.« Sie rückte an Abraham heran und rieb sich an seiner Brust.

»Mrs. Murphy, du riechst nach Muskat.« Er kicherte. *»Pewter.«*

»Hier bin ich.« Pewter rieb sich auch an ihm.

»Wir hoffen, dass du uns helfen kannst.« Tucker setzte sich, während Booty fluchte, was das Zeug hielt. *»Hinter dem Räucherschuppen steht ein Farmwagen. Ich kam zufällig vor nicht ganz anderthalb Stunden vorbei, und jetzt, wo ich zurück bin, ist er weg. Vielleicht weißt du, wo er abgeblieben ist?«*

»Nein. Ich hab nicht gehört, dass der Wagen weggefahren wurde, aber ich hab ja auch nicht mehr so gute Ohren.«

»Ich kann mich nicht erinnern, dass Booty mal mit dem Transporter in die Stadt gefahren wäre«, meinte Mrs. Murphy.

»Farmwagen. Wie soll der's denn bis in die Stadt schaffen und zurück, ehrlich«, antwortete Abraham.

»Als ich vorbeikam, dachte ich, Booty wär mit seinem Pferdegespann draußen«, wunderte sich Tucker. *»Und ich dachte nicht, dass er einen Traktor besitzt.«*

»Gutes Gedächtnis, Tee Tucker. Er hat mit den Pferden auf dem kleinen Feld gearbeitet, Gartenbeetfeld sage ich dazu, aber dann hat Dimples ein Hufeisen verloren. Darauf hat er die Pferde ausge-

spannt und wollte das andere Paar einspannen, du weißt doch, er hat die jungen Gäule, die er eingewöhnt, ein schönes Gespann, beide gleich, ah, aber ich schweife ab. Also, er hat nach dem Wetter geguckt und gedacht, er bringt Marcus Durant seinen Traktor zurück. Er hatte ihn sich geliehen, um Löcher für Zaunpfähle zu graben. Marcus hat jedes Zusatzgerät, das in den Vereinigten Staaten hergestellt wird, und Booty kommt langsam in die Jahre, er hatte einfach keine Lust, Zaunlöcher mit der Hand zu buddeln. Damit ist er zum Glück fertig geworden, die Erde ist weich, die Zaunpfähle muss er freilich noch setzen, und er wollte den Traktor zurückbringen. Jetzt muss er die jungen Gäule einspannen, um den Traktor rauszuziehen, und er sollte den Traktor auch noch waschen. Der Regen wird ihm dabei helfen.« Er atmete aus, und beim Atmen zitterten seine Lefzen.

»Abraham, würdest du mir einen großen Gefallen tun?« Tuckers rosa Zunge hing ein bisschen heraus.

»Wenn ich kann. Ich möchte eine Lady ungern enttäuschen.«

»Gehst du mit uns zum Räucherschuppen und untersuchst die Erde, wo der Transporter gestanden hat? Deine Nase ist besser als meine.« Tucker schmeichelte dem Bluetick, aber in der Tat waren die Nasen von Jagdhunden das Beste vom Besten.

»Oh, mit dem größten Vergnügen, wenngleich ich überzeugt bin, dass deine Nase so gut ist, wie sie nur sein kann.« Er stellte sich auf alle viere, streckte sich und begab sich zum Schuppen, froh, von Nutzen zu sein. Jagdhunde müssen sich nützlich machen, sonst versinken sie in Apathie.

Booty drehte sich um und sah die vier Tiere fortgehen. »Abraham, Abraham, du bist so unnütz wie Titten an einem Eber«, zischte er, weil er seine Wut an irgendwem auslassen musste.

»Taub werden hat seine Vorteile.« Abraham kicherte.

Beim Schuppen angekommen, senkte er seine Nase auf die Erde und bewegte sich in kleinen Kreisen um die Stelle, wo der Transporter gestanden hatte. *»Schmiere. Benzin. Also das ist seltsam. Die Pumpe ist unten beim Schuppen. Und …«* Er hob den Kopf, sog frische Luft ein, um seine Nasengänge zu säubern, senkte dann die Nase wieder auf die Erde. *»Etwas, etwas, eine Chemikalie? Tucker, komm mal her.«*

Tucker senkte ihre Nase ebenfalls auf die Erde; die Katzen sahen zu. Ein steifer Wind kam plötzlich auf und blies ihnen das Fell zu den Köpfen hin.

»Ist kein Dünger, riecht aber organisch. Die von Menschen gemachten Chemikalien sind scharf. Das hier ist – hmm, normal.« Abraham tat noch einen tiefen Atemzug. *»Säurehaltig. Natürlich. Ah, ich hab's. Ja, Gerbsäure. Ja. Wird manchmal auf den Rückseiten von neuen Orientteppichen verwendet, damit sie alt aussehen. Wird auch an Fellen verwendet. Das ist es.«*

»Irgendein Hinweis auf einen Menschen?«, fragte Mrs. Murphy. Sie hielt dabei den Kopf gesenkt, weil der Wind beträchtlich zunahm.

»Don.« Abraham nickte langsam. *»Vermutlich hat er sich den Transporter geliehen. Aber komisch, er hat sein Auto nicht dagelassen. Ich kann mir niemand anderen mit diesem Geruch denken. Die Feuchtigkeit konserviert ihn gut. Ich weiß nicht, ob Don den Transporter gefahren hat, aber das hier ist ganz sicher Gerbsäure.«*

»Entschuldige, Abraham, ich bin in die Geheimnisse der Gerüche nicht eingeweiht.« Die Tigerkatze lächelte, ihre grünen Augen funkelten. *»Aber ist es nicht möglich, dass der Geruch von dem Leder unten an Schuhen oder vom Oberleder kommt? Es ist hier so matschig, da kann ein Schuh leicht einsinken.«*

»Dann wär er nicht so beißend.« Abrahams tiefe Stimme dröhnte. Er hob den Kopf nach Süden, dem Wind entgegen. *»Das gibt wieder ein Unwetter. Ihr macht am besten, dass ihr nach Hause kommt, oder bleibt hier, wenn ihr wollt. Booty wird sich schon wieder einkriegen.«*

»Danke. Wir gehn zurück. Oh, eine Frage noch.« Tucker hob ebenfalls den Kopf. *»Ich kann mich nicht erinnern, dass Booty ein Fan der Dallas Cowboys ist. Ich dachte, er steht auf die Washington Redskins.«*

»Tut er.«

»In dem Transporter war eine Cowboys-Windjacke auf der Rückenlehne vom Sitz«, erklärte Tucker.

»Niemand in unserer Familie unterstützt eine andere Mannschaft als die Redskins. So viel kann ich euch sagen, auch wenn ich selbst kein Football-Fan bin. Geht jetzt. Ihr habt nicht viel Zeit.«

»Danke noch mal, Abraham«, sagte Tucker.

»Ja, danke«, wiederholten die Katzen.

»Freut mich, zu Diensten zu sein.« Abraham machte kehrt und ging gemächlich ins Haus. Booty und den Traktor ließ er links liegen.

Als die drei heimwärts eilten, platschte hinter der Grundschule der erste Regentropfen herab.

»Ich hab's gewusst. Ich hab's doch gewusst«, schimpfte Pewter, während Mrs. Murphy und Tucker sich vorwärts kämpften, und als der Sturm schlimmer wurde, stieg ihre Lautstärke an. *»Ich hätte nie aus dem Postamt weggehn sollen. Ich hätte mich auf meinen ersten Impuls verlassen sollen. Wann werde ich das endlich lernen? Was kümmert mich ein alter Transporter? Ich meine, Wesley Partlow geht mich nichts an. Ich hab Wesley Partlow nicht gekannt. Es wär mir egal, wenn die Hälfte der Menschen verschwände. Die richten doch nur Unheil an. Ich hätte mich nie von Tucker hierzu überreden lassen sollen. Ich hasse die zwei. Ich hasse sie. Ehrlich!«*

27

Rick Shaw hielt beim Pantops-Einkaufszentrum an, um Sandwiches zu holen, und stieg dann wieder in den Wagen; Cynthia Cooper kam mit Getränken und gleich zwei Stangen Zigaretten, da sie gerade so preisgünstig waren.

Rick ließ den Motor an. In diesem Moment hörte er die Stimme der Einsatzleiterin. »Sheriff, Sheriff Zakarios aus Culpeper muss Sie sprechen. Ich hab versucht Sie zu erreichen.«

»Hat er gesagt, was er will, Sheila?«

»Nein. Aber er sagte, es ist wichtig.«

»Verbinden Sie mich mit ihm. Ich bin im Wagen.«

»In Ordnung.«

»Bin gespannt, was Zak will.« Coop biss in ein Schinken-Käse-Sandwich. Sie hatte nicht gemerkt, wie hungrig sie war, bis sie den ersten Happen nahm.

»Rick«, dröhnte Zakarios' Stimme über CB-Funk.

»Ja, Zak. Was tut sich in Culpeper?«

»Ein Bewohner von Albemarle wurde auf der White Shop Road gefunden, vor ungefähr 'ner halben Stunde. Die Schläfe durchschossen, übers Lenkrad gesackt. Don Clatterbuck.«

»Bin gleich da, Zak.«

»Wir haben die Stelle abgeriegelt. Kennen Sie den Mann?«

»Ja.«

»Verflucht noch mal, er hat einen ausgestopften Helmspecht neben sich auf dem Sitz. Das Ding ist gut sechzig Zentimeter groß.«

»Don ist nebenbei Tierpräparator. Mit eingeschalteter Sirene kann ich vielleicht in einer halben Stunde bei Ihnen sein. Ich weiß nicht, der Regen sieht böse aus.«

»Wie weit außerhalb sind Sie auf der White Soap Road? Hier spricht Deputy Cynthia Cooper.«

»Hi, Coop. Gut drei Kilometer. Wir stehn ein bisschen abseits der Straße auf der rechten Seite. Sie können es am Absperrband und an den Streifenwagen erkennen. Die Ambulanz wird bis dahin auch hier sein. Dachte mir, Sie wollen ihn sehn, bevor …« Er wurde unterbrochen, war dann wieder zu hören. »John meint, er ist noch keine Stunde tot.«

»Ich komme so schnell ich kann. Ende.«

Jedes Mal, wenn Rick Shaw den Kopf senkte, ergoss sich vor seinen Augen ein Regenwasser-Sturzbach. Der Sheriffhut, ein abgewandelter Cowboyhut, den er und die anderen Beamten trugen, ließ Wasser von vorn nach hinten abfließen, aber es regnete so stark, dass der Hut binnen fünfzehn Minuten durchgeweicht war.

Sheriff Zakarios bedauerte das Fehlen deutlicher Wagenspuren neben dem Transporter. Zwar waren noch Spuren zu erkennen, doch der Regen hatte die Reifenabdrücke weggewaschen. »Wir haben den Transporter gründlich untersucht.« Er wischte sich über die nassen Wangen; auch seine Hände waren nass. »Nicht eine Feder fehlt an diesem Specht.«

Coop lehnte sich mit dem Rücken an den 1987er GMC-Transporter, der jetzt richtige Nummernschilder hatte. »Der Specht gehört Mary Minor Haristeen. Don muss ihn gerade fertig gehabt haben.«

»Macht sie in Drogen oder was?«, fragte Chris Zakarios.

»Nein«, antwortete Coop. »Sie ist absolut clean. Wieso, wollten Sie den Specht auseinander nehmen?«

»Nicht hier an Ort und Stelle, aber ich werde ihn für 'ne Weile konfiszieren.«

»Sauber. Kleines Kaliber.« Rick hatte die Tür einen Spalt geöffnet und untersuchte die Wunde. »Zweiundzwanzig, würde ich sagen.«

»Wer immer es war, er ist direkt an ihn rangetreten«, mutmaßte Chris. »Das Fenster auf der Fahrerseite war nicht offen. Die Tür war zu. Die Tür musste also aufgemacht werden, vielleicht von Clatterbuck selbst, *bumm*, dann macht der Mörder die Tür zu und fährt weg. Ganz schnell. Kein Anzeichen von einem Kampf.«

»Hm, Don hatte nicht damit gerechnet.« Rick seufzte. »Ihre Leute können die Leiche jetzt wegschaffen. Danke, dass Sie mich angerufen haben. Wollen Sie die Cowboys-Windjacke auch als Beweisstück behalten? Wir haben nämlich nach genau diesem Transporter mit der Windjacke gesucht.«

»Ich nehme nicht an, dass etwas in den Taschen war, das ...« Cooper klammerte sich an eine vage Hoffnung.

»Ein Streichholzbriefchen. Wir haben es eingestäubt. Hier.« Er gab es Coop, die sich vorbeugte, um es vor dem strömenden Regen zu schützen.

Das in schönen Farben gestaltete Streichholzbriefchen – türkis, gespraytes Orange, gelb mit lila Spritzern – war aufwändig in der Herstellung. Siebeneinhalb mal fünf Zentimeter groß, Glanzpapier; der Besitzer wollte die Betuchten ansprechen. »Roy and Nadine's« – das Y in Roy war als Martiniglas gestaltet – nannte sich das Restaurant in Lexington, Kentucky. Die Anschrift, Palomar Center, Harrodsburg Pike Ecke Man-O-War-Drive, war auf die Rückseite gedruckt. Darunter stand die Telefonnummer.

Rick drängte sich neben Coop. »Dass Sie mir keine voreiligen Schlüsse ziehen.«

»Tu ich nicht, aber wenn das Streichholzbriefchen Partlow gehört, dann ist er vielleicht aus Kentucky.«

»Wir schicken die Fingerabdrücke landesweit raus«, erklärte Rick.

»Was nicht heißt, dass er gemeldet ist.« Sie bemerkte, dass unten auf der schwarzen Vorderseite des Streicholzbriefchens in weißer Farbe stand: »Contemporary American Cuisine« – moderne amerikanische Küche. Das R im Namen des Restaurants war gelb gedruckt, das A dunkelorange und das N in »Cuisine« kräftig rosa.

»Klasse Design. Ich ruf das Restaurant an.« Sie ging zum Streifenwagen, schrieb alles auf, tauchte dann wieder in den sintflutartigen Regen ein und gab Sheriff Zakarios das Streichholzbriefchen zurück.

»Wissen Sie viel über das Opfer?«, fragte der Sheriff von Culpeper.

»Angenehmer Typ. Nicht aktenkundig. Gemütlicher Bursche.«

Coop antwortete dem gut aussehenden, schmucken Sheriff von Culpeper: »Man kann sich schwer vorstellen, dass jemand ihn umbringen wollte.«

»Die Hälfte von dem, womit wir es zu tun kriegen, hängt mit Drogen zusammen.« Der Sheriff blinzelte, als der Regen seitwärts peitschte. »Vielleicht hatte er ein Geheimleben.«

»Das ist eine verfluchte Nationalepidemie.« Rick ging von dem GMC weg, als die Leute von der Ambulanz die Leiche herauszogen. »Coop, haben Sie die Kennzeichennummer?«

»Ja.« Sie hatte die Buchstaben und Ziffern notiert, kaum dass sie aus dem Streifenwagen gestiegen war. Das Nummernschild, weiß mit blauen erhabenen Ziffern, schien viel älter zu sein als der Wagen selbst, aber es hatte gültige Zulassungsplaketten in der oberen linken und rechten Ecke. Sie stieg in den Streifenwagen, gab die Information durch und war wenige Minuten später wieder draußen. »Nichts. Dieses Kennzeichen stammt aus der Zeit, als es noch keine Computeraufzeichnungen gab. Carol Grossman sieht in den Akten nach. Aber die Plaketten sind aktuell, soviel steht fest. Und man kann sie nicht vom Kennzeichen eines anderen Fahrzeugs abziehen, ohne sie zu zerstören.«

»Wir haben einen Mordfall. Das Opfer soll diesen Transporter gefahren haben.«

»Ein Junge, der an einem Baum hing.« Sheriff Zakarios strich sich über das lange, kantige Kinn. »Böse Sache. Nicht zu ändern.«

»Danke für den Anruf.« Rick Shaw klopfte Zak auf den Rücken.

»Ich helfe wo ich kann.«

Einer von Zaks Leuten, der den Helmspecht in Plastik einpackte, rief ihm zu: »Gute Arbeit.«

»Er hat sehr gute Arbeit geleistet.« Cooper seufzte. Don war ein liebenswerter Mensch, eindeutig einer, der entweder zur falschen Zeit am falschen Ort war oder in etwas verwickelt gewesen war, das sie jetzt noch nicht ergründen konnte. Aber sie und Rick würden es herausfinden. Das gelang ihnen meistens, und sie kam jedes Mal zu demselben Schluss: Es ist leichter, schwer zu schuften und redlich zu sein. Aber sie konnte sich nicht vorstellen, was Don Unredliches getan haben könnte. Soweit ihr bekannt war, hatten Verbrecher keinen Bedarf an den Künsten eines Präparators.

Als sie wieder in den Streifenwagen stiegen, warf Rick seinen Hut nach hinten, und Tropfen spritzten nach allen Seiten. Coop warf ihren ebenfalls nach hinten.

»Ich werde meinen Hut aufdämpfen lassen müssen. Hab den Plastiküberzug vergessen.«

»Die Dinger sehen schrecklich aus.« Sie fröstelte.

»Kalt?«

»Ja. Nass bis auf die Haut.«

»Ich auch, aber ich bin besser geschützt.« Er kniff in seinen

»Rettungsring«, der langsam dünner wurde. Rick führte einen Kampf mit der Ernährung. Die Versuchung, in eine Fast-Food-Bude zu rollen, war groß.

»Wenn wir zurück sind, muss ich Harry Bescheid sagen, dass ihr Specht konfisziert ist.«

»Dieser Specht ist mir neu. Schießt sie da draußen auf Spechte? Ist das nicht verboten?« Er zwinkerte ihr zu.

»Sie hat ihn tot vor der hinteren Veranda gefunden. Eigentlich haben die Katzen ihn gefunden.«

»Sie und ihre Katzen.« Rick lachte. »Sie sollte sie bei der Sozialversicherung anmelden, bei der vielen Arbeit, die sie tun.« Er bog nach links ab auf die Route 29. Nach ungefähr fünf Minuten fragte er: »Irgendwelche Ideen?«

»Der Transporter verbindet sie. Sonderbar.« Coop verfiel in Schweigen, dann sprach sie wieder. »Ich werde mir auch Lottie Pearson vorknöpfen.«

»Warum?«

»Sie hat Don auf Mims Wohltätigkeitsball geschleppt.«

»Und war es nicht Lottie, die O'Bannon den Kaffee gebracht hat? Doch, sie war's. Gut dass Sie dort waren. Lottie Pearson.« Er stieß einen leisen Pfiff aus. »Soll ich die Heizung höher drehen?«

»Nein. Dann ersticken wir. Ich hab was zum Umziehen in meinem Spind. Ich spreche mit Lottie, wenn ich bei Roy and Nadine's angerufen habe. Sie wird ein echter Leckerbissen.« Coop verschränkte die Arme.

28

Nein.« Lottie runzelte die Stirn. Der Regen klatschte gegen die Fensterscheibe ihres Büros.

»Lottie, niemand denkt, dass Sie Don Clatterbuck getötet haben. Regen Sie sich nicht auf.« Cynthia Cooper, die müde und frustriert war, sprach in schroffem Ton. »Aber Sie waren in letzter Zeit mit ihm zusammen. Alles, was Ihnen aufgefallen ist, könnte zu einem großen Durchbruch führen.« Cooper dachte bei sich, wie erniedrigend es doch war, Leuten wie Lottie Honig ums Maul zu schmieren.

»Also gut.« Lottie klopfte mit einem Bleistift auf ihren Schreibtisch, erhob sich von ihrem ergonomisch korrekten Stuhl, durchquerte das ordentliche, hübsche Büro und schloss die Tür hinter Coop. »Natürlich möchte ich Ihnen helfen. Nur, Sie haben mich vor den Kopf gestoßen, weil Sie in Uniform an meinen Arbeitsplatz gekommen sind. Ich habe eine Stellung zu verteidigen.« Sie kehrte zu ihrem Stuhl zurück. »Die Universität lässt eine Unkorrektheit nicht durchgehen.« Bei dem Wort »Unkorrektheit« senkte sie die Stimme.

Lottie, stellvertretende Direktorin und für namhafte Spenden zuständig, war übersensibel für gesellschaftliche Nuancen. Die Arbeit sagte ihr zu, und der Tag würde kommen, da Vernon Miller in den Ruhestand gehen und sie seine Nachfolge antreten würde. Geduldig pflegte sie seine gesellschaftlichen Kontakte ebenso wie ihre eigenen.

»Ich verstehe, aber *Sie* müssen verstehen, zwei Männer sind tot, Wesley Partlow und Don Clatterbuck. Es ist durchaus möglich, dass die beiden Morde zusammenhängen …«

»Was?« Lotties Miene drückte Entsetzen aus. »Und wer ist Wesley Partlow? Ich hab gelesen, dass er gefunden wurde, aber viel stand nicht in der Zeitung.«

»Weil man nicht viel weiß. Partlow war ein Junge, der auf Big Mims Wohltätigkeitsveranstaltung Autos eingeparkt hat.«

»Was hat einer wie der mit Donny zu tun?«

Coop beugte sich vor. Draußen pladderte es. »Don Clatterbuck wurde in einem Transporter erschossen, den Partlow gefahren hat, bevor er ermordet wurde. Sean O'Bannon hat den Wagen beschrieben, als wir … Nun, das ist eine lange Geschichte, die mit Mrs. Hogendobbers Radkappen zu tun hat, aber Sean hat den alten Transporter genau beschrieben. Wir konnten den Wagen nicht aufspüren, hatten kein Nummernschild. Jetzt haben wir ein Nummernschild, aber es ist uralt.

Die Plaketten sind aktuell. Carol Grossman in Richmond, die seit heute Morgen an dieser Sache arbeitet, hat die alten Nummernschilder bis zu einem Jaguarhändler in Newport News verfolgt. Man hatte sie für die Dekoration verwendet.«

»Der Händler hat die Schilder gestohlen«, schloss Lottie vorschnell.

»Der Händler sagt nein. Er entwertet die Schilder. Das ist gesetzlich vorgeschrieben.«

»Jemand hat sie genommen.« Lottie behielt gerne Recht.

»Allerdings. Jemand hat auch neue Jahres- und Monatsplaketten geklaut. Händler haben die nicht. Man kann sie nicht mal mit einer Rasierklinge unbeschädigt von jemandes Kennzeichen ablösen. Wie Sie sehen, Lottie, wird die Geschichte immer interessanter.«

»Ich glaube trotzdem nicht, dass Donny jemanden wie diesen Erhängten gekannt hat.« Sie brach ab, sammelte sich und fuhr fort: »Es muss eine plausible Erklärung geben. Ein Zufall. Vielleicht hat Partlow den Wagen gestohlen und zurückgegeben. Niemand hat's gemerkt.«

»Das haben wir uns auch überlegt, aber was ich von Ihnen brauche, sind Einzelheiten: Dons Stimmung, hat er etwas von Zukunftsplänen gesagt? So was in der Art.«

»Möchten Sie etwas trinken?«, fragte Lottie. »Entschuldigen Sie. Ich hätte Ihnen gleich etwas anbieten sollen, als Sie hereinkamen.«

»Ein heißer Kaffee würde Wunder wirken.«

»Sahne und Zucker?«

»Viel Sahne, wenig Zucker.«

Lottie drückte einen Knopf an ihrer Telefonanlage. »Franny, zwei Tassen Kaffee. Für mich wie immer und die andere mit viel Milch und wenig Zucker. Danke.« Sie wandte sich wieder Coop zu. Lottie fand, Cooper, die gut aussah, könnte noch besser aussehen. Mit etwas Glück könnte eine große, schlanke Frau wie Cooper in einem Bezirk wie Albemarle eine gute Partie machen, doch die Arbeit als Polizistin verdarb ihr die Chancen, es in der Welt weit nach oben zu bringen. Lottie fragte sich, warum die Frauen solche Dinge nicht bedachten.

Das Leben würde immer leichter sein, wenn man sich mit einem reichen Mann verband.

Sie plauderten, bis ihnen der Kaffee serviert wurde. Als Franny sich zurückzog, nahm Lottie einen tiefen Schluck, Cynthia desgleichen.

»Danke. Das ist genau, was ich gebraucht habe.«

»Um das klarzustellen, Donald Clatterbuck und ich hatten nichts miteinander. Er hat mich zu Mims Party begleitet. Natürlich mochte ich ihn. Wer nicht? Sie wissen, warum ich, also ich will nicht näher darauf eingehen, aber es wurmt mich immer noch, dass BoomBoom mir nicht erlaubt hat, Diego Aybar die Sehenswürdigkeiten zu zeigen. Ich tu so etwas zu gern, und Harry hat doch schon einen Verehrer. Das hat mich einfach geärgert. Und so bin ich bei Donald gelandet.« Sie sah Cooper eindringlich an, aber Cooper verriet ihrerseits keinerlei Gefühle, daher fuhr Lottie fort. »Er war unheimlich nett. Ich war ja nicht besonders scharf auf ihn gewesen. Ehrlich gesagt, ich hatte ihn gar nicht beachtet. Verstehen Sie, er war bloß Arbeiterklasse. Aber er hatte wirklich Ehrgeiz, was mich erstaunt hat.«

»Inwiefern?«

»Er sagte, er wollte mit seinem Lederdesign-Geschäft ins Internet. Er arbeitete an einer Website, wo er Techniken darstellen wollte. Ich verstehe nichts von Lederdesign und -reparatur, aber ich erinnere mich, dass er sagte, er wolle die unterschiedliche Qualität von Fellen zeigen. Er meinte, dann würde er Spezialaufträge für Dinge wie Sofas, Couch-Schonbezüge, sogar Stiefel kriegen.«

»Er war gut.« Cooper seufzte.

»Er wollte auch mit seinem Präparier-Geschäft ins Internet. Er sagte, er sollte reiche Aufschneider konservieren und Lackaffenstopferei auf sein Ladenschild schreiben. Er hatte viel Sinn für Humor.«

»Dann wirkte er also positiv?«

»Ja. Er sprach vom Sparen, um die Farm seines Großvaters zu kaufen. Es sei ein gutes Jahr gewesen, und er wollte Mr. Mawyer ein Angebot machen. Er erwähnte, dass sonst niemand in der Familie interessiert sei. Ein Glück für ihn.«

»Keine Wolken am Horizont?«

»Nein. Falls doch, hat er nichts davon gesagt. Sie meinen, ob er Angst vor etwas hatte oder vor jemand?«

»Ja, in Anbetracht dessen, dass er erschossen wurde, würde ich …«

Lottie unterbrach sie. »Und wenn der Mord ein Irrtum war? Wenn derjenige, der ihn umgebracht hat, den Transporter sah und dachte, es sei jemand anders?«

»Möglich ist alles.« Coop trank ihre Tasse aus.

»Möchten Sie noch einen?«

»Nein danke. Mir ist endlich warm geworden. Wenn ich keine zweite Uniform in meinem Spind hätte, säße ich jetzt hier und würde Ihren Fußboden voll tropfen. So kalt ist es gar nicht, aber mich hat's gefröstelt.«

»Finden Sie das denn nicht furchtbar?«, fragte Lottie mitfühlend.

»Hatten Sie den Eindruck, dass Don noch einmal mit Ihnen ausgehen wollte?«

»Bei uns hat's einfach nicht gefunkt. Wie soll ich sagen? Die Chemie hat nicht gestimmt.« Sie tupfte ihre Lippen mit der kleinen Serviette ab, die Franny mit dem Kaffee gebracht hatte. »Apropos Chemie, Harry und Diego!«

Coop lächelte. »Wer weiß?«

»Denken Sie, sie ist für immer mit Fair fertig? Ich meine, ich dachte, deswegen hat BoomBoom sie mit Diego zusammengebracht. Boom wollte Fair von Harry weghaben. So ist sie eben.«

»Ich weiß nicht. Das ist lange her, das mit BoomBoom und Fair. Fünf Jahre … oder fast. Ich glaube nicht, dass Boom ihn wiederhaben will.«

»Sie will alle. Sie ist nicht glücklich, wenn nicht alle Männer sie umkreisen wie einen Honigtopf.«

»Dann hätte man annehmen sollen, sie würde Diego für sich selbst reserviert haben.« Cooper beobachtete Lotties Reaktion ganz genau.

»Steinmetz ist ein größerer Fisch und vermutlich auch reicher. Sie lässt keinen Trick aus. Ich kann es nicht ausstehen, wie die Männer um sie herumscharwenzeln.«

»Sie ist schön.«

»Künstlich.« Lottie rümpfte die Nase.

»Don hat wenig Interesse gezeigt.«

»Sie sind zusammen aufgewachsen. Er hat sie durchschaut.«

»Aber Lottie, Fair ist auch mit ihr aufgewachsen.«

Da sie es keinesfalls schätzte, auf einen Irrtum in ihrer Argumentation hingewiesen zu werden, erstarrten Lotties Schultern ein bisschen, dann wurden sie wieder locker. »Donald war vernünftiger.« Sie sah auf den trüben Tag hinaus, dann sah sie Cooper wieder in die Augen. »Es tut mir Leid, dass er tot ist. Er war ein netter Mensch. Ich kann mir nicht vorstellen, warum jemand ihn töten wollte.«

29

Nun sieh sich das einer an!« Harry ließ ihrer Bemerkung eine Reihe Flüche folgen. Ein Kugellager an der alten Egge, die dazu diente, den Boden zu zerkrümeln, war gebrochen, kleine Kügelchen lagen darunter verstreut. Der Regen prasselte auf das Blechdach des Geräteschuppens. Harry war eben von der Arbeit nach Hause gekommen, und da sie nicht im Freien arbeiten konnte, hatte sie beschlossen, den Düngerstreuer und die Egge zu ölen, die Zinken der schweren Egge sowie den Öl- und Wasserstand des 1958er John-Deere-Traktors zu kontrollieren.

Meistens war ihr der Gedanke unerträglich, auch nur eine Minute länger im Haus zu sein. Am Ende des Arbeitstages im Postamt wollte sie sich so lange wie möglich draußen aufhalten.

Die Katzen, von Harrys Arbeitsmoral im Regen weniger begeistert, hatten sich ins Haus verzogen. Nur Tucker begleitete Harry. Der Schuppen, aufgeräumt und voll gepackt, schützte vor dem Regen, aber der Wind förderte die trübe Stimmung.

»Stockfinster da draußen.« Tucker spürte die aufkommende Elektrizität des Gewitters.

Harry bückte sich und rieb Tuckers Ohr zwischen Daumen und Zeigefinger. »Ich kann mich eigentlich nicht beklagen. Die Egge ist fast so alt wie der Traktor. Bei den neuen werden die Kugellager versiegelt, nachdem sie in Schmiere gebettet wurden. Ob das funktioniert, weiß ich nicht. Wie viel die Reparatur wohl kosten wird? O je.« Sie lehnte sich an den Traktor. »Was wir bräuchten, wäre eine Drillmaschine. Keine Chance.« Sie lachte, weil das Gerät, das sie benötigte, im Einzelhandel 22 000 Dollar kostete. Das entsprach praktisch einem Jahresgehalt von Harry.

Sie klappte die Motorhaube des Kombis hoch, kontrollierte das Öl, die Scheibenwischerflüssigkeit und den Reifendruck. Sie wiederholte den Vorgang bei dem 1978er Ford F150, den sie im Schuppen untergestellt hatte. Zufrieden, weil alles in Ordnung war, sprintete sie zum Stall. Sie hatte die hinteren Boxentüren offen gelassen, und die drei Pferde waren so klug gewesen, aus dem Gewitter hereinzukommen.

»Das Telefon hat sich doof und dämlich geklingelt«, berichtete Poptart Tucker.

Die Corgihündin sprang auf die Satteltruhe, um Auge in Auge mit dem jüngsten Pferd zu sprechen. Sie stellte sich auf die Hinterbeine und steckte den Kopf durch die quadratische Öffnung mit dem großen Futtereimer darunter. *»Hast du dir schon mal gewünscht, du könntest ans Telefon gehn?«*

»Nein.« Poptart lachte. *»Macht mehr Arbeit. Jedes Mal, wenn ein Mensch einen anderen anruft, hat es entweder mit Arbeit zu tun oder es ist was, das Harry in Windeseile von hier verschwinden lässt. Ich kapier nicht, wieso ein vernünftiger Mensch sich derart unterbrechen lassen mag.«*

»Und wer würde dich anrufen?«, fragte Gin Fizz, das älteste von den drei Pferden.

»Anne Kursinski.« Lachend nannte Poptart eine der berühmtesten Springreiterinnen der Welt.

»Prinzessin Anne würde mich anrufen«, gab Tomahawk seinen Senf dazu.

»Oh, ich bin sicher, wenn die Prinzessin das nächste Mal Ameri-

ka besucht, wird sie darauf bestehen, dass man ihr gewöhnliche Jagdpferde hier in Crozet zeigt.« Gin Fizz lachte schallend.

»Und warum nicht?«, erwiderte Tomahawk stur. *»Die meisten Pferdesportarten kommen von der Fuchsjagd. Geländejagdrennen, Hindernisrennen, Prüfungen für Jagd- und Springpferde«*, schloss er ernsthaft.

»Military«, ergänzte Tucker.

»Danke, Tucker. Das hatte ich vergessen,« rief Tomahawk aus seiner Box.

»Ich dachte, Military käme vom Kavallerie-Drill«, sagte Gin Fizz.

»Die Kavalleristen sind auf Fuchsjagd gegangen. Military ist noch mit der Fuchsjagd verwandt«, erklärte Tucker; die Erklärung war allerdings dürftig.

Harry ging hinein, um die hintere Tür von Tomahawks Box zu schließen. Der Wind blies mit solcher Gewalt, dass sie dachte, die Türen würden sich biegen. »Ihr seid ja so gesprächig.«

»Ist schlimm da draußen, Mom.« Tomahawk rieb sich an ihr.

Sie küsste ihn auf die Nase und gab ihm ein Melasseplätzchen. Sie hatte zwei für jedes Pferd.

»Dressurreiten kommt nicht von der Fuchsjagd,« dachte Poptart laut. *»Hohe Schule. Jahrhunderte alt, schätze ich. Ich kann das nicht. Ich kann keinen Galopp auf der Stelle, keine halbe Parade bei B oder was. Ich kann's einfach nicht. Ich will rennen!«*

»Wollen wir doch alle.« Gin Fizz wartete ungeduldig auf Harrys Besuch in seiner Box. *»Der Trick, Poppy, ist das Anhalten.«*

Hierauf lachten alle vier Tiere laut, sogar Poptart, die dazu neigte, mir nichts, dir nichts durchzugehen. Wenn die anderen Pferde losliefen, wurde die junge Stute so aufgeregt, dass sie alle überholen wollte. Das durfte nicht sein. Harry bildete sie aus, aber das dauerte seine Zeit. Perfekte Pferde gibt es so wenig wie perfekte Menschen. Poptarts einziger Makel wog wenig im Vergleich zu ihrem Sprungtalent. Kein Hindernis war ihr zu hoch oder zu breit, und sie setzte ihre Hufe geschickt ein.

Gin Fizz bewunderte das Talent der jungen Stute, wünschte jedoch, ihr etwas von seiner Weisheit abgeben zu können. Jedes Mal, wenn sie über die Stränge schlug, seufzte der alte Knabe und murmelte: *»Die Jugend.«*

Tomahawk, der selbst recht talentiert und deshalb von Poppys Talent weniger beeindruckt war, entgegnete gewöhnlich: *»Stuten.«*

Die zwei Hengste fanden, dass Stuten gefühlsduselige, launische Nervensägen waren. Aber sie liebten Poptart trotz ihrer Launenhaftigkeit.

Sie hielt auch selbst große Stücke auf sich.

»Mit Mom solltest du lieber nicht durchgehen«, warnte Tucker sie.

»Mach ich nicht«, sagte Poppy halbherzig.

»Ich kann dich in die Knöchel beißen, bevor du mich treten kannst. Fesseln, wollte ich sagen. Jedenfalls, ich kann beißen, und zwar kräftig.«

»Kleiner Wicht.« Poptart legte die Ohren an, aber nur aus Spaß.

Harry schloss die letzte Außentür. »Was ist los mit euch? So einen Tumult hab ich noch nie gehört.«

»Wir plaudern bloß.« Gin Fizz lachte.

Das Telefon klingelte wieder.

»Geh lieber dran, Mom. Es hat sich doof und dämlich geklingelt«, riet Tomahawk dem Menschen.

Mit einem tiefen Seufzer trottete Harry in die Sattelkammer und nahm den Hörer ab. »Hallo.«

»Hey, Don Clatterbuck ist erschossen worden.« Susan kam gleich zur Sache.

»Was?«

»Es muss eben erst passiert sein. Big Mim hat mich angerufen, und ich hab zuerst versucht dich anzurufen und dann hab ich Miranda angerufen. Wo hast du denn gesteckt?«

»Im Geräteschuppen.« Sie holte Atem, überlegte kurz. »Susan, wo war er? Ich meine, was weißt du?«

»Man hat ihn in Culpeper am Straßenrand gefunden. Durch die Schläfe geschossen. Oh, er hatte deinen Specht.«

»Was!«

»Mim sagt, er hatte deinen Specht und er war in dem Transporter, nach dem Rick gefahndet hat. Der von Wesley Partlow gefahren wurde. Drücke ich mich verständlich aus?«

»So lala. Wer sagt es seinen Eltern? Oh, das ist einfach schrecklich.«

»Rick.«

»Bin ich froh, dass das nicht meine Aufgabe ist. Ich kann nicht glauben, dass jemand Don Clatterbuck erschießen wollte. Und was hat er in dem GMC gemacht?«

Tucker spitzte die Ohren, weil sie Susans Stimme hörte, dann stürmte sie aus der Sattelkammer, den Mittelgang im Stall entlang, durch den sintflutartigen Regen, stieß die Fliegentür auf und schoss durch das Tiertürchen in die Küche.

»Mrs. Murphy, Pewter, man hat Don Clatterbuck tot aufgefunden, erschossen, in dem Farmwagen.«

Mrs. Murphy, die im Bücherregal im Wohnzimmer döste, hob den Kopf, die Augen jetzt weit offen. *»Ich hab's gewusst, dass noch was auf uns zukommt. Zu nah an zu Hause.«*

»Nichts hast du gewusst.« Pewter, die jetzt auch wach war, setzte sich auf dem Sofa auf.

»Wer Wesley Partlow aufgeknüpft hat, ist in Crozet gewesen, richtig?«, folgerte die Tigerkatze.

»Ja, aber das heißt nicht, dass derjenige in Crozet wohnt«, entgegnete Pewter.

»Nein, aber Donny hat in Crozet gewohnt. Ich kann mir nicht denken, was Wesley Partlow und Donny verbunden hat.«

»Vielleicht nichts. Menschen sterben, ohne dass eine Verbindung besteht.«

»Pewter, sie sind nicht einfach gestorben, sie sind ermordet worden, und zwar im Abstand von wenigen Tagen. Denk mal drüber nach … und man hat Partlow in dem Transporter gesehn. Hab ich Recht, Tucker? Es war Bootys Farmwagen?«

»So hat Susan es Mom erzählt.« Tucker ging zum Bücherregal, als Murphy heruntersprang. *»Hoffentlich ist Booty nicht in Gefahr. Der Transporter ist verflucht.«*

»Ach, Tucker.« Pewter rümpfte die Nase. *»Leblose Gegenstände sind nicht verflucht.«*

»Die Pyramiden. Der Fluch der Pharaonen.« Tucker glaubte, Gegenstände seien tatsächlich mit Flüchen belegt.

In gewisser Weise hatte Tucker Recht.

30

Den ganzen Abend liefen in Crozet und Albemarle County die Telefondrähte heiß. Normalerweise trieb eine Krise die Menschen zusammen, aber das anhaltend schlechte Wetter hielt die Leute zu Hause fest.

Harry versuchte Diego anzurufen, gab es aber auf, weil sie mit den internationalen Vorwahlnummern nicht klar kam. Die Kennnummer von Uruguay war 598, aber sie bekam die Anzahl von Nullen und Einsen nicht auf die Reihe, um eine Verbindung herzustellen. Sie hatte richtig ausgerechnet, dass Diego der Ostküstenzeit um zwei Zeitzonen voraus war. Das war ein Sieg. Es fiel ihr schwer genug, die Zeit in ihrer eigenen Zeitzone einzuteilen. Letztendlich gab sie sich einen Ruck und rief BoomBoom an.

»Ich hab's gerade gehört!« BoomBooms aufreizende Stimme klang höher als sonst.

Sie unterhielten sich über die traurige Neuigkeit, dann fand Harry, sie habe ihren guten Manieren Genüge getan und könne ihre Frage stellen. »Hast du was von Thomas gehört?«

»Heute Morgen.« BoomBoom ließ den Köder baumeln, so dass Harry gezwungen war, noch eine Frage zu stellen.

»Ich frage dich deswegen, weil ich Diego nicht erreichen kann und, hm …«

»Offenbar steckt ihre Regierung in einer Krise wegen Anleihen beim Internationalen Währungsfonds oder so was. Diego ruft dich an, sobald er eine Minute Zeit hat.«

»Ich dachte, das sei ein Problem in Argentinien, nicht in Uruguay, aber was weiß ich denn schon?« Sie seufzte.

»Wir neigen dazu, Südamerika zu ignorieren, was wirklich dumm ist, wenn man es recht bedenkt. Immerhin sind wir alle Teil der Neuen Welt.«

»Er hat vermutlich eine Geliebte in Montevideo.« Harry lag im Moment nichts an amerikanischen Versäumnissen. Ihr lag an Diego.

»Nein, hat er nicht. Das würde ich dir doch nicht antun …

nicht, wenn ich es wüsste. Aber er hat keine. Fühlst du dich jetzt besser?«

»So lala.« Sie ging zum Herd, schaltete die Flamme unter dem Wasserkessel ein. »Boom, diese Schweißarbeit, die du machst – könntest du Schlösser aufschneiden?«

»Klar.«

»Stahlplatten?«

»Ja, aber das würde eine Weile dauern. Ich arbeite mit dünnen Blechen. Die Ausschnitte sind stabil genug, um auf dem Sockel zu stehen, den ich für sie mache. Aber eine schwere Stahlplatte, wie solche, die man hinten an Lieferautos montiert, um Anhänger einzuhaken, also so eine Platte, das würde lange dauern. Wieso?«

»Donny hatte so einen riesengroßen alten Tresor. Wenn Rick die Kombination nicht findet, muss er ihn aufbrechen.«

»Das wird ein schweres Stück Arbeit.«

»Ich weiß, aber wenn du mitmachst, wären wir zuerst drin. Ich könnte helfen.«

»Harry.« BoomBoom überlegte. »Was denkst du, was in dem Tresor ist?«

»Keine Ahnung, aber ich möchte es gern rausfinden, du nicht? Vielleicht verrät es uns, warum Donny erschossen wurde. Ruf doch Rick jetzt an und melde dich dann bei mir.«

»Hm – na gut.« BoomBoom legte auf. Nach wenigen Minuten rief sie zurück. »Harry, er ist jetzt in Donnys Werkstatt und sagt, er ist froh über die Hilfe. Wir treffen uns dort in fünfzehn Minuten. Ich hab ihm gesagt, ich brauche dich, um den Sauerstoff in den Flaschen zu regulieren.«

»Hat er das geglaubt?«

»Äh – mehr oder weniger.«

»Okay, in fünfzehn Minuten.«

31

Als die blaue Flamme langsam in das schwere Schloss des Tresors schnitt, gestand sich Rick Shaw, dass er sich jede andere Person mit einem Schweißbrenner hätte vorstellen können als ausgerechnet BoomBoom Craycroft. Er hatte ihr Angebot gern angenommen, andernfalls hätte er einen Tag warten müssen, bis die Tresorfirma einen Fachmann eingeflogen hätte, um das Schloss zu öffnen. Das Bezirksbudget legte ihm nahe, sich hiesiger Talente zu bedienen, auch wenn dies bedeutete, das Schloss zu zerstören, das den Lukenschlössern von Unterseebooten glich.

»Harry, Sie treiben mich manchmal zum Wahnsinn, Sie mit Ihrem Amateurdetektivscheiß, aber dieser Vorschlag von Ihnen – alle Achtung.«

»Danke, Sheriff.« Sie stand an der Flasche und führte dem Schweißbrenner Sauerstoff zu.

»Von dem Kompliment wird sie einen Monat zehren«, bemerkte Tucker, die sich diskret neben einem ausgestopften Elchkopf auf den Boden gesetzt hatte.

Pewter, die das Geräusch des Schweißbrenners ängstigte, duckte sich hinter Tucker. Mrs. Murphy hockte auf Donnys Werkbank. Sie verhielt sich regungslos, um den Sheriff nicht auf sich aufmerksam zu machen.

»Meint ihr, Harry lässt uns ausstopfen, wenn wir abkratzen?« Lachend betrachtete sie Donnys Werk.

»Widerlich!« Pewter drückte sich ganz fest an Tucker, die ihr den Kopf leckte.

Coop stand in gehörigem Abstand hinter Boom.

Die Arme verschränkt, murmelte Harry: »Weiß Booty Bescheid?«

»Ja, Rick hat's ihm gesagt.«

»Weiß er etwas über den Transporter?«

»Er sagt, es ist seiner, aber nur für die Farmarbeit. Hat ihn nie außerhalb der Farm gefahren. Er benutzt ihn eh nicht oft, sagt er. Ohne Nummernschild. Er hat die Nachricht aufgenommen wie der Soldat, der er mal war. Er hat gefragt, ob

Marge es weiß, und Rick hat gesagt, dass ich bei ihr bin. Er ist in sein Auto gestiegen und kam in ihre Zufahrt, als ich gerade rausfuhr. Arme Marge. Er war ihr einziger Sohn.«

»Ja.« Donnys Mom, eine allseits beliebte Frau, tat Harry Leid.

Rick sah auf die Uhr. »Harry, erzählen Sie mir was über den Specht.«

»Ich hab ihn kurz vor dem Hartriegelfest hingebracht, und Donny sagte, er macht sich gleich dran. Das Geschäft läuft im Frühling langsamer, das Präpariergeschäft, meine ich. Sein Ledergeschäft ging gut, und er hat auch Couchtische gemacht, aus Nummernschildern. Einer steht da drüben.« Sie zeigte hin. »Er strotzte vor Ideen.«

»Machte er einen normalen Eindruck?«

»Ja.« Sie hob die Schultern.

»Sah er gesund aus?«

»Sehr.« Sie wartete einen Moment. »Sheriff, was passiert mit meinem Specht?«

»Es ist mein Specht«, piepste Pewter.

»Sei still. Mach Rick nicht auf dich aufmerksam«, riet Murphy ihr.

»Vorerst nichts. Ich hab Anweisung gegeben, ihn zu durchleuchten.« Er wandte sich an BoomBoom, die kurz innehielt und ihre Schutzmaske hochschob, um ihr Werk zu begutachten. »Wie geht's voran?«

»Noch fünf Minuten, dann ist es geschafft, hoffe ich.« Sie klappte die Maske wieder herunter und arbeitete weiter.

»Hat man außer meinem Specht noch was gefunden?«

»Eine Dallas-Cowboys-Windjacke, genau, wie Sean sie beschrieben hat.« Cooper blinzelte, als ein Funkenregen von dem Tresor stob. »Und ein Streichholzbriefchen vom Restaurant Roy and Nadine's in Lexington, Kentucky. Sehr bunt.«

»Irgendwelche Ideen?«, fragte Harry.

»Das wollte ich Sie grade fragen.« Rick zog seinen Gürtel hoch. »Sie kannten Don Clatterbuck Ihr Leben lang. Mochten Sie ihn?«

»Ja. Er wirkte immer so vernünftig. Er hat sich nicht mit üblen Typen rumgetrieben. Hatte kaum üble Affären mit Weibern. Oder so was.«

»Aha«, knurrte Rick.

»Ich nehme an, Sie haben nach dem Schlüssel zu dem Tresor gesucht?«

»Ja. Warum?«

»Oh.« Harry drehte die Handflächen nach oben, wie in inständigem Flehen. »Ich sehe den Tresor ungern ruiniert.«

»Er ist nicht ruiniert. Ich kann ihn wieder zusammensetzen, wenn Rick das wünscht.« BoomBoom machte den Schweißbrenner aus. Sie wartete einen Moment, dann stieß sie mit ihrer behandschuhten Hand an das schwere Schloss. »Sheriff, wenn Sie den einen Griff anfassen und ich den anderen, ich denke, dann können wir es rausziehen. Ich fürchte, wenn ich es allein versuche, schiebe ich es in den Tresor und es könnte das beschädigen, was immer da drin ist.«

»Gute Idee.« Er fasste einen Messinggriff an.

Beide zählten bis drei, dann zogen sie, und das schwere Schloss samt Drehgriff fiel mit einem dumpfen Knall auf den Boden. Rick trat beiseite, und BoomBoom, in Handschuhen, langte hinein und zog die Tür auf.

»O mein Gott!«

Jedes Fach enthielt zahllose ordentlich aufeinander gestapelte Banknotenbündel.

»Das sind massenhaft ausgestopfte Hirschköpfe«, bemerkte Mrs. Murphy lakonisch.

32

Der Schreck über den Fund von fünfhundertfünfundzwanzigtausend Dollar in Donny Clatterbucks Tresor war fast so groß wie der Schreck über das Auffinden von Donny selbst.

Harry und die Tiere fuhren zu Miranda, einem Ort, wo der gesunde Menschenverstand regierte. Zu Harrys Verwunderung wollte BoomBoom mitkommen.

Sie trafen Miranda und Tracy beim Gin-Rommé-Spiel an. Tracy gewann gerade.

»Klopfklopf,« sagte Harry und trat ein; Mrs. Murphy flitzte als Erste durch die Tür. »Ich komme unangemeldet, und BoomBoom ist etwa zwei Minuten hinter mir.«

Tracy erhob sich, wie es sich für einen Virginia-Gentleman schickte. »Sie sehen ein bisschen angegriffen aus, Harry, mein Mädchen. Eine Stärkung gefällig?«

Sie schüttelte in dem kleinen Durchgang bei der Hintertür den Regen ab. »Eine Tasse dampfender Tee mit einem Schuss Maker's Mark wär nicht schlecht.« Sie sprach von dem berühmten süffigen Whisky, der in Loretto, Kentucky gebrannt wurde.

»Aber Harry.« Miranda stand auf und ging zum Wasserkessel. »Ich kann mich nicht erinnern, dass Sie jemals einen Schuss in Ihren Tee gegeben haben.«

»Na ja, ich bin nass, mir ist kalt, und ich bin mächtig aufgewühlt, wie meine Großmutter zu sagen pflegte.«

BoomBoom traf kurz nach Harry ein. »Miranda, verzeihen Sie. Ich musste Sie einfach sehen.«

»Habt ihr zwei euch schon wieder gestritten?« Miranda zündete die Gasflamme an, Tracy öffnete den Schrank, in dem die Getränke aufbewahrt wurden. »BoomBoom, was darf's für Sie sein?«

»Ein Gin pur wird mich ungemein wiederbeleben.«

»Was ist bloß los mit euch zwei Mädels?« Tracy stemmte die Hände auf die Hüften.

Harry hängte ihren abgetragenen Barbour-Mantel auf, BoomBoom tat desgleichen, nur dass ihr Mantel neu und länger war. Ohne einen anständigen Barbour-Mantel, Made in England, die beste Regenbekleidung der Welt, konnte man in Albemarle nicht existieren. Tucker, die Leckereien erwartete, rückte in Mirandas Nähe. Pewter, nicht dumm, steuerte direkt auf den Tisch zu.

»Ich weiß nicht, wo ich anfangen soll.« BoomBoom schüttelte ihre langen blonden Haare, und Wassertropfen fielen auf den Eichenboden.

»Ich fang an.« Harry zog einen Stuhl unter dem Küchentisch hervor. »Rick Shaw und Cynthia Cooper wurden heute Nachmittag nach Culpeper gerufen, weil man Donny Clatterbuck durch den Kopf geschossen hat.«

»O nein! Wir haben nichts gehört …«, rief Miranda aus.

»Er war in dem Transporter, in dem Wesley Partlow nach Seans Beschreibung auf das Firmengelände gefahren kam, um Ihre Radkappen zu verkaufen, und fühlen Sie sich nicht übergangen, die Einzigen, die davon wissen, sind Donnys Angehörige. Big Mim weiß es vermutlich auch noch nicht, es sei denn, Rick ruft sie gerade an.«

Tracy und Miranda hatten sich an den Tisch gesetzt und hörten Harry zu, während sie darauf warteten, dass das Wasser kochte.

»Was geht bloß um alles in der Welt hier vor?« Miranda rieb sich mit der Handfläche die Wange.

»Das weiß keiner. Es ist unheimlich.« BoomBoom setzte sich ebenfalls, nachdem Tracy aufstand, um ihr einen Stuhl heranzuziehen, und dann wieder Platz nahm.

»Der Transporter hatte gestohlene Nummernschilder, alte mit neuen Plaketten, das weiß ich von Coop. Die Nummernschilder stammen von einer Autohandlung in Newport News. Der Händler hat keine Ahnung, wie die Schilder gestohlen werden konnten. Autos fehlten keine. Coop bat ihn, ihr ein Verzeichnis seiner Angestellten zu schicken, damit sie überprüfen kann, ob jemand schon mal straffällig geworden ist. Nichts. Der Transporter entpuppte sich als Booty Mawyers alter Farmwagen. Booty sagt, der Wagen hat die Farm nie verlassen, sondern ist in einem Schuppen vor sich hin gegammelt. Das hat er Rick erzählt, als Rick ihm die schlimme Nachricht überbrachte. Aber natürlich *wurde* er gefahren. Booty sagte, Don hat manchmal Heu von einem Schuppen zum anderen transportiert – aber ihr wisst ja, Booty kommt in die Jahre, und er wäre leicht zu täuschen. Er wird nichts wissen, wenn er es nicht mit eigenen Augen gesehen hat.

Und ehe ich darauf komme, weswegen wir hier zusammen sind – auf dem Rücksitz des Transporters war die Dallas-Cowboys-Windjacke, genau, wie Sean gesagt hat.«

Tracy stand auf, um den Tee einzuschenken, nachdem er Miranda gebeten hatte, sitzen zu bleiben. Er stellte die Kanne auf den Tisch, dazu vier Becher. Die Flasche Maker's Mark platzierte er direkt vor Harry, öffnete dann den Kühlschrank und entnahm ihm kalten Braten. Er dachte zu Recht, dass Harry und BoomBoom noch nichts gegessen hatten. Außerdem stellte er eine gekühlte Flasche Tanqueray-Gin vor BoomBoom hin.

»Schatz, lass mich das machen.« Miranda stand auf, um das Essen anzurichten, holte hausgemachtes Siebenkorn-Brot, frische Butter und hiesigen Honig herbei.

Minuten später stand ein improvisiertes kaltes Abendessen vor den beiden hungrigen Frauen.

»Danke.« BoomBoom bestrich dankbar eine dicke Scheibe Brot mit Butter.

Harry plauderte, während sie auch für sich ein Sandwich machte, wobei sie ihren Lieblingen wiederholt Essensbröckchen hinwarf. »Coop sagt, in der Windjacke war nur ein Streichholzbriefchen von Roy and Nadine's, einem exklusiven Restaurant in Lexington, Kentucky. Sie hat das Restaurant angerufen und die Beschreibung von dem falschen Wesley durchgegeben, und der Geschäftsführer sagte, er kann sich an so einen Typ nicht erinnern, auch sei das wohl kaum die Art Kundschaft, die es zu Roy and Nadine's zieht. Er hat aber immerhin versprochen, seine Angestellten zu fragen, ob sie sich an jemand erinnern, der so aussah. Sie schickt Wesleys Fahndungsfoto hin. Aber jetzt erzählt BoomBoom, was weiter geschah.«

»Donny hat einen riesigen Tresor in seiner Werkstatt, ein richtiges Monstrum, größer als ich. Harry schlug vor, ich soll Rick anrufen und ihm anbieten, das Schloss aufzuschweißen. Sie hatte Recht, weil Rick die nächsten vierundzwanzig Stunden niemanden vom Kundendienst kriegen konnte und es außerdem teuer geworden wäre, ihn herzuholen. Darum bin ich hingegangen, hab das Schloss rausgeschweißt und … stellen Sie sich vor, da ist massenhaft Geld in dem Tresor! Fünfhundertfünfundzwanzigtausend Dollar. Fünfhundertfünfundzwanzigtausend Dollar!«, wiederholte BoomBoom.

»Ordentlich gestapelt. So neu, dass man es riechen konnte. Rick meint, es ist kein Falschgeld.« Harry trank einen Schluck Tee.

»Woher um alles in der Welt hat Donny Clatterbuck das Geld?« Miranda schlug erstaunt beide Hände vors Gesicht.

»Neu? Direkt von einer Bank oder von jemand, der Zugang zu neuen Scheinen hatte, jemand, der oft mit großen Beträgen zu tun hatte.« Tracys Gedanken schwirrten. »Jemand, der Donny entweder brauchte, um das Geld zu verstecken, und ihm einen Anteil abgab, oder jemand, der Donny selbst brauchte.«

»Wofür?« BoomBoom ließ Honig über eine mit Butter bestrichene Schnitte laufen.

»Er war ein guter Handwerker.« Harry wollte Tucker unter dem Tisch mit einem Stückchen Fleisch füttern. Pewter schnappte es sich, ehe der Hund es erwischen konnte, deswegen brach Harry noch eins für den Hund ab. Die milde Auseinandersetzung verriet, dass Harry die »Kleinen« vom Tisch weg versorgte – nicht dass es jemanden arg gestört hätte.

»Ich bin auch noch da«, erinnerte Murphy die Menschen.

Miranda gab ihr einen Leckerbissen. »Es ist so – so schwer zu glauben. Donny hat nie mit Geld um sich geworfen.«

»Nein«, bestätigte Harry.

»Er hätte das Geld auf die Bank bringen können, hat er aber nicht. Das deutet darauf hin, dass er was Ungesetzliches gemacht hat«, sagte Tracy, dessen Hand mit einem Buttermesser mitten in der Luft verharrte, »und augenscheinlich hat er den jungen Mann, der erhängt aufgefunden wurde, irgendwie gekannt. Die Frage ist, wie und warum? Der Junge sah aus, als besäße er keine zehn Cent.«

»Coop kann nirgends eine Spur von ihm finden. Wesley ist nicht sein richtiger Name«, sagte Harry.

»Ich möchte wissen, ob Marge von dem Geld weiß.« Miranda dachte an Donnys Mutter, war um ihr Wohlergehen besorgt.

»Äußerst zweifelhaft, Liebste«, meinte Tracy.

Als BoomBoom ihr Sandwich aufgegessen hatte, wurde sie gesprächiger. »Wartet, bis Lottie Pearson das hört.«

»Was hat Lottie Pearson damit zu tun?«, fragte Miranda.

»Sie hat ihn abblitzen lassen, genau wie sie Roger verschmäht hat. Sie will Geld und Prestige oder was sie dafür hält. Wenn sie hört, dass Donny Clatterbuck ein kleines Vermögen in seinem Tresor hatte, fällt sie in Ohnmacht.«

»Fünfhundertfünfundzwanzigtausend Dollar.« Miranda konnte sich so viel Geld nicht vorstellen.

»Wir haben beim Zählen geholfen. Dazu mussten wir Plastikhandschuhe anziehen, die Rick und Coop immer im Streifenwagen haben. Sie müssen Blutkontakt vermeiden, wegen AIDS, drum tragen sie diese Klinikhandschuhe bei sich.« Harry überlegte einen Moment, dann sagte sie aufgeregt: »Als ich meinen Specht zu Don brachte, ist mir der Tresor aufgefallen. Ich fragte ihn, ob er seine Millionen da drin verwahrte, und er sagte, ›bloß 'ne halbe Million‹. Ich dachte, er macht Spaß.«

»›Wer Geld liebt, wird Geldes nimmer satt; und wer Reichtum liebt, wird keinen Nutzen davon haben. Das ist auch eitel.‹ Prediger, fünftes Kapitel, Vers neun«, zitierte Miranda.

»Hast du ein Gedächtnis«, bewunderte Tracy sie.

»Miranda ist ein Wunder.« BoomBoom lächelte.

»Mim weiß wohl wirklich nicht, was passiert ist.« Harrys Gedanken verweilten bei dem Mord. »Sonst hätte sie Sie angerufen. Rick setzt sich gewöhnlich mit ihr in Verbindung.«

»Sie ist dieses Wochenende bei Stafford und seiner Frau in New York«, sagte Miranda.

Stafford war Mims Sohn, der selten nach Hause kam, weil er seine Angehörigen umso mehr liebte, je weiter sie entfernt waren.

Mrs. Murphy putzte sich mit der Pfote das Gesicht. *»Es gibt Arbeit für uns.«*

»Ich geh nicht raus in den Regen«, erklärte Pewter entschieden.

»Ich hab nicht gesagt, dass wir rausgehen.«

Tucker rieb sich an ihrer Freundin. *»Was hast du im Sinn?«*

»Wir müssen zu Tante Tally, rumschnüffeln. Ich hätte schon bei der Teeparty dran denken sollen, aber bei dem Trubel hab ich's vergessen.«

»Bis zu Tante Tally ist es eine lange, lange Wanderung, Murphy. Du musst Harry überreden, dass sie uns hinfährt.«

»Klar, Pewter. Sie hört so gut auf mich wie jeder andere Mensch.«

Tucker dachte darüber nach. *»Sie hat Recht, Murphy. Die Bäche sind über die Ufer getreten. Wir können nicht rüber. Wir müssen Harry irgendwie dazu bringen, dass sie uns hinfährt.«*

Die hübsche Tigerkatze überlegte, dann legte sie ihren Schwanz um sich. *»Ihr habt Recht.«*

»Endlich zollt mir hier mal jemand Anerkennung«, frohlockte Pewter, dann griff sie rasch nach oben und angelte ein Stück Brot vom Tisch, ehe ein Mensch sie aufhalten konnte. Sie wusste, war das Brot erst auf dem Boden, würden die Menschen es nicht mehr anrühren, auch wenn sie sie schalten; das taten sie aber nicht, weil sie zu sehr damit beschäftigt waren zu entscheiden, ob Lottie Pearson wirklich nur hinter dem Geld der Männer her war. BoomBoom sagte ja. Harry sagte vielleicht. Miranda wollte das Beste von ihr denken und Tracy entschied sich, keine Meinung zu haben.

»Lass dir das nicht zu Kopf steigen. Hört zu, wir gehn am besten morgen hin. Wenn es bloß zu regnen aufhören würde.«

»Was schwebt dir vor?« Tucker achtete die Intelligenz der Tigerkatze, ihren wachen Verstand.

»Wir müssen den Fußboden im Esszimmer untersuchen, die Schränke in der Speisekammer aufmachen, die Stellen überprüfen, wo Tally Lebensmittel aufbewahrt. Möglicherweise müssen wir die Nebengebäude durchforsten. Ich weiß es nicht genau, aber eins kann ich euch sagen, wenn wir finden, was ich denke, dann steckt Sean O'Bannon entweder in der Sache drin, oder er ist das nächste Opfer.«

33

Um Mitternacht hörte der Regen auf. Mrs. Murphy hatte sich an das unaufhörliche Prasseln auf dem Dach gewöhnt. Die Stille weckte sie. Neben Harry gekuschelt, hob sie den Kopf, stand dann auf und streckte sich zu voller Länge aus.

Tucker, die auf dem Bettvorleger schlief, schnarchte leise, ihre geöffnete Schnauze enthüllte ihre beachtlichen Eckzähne und die kleinen geraden Zähne dazwischen.

Pewter schlief tief und fest neben Harry auf dem Kissen. Ihre graue Stirn lag an der Ecke von Harrys Kissen, ihr Leib bildete ein Komma, den Schwanz hatte sie eng um die Beine gelegt.

Sinnlos, die Schlafprinzessin aufzuwecken. Neben Essen war Schlafen Pewters Lieblingsbeschäftigung.

Murphy ging aus dem Schlafzimmer, über den Flur, sorgsam darauf bedacht, auf den alten Teppichläufer zu treten. Sie fühlte gerne Teppich unter den Pfoten. Dann hüpfte sie durch die Küche, zum Tiertürchen hinaus und stieß die Fliegentür der Veranda auf. Die niedrigen, sich ballenden Wolken, Preußischblau, fegten von Westen nach Osten über den Himmel. Pfützen wie schwarzes Eis füllten die kleinen Vertiefungen in der Zufahrt. Diese Zufahrt in einem guten Zustand zu erhalten trieb Harry zum Wahnsinn. Sie füllte die Löcher geflissentlich auf, doch die Steine verirrten sich immer wieder an den Straßenrand. Alle drei Jahre gab sie klein bei und heuerte Mr. Tapscott an, der die lange Zufahrt planierte, Lazulith oder einen Straßenbelag aus zerstoßenen Steinen aufbrachte und dann so fest wie möglich stampfte. Kein Wunder, dass der Unterhalt der Straßen ein Großteil des Staatsetats verzehrte. Hätte Harry nur einen winzigen Bruchteil dieses Etats, dann wäre ihre Straße tipptopp in Schuss.

Murphy dachte oft über die Sorgen der Menschen nach. Nicht dass sie den Unterhalt der Straßen für eine dumme Sorge hielt. Schließlich war sie eine Farmkatze; sie wusste, wie wichtig Straßen, Traktoren und das Nachsäen der Weiden waren. Aber vieles von dem, um das die Menschen Tamtam machten, erschien ihr dämlich. Sie sorgten sich um ihr Aussehen, um Geld, um ihren gesellschaftlichen Status.

Katzen war gesellschaftlicher Status egal. Eine Katze zu sein bedeutete ganz oben auf der Tierkette zu stehen. Und da Katzen keine Herdentiere sind, war jede Katze ein vollkommenes Individuum. Was nicht hieß, dass es Mrs. Murphy an

Katzenfreundinnen mangelte. Es hieß lediglich, dass sie sich nicht auf sie verließ, wenn es um ihr Selbstverständnis ging. Sie *war*, das genügte.

Sie hopste durch Pfützen und trat in den Stall. Die drei Pferde, die fest schliefen, hörten sie nicht. Sie sprang auf die Satteltruhe. Gin Fizz schlief wie Tucker, er lag auf der Seite und schnarchte. Tomahawk und Poptart schliefen im Stehen. Murphy konnte sich nicht vorstellen im Stehen zu schlafen.

Sie schlich in die Sattelkammer. Die Mäuse spielten mit einem Flummi und sangen aus Leibeskräften: »Eins, zwei, drei, wer hat den Ball.«

Murphy schlug zu und verfehlte knapp die dickste Maus.

»Iiih! Irre Katze. Rennt um euer Leben!«, schrien sie und sausten zu dem Loch in der Mauer. Alle schafften es.

Murphy legte ein blitzendes Auge an das wie ein umgekehrtes U geformte Loch. *»Ihr solltet wenigstens so viel Anstand haben, hinter euch aufzuräumen. Mein Mensch findet eure Spiele nicht lustig. Ihr habt den ganzen Fußboden voller Körnerreste gelassen. Ihr macht mir Ärger, und wenn ihr mir Ärger macht, schnapp ich mir eine von euch, und wenn es das Letzte ist, was ich tue!«*

»Brutal«, antwortete eine Piepsstimme.

»Wir hatten eine Abmachung getroffen. Ihr hinterlasst die Sattelkammer sauber, und ich lass euch in Ruhe.«

»Du hast uns überrascht. Wir hätten schon noch aufgeräumt.«

»Klar.« Mrs. Murphy bearbeitete den kleinen Ball mit den Pfoten.

»Gib uns unseren Ball wieder. Wir räumen auf. Ich versprech's.«

»Vielleicht tu ich's, vielleicht auch nicht.« Damit katapultierte sie sich hoch in die Luft, vollführte eine halbe Drehung und ließ sich auf den Flummi fallen. Sie plumpste auf die Seite, kickte das Bällchen mit den Hinterbeinen weg, jagte ihm wie wild hinterher unter Sattelgestelle und Zügelhaken. Sie schlug mit der rechten Vorderpfote heftig auf den Flummi ein. Der kleine rote Ball knallte gegen die Mauer und prallte zurück, landete beinahe zwischen den Kiefern der Katze.

Murphy tollte fünf Minuten lang so herum, bis sie es satt

hatte, solo Handball zu spielen. Fieserweise deponierte sie den Flummi ungefähr dreißig Zentimeter vor dem Mauseloch. Unter großem Getue verließ sie die Sattelkammer, schlich auf Zehenspitzen wieder hinein und schwang sich leise auf einen Sattel. Mit angehaltenem Atem wartete sie, bis sie winzige Barthaare in der Öffnung erscheinen sah.

»*Sie ist weg*«, sagte eine Stimme.

»*O nein, ist sie nicht. Ich kenne Mrs. Murphy. Die ist gerissen*«, antwortete die Piepsstimme von vorhin.

»*Mom, du bist zu ängstlich. Sie ist bei Simon auf dem Heuboden.*«

»*Bart, du gehst mir da nicht raus. Du kannst später spielen.*«

Doch Bart, jung und sehr von sich eingenommen, dachte, er könnte raussausen, sich den Flummi schnappen und ihn hineinrollen. Und sollte die Katze doch in der Sattelkammer sein – er dachte, er wäre schneller als sie. Irrtum.

Kaum war Bart herausgeflitzt, als er von Mrs. Murphys ganzem Gewicht umringt war. Sie war heruntergesprungen und hielt ihn unter ihrem beige-gestreiften Bauch fest.

»*Bart! Bart!*«, schrie seine Mutter.

»*Mom.*« Seine Stimme war durch das viele Fell gedämpft.

Höchst zufrieden mit sich drehte Mrs. Murphy sich so, dass Bart seinen Kopf unter ihr hervorstecken, aber nicht entkommen konnte. »*Elende Kreatur.*«

»*O bitte, Mrs. Murphy, töte mich nicht.*«

»*Ich werde mit dir spielen, ich lass dich los, dann knall ich meine Pfote auf deinen Schwanz. Wenn ich deine Blödheit satt habe, pack ich dich am Hals und beiß dir den Kopf ab. Ich lass deinen Kopf hier liegen, damit Harry sieht, was für eine tolle Mäusefängerin ich bin. Den Rest esse ich. Hm, lecker.*«

»*Nimm mich.*« Inmitten des Geschreis der anderen Mäuse eilte Barts Mutter beherzt herbei.

»*Ich könnte euch beide kriegen, fix wie ich bin.*«

»*Du bist eine fabelhafte Sportlerin, Mrs. Murphy.*« Die Mutter trat direkt vor Mrs. Murphys Nase. »*Aber er ist jung. Ich nicht. Nimm mich.*«

Bart schluchzte. Mrs. Murphy überdachte die Situation. Sie

hörte einen leisen Flügelschlag im Gang. Die Eule war von der Jagd zurück.

»Na los. Geh rein. Sie wird dich fressen. Ich nicht.«

»Gottes Segen, Mrs. Murphy.« Die Mutter umarmte Mrs. Murphy so gut sie konnte, während Bart in sein Heim huschte.

»Räumt ja hier auf. Wenn nicht, bin ich nächstes Mal nicht so nett zu euch.«

»Machen wir!«, gelobte ein jubelnder Chor hinter der Mauer.

Zufrieden, weil sie ihre Herzen mit Angst und Schrecken erfüllt hatte, verschwand die Tigerkatze im Mittelgang und kletterte dann die Leiter zum Heuboden hinauf. Simon schlief, umringt von seinen Schätzen.

Murphy sah zu der Kuppel hoch, von wo die Eule, gut einen halben Meter größer als sie, hinunterspähte.

»Wer da?«

»Du weißt wer.«

»Allerdings. Eine freche Katze. Eine verwöhnte Katze. Mrs. Murphy. Was machst du hier drin? Vom Regen überrascht?«

»Nein. Ich bin aufgewacht, als er aufgehört hat. Warst du im Regen jagen?«

»Auf Beutezug, als das Schlimmste vorbei war.«

Mrs. Murphy kletterte auf den obersten Heuballen. *»Komm hier runter und sprich mit mir, damit ich keine Genickstarre kriege. Und ich mag nicht schreien. Sonst wacht Simon früher oder später auf und quengelt. Du kennst ihn ja.«*

Obwohl sie nicht eng befreundet waren, hatten die zwei Raubtiere Achtung voreinander, auch wenn die Eule nicht das geringste Verständnis für Domestizierung aufbrachte. Sie schwebte herunter, totenstill. Das ließ Mrs. Murphy frösteln; denn wenn die Eule jagte, merkte man erst, wie einem geschah, wenn es zu spät war. Selbst scharfe Katzenohren konnten ihre Anwesenheit erst wahrnehmen, wenn sie schon ganz nahe war.

Die gelb strahlenden Augen der Eule blinzelten. *»Was hast du im Sinn, Miezekatze?«*

»Ich muss zu Tante Tally Urquhart, aber ich kann die Bäche nicht überqueren.«

»Sind über die Ufer getreten, Geröll wirbelt im Wasser. Nicht mal die Biber wollen raus aus ihren Burgen, und die Äste bohren Löcher in die Burgen. Man kann das Getöse hören.« Die Eule blinzelte wieder.

»Ja, ich hab's gehört, als ich das Haus verlassen habe. Ich denke, wenn wir an Tallys Einfahrt vorbeikommen, kann ich das Fenster von dem Transporter aufmachen und rausspringen. Mutter muss wegen der Kurve das Tempo runternehmen, aber sie soll nicht wissen, dass ich die Fenster aufkriege. Es ist nicht gut, wenn die Menschen wissen, was wir können.«

Die Eule kicherte. *»Das ist sehr eulenhaft von dir.«* Sie plusterte ihr Gefieder auf, drehte ihren Kopf fast ganz herum, dann ließ sie sich nieder. *»Soll ich hinfliegen?«*

»Ich muss ins Haus rein.«

»Ah, da kann ich dir nicht helfen.«

»Zwei Menschen sind ermordet worden. Der eine wurde erhängt und der andere erschossen.«

»Ich weiß.«

»Das hab ich vermutet. Du kommst viel rum. Ich hatte nicht gedacht, dass du dir viel aus den Angelegenheiten der Menschen machst.«

»Tu ich auch nicht, aber Mord ist ein unheimliches Phänomen. Wir Eulen ermorden uns nicht gegenseitig. Ihr Katzen mögt euch balgen, in einem bösen Kampf auch mal ein Auge verlieren, aber ihr ermordet euch nicht gegenseitig. Das ist eines von den bedrückenden Phänomenen bei den Menschen.«

»Scheint so.« Murphy beugte sich zu dem großen Vogel vor. *»Ich glaube, es gab einen dritten Mord. Roger O'Bannon. Und entweder hat sein Bruder es getan, oder sein Bruder muss als Nächster dran glauben.«*

»Ah, bin ich etwa der Hüter meines Bruders?« Sie wiegte sich auf ihren großen Füßen vor und zurück.

»Kain und Abel. Mrs. Hogendobber würde das genaue Bibelzitat wissen. Ich weiß es nicht, aber die Geschichte kenne ich.«

»Ich auch. Kain hat Abel erschlagen, weil er eifersüchtig war. Der hebräische Gott hat Abel vorgezogen. In allen Religionen gibt es so eine Geschichte. Da ich Athene geweiht bin, habe ich eine Vor-

liebe für die griechischen Sagen. Man müsste schon ein starkes Motiv haben, um Blut vom eigenen Blut zu töten. Oder aber Sean ist schlicht ein kaltblütiges Wesen.«

»Das glaube ich nicht. Ich könnte mich irren. Crozet ist so klein. Man meint die Leute zu kennen, aber man kennt sie nicht. Am rätselhaftesten ist mir, auf was die sich eingelassen haben – in Don Clatterbucks Tresor hat man über fünfhunderttausend Dollar gefunden. Drum sollte ich wohl sagen, dass Geld das Motiv ist, und wenn das nur Clatterbucks Anteil ist, dann sprechen wir von einem riesigen Batzen Geld. Aber ich kann mir um alles in der Welt nicht denken, was sie getan haben könnten, um an so viel Kohle zu kommen. Drogen sind es nicht, das glaube ich zumindest, und wir wissen, dass es kein Falschgeld ist. Ich hab überlegt und überlegt. Hab sogar daran gedacht, ob sie vielleicht Staatsgeheimnisse verkauft haben, aber in Albemarle County gibt's keine Staatsgeheimnisse. Die Regierungsbeamten und hohen Offiziere, die sich hier zur Ruhe gesetzt haben, sind einfach nur im Ruhestand.«

»Sklaverei.«

»Hah?«

»Mrs. Murphy, es gibt noch Sklaverei. Kinder werden gekauft und verkauft. Menschen aus Asien und Südamerika werden in die USA geschmuggelt und als Haussklaven verkauft. Oh, man nennt es anders, aber es ist Sklaverei. Wenn du die Sprache nicht sprichst, kannst du nicht allein aus dem Haus gehen. Du arbeitest für nichts oder fast nichts, und ein anderer Mensch, vielleicht der, der dich reingeschmuggelt hat, bestimmt über dein Leben. Menschen über die Grenze schmuggeln, da steckt viel Geld drin.«

»Darüber hab ich nie nachgedacht. Ich weiß nicht, aber da ist was, und das ist hier. Eins weiß ich, wenn Sean nicht beteiligt ist, wird er über kurz oder lang tot sein. Wenn er am Leben bleibt, muss ich das Schlimmste annehmen.«

»Kannst du ihm nicht eine Falle stellen? Wenn er nicht reinfällt, ist er unschuldig«, sagte die Eule bedachtsam.

»Das ist es ja. Da ich nicht weiß, was sie machen, kann ich keine Falle stellen.«

»Du sitzt in der Patsche.« Die Eule kicherte. *»Aber dein Mensch ist in Sicherheit. Warum dich grämen?«*

»Nein, ist sie nicht. Sie war dabei, als ausgerechnet BoomBoom Craycroft den Tresor aufgeschweißt hat. Und jetzt ist Harrys Blut in Wallung. Sie ist so neugierig wie eine Katze, aber ohne die neun Leben.«

»Harry hat eine seltsame Art, über die Wahrheit zu stolpern.« Die Eule kratzte sich mit dem Fuß am Kopf.

»Du könntest mir einen Gefallen tun. Wenn das Wetter es zulässt, flieg über O'Bannon's Salvage. Guck mal, ob aus der Luft irgendwas eigenartig aussieht. Manchmal verrät die Erde was. Oh, und dort wohnt ein äußerst widerwärtiger Rattenmann, er nennt sich Papst Ratte. Ich glaube, der weiß 'ne Menge.«

»Wenn ich ihn erwische und nach oben trage, wird er singen wie ein Rotkehlchen.« Sie kicherte leise und tief; der Gedanke, die Ratte in der Luft zu schwenken, gefiel ihr.

»Wenn wir rauskriegen, was es ist, werden wir uns bestimmt wundern, wie uns das entgehen konnte.« Die Katze seufzte.

»Oder Bauklötze staunen. Trotz ihrer vielen Fehler können Menschen verdammt schlau sein.«

34

Obwohl der Regen aufgehört hatte, schwappte das abfließende Wasser über die Schnellstraßen, und mit Unrat verstopfte Bachdurchlässe stauten sich und liefen über. Wohin man auch sah, überall floss Wasser. Es ließ die Seitenstreifen der Straßen glänzen.

Harry, die langsam fuhr, sprach ein Dankgebet, weil ihr Land hoch über dem Überschwemmungsgebiet lag. In den Gebäuden im Flachland standen zumindest die Keller unter Wasser.

Mrs. Murphy, Pewter und Tucker hatten sich gestritten, seit sie in den Transporter geklettert waren. Murphy war fest entschlossen rauszuspringen, wenn Harry wegen der Kurve bei der Einfahrt zu Tally Urquharts Farm langsamer fahren musste.

Pewter schwor, sie würde sich nicht aus einem fahrenden Auto stürzen. Was kümmerte es sie, ob Sean in Gefahr war? Außerdem würde sie sich in der ewig langen Zufahrt nasse Füße holen.

Tucker stöhnte; sie könnte sich zwar durch das Fenster quetschen, aber da sie nicht so behende war wie die Katze, fürchtete sie sich vor dem Sturz. Es hatte keinen Sinn, gebrochene Knochen aufzulesen.

»*Aber ich brauch deine Nase*«, schmollte Murphy.

»*Wird dir kaum was nützen, wenn ich mich nicht die Zufahrt raufschleppen kann. Der Plan taugt nichts, Murphy. Hab Geduld. Früher oder später wird Mom Tally besuchen.*«

»*Bis dahin ist es zu spät.*« Die geschmeidige Katze legte die Pfote auf die Fensterkurbel; der alte Transporter hatte keine elektrischen Fensterheber.

»*Nein, ist es nicht.*« Pewter fürchtete, wenn Murphy das Fenster herunterkurbelte und aus dem Wagen stürmte, würde Harry ausscheren, und sie würden von der Straße in den Matsch rutschen. Keine angenehme Aussicht für eine etepetete Katze.

Vor ihnen lag Tallys Farm. Das große rechteckige Schild mit einer weißen Rose auf dunkelgrünem Grund und dem Namen »Rose Hill«, das auf das Anwesen aufmerksam machte, schwang im leichten Wind. Mrs. Murphy fing an, das Fenster mit beiden Pfoten herunterzukurbeln, als Harry zu ihrer Freude rechts in die Zufahrt einbog.

»Murphy, was machst du da?«

»*Verdammt, jetzt weiß sie, dass ich das Fenster öffnen kann.*«

»*Ich hab dir ja gesagt, tu's nicht.*« Pewter rutschte selbstgefällig herüber, um neben Harry zu sitzen.

»*Arschkriecherin*«, fauchte Murphy.

»*Das bringt uns doch nicht weiter. Was, wenn dies nur 'ne Stippvisite ist? Wir brauchen einen Plan*«, sagte die praktische Tucker.

»*Also gut. Wenn wir hinkommen, Tucker, gehst du schnurstracks ins Esszimmer. Die alten Fußbodenbretter sind unterschiedlich breit. Zwischen den Brettern sind Ritzen. Schnupper daran.*

Müsste ein bitterer Geruch sein. Pewter, du gehst in die Speisekammer. Du schnupperst auch, aber auf den Regalen. Du musst deine Nase in Zuckerdosen, Sahnekännchen, jede kleine Schüssel stecken, aber sei vorsichtig. Dass du bloß nichts in dich reinatmest. Das Zeug ist tödlich. Denk dran, wie schnell es Roger O'Bannon getötet hat.«

»Falls es so war«, erwiderte Pewter. *»Ohne Autopsie werden wir's nie erfahren. Er könnte eines natürlichen Todes gestorben sein.«*

»Wollen wir's hoffen«, meinte Tucker grimmig.

»Sean hätte eine Autopsie verlangen sollen.« Pewter rutschte ungeduldig zur Beifahrertür, als Harry hinter Tallys schönem Haus parkte. *»Es ist merkwürdig.«*

»Manche Menschen sind strikt der Meinung, dass ein Toter nicht gestört werden darf. Und zu der Zeit hat niemand an Mord gedacht. So merkwürdig ist das gar nicht.« Tucker ließ sich von Harry aus dem Wagen heben.

Auf dem Gras waren von den Bäumen und Büschen heruntergeschlagene Blüten verstreut wie rosafarbenes und weißes Konfetti. Harry klopfte an die Hintertür, während sie die Blütenblätter von ihren Stiefeln kratzte.

Da nicht gleich jemand an die Tür kam, öffnete sie diese einen Spalt. »Tante Tally, ich bin's, Harry.«

Schritte hallten durch den hinteren Flur. Reverend Herb Jones erschien. »Harry, kommen Sie herein.«

»Hi. Ich hab Ihr Auto nicht gesehn.«

»In der Garage. Der Sturm war so schlimm, da dachte ich, ich komme lieber her und bleibe hier, zumal Mim mit ihrer Familie in New York ist.« Er schloss die Tür hinter Harry und den Tieren, die zu ihren jeweiligen Aufgaben enteilten. »Wenn ihre Hilfe nach Hause geht, ist sie ganz allein hier draußen, und die Stürme haben böse gewütet. Einer direkt nach dem anderen.«

»Himmel, bin ich froh, dass Sie hier sind. Deswegen bin ich vorbeigekommen. Ich hatte mir auch Sorgen gemacht, weil Tally allein ist.« Sie folgte Herb in die große Küche.

Tally blickte von vergilbten Jagdgebietskarten hoch, die in den 1930er Jahren gezeichnet worden waren. »Ich lebe noch, danke.«

»Daran hab ich nie gezweifelt.« Harry lachte. »Hey, tolle Karten.«

»Ich hatte vergessen, dass ich sie habe, und dann haben Herb und ich von der alten Jagd von Albemarle im Pachtgebiet von Greenwood gesprochen. Ich war damals noch ein Kind, aber die Jagd hat sich nach und nach aufgelöst, und 1929 hat der Farmington-Club das Gebiet übernommen. Auf diesen alten Karten können Sie's sehen.«

Harry stützte sich auf die Ellbogen, um die Karten zu betrachten. Sie liebte alte Drucke, Fotografien, Aquatinta. »Ich glaube, damals hatten die Menschen ein besseres Leben.«

»Hm, ich bin geneigt Ihnen zuzustimmen – außer man hatte Zahnweh«, erwiderte Tante Tally gewitzt.

Während die Menschen ihre gegenseitige Gesellschaft genossen, Tally sich ihre Kindheit zurückrief, Herb sich an die großen Sprünge längst vergangener Jagdzeiten erinnerte, gingen die Tiere rasch ans Werk.

Pewter, ohnehin neugierig, zog leise die Schränke in der Geschirrkammer auf. Sie hatten Glasfronten, so dass sie keine Zeit verschwenden musste. Sie schob die Deckel von zwei Zuckerdosen, eine aus Silber und gediegen, eine schlicht. Sie enthielten reinweißen Zucker. Sie schnupperte. Reinweißer Zucker, ganz einfach.

Ferner untersuchte sie jede kleine Schüssel, jede Terrine, jedes Sahnekännchen. Alles in Ordnung. Enttäuscht sprang sie herunter und zog die unteren Schränke auf, die keine Glasfronten hatten. Sie enthielten nichts außer großen Töpfen, Pfannen und Servierschüsseln.

Mrs. Murphy hatte beabsichtigt, die Küche zu durchstreifen, aber da die Menschen sich dort aufhielten, beschloss sie, sich Tucker anzuschließen.

Die gewissenhafte und kluge Corgihündin begann sorgfältig mit den Fugen zwischen zwei Brettern, die sie sich von einem Ende bis zum anderen vornahm. Murphy kam gerade herein, als sie an der Stelle war, wo der Tisch gestanden hatte.

Die Katze setzte sich auf die Hinterbacken.

Tucker hielt inne, prüfte eine Stelle, hob die Nase, senkte sie wieder. *»Murphy, riech mal.«*

Die Katze ging zu ihrer Freundin, und obwohl ihre Nase nicht so fein war wie die des Hundes, wehte sie aus einer Ritze ein Geruch an, so schwach, als sei er ätherisch. *»Bitter.«*

»Riecht wie ein schlimmes Gift, aber wir können es nicht nachweisen.« Der Hund legte den Kopf schief, senkte dann wieder die Nase, zog sie kraus, hob den Kopf. *»Kein Rattengift. Das hier hab ich noch nie gerochen.«*

Pewter kam hereingeschlendert. *»Nichts, nichts und noch mal nichts.«*

»Komm her«, sagte Murphy.

Pewter hielt ihre Nase an die Stelle, auf die Tucker zeigte. Sie schnupperte, blinzelte, warf den Kopf zurück. *»Widerlich, was noch da ist.«* Sie wandte sich an Murphy: *»Du könntest Recht haben.«*

»Ihr zwei habt unter dem Tisch geschlafen. Ich erinnere mich«, die Tigerkatze sprang auf den Kaminsims, wo sie während der Teeparty gesessen hatte, *»dass Roger schon auf dem Stuhl saß. Lottie kam ins Zimmer. Sie war beim Tanzen gewesen oder im Garten, ich weiß es nicht. Die Desserts waren gerade aufgetragen worden. Alles war als Büfett hergerichtet. Die Leute kamen herein und drängten sich am Tisch. Sie brauchten den Kaffee, hatten viel getrunken. Lottie nahm ein Stück Schwarzwälder Kirschtorte. Sie stand in der Schlange. Dann schenkte sie aus der Warmhaltekanne eine Tasse Kaffee ein und gab drei Löffel Rohzucker hinein. Ich erinnere mich, dass es Rohzucker war, weil sie einen Schritt zurücktrat, um den Zucker auf den Tisch zu stellen, und mit Thomas Steinmetz zusammenstieß, als er gerade nach dem Zucker griff. Die Dose rutschte Lottie aus der Hand und ging zu Bruch. Sie entschuldigte sich, er sagte, es sei seine Schuld, und dann brachte sie Kuchen und Kaffee zu Roger, der sich über ihre Aufmerksamkeit freute. Ich weiß nicht, was sie gesprochen haben, weil ich unterdessen die anderen Menschen beobachtete.«* Sie dachte einen Augenblick nach. *»Sie hatte 'ne Sauerei mit dem Zucker gemacht. Thomas hat's weggeräumt, bevor jemand von den jungen Leuten, die als Bedienung angeheuert waren, hinzukam. Er hat die Scherben*

der Zuckerdose aufgelesen und den Zucker mit seiner Serviette aufgeklaubt. Als jemand von der Bedienung kam, gab er sie ihm, um sie in den Abfall zu werfen. Er hatte alles in seine Serviette gepackt. Ich habe zu der Zeit nicht sehr darauf geachtet, ich weiß bloß noch, dass ich gedacht habe, nett von ihm, dass er das macht, es war ja so viel auf den Boden gefallen, dass jemand hätte drauf ausrutschen können. Ich würde sagen, so betrunken, wie viele waren, war das eine vernünftige Entscheidung von ihm. Und zehn Minuten später war Roger gestorben. Und zwar leise. Ohne zu gurgeln oder würgen. Ich hab hier gesessen. Leise!«

»Lottie Pearson hat Roger Kaffee und Kuchen gebracht. Am Abend ist sie dann mit Don Clatterbuck zu dem Tanz gegangen.« Pewter zog die Stirn kraus. *»Lottie Pearson.«*

»Und sie ist nicht sehr glücklich mit Mom.« Tucker legte die Ohren an.

»Ja.« Murphy schwieg eine lange Weile. *»Ich hatte gedacht, dass Sean – aber jetzt weiß ich nicht recht. Aber was hätte Lottie Pearson mit drei toten Männern zu schaffen haben können, Wesley Partlow, Donny Clatterbuck und Roger O'Bannon? Ist sie 'ne schwarze Witwe oder was?«*

»Sie hätte schon vorher Männer umgebracht haben können, aber wenn ich drüber nachdenke, war vielleicht ihre Feindseligkeit gegenüber Roger eine große Sache.«

»Wenn sie keine Sachen macht, dann tut's ein anderer hier ganz sicher.« Tucker hatte den Nagel auf den Kopf getroffen.

35

Harry, die nicht wusste, was ihre Tiere dachten, handelte nach ihren eigenen Vorstellungen. Erleichtert, weil es Tante Tally an nichts fehlte, lenkte sie ihren Transporter zum Seniorenheim, dem höchsten Gebäude von Crozet, was allerdings nicht viel besagte.

Die asphaltierte Fläche, die das Gebäude aus beigefarbenen

Blockbausteinen umgab, war noch nass, so dass der Parkplatz schimmerte wie Glimmer. Harry fuhr zur Rückseite des Hauses, stellte den Motor ab und stieg aus, gefolgt von den »Kleinen«. Pewter schüttelte bei jedem Schritt Wasser von ihren Pfoten.

Harry ging um das Gebäude herum. Nichts Außergewöhnliches war auszumachen. Am Rand der Teerstraße blieb sie stehen, um die Eisenbahnschienen in Augenschein zu nehmen, die in einer langen Kurve rechts an dem Gebäude vorbeiführten. Wesley war in der Nähe der Schienen gefunden worden. Das Gebüsch, das zu dieser Jahreszeit schon hoch stand, konnte jegliche Vorgänge leicht verbergen. Harry schob sich durch Sträucher und Gestrüpp, die Blätter besprühten sie mit Wasser. Eine alte Lehmstraße, von großen, mit braunem Wasser gefüllten Schlaglöchern übersät, verlief parallel zu den Schienen. Der Baum, an dem der Erhängte aufgefunden wurde, eine Eiche, stand etwa fünfzig Meter südlich dieser Straße. Die Entfernung von dem Baum zu den Schienen betrug ungefähr zweihundert Meter.

Harry sah zu den kräftigen, ausladenden Ästen hinauf und schauderte. Die Sonne lugte aus den Wolken, verschwand dann plötzlich wieder. Donner erschütterte die andere Seite des Blue-Ridge-Gebirges. Er war so weit entfernt, dass er sich anhörte wie ein Gott, der sich räusperte.

»Bloß nicht noch mehr Regen.« Harry atmete aus. »Ich sag euch, heutzutage haben wir entweder Überschwemmungen oder Dürren.«

»Du hast vollkommen Recht. Gehn wir zum Wagen zurück«, empfahl Pewter entschlossen.

»H-m-m.« Harry ging um den Baum herum, untersuchte die Erde, dann die Baumrinde. Ihre Neugierde gewann die Oberhand, ein Zustand, den ihre Tiere fürchteten.

Nach zehn Minuten kehrte sie zum Wagen zurück, Pewter raste allen voraus. Der Himmel verfinsterte sich in Windeseile. Harry öffnete die Fahrertür einen Spalt, zog ein Handtuch hinter dem Sitz hervor. Sie wischte allen Tieren die Pfoten ab, bevor sie sie ins Auto ließ. Dann stieg sie ein, öffnete das

Fenster etwa fünf Zentimeter und blieb sitzen. Langsam hüllte ein feiner Nebel das Seniorenheim ein.

Die Eingangstür ging auf. Sean O'Bannon, eine stützende Hand am Arm seiner Mutter, führte sie zu ihrem Auto. Der Nebel, schwer von Feuchtigkeit, wurde dichter.

»Das hatte ich vergessen«, sagte Harry vor sich hin, als sie beobachtete, wie Sean sich ans Steuer des Autos seiner Mutter setzte, den Motor anließ und davonfuhr.

»Was?« Mrs. Murphy stupste sie.

»Seans Großmutter lebt jetzt hier. Sie ist zu alt, um sich selbst zu versorgen.«

»Sie hat dich verstanden?« Pewter klappte die Kinnlade herunter.

»Reiner Zufall.« Murphy lachte.

»Wesley wurde anscheinend abends ermordet, während des Gewitters – freilich, es gab ein Gewitter nach dem anderen. Auch ohne den Schutz des Regens wäre es ganz leicht gewesen, dorthin zu gelangen, ohne dass es jemand merkte. Aber warum da draußen? Dort ist nichts, und selbst wenn frische Reifenspuren da gewesen wären, wären sie zu der Zeit, als die Leiche gefunden wurde, weggewaschen gewesen. Vielleicht war's im Plan nicht vorgesehen gewesen, hinter das Heim zu gehen.« Der erste Regentropfen schlug auf die Windschutzscheibe, ein Kreis aus winzigen Tröpfchen spritzte nach dem Aufprall hoch. »Vielleicht war dies ein geeigneter Ort, wo man sich leicht treffen konnte, oder vielleicht war es ein Ort, wo man leicht auf den Zug springen konnte, weil er wegen der Kurve und für die Durchfahrt durch die Stadt langsamer wird. Und leicht zu finden, falls einer sich in Crozet nicht auskennt. Großer Parkplatz. Im Regen könnte man mit ausgeschalteten Scheinwerfern hier sitzen, und wer würde im Vorbeifahren etwas bemerken? Die Frage ist, wie lange hat Wesley nach der Entlassung aus dem Gefängnis noch gelebt? Ich habe den Mercedesstern sechs Kilometer von hier entfernt gefunden. Was hat Wesley da draußen im Wald gemacht? Dort ist nichts.« Harry hatte laut gedacht.

»Nichts, wovon du weißt«, berichtigte Murphy sie.

Der Regen fiel jetzt mit voller Wucht. Harry kurbelte ihr Fenster hoch. Mit dem Einsetzen des Regens stürzte die Temperatur so geschwind auf fünfzehn Grad, dass die Tiere sich zusammenkuschelten.

Harry zog ein altes Sweatshirt hinter ihrem Sitz hervor und zog es sich über den Kopf.

»Ist das ungemütlich.«

»Lass uns nach Hause fahrn, wo's warm ist«, bat Pewter.

Schließlich ließ Harry den Motor an, schaltete die Heizung – auf niedriger Stufe – und die Scheibenwischer ein. Sie fuhr an Mirandas Haus vorbei. Tracys Auto stand in der Einfahrt. Zwar wohnte er jetzt in Gehweite, aber er hatte wohl geahnt, dass es regnen würde.

Harry machte sich auf den Weg zu O'Bannon's. Es regnete heftiger. Sie konnte die Abrissbirne kaum sehen. Sie fuhr ein paar Kilometer in östlicher Richtung, dann wendete sie und fuhr nach Hause.

In der Sekunde, als sie die Beifahrertür öffnete, stürmten die Tiere aus dem Wagen ins Haus. Auch Harry sauste durch den strömenden Regen.

Keine Nachrichten auf ihrem Anrufbeantworter enttäuschten sie.

Dank des ständigen Regens hatte sie alle Schränke, ihre Bibliothek, Wäsche und Handtücher, sogar die Socken aufgeräumt. Das Einzige, was im Haus noch zu tun blieb, war das Streichen des Wohnzimmers. Dem fühlte sie sich jedoch nicht gewachsen.

Rastlos wanderte sie von Zimmer zu Zimmer, schließlich griff sie sich aus der Kartenabteilung der Bibliothek eine Bezirkskarte. Sie breitete sie auf dem Couchtisch aus, legte Briefbeschwerer auf alle vier Ecken, scheuchte Murphy und Pewter fort, die nur zu gern auf Papier saßen – Papier jeder Art.

Mit einem weichen Bleistift zeichnete sie die Entfernung vom Gefängnis bis zu dem Grund von Marcus Durant, wo sie den Mercedesstern gefunden hatte. Dann zog sie eine Linie von dort bis zum Seniorenheim. Vom Gefängnis bis zu Durant wäre es ein weiter Fußmarsch, fast zwanzig Kilometer, wenn man die Abkürzungen über Wiesen und Weiden kannte. Folgte man der Route 250 West zur Route 240 West, würde das die Entfernung vom Gefängnis zu Durant um weitere drei Kilometer verlängern.

»Jemand hat ihn abgeholt.«

Murphy, zurück auf dem Couchtisch, aber nicht auf der Karte, sah hinunter. *»Zieh eine Linie zu Booty Mawyers Farm. Zieh eine Linie von der Stelle bei Durant, wo du den Stern gefunden hast, bis zu Mawyer. Nur der Vollständigkeit halber.«*

Pewter sprang neben Murphy. *»Warum nicht vom Seniorenheim zu Booty?«*

»Ginge auch, aber ich glaube nicht, dass es sich da abgespielt hat.«

Tucker saß auf den Hinterbeinen und studierte ebenfalls die Karte.

»Ich hab ja ein richtiges Publikum.« Harry lächelte, dann fuhr sie zusammen, weil direkt über dem Haus ein gewaltiger Donnerschlag erschallte. »War der laut.« Sie grinste verlegen. »Okay, was noch? Murphy, nimm deine Pfote von der Karte.«

Murphy zeigte von der Stelle am Fluss bis zu Booty. Das machte sie dreimal, bis Harry kapierte.

»Meint ihr, sie ticken einfach nicht richtig?«, fragte Pewter. *»Sie würden ihren Kopf vergessen, wenn er nicht fest auf ihrem Hals säße.«*

»Nein, das Problem ist, dass sie lauter Mist in den Köpfen haben. Alles, was sie im Fernsehen gucken oder im Radio hören oder im Laden an der Ecke erfahren. Unwichtiges Zeug, frisst die Hirnzellen auf.«

Tucker liebte Harry so sehr, dass sie meinte sie verteidigen zu müssen. *»Aber Mutter ist besser als die meisten.«*

»H-m-m. Bootys Grundstück stößt an Durants. Er hätte sich in der Hütte verstecken können. Es wäre nicht so weit gewesen, den Wagen zu parken und zu der Hütte zu laufen.«

»Oder zu Donny Clatterbucks Werkstatt!« Pewter hob die Stimme.

Harry, die glaubte, die Katze fürchtete sich vor dem Gewitter, streichelte sie. »Zu der Zeit, als Coop nach dem Transporter fahndete, wurde Wesley nicht am Steuer des Wagens gesehn. Sicher, er könnte auf den alten Farmstraßen gefahren sein, aber wozu?« Sie beugte sich tief über die Karte. »Die Eisenbahn ist nicht weit weg.« Sie setzte sich auf. »Das passt nicht zusammen.« Dann stand sie auf, um die Bezirkskarte von Culpeper aus dem Regal zu holen. Sie breitete sie aus, die Tiere sahen zu. »White Shop Road.«

»Geht von der Route 29 ab. Leicht zu finden«, bemerkte Pewter.

»Es ist einfacher, wenn man von Süden nach Norden fährt als umgekehrt, es sei denn, man kennt die Straße. Guck mal, sie macht hier einen scharfen Knick«, erklärte Murphy. *»Aber wenn man weiß, wo's ist, findet man's leicht.«*

»Schleichweg zum Bull-Run-Zwinger«, sagte Harry.

»Hey da kommt wer in die Zufahrt. Eindringling! Eindringling!« Tucker raste zur Hintertür, das Fell in ihrem Nacken sträubte sich.

Eine Tür schlug, Schritte waren zu hören, die zur Hintertür rannten. Die Tür der umzäunten Veranda ging quietschend auf, und dann hallte zugleich mit dem Donner ein Klopfen an der Hintertür.

»Lottie Pearson«, bellte Tucker.

36

Harry sprang erstaunt auf, als sie sah, wer an ihrer Hintertür stand. »Lottie, kommen Sie rein.«

Lottie trat durch die Tür, zog ihren Mantel aus, hängte ihn auf einen Haken. »Entschuldigen Sie, dass ich so hereinplatze.«

»Es ist mir ein Vergnügen«, erwiderte Harry, ganz so, wie ihre Mutter es sie gelehrt hatte. »Wie wär's mit heißem Kaffee oder Tee? Ich hab auch Apfelmost und Kakao. Bei diesem Wetter erkältet man sich leicht.«

»Einen Kakao nehme ich gern.« Lottie steuerte auf den Küchentisch zu, dann fielen ihr ihre Zigaretten ein, und sie ging zurück, um Zigaretten aus ihrer Manteltasche zu holen und ein Streichholzbriefchen, das sie unter das Zellophan des Zigarettenpäckchens schob. »So einen kalten, nassen Frühling gab's noch nie.«

»Setzen Sie sich. Ich hab den Kakao im Nu fertig.« Harry deutete auf einen Küchenstuhl. »Wir können auch ins Wohnzimmer gehn.«

»Die Küche ist prima. Alles Wichtige passiert sowieso in der Küche.« Sie ließ sich auf einen Stuhl fallen, Tucker setzte sich wachsam neben sie.

»Komm, wir fläzen uns vor unsere Futternäpfe. Da wirken wir nicht so neugierig«, flüsterte Mrs. Murphy Pewter zu.

»Gute Idee.« Pewter duckte sich, sammelte sich, schwang sich dann auf die Anrichte. Am Futternapf sitzen war ihre natürliche Position.

Lottie atmete durch die Nase aus. »Kriegen Sie den Wetterkanal rein?«

»Ja.«

»Die tun bei jedem Pieps, als handelte es sich um einen Jahrtausendtrend. Zuerst ist es ein Erwärmungstrend. Dann ist es El Niño, gefolgt von La Niña. Mehr oder weniger Siebzehn-Jahres-Zyklen. Wie kann man einen Trend voraussagen? Unsere akkuraten Aufzeichnungen reichen nicht weit genug zurück.«

»Das frage ich mich auch.«

Die Milch im Tiegel wurde heiß. Harry goss den Katzen etwas kalte Milch ein und gab Tucker einen Leckerbissen. Als die Temperatur der Milch genau richtig war, kurz vorm Kochen, goss sie die Milch über das Kakaopulver, rührte um, holte eine Dose Schlagsahne aus dem Kühlschrank und spritzte einen Sahneberg obendrauf. Dann nahm sie eine Orange aus dem Obstkorb und hobelte einen dünnen Streifen Schale ab. Die legte sie auf die Schlagsahne und stellte den Trank vor Lottie hin.

»Hübsch sieht das aus.«

»Warten Sie lieber ein bisschen, ist noch heiß.« Harry setzte sich ihr mit ihrem extra großen Becher Kakao gegenüber.

»Die Glasur auf Ihren Bechern gefällt mir. Sie sind so groß, dass man sie fast als Suppenschalen benutzen könnte.«

»Die hab ich in dem Küchenladen in Middleburg gekauft.«

»Eine schöne Stadt. Ich frage mich, wie lange noch.« Lottie tauchte ihren Löffel in die Schlagsahne. »Hm-m-m.« Sie wurde wieder ernst. »Washington dehnt sich aus. Wir werden es noch erleben, dass die Großstädte die ganze Ostküste schlucken.«

»Gott, das will ich nicht hoffen.«

»Die Westküste auch.« Lottie führte ihre pessimistische Überzeugung weiter aus. »Alle ziehen in die Stadt, dann verlassen sie die Stadt, und aus irgendwelchen Gründen wollen alle in der schönen ländlichen Gegend leben, die sie sogleich verschandeln. Wenn wir schlau wären, würden wir wieder Personenzüge einsetzen. Strecken in Betrieb nehmen. Das würde die Umweltverschmutzung um die Hälfte reduzieren, wenn nicht mehr. Züge verschmutzen die Luft achtmal weniger als Flugzeuge und viermal weniger als Autos. Und beim Pendelverkehr im Zug kann man Zeitung lesen. Beim Autofahren kann ich keine Zeitung lesen. Beim Autofahren kann ich überhaupt nichts tun außer fahren. Ich hab solche Angst, dass mir jemand reinkracht oder ein Geisterfahrer entgegenkommt. Heutzutage kann man niemandem trauen.«

»Schon möglich.« Harry fragte sich, wie lange Lottie brauchen würde, um zum Anlass ihres unangekündigten Besuchs zu kommen.

Lottie spielte mit dem Zigarettenpäckchen, das sie in ihren Schoß hatte fallen lassen. Sie konnte sich keine anzünden, bevor sie den Kakao ausgetrunken hatte, so gern sie es auch wollte – es gehörte sich nicht, gleichzeitig zu rauchen und etwas zu verzehren.

»Wir haben vom Wetter und von der Ausdehnung der Städte gehört.« Pewter leckte sich die Milch vom Mund. *»Was kommt jetzt?«*

Wie zur Antwort auf die graue Katze stützte Lottie den rechten Ellbogen auf den Tisch. Das entsprach zwar nicht der Etikette, aber sie dachte, dass Harry es unter den gegebenen Umständen nicht übel nehmen würde. Man konnte es auch übertreiben mit den Manieren. »Harry, Sie wissen, dass meine Stellung an der Universität eine Menge gesellschaftliche Kontakte erfordert. Ich genieße das. Ich genieße es, Menschen zu begegnen und Beziehungen zu pflegen. Und«, fügte sie schnell an, »nicht alle Beziehungen führen zu großen Spenden für die Universität. Big Mim wird uns nie einen Scheck ausstellen. Ihr Geld geht an ihre Alma Mater, und das respektiere ich. Als sie jung war, waren an der Universität ja nur Männer zugelassen. Ihr Sohn hat die Cornell-Universität besucht. Wie gesagt, nicht alle meine gesellschaftlichen Kontakte drehen sich um Spenden.«

»Das ist gut zu wissen.« Harry trank die Hälfte von ihrem Kakao. Sie hatte gar nicht gewusst, dass sie durstig war.

»Ich bin ein Leutemensch.« Lottie lächelte.

»Das müssen Sie sein, um Ihren Job gut zu machen.« Harry lächelte zurück und fragte sich, ob sie noch mal Milch heiß machen sollte.

»Ich begegne allen möglichen Leuten, und ich muss mit allen möglichen Leuten auskommen. Aber meistens umgarne ich die Reichen. Die sind mehr ähnlich als verschieden.« Sie leerte ihren Becher.

»Ich mache mir noch einen.«

»Oh, ich kann nicht mehr.«

»Ach was, Sie können bestimmt noch, und entschuldigen Sie, dass ich keine Plätzchen auf den Tisch gestellt habe. Ich weiß nicht, wo ich zurzeit meinen Kopf habe.« Sie öffnete den Schrank, legte Plätzchen auf einen Teller, dann erhitzte sie noch Milch.

Der Regen draußen trommelte gleichmäßig, die Nacht war schwärzer als schwarz.

»Danke. Also ich finde, dass die meisten Menschen, und ich sage die meisten, nicht alle, dass die meisten Menschen mit Geld auf visuelle Hinweise reagieren. Sie taxieren andere

Leute ganz schnell, falls Sie verstehen, was ich meine. Was für Ohrringe trägt sie? Was für eine Armbanduhr hat er um, und was für ein Auto fährt sie oder er? Der Schnitt der Kleidung. Diese Hinweise sind sehr, sehr wichtig. Die Art, wie jemand spricht. Die Tischmanieren. Ich schwöre, deswegen sind Südstaatler beim Spendensammeln so erfolgreich. Wir können uns wenigstens benehmen.«

»Gute Manieren sind uns eingebläut.« Harry lachte; als Kind hatte sie von ihrer Mutter, ihren Tanten und anderen Erwachsenen einen ständigen Strom von Geboten zu hören bekommen.

»So kann man's auch ausdrücken.« Lottie drehte sich auf ihrem Stuhl zum Herd hin, wo die Milch siedete. »Sie würden staunen, wie viel Geld ich allein für Kleidung ausgebe. Dabei bin ich eigentlich gar nicht verrückt nach Kleidern, aber ich muss gut aussehen.«

»Sie gehören zu den bestangezogenen Frauen, die ich kenne. Sie, die zwei Mims und BoomBoom. Immer.«

»Boom ist zu protzig.« Mit einer abwertenden Handbewegung verbannte Lottie den bloßen Gedanken an BoomBoom Craycroft. »Es erfordert Zeit, Fantasie und Geld von meinem Etat. Ich wurde schließlich nicht mit einem silbernen Löffel im Mund geboren.«

»Ich frage mich oft, wie das Leben wäre, wenn ich einen im Mund gehabt hätte«, sinnierte Harry, während sie den nächsten Becher köstlichen Kakao zubereitete. Diesmal streute sie etwas Muskatpulver obendrauf und legte die Orangenschale darüber. Beim ersten Mal hatte sie den Muskat vergessen.

»Wir wären beide besser gestellt.« Lottie drehte sich wieder zum Tisch, als Harry sich hinsetzte. »Es ist zermürbend. Ich liebe meine Arbeit, aber es ist eine Strapaze, Rechnungen zu bezahlen, den äußeren Schein zu wahren, Steuern zu bezahlen. Mir bleibt so wenig übrig.«

»Ja, das Gefühl kenne ich, aber wir sind gesund, wir leben in einer der schönsten Gegenden der Welt.«

»Das ist wahr.« Lottie atmete ein, nahm ihren schweren Becher in die Hand, stellte ihn wieder hin. Noch zu heiß. Sie löffelte etwas Schlagsahne. »Abgesehen von Ihrer Gesellschaft bin ich vorbeigekommen, um Ihnen zwei Fragen zu stellen. Die erste lautet, haben Sie Cynthia Cooper veranlasst, mich zu befragen?«

»Nein«, sagte Harry schroff. »Ich wusste nicht, dass sie Sie befragt hat.«

»Sie beide verstehen sich gut. Sie sind, wie soll ich sagen, ein Amateur-Spürhund. Sie ist in mein Büro gekommen, und das hat mich richtig geärgert. Sie hätte einen anderen Ort wählen können.«

»Das hätte sie, aber wenn sie tatsächlich beunruhigt war oder einen Verdacht gehabt hätte, dann hätte sie sich woanders mit Ihnen getroffen oder Sie einfach eingebuchtet. Dass sie in Ihr Büro kam, bedeutet, dass sie Ihre Hilfe brauchte. Ich würde meinen, dass Ihre Vorgesetzten das wissen.«

»Vielleicht. Mich hat es ganz nervös gemacht.«

»Lottie, zwei Männer sind ermordet worden. Ich meine doch, dass das Vorrang hat. Ob jemand von uns nervös oder verärgert ist, ist nicht so wichtig.«

»Ja, und Lottie hat vielleicht einen vergiftet«, erklärte Pewter kratzbürstig.

»Sei still, Pewter. Wir wollen doch nicht auffallen. Außerdem glauben die Menschen, dass Roger eines natürlichen Todes starb, und dass wir in den Ritzen von Tante Tallys Fußboden was gerochen haben, das wir für Gift halten, ist kein schlüssiger Beweis. Es hätte auch Ameisengift sein können.«

»War's aber nicht«, knurrte Tucker.

»So oder so, lasst uns still sein.« Mrs. Murphy machte die Augen halb zu und stellte sich schlafend.

Pewter folgte ihrem Beispiel, worauf Tucker ein kleines Stück von Lotties Stuhl abrückte und sich hinfläzte, mit dem Kopf auf den Pfoten. Sie ließ Lottie aber nicht aus den Augen.

»Es ist grausig. Ich weiß.« Sie seufzte. »Ich habe den Erhängten nie gesehen. Er hat mein Auto nicht geparkt. Und das mit Donald, also das ist zu absonderlich, einfach zu absonderlich.«

»Okay, ich hab Ihre erste Frage beantwortet.«

»Danke. Ich fühle mich schon besser. Ich war schrecklich beunruhigt, als Coop in Uniform kam und alles.«

»Lottie, ich vermute, Sie haben ihre Anwesenheit den Leuten um Sie herum erklärt. Sie nehmen es zu wichtig.«

»Sie arbeiten im Postamt. Das ist was anderes. Ich werde nach einem anderen Maßstab beurteilt, und ich sage Ihnen, die Menschen sind nicht fair, nicht einen Augenblick. Zudem werden Frauen strenger beurteilt als Männer.«

»O Lottie, das glaube ich nicht.«

»Aber ich. Wir werden mit einem höheren moralischen Maßstab gemessen.«

Harry dachte darüber nach. »Richten die Zehn Gebote sich an das eine oder andere Geschlecht?«

»Nein.« Lottie runzelte die Stirn.

»Dann gelten sie für alle, männlich oder weiblich. Wenn die Menschen das Geschlecht als Vorwand für ihr Verhalten verwenden wollen, meinetwegen. Die Regeln sind für alle gleich.«

»Harry, Sie waren zu lange mit Miranda Hogendobber zusammen. Die wirkliche Welt funktioniert nicht so. Die wirkliche Welt wird immer noch von reichen weißen Männern beherrscht, und es liegt in ihrem eigenen Interesse, alles auf einmal haben zu wollen. Als Bill Clinton mit jeder Schnepfe schlief, die ihm über den Weg lief, gab es erhobene Zeigefinger und Getue, aber am Ende dachten sich die Leute einfach, so sind die Männer nun mal.«

»Lottie, soweit ich mich erinnere, wäre er um ein Haar unter Amtsanklage gestellt worden.«

»Ich behaupte trotzdem, dass die Maßstäbe verschieden sind. Wenn ich mit diesem und jenem schlafe, ist das eine Sache. Wenn Fair mit dieser und jener schläft, dann ist das was anderes.«

»Das hat ihn seine Frau gekostet«, erwiderte Harry kühl, dann lachte sie.

»Äh – Verzeihung. Schlechtes Beispiel.« Lottie wurde rot.

Harry beugte sich vor. »Lottie, wie lautet die zweite Frage?«

»Ach ja.« Sie zögerte. »Was dagegen, wenn ich rauche?«

»Nein.«

Sie nahm das Päckchen Salem extra lang mit Filter vom Schoß, schob das Streichholzbriefchen aus dem Zellophan, klopfte eine Zigarette heraus und zündete sie an, legte dann Päckchen und Streichhölzer auf den Tisch.

Harry stand auf, um einen Aschenbecher zu holen, und stellte ihn rechts von Lotties Becher hin. »Hübsch.« Sie nahm das Streichholzbriefchen in die Hand. »Wie ein kleines Kunstwerk. Roy and Nadine's.« Sie stutzte. »Roy and Nadine's.« Das Streichholzbriefchen, von dem Cooper gesprochen hatte. »Lottie, woher haben Sie das?«

»Das? Ach, keine Ahnung.«

Harry drehte es um. »Sind Sie mal in Lexington, Kentucky gewesen?«

»Nein. Mal überlegen. Ich war bei Tante Tally, brauchte Feuer. Ah – Roger. Er wollte mir die Zigarette anzünden; seine Hand war so zittrig, dass ich sein Handgelenk festhalten musste. Er hat mir die Streichhölzer geschenkt.« Sie machte eine Pause. »Armer Roger. Er war eine Nervensäge, aber den Tod habe ich ihm nicht gewünscht.«

»Lottie, das könnte wichtig sein. Ich rufe Coop an.«

»Das Streichholzbriefchen?«

»Ja.« Harry sprang auf, nahm den Telefonhörer von der Wand und wählte Coops Privatnummer. Zum Glück war sie zu Hause. »Coop, hi.«

»Was tut sich? Oder tut sich nicht?«

»Ich sitze mit Lottie Pearson hier in meiner Küche. Sie hat sich gerade ihre Zigarette mit einem Roy-and-Nadine's-Streichholz angezündet.«

»Gib sie mir mal.«

Harry ging zu Lottie hinüber, das Telefonkabel war lang. »Hier.«

Während Lottie ihre Geschichte für Coop wiederholte, trank Harry ihren Kakao. So dürftig der Hinweis war, es war immerhin etwas. Das andere Briefchen, das in der Cowboys-Windjacke gefunden worden war, hätte Wesley gehören können oder Don, da sich nicht feststellen ließ, wer genau der Besitzer der Windjacke war. Identische Streichholzbriefchen aus Lexington, Kentucky schwirrten nicht einfach so in Crozet, Virginia herum. Die Verbindung konnte etwas so Simples und Ungebührliches sein wie die Tatsache, dass Wesley Roger gestohlene Radkappen verkauft hatte. Sie fand die Tatsache, dass Roger und Wesley sich gekannt haben mussten, zutiefst beunruhigend. Aber was, wenn das Streichholzbriefchen Don gehört hatte? Was wussten sie sonst noch? Und was wusste Sean?

Lotties Stimme durchdrang ihre Gedanken. »Sie will Sie noch mal sprechen.«

Harry nahm den Hörer. »Und?«

»Interessant. Danke, dass du mich gleich angerufen hast. Ich komm irgendwann vorbei, wenn ich kurz Zeit habe.«

»Okay.« Sie stand auf, um den Hörer einzuhängen, dann schloss sie die Schranktür, die Pewter aufgemacht hatte, als die Menschen beschäftigt waren. »Pewter, du kriegst die Katzenminze nicht, bevor ich es sage.«

»Gemein.«

»Jetzt schmollt sie.«

»Katzen sind schon komisch.« Lottie seufzte. »Alles ist im Moment so seltsam. Ich bringe die Streichhölzer auf dem Heimweg beim Sheriffbüro vorbei. Eigenartig.« Sie schob das Streichholzbriefchen mit dem Zeigefinger umher.

»Lottie, die zweite Frage.«

»Ach ja. Ich brauche einen präsentablen Begleiter für das große Ehemaligen-Essen in zwei Wochen. Einen, der großen Eindruck macht, und ich habe mich gefragt, ob es Sie schrecklich stören würde, wenn ich Diego frage. Er wäre ideal für so eine Veranstaltung.«

»Ja, das wäre er. Ich hab keinen Anspruch auf ihn. Wenn er mitgehen möchte, ist das seine Entscheidung, nicht meine.«

»Ja, aber Sie mögen ihn. Ich möchte niemandem auf die Zehen treten.«

»Sie treten mir nicht auf die Zehen. Es ist nett von Ihnen, mich zu fragen, aber mir scheint, wenn ein Mann und eine

Frau nicht verheiratet sind, können sie kommen und gehen wie es ihnen passt, stimmt's?«

»So einfach ist das nicht. Sie sehen die Dinge in Schwarzweiß.«

»Nein, aber ich denke, die Dinge sind einfacher als wir sie machen.«

»Aber Sie mögen ihn. Sie sind von ihm hingerissen.«

»Ich möchte wetten, so gut wie jede Frau, die diesen Mann zu sehen kriegt, ist von ihm hingerissen.« Harry lächelte. »Es lohnt sich, für ihn zu sterben, wie man so schön sagt.«

Lottie schürzte die Lippen, atmete tief ein und aus. »Hier wurde schon genug gestorben.«

37

Ich habe rumgefragt, ob jemand ein neueres Foto von Don hat«, sagte Cooper.

»Und, Glück gehabt?« Rick sah auf die Uhr. Er musste in einer halben Stunde bei einer Versammlung der Bezirksbeauftragten sein.

»BoomBoom hatte eins von der Parade. Hier.« Sie gab ihm das Polaroid-Foto von Don, das Gesicht halb der Kamera zugewandt, und Roger O'Bannon, der neben dem Festwagen stand. Reifrock-Schönheiten waren keine zu sehen, da sie in der Sekunde, als die Parade stoppte, von dem Wagen geflohen waren.

»Besser als nichts. Fahndungsfotos von Wesley?«

»Die hier. Ich hab sie vor ungefähr einer Stunde dem Händler in Newport News und der Geschäftsführerin von Roy and Nadine's gefaxt. Die Autohandlung ist übrigens riesig, zweihundertfünfzig Beschäftigte. Das sind hohe Lohnkosten.«

»Das kann man wohl sagen.« Rick zuckte mit den Achseln. »Meine Vorstellung von der Hölle ist eine Beauftragtenversammlung. Ich frage mich, ob man einen IQ-Test machen muss, bevor man zum Bezirksbeauftragten gewählt wird. Verstehen Sie, man kann sich um kein öffentliches Amt bewerben, wenn der IQ nicht unter hundert ist.« Er sah noch einmal auf die Uhr.

»Worum geht's diesmal?«

»Die Umgehungsstraße. Immer dieselbe alte Leier. Ich lege die Statistiken von den Unfällen auf den Schnellstraßen vor, nenne Unfallorte und -zeit und das Verkehrsaufkommen. Sie haben die Statistiken des Verkehrsamtes über das Verkehrsaufkommen vorliegen, aber sie wollen hören, was ich zu sagen habe, und was ich wirklich zu sagen habe, aber nicht sagen werde, ist, dass die verdammte Umgehungsstraße früher oder später kommen wird. Ich denke, wenn wir zusammenarbeiten, können wir den Schaden begrenzen.« Er fuhr sich mit der Hand über die Stelle am Kopf oberhalb des Ohrs. »Die Wahrheit ist, es wird ein Tohuwabohu geben, egal, wo der Staat sie hinbaut.«

»Und wir brauchen sie.«

»Himmel ja, wir brauchen sie. Der Verkehr nimmt zu, die Stimmung der Leute nimmt ab, und eh wir's uns versehen, haben wir einen Dauerstau. Die Bezirksbeauftragten wollen den Tatsachen nicht ins Gesicht sehen. Die Umgehungsstraße ist unumgänglich.«

Er zog die lange Mittelschublade seines Schreibtisches auf und schob sie wieder zu, nachdem er ihr ein Gummiband entnommen hatte, das er sich übers Handgelenk streifte.

Cooper, die begriff, dass das Gummiband am Handgelenk seine Gedächtnisstütze war, meinte: »Sie könnten sich einen Zettel schreiben.«

»Ja, den ich dann in meine Brusttasche stecke und vergesse. Hiermit vergesse ich nichts.« Er ließ das Gummiband gegen sein Handgelenk schnippen.

»Woran müssen Sie sich erinnern?«

»Milch. Meine bessere Hälfte bat mich, einen Liter zweiprozentige Milch mitzubringen. Ich mach mich mal auf die Socken. Wir sehn uns morgen.«

»Ich hab über das Geld in Dons Tresor nachgedacht. Könnte ein Kaufmann an so neue Scheine kommen? Ein Warenhaus, eine Firma wie Wal-Mart, mit hohem Umsatz?«

»Keine Ahnung. Wo läge der Sinn? Geld ist Geld. Den Kunden von Wal-Mart ist's egal, ob sie ihr Wechselgeld in nagelneuen Scheinen kriegen. Wir wissen, dass die Banken neue Geldvorräte bekommen, das alte Geld wird verbrannt. Ich glaube, ich könnte es nicht aushalten, das mit anzusehen.« Er stand auf und stülpte sich seinen Hut auf den Kopf. »Daniel geht in die Löwengrube.«

»Chef, ich werde für Sie beten.«

»Tun Sie das.« Er klopfte ihr auf den Rücken, ließ das Gummiband an seinem Handgelenk schnippen und ging.

Der Papierkram auf Coops Schreibtisch hatte logarithmische Proportionen angenommen. Sie richtete die Stapel gerade, seufzte, fügte sich dann und fing an, die Papiere in drei Packen aufzuteilen. Der erste kam zum Abfall, die Umschläge und Briefe gaben in dem metallenen Papierkorb ein leises Pling von sich. Der zweite Packen war mehr, der dritte weniger dringlich. Sie hoffte, dass die Zeit einige der Fragen und Probleme lösen würde, die der dritte Packen darstellte. Sie wusste, wenn sie über den Daumen gepeilt drei Wochen wartete, brauchte sie oft nicht zu antworten. Es war nicht das exakteste System der Welt, aber es funktionierte.

Die Antworten auf den dringlichsten Packen schickte sie per E-mail. An Personen und Organisationen, die keine E-mail-Adresse hatten, schrieb sie Briefe auf dem Computer und druckte sie aus.

Im Hintergrund hörte sie das metallische Ächzen des Faxgerätes.

»Für Sie«, sagte Yancy, so gut er mit seinem immer noch verdrahteten Kiefer konnte.

Sie stand auf und griff nach dem Fax des Händlers in Newport News. Keiner in der Autohandlung kannte Wesley Partlow. »Mist.« Sie schob das Fax in die Aktenbox unter ihrem Schreibtisch.

»Kein Glück«, meinte Yancy mitleidig mit zusammengebissenen Zähnen. Er hatte gelernt, trotz seines Handicaps leidlich gut zu sprechen.

»Herrgott, nein. Sagen Sie, Yancy, wann kriegen Sie die Drähte raus?«

»Nächste Woche.«

»Da sind Sie bestimmt froh.«

»Ja.«

»Beeinträchtigt das Ihr Sexualleben?«

»Nee.«

Sie wollte gerade was Albernes sagen, als Sheila im Vorzimmer sie ansummte. »Dschinn Marks ist da.«

»Bin gleich draußen. Yancy, Ihr Angreifer ist da. Vielleicht bleiben Sie besser hier drin.«

»Den knöpf ich mir bei Gericht vor.«

»Klar, Kumpel.« Sie ging nach vorne, wo Dschinn Marks nervös auf einer langen Holzbank wartete. Neben ihm saß ein älterer Mann.

»Mr. Marks.«

Beide Männer standen auf, daher vermutete Cooper, dass der ältere Mann Dschinns Vater war.

»Officer Cooper, äh, Dad hat gesagt, ich muss herkommen.«

»Freut mich, Sie kennen zu lernen, Mr. Marks.« Sie schüttelte dem älteren Mann die raue, schwielige Hand. »Wollen wir nicht in dieses Zimmer gehen? Da ist es ruhiger. Kann ich Ihnen etwas zu trinken anbieten?«

»Nein, nein, wir brauchen nichts«, erwiderte der spindeldürre ältere Marks.

Als sie in dem kleinen Raum Platz genommen hatten, wand Dschinn sich auf seinem Sitz. »Mir ist was eingefallen.«

»Lassen Sie hören.«

»Dad hat gesagt, ich muss herkommen.«

»Ganz recht, mein Sohn.« Mr. Marks hoffte, sein Junge würde einen so guten Eindruck machen, dass das Verfahren gegen ihn vielleicht nicht so schwer zu ertragen wäre. Vielleicht würde Cooper Dschinn helfen.

»Mir ist was eingefallen, was Wesley gesagt hat. Er sagte,

dass man ihm Geld schuldete. Viel Geld. Er wollte es sich holen. Radkappen klauen.« Dschinn zuckte mit den Achseln. »Er hat gesagt, damit verdient er kein richtiges Geld. Er hat gesagt, klauen ist wie, äh, pitchen. Man macht sich locker damit.«

»Hat er gesagt, wer ihm Geld schuldete?«

»Nein, Ma'm.«

»Hat er gesagt wie viel?«

»Fünfzigtausend Dollar. Er hat gesagt, er könnte verdienen so viel er will. Ich hab ihm nicht geglaubt, aber ich war, tja, Sie wissen schon.«

»Hat er gesagt, wie er mehr Geld verdienen wollte?«

»Nein, Ma'am, aber ich hab mir gedacht, dass es nicht an der Börse war.«

»Hat er mal gesagt, was er für eine Arbeit hat? Richtige Arbeit? Wie Straßenarbeit oder Dachdecken im Sommer? Irgendwas?«

»Nein.«

»Nun, es war richtig von Ihnen herzukommen. Danke, Dschinn. Danke, Mr. Marks.«

Als sie aufstanden und gehen wollten, sagte Mr. Marks mit feuchten Augen: »Wird das meinem Jungen helfen?«

»Mr. Marks, dass er mit dem Sheriffbüro kooperiert, kann ihm nicht schaden. Was ihm helfen kann, ist, wenn er zu den Anonymen Alkoholikern geht. Wenn er vor dem Richter bereut und Beweise bringt, dass er sich bessert, ich denke, da wird der Gang zu den Anonymen Alkoholikern einen günstigen Eindruck auf den Richter machen, hören Sie?«

Mr. Marks nickte eifrig. »Ja, Ma'am, ich höre.« Damit legte er Dschinn seine Hand aufs Kreuz und schob ihn zur Tür.

Kaum waren sie aus der Tür, als Yancy strahlend ins Vorzimmer marschiert kam. »Coop, Coop, sehen Sie sich das an.«

Sie nahm das Fax, das er ihr reichte. »Jesus, Maria und Josef. Das ändert alles.«

Das Fax der Geschäftsführerin von Roy and Nadine's lautete:

Liebe Deputy Cooper,
ich kenne Don Clatterbuck nicht, auch keiner von meinem Personal. Aber wir kennen den Mann, der bei ihm ist. Er kommt ungefähr einmal im Monat, meistens in Begleitung eines hiesigen Geschäftsmannes, Bill Boojum.
Lassen Sie mich wissen, ob ich Ihnen weiterhin zu Diensten sein kann.

Ihre Tara Fitzgibbon

38

Meinst du, wir sollen wirklich hin?«, fragte Harry Susan.
»Jemand muss hingehn«, lautete die knappe Antwort.

»Warum nicht BoomBoom? Sie benutzt den Schrottplatz. Sie muss sich Blechabfälle besorgen.«

Susan überlegte. »Vielleicht sollten wir alle drei zu Sean gehen.«

»Ich will nicht.« Harry stemmte die Fersen trotzig in den Boden.

»Mutter hasst alles, was gefühlsduselig werden könnte.« Mrs. Murphy seufzte. *»Ich weiß nicht warum. Die Menschen haben hoch entwickelte Gefühle, die sie am Leben erhalten.«*

»Als sie in Höhlen lebten.« Pewter schüttelte sich, dann setzte sich hin, um sich gründlich zu putzen.

»Wovon redest du?« Mrs. Murphy schob sich in Richtung Tür. Wenn die Menschen zu den O'Bannons gingen, wollte sie mit.

»Das Adrenalin hatte seinen Zweck, als sie in Höhlen lebten, aber ich sehe nicht, wie es ihnen heute auch nur ein klitzekleines bisschen nützt. Bringt sie bloß in Schwulitäten.«

»Ich spreche nicht von Gewalt, ich spreche von der gesamten Skala der Gefühle.«

»Papperlapapp.« Die Katze rümpfte die Nase.

»Ich glaube nicht, dass meine Gefühle weniger entwickelt sind als die von einem Menschen«, sagte Tucker beherzt.

»Hab ich das behauptet?« Murphy ärgerte sich, weil ihre zwei Gefährtinnen ihren Standpunkt nicht kapierten und sie meinte, sie waren absichtlich begriffsstutzig. *»Ich sage bloß, dass ihre Gefühle sie am Leben erhalten. Ich sage nicht, dass diese Gefühle zu dieser Zeit ihrer Entwicklung im Dienste der Realität stehen.«*

»Sie haben sich nicht entwickelt. Das ist das Problem«, erklärte Pewter mit Nachdruck. *»Sie laufen in Kleidern rum, aber sie sind noch dieselben Tiere, die in Höhlen gelebt haben, sich vor der Dunkelheit fürchteten und sich wegen Bohnen gegenseitig eins über den Schädel knallten. Glaubt mir.«*

»Du hast kein Vertrauen.« Der Hund hielt die Menschen für besser, einige jedenfalls.

»Vertrauen, warum soll ich Vertrauen zu Menschen haben? Wir haben einen Erhängten, einen Erschossenen, und wir glauben, dass Roger vergiftet wurde. Das zeugt nicht von Entwicklung.« Pewter legte ihren Standpunkt präzise dar.

»Ich kann mir vorstellen, dass Lottie Pearson Roger vergiftet hat. Gift ist eine Frauenwaffe. Aber ich kann mir nicht vorstellen, dass sie Wesley Partlow über einen Baum gewuchtet hat. Sie hat nicht die Kraft dazu. Ich bezweifle, dass Lottie einen Heuballen hochhieven könnte. Aber Mom, die könnte das.« Tucker fügte schnell hinzu: *»Würde sie natürlich nie tun. Harry würde niemanden töten außer in Notwehr.«*

»Hey, sei mal still. Das will ich nicht verpassen.« Mrs. Murphy schoss nach draußen, als Harry die Eingangstür des Postamts öffnete.

»Mädels, nehmt euch nur Zeit.« Miranda winkte Harry und Susan zu.

»Sie könnten hingehen.« Harry versuchte noch einmal, sich dieser Aufgabe zu entziehen.

»Ich halte hier die Stellung. Und Susan hat Sie gebeten. Außerdem sind Sie fast im gleichen Alter.« Miranda bangte nicht vor Gefühlsausbrüchen. Sie glaubte ehrlich, dass Harry die geeignetere Abgesandte war.

Besiegt, öffnete Harry die Tür von Susans Audi Kombi. Die drei Tiere sprangen nach hinten, wo der Sitz runtergeklappt war, so dass sie es bequem hatten. Susan hatte Boom-

Boom angerufen, und als sie auf das Firmengelände kamen, war sie bereits da.

Drei kleine Blechstücke lagen auf der Ladefläche von Booms nagelneuem Chevrolet-Silverado-Transporter. Im Gegensatz zu ihrer äußeren Erscheinung war Boom ein Motornarr. Sie war fast so fasziniert von Maschinen wie Harry. Am Steuer ihres BMW zu sitzen war ihr eine wahre Wonne. Dasselbe empfand sie bei ihrem Halbtonner-Transporter, auch wenn das Straßengefühl ein anderes war. Sie saß gern hoch oben, sie liebte den starken V-8-Vortec-Motor, sie liebte die Stereo-Anlage.

»Weiß er, dass wir kommen?«, fragte BoomBoom.

»Ich hab vorher angerufen. Er ist bei der Arbeit. Ich hab zuerst Ida angerufen« – Susan sprach von Seans Mutter –, »sie sagte, er ist auf dem Gelände. Arbeit hilft ihm.«

»So viele Erinnerungen an Roger.« Harry dachte, es müsse schmerzlich sein; sie kannte das Gefühl von damals, als ihre Eltern gestorben waren und sie die Farm übernommen hatte. Davor hatte sie in einem kleinen Apartment in der Stadt gewohnt.

»Wollen wir?« Susan hob die Augenbrauen.

Die drei gingen gemeinsam zum Hauptgebäude.

»Ich geh Papst Ratte erwürgen.« Tucker machte sich auf zur Werkstatt.

»Sie ist nicht ganz dicht.« Pewter zeigte auf den Hund. *»Warum sich mit 'ner Ratte einlassen? Ich geh mit den Menschen nach drinnen.«*

»Ich setz mich hier hin und denke nach.« Mrs. Murphy tappte zur Marmorabteilung.

Als die drei Frauen die Tür öffneten, sah Sean hoch. »Hi.«

»Hi«, sagten sie.

»Kann ich was für euch tun?«

BoomBoom sprach zuerst. »Wir wollen nicht stören, aber wir wollen dir sagen, wenn du den Abbruchball woandershin verlegen willst, wir haben einen Platz dafür gefunden. Beim Recyclinghof in Louisa County sind sie dazu bereit, und wir übernehmen die Arbeit, verschicken die Benachrichtigungen.«

Er lächelte. »Danke. Das ist nett von euch und von Jonathan.« Er sprach von dem Eigentümer des Recyclinghofs in Louisa County. »Aber ich möchte den Ball hier haben. Roger hat dieses Fest geliebt. Ich dachte, ich veranstalte es zu seinen Ehren und nehme Spenden entgegen, um an der technischen Hochschule von Virginia ein Stipendium einzurichten, das seinen Namen trägt.«

»Eine großartige Idee.« Susan meinte es ernst.

»Brauchst du noch Hilfskräfte?«, fragte Harry.

»Nein danke. Meine Leute schaffen das schon. Wir haben zehn Tage. Das kriegen wir hin.«

Als die drei Frauen das Gebäude verließen, sah Harry Tucker aus der Werkstatt zu dem Waggon auf dem Rangiergleis flitzen. Die Corgihündin raste um den Waggon herum, weil die erste Stufe so hoch war, dass sie nicht hinaufklettern konnte.

»Papst Ratte«, klärte Murphy Harry auf.

»Geschmeiß!«, schrie Tucker.

»Schisser!«, höhnte die Ratte aus dem Inneren des Waggons.

»Susan, ich muss sie holen. Freiwillig wird sie nicht kommen.« Harry lief hin, um ihren Hund zu packen, bevor Sean und die Kunden sich durch das Bellen gestört fühlten. »Tucker, komm her.«

Die sanften braunen Hundeaugen flehten: *»Ich kann ihn kriegen.«*

»Komm jetzt.« Harry, deren Neugierde geweckt war, kletterte auf die Plattform. Die Tür war abgeschlossen, die Rouleaus waren heruntergezogen. »Könnte ein nettes Restaurant werden oder sogar ein Platz zum Wohnen.«

Papst Ratte hielt ein Auge an die Öffnung, die er in die Tür genagt hatte. *»Noch 'n Schisser.«*

Harry hob Tucker hoch und ging zu dem Kombi zurück, wo Susan und BoomBoom sich unterhielten. »Wäre es nicht toll, so einen Waggon zu haben? Da ist sogar ein Holzofen drin, und ich weiß nicht, ich hätte echt gern einen. Warum er ihn abschließt?«

»Er möchte ihn ausräumen, streichen und als Café einrichten. Das war zumindest geplant, bevor Roger – also, ich denke, er hat ihn abgeschlossen, damit die Leute nicht durchtrampeln und was kaputtmachen.« BoomBoom fand, es wäre ein guter Treffpunkt. »Und aus Verantwortung. Ich bin überzeugt, er will alles perfekt haben. Was, wenn jemand von der Treppe fiele, bevor sie fertig ist? Wegen so was.«

»Ja, ich muss damit rechnen, dass jemand das Postamt verklagt, wenn er sich beim Öffnen der Post am Papier schneidet.« Harry verzog das Gesicht. »Hey, da kommt Coop.«

Als der Streifenwagen neben dem Audi hielt, wand Tucker sich aus Harrys Armen und sauste zurück zu dem Waggon.

»Verdammt noch mal, Tucker.« Harry rannte ihr nach und schnappte sie sich wieder, als der Hund die Ratte herausforderte.

»Du sollst Kühe zusammentreiben, keine Ratten.« Murphy lachte trocken.

»Er hat Schisser zu mir gesagt. Zu Mom auch«, keuchte Tucker entrüstet.

»Er ist wie der Blauhäher. Der geborene Plagegeist.« Pewter hegte einen Plan, um ihrem Peiniger den Garaus zu machen. Sie erzählte es niemandem.

»Und?« Alle sahen die große, schlanke Polizistin erwartungsvoll an.

»Kann ich euch nicht sagen. Erst wenn ich mit Sean gesprochen habe.« Sie nahm ihren Hut vom Beifahrersitz, beschloss dann aber, ihn nicht aufzusetzen.

Harry hielt ihr die Fahrertür auf. »Ich hab nachgedacht.«

»Das ist beängstigend.« Cooper lachte.

»Wer weiß, dass wir Dons Tresor geöffnet haben?«

»Seine Mutter und sein Vater. Der Sheriff. Du. BoomBoom. Ich weiß, dass seine Eltern nicht darüber sprechen werden. Vorerst zumindest. Es ist zu erschütternd. Wem habt ihr's erzählt?«

»Niemandem«, erwiderte BoomBoom wahrheitsgemäß. »Harry hat's Miranda und Tracy erzählt, aber ich war dabei. Also hab ich's ihnen gewissermaßen auch erzählt, denke ich.«

»Susan. Ich hab's Susan gesagt«, erklärte Harry.

»Sonst niemandem?« Cynthia Cooper streckte die Arme über den Kopf. »Bin ganz steif.«

»Je älter man wird, desto mehr wird das Aufstehen am Morgen zu einem sportlichen Ereignis.« Susan staunte kopfschüttelnd darüber, wie rasch die Schmerzen und Wehwehchen sich häuften, dabei war sie erst Ende dreißig, genau wie die anderen.

»Worüber hast du nachgedacht, Harry?«, fragte die Polizistin.

»Lass mich dir zuerst ein paar Fragen stellen. Wer hatte die Kombination für das Schloss? Zu so einem Schloss kann es keinen Schlüssel geben, stimmt's?«

»Stimmt. Als ich den Tresor zum ersten Mal sah, dachte ich, es gäbe vielleicht einen Schlüssel, verstehst du, die großen Griffe wären nur zum Schein da, aber es ist tatsächlich ein Kombinationsschloss.«

»Ein kniffliges«, ergänzte BoomBoom.

»Woher wissen wir, dass niemand anders die Kombination kannte? Die Presse weiß nichts von dem Geld. Rick hat die Information zurückgehalten. Ist es wirklich möglich, dass das ganze Geld Don gehört hat? Und selbst wenn, wer immer mit ihm im Geschäft war, musste wissen, dass er einen solchen Betrag nicht auf die Bank gebracht hat. Das wäre, wie wenn man eine Fahne vor einem Stier schwenkte. Sein Partner oder seine Partner mussten also wissen, dass Dons Anteil in dem Tresor war. Genau deswegen hat Rick den Presseleuten nichts gesagt, obwohl sie ihn wegen Fortschritten in Sachen Mord löchern. Er hofft die Partner aus der Reserve zu locken«, sagte Harry.

»Schon möglich«, meinte Cooper gedehnt. BoomBoom und Susan sahen Harry erstaunt an.

»Ich glaube, ich weiß, was jetzt kommt.« BoomBoom, nicht dumm, legte die Hände aneinander.

»Wir bauen das Schloss wieder ein. Tun Falschgeld in den Tresor. Vielleicht locken wir sie so schneller aus der Reserve.« Harry strahlte.

»Sein Partner wird zurückkommen, um sich Dons Anteil zu holen«, dachte Susan laut. »Tja, aber woher willst du wissen, wann er kommt oder ob er kommt?«

»Können wir in der Werkstatt eine kleine Überwachungskamera installieren, so eine, wie sie sie in der Bank haben? Die kann nicht allzu teuer sein. Ich weiß, Rick muss den Etat zusammenhalten.« Harry erwärmte sich für die Idee. »Niemand muss sich dort aufhalten. Ihr werdet sehn, wer es ist und ihn euch später schnappen.«

»In der besten aller möglichen Welten schon, aber wenn er maskiert kommt? Oder sie? Es ist nicht gesagt, dass es ein Mann ist.« BoomBoom rieb ihre Hände. Seit von Schmerzen und Wehwehchen die Rede war, schmerzten ihre Gelenke.

»Ja, aber jedes Bild ist besser als gar keins, und wer immer es ist, weiß, dass in Dons Haus niemand ist. Er würde nicht mal so tun müssen, als sei er ein Dieb«, erklärte Harry.

Coop hob die Hand. »Ich muss das dem Chef vortragen. BoomBoom, können Sie das Schloss wieder anschweißen?«

»Wenn mir alle helfen, dann schon. Es ist so schwer, dass jemand es festhalten muss. Es wird ein paar Stunden dauern, um es ordentlich zu machen. Man soll ja die Naht nicht sehen, das würde alles verraten.«

»Wie wär's mit Freitagabend? Da hab ich frei. Chinesisch.« Coop meinte, sie würden chinesisches Essen mitbringen.

»Ich besorg das Essen.« Susan fand die Sache aufregend. »Wir sollten nicht dort parken.«

»Ich muss rückwärts ranfahren und den Sauerstoff abladen. Auch dazu brauche ich Hilfe. Harry, du bist die Stärkste.«

»Ja, okay.«

»Wir können bei der Highschool parken und zu Fuß hingehen. Dort ist so viel los, dass unsere Autos nicht auffallen«, bemerkte Susan.

»Sieben Uhr«, sagte Cooper, dann nickte sie zu dem Gebäude hinüber. »Ich muss da rein.«

»Erzählst du's uns später?« Harry konnte es nicht ausstehen, etwas nicht zu wissen.

»Ja.«

»Junge, Junge, das muss was Unangenehmes sein.« Die empfindsame BoomBoom spürte Coopers Widerstreben. Die anderen spürten es auch.

»Äh, ja.«

Später kam Cooper im Postamt vorbei, um ihre Post zu holen. Sie erzählte Harry und Miranda, dass sie Papiere vorbeigebracht hatte mit dem Antrag, Rogers Leiche zu exhumieren. Sean war an die Decke gegangen. Er hatte seinen Anwalt angerufen und gedroht, diesen Fall so lange wie möglich hinauszuziehen.

Anschließend hatte Cooper Ida O'Bannon besucht und abermals geduldig die neue Vermutung dargelegt, dass Roger keines natürlichen Todes gestorben sei. Sie wusste, dass das bestürzend sein würde und dass Sean einen Anwalt einschalten wollte, aber sie hoffte, Ida könnte ihn zur Vernunft bringen. Es ging jetzt nicht darum, Rogers Leichnam zu entweihen, es ging darum, sofern er ermordet wurde, seinen Mörder vor Gericht zu bringen. Danach konnte er in Frieden ruhen.

Ida, erschüttert und in Tränen aufgelöst, sagte, sie werde ihrem älteren Sohn gut zureden. Von Rechts wegen lag die Entscheidung bei ihr, und sie war dafür.

»Coop, was …?«

Sie beugte sich zu Harry hinüber, auch Miranda rückte ganz nahe heran. »Ich habe Fotos von Wesley und Donny zu Roy and Nadine's geschickt.«

Harry klärte Mrs. Hogendobber über das Streichholzbriefchen auf.

»Und haben sie Don erkannt?« Miranda konnte es einfach nicht glauben.

»Nein. Die Geschäftsführerin des Restaurants kannte ihn nicht, aber sie hat Roger erkannt. Sie sagte, er kam ungefähr einmal im Monat mit einem Geschäftsmann namens Bill Boojum.«

Harry stellte die logische nächste Frage: »Wer ist Bill Boojum?«

»Er war leicht zu finden. Er ist einer der größten Autohändler von Kentucky. Er hat sich auf das Verleasen von Luxuskarossen spezialisiert und macht gute Geschäfte mit Ausbildern von Vollblutpferden, Jockeys und anderen Leuten, die unregelmäßig verdienen. Die schwimmen mal in Geld, mal nicht. Für sie ist es einfacher, Autos zu leasen statt zu kaufen.«

»Was hat er gesagt?«

»Er wirkte durchaus hilfsbereit. Er sagte, er kannte Roger vom College. Sie haben beide die Technische Hochschule von Virginia besucht. Ich habe das bei der Ehemaligenorganisation überprüft. Er hat die Wahrheit gesagt. Er sagte, Roger war drauf aus, ins Renngeschäft einzusteigen, und er hat ihn mit den Leuten von NASCAR bekannt gemacht. Außerdem hätte Roger sich schon in ein Syndikat eingekauft, mit einer Beteiligung von vierzigtausend Dollar.«

»Vierzigtausend Dollar – Roger?« Harry hätte es fast umgehauen.

»Ich hab auch das Syndikat überprüft. Sitzt in Lexington, Kentucky. Roger war tatsächlich Mitglied. Sie wussten nicht, dass er tot war. Sein Anteil geht an seine Mutter. Die Dame am Telefon, Mrs. Higgins, hat es im Computer aufgerufen und mir vorgelesen. Ich habe Boojum gefragt, warum Roger so oft kam, und er sagte, Lexington habe ihm einfach gut gefallen. Ich kann das glauben. Wem würde es nicht gefallen? Und er meinte, er war von Rennen besessen.«

»Er hat Autos geliebt.« Harry rieb sich das Kinn.

»Das war wahrlich seine Leidenschaft.« Miranda fand das alles verstörend, besonders die vierzigtausend Dollar.

»Eine kostspielige Leidenschaft, nehme ich an.« Harry sprach ein bisschen zu laut, was die Tiere zusammenzucken ließ. »Was hat Sean gewusst?«

»Er sagt, er hat nichts von alledem gewusst. Ich hatte die Geistesgegenwart, ihn nach dem Syndikat zu fragen, bevor ich die Exhumierung beantragt habe. Er sagte, Roger ist etwa ein Mal im Monat nach Lexington gefahren und zwei, drei Tage geblieben. Rogers Grund sei gewesen, dass er bei den Mädchen von Virginia kein Glück hatte und es deshalb bei den Mädchen von Kentucky versuchen wollte.«

»Kennt Sean Bill Boojum?«, fragte Harry.

»Ja, aber nicht gut. Er sagt, er hat ihn ein-, zweimal getroffen, als Roger auf dem College war. Sean, der Ältere, ist mit einem anderen Freundeskreis rumgezogen, außerdem hat er die Virginia-Uni besucht.«

»War ein wunder Punkt zwischen ihnen.« Miranda trommelte mit den Fingern auf den Schalter. »Roger in einem Autorennen-Syndikat.«

»Wir sollten das Schloss bald wieder einbauen. Dieses ganze Gerede über Geld bringt mich auf Don Clatterbuck zurück«, sagte Harry, dann erzählte sie Miranda, was sie Freitagabend vorhatten. »Ach Mist, ich sollte doch mit Fair ins Kino gehen. Coop, kann ich ihn bitten uns zu helfen? Er ist stärker als wir beide zusammen, und er wird es nicht rumerzählen.«

»Okay.« Coop klapperte mit den Handschellen, die sie am Gürtel hängen hatte.

»Wann graben sie Roger aus?«

»Montag.«

»Ich wünschte, ich könnte dabei sein.« Tucker wedelte mit ihrem nicht vorhandenen Schwanz.

»Tucker, das ist so widerwärtig.« Pewter rümpfte die Nase, die grau war wie alles an ihr.

39

Langsam sog die Erde das Regenwasser auf. Der Boden blieb matschig, die Bäche gingen langsam zurück. Allmählich besiegte der Duft frischer Blüten den Bachwassergeruch.

Als die Eule im Morgengrauen von der Jagd zurückkehrte, eilte Mrs. Murphy in den Stall.

»Hattest du die Möglichkeit, bei O'Bannon's drüberzufliegen?«

»Ja. In der Werkstatt ist Licht an, aber die Vorhänge sind zugezogen.«

»Parken draußen irgendwelche Personenwagen oder Transporter?«

»Nein, und das fand ich eigenartig.«

»Ich auch.«

»Sicher, jemand hätte tagsüber das Licht anlassen können, oder es ist während der Gewitter angeblieben«, dachte die Eule laut. *»Trotzdem, man sollte meinen, jemand ist da drin gewesen.«*

»Wie sieht's mit dem Waggon aus?«

»Dein Rattenfreund, ein emsiger Bursche, ist mehrmals von der Werkstatt zum Waggon gehuscht. Er hatte eine Tüte Kartoffelchips bei sich. Als er mich hörte – ich bin tief runtergestoßen, um Eindruck zu machen –, hat er nicht etwa die Chips fallen lassen und Reißaus genommen. Ein zäher Bursche.«

»Wenn ich Wasser in sein Loch schütten könnte, würde ich ihn bestimmt zum Reden bringen. Ich würde natürlich die Ausgänge verstopfen.« Mrs. Murphy malte sich dies mit Vergnügen aus. Sie hörte Simon in seinem Nest schnarchen. Er sah einer Ratte ähnlich, war aber so ganz anders als Papst Ratte; zwei Geschöpfe, die vom Temperament her kaum verschiedener sein konnten.

»Die Ratte hat ihre Beute auf dem ganzen Gelände verteilt.«

»Keine Geräusche in der Werkstatt?« Murphy hoffte auf mehr Hinweise.

»Doch. Ich hab am Fenster gesessen und Menschenfüße gehört. Ich wusste, dass da jemand drin war.«

Als Murphy später ins Haus zurückging, fragte sie sich, ob jemand wegen des Abbruchballs noch spät gearbeitet hatte. Aber warum hatte derjenige dann nicht vor der Werkstatt geparkt? Und warum nicht in dem neuen Gebäude gearbeitet, wo der Ball stattfinden würde? Wenn alles mit rechten Dingen zuging, warum wurde dann das Auto versteckt? Vielleicht war Sean in der Werkstatt gewesen. Vielleicht fühlte er sich Roger in der Werkstatt näher. So viele Gedanken drängten sich in Murphys Kopf, dass sie Mühe hatte, sie zu ordnen. Eines half ihr, sich zu konzentrieren: Sie wollte auf keinen Fall, dass Harry auf dem Firmengelände herumschnüffelte.

40

Seans Assistentin Isabella Rojas konnte Lottie nicht leiden, aber sie musste nett zu ihr sein. Der Kunde hat immer Recht, auch wenn Lottie in diesem Fall keine Kundin war. Sean würde Isabella feuern, wenn sie sich irgendwem gegenüber ungehobelt benähme. Die Wahrheit war, dass sie sich, wie so viele Frauen vor ihr, in ihren Chef verliebt hatte.

»Er ist draußen, Miss Pearson.« Isabella rang sich ein Lächeln ab. »Hinten, bei den Statuen.«

»Danke.« Mit herablassender Miene schwirrte Lottie nach draußen. Sie fand Sean, der dabei war, sorgsam Ketten um einen gewaltigen ruhenden Greif zu legen. »Sean.« Sie winkte.

»Hi.« Er gab dem Führer des kleinen Krans ein Zeichen, den schweren Gegenstand zu heben und auf einen Auflieger zu laden.

»Wer hat das schöne Stück gekauft?«

»H. Vane Tempest.« Er sprach von einem reichen Engländer, der im Westen der Stadt ein großes Gut besaß und dessen Emblem ein Greif war.

»Aber natürlich.« Ihr Blick wanderte von dem Greif zu dem Kran, dann zu dem Auflieger und zu dem großen Diesel-Sattelschlepper, der ihn zog. »Du musst ein kleines Vermögen in die Ausrüstung gesteckt haben. Ich hab nie richtig zu ermessen gewusst, wie viel. Ich nehme an, du verstehst dich gut darauf, mit geliehenem Geld zu arbeiten.«

»Hey, ich bin Gebrauchtwarenhändler. Ich hab einen Riecher dafür, Ausrüstung und Maschinen zu günstigen Preisen aufzutreiben. Nimm diesen Kran hier. Neu würde der hundertneununddreißigtausend Dollar kosten. Ich hab ihn für neunzehn gekriegt.«

»Sagenhaft«, gurrte sie. »Und wie machst du das?«

»Beziehungen und«, er blickte einen Moment in die Ferne, »Roger. Er hat die Maschinen begutachtet, mir gesagt, was es kosten würde, so ein Stück auf Vordermann zu bringen, und so informiert konnte ich dann eine Entscheidung treffen. Roger war ein richtiges Genie bei allem, was einen Motor hatte. Er hat sogar die alte Abrissbirne perfekt instand gehalten.«

»Das mit Roger tut mir so Leid. Ich weiß, das hab ich schon mal gesagt, aber ich weiß nicht, was ich sonst sagen soll.« Sie spielte mit dem Ring am kleinen Finger ihrer rechten Hand. »So eng, wie du mit Roger zusammengearbeitet hast, muss es doppelt schlimm sein.«

»Der Herr gibt und der Herr nimmt«, erwiderte Sean. »Am Anfang war ich so erschüttert, dass ich das Geschäft verkaufen und weggehen wollte. Mom hat mich zur Vernunft gebracht. Weglaufen ist keine Lösung. Drei Generationen O'Bannons haben ihren Schweiß auf diesen Grund und Boden tropfen lassen. Mit etwas Glück wird es eine vierte und fünfte Generation geben.«

»Das hoffe ich sehr.« Sie lächelte. »Du kannst dir vorstellen, wie du als alter Mann deinem Enkel beim Bewegen von Statuen zusiehst.«

»Bis dahin werden sie hochgebeamt. Verstehst du, die Moleküle werden neu geordnet und ohne Kran und Anhänger befördert.«

»Vielleicht.« Sie verlagerte ihr Gewicht auf den linken Fuß. »Ich habe läuten gehört, dass du den Abbruchball durchziehen willst, und ich wollte dir helfen.«

»Danke, Lottie.«

»Ich dachte, ich könnte vielleicht ein paar von Rogers Aufgaben übernehmen.«

»Das ist es ja. Ich weiß nicht die Hälfte von dem, was er gemacht hat. Er hat sich da in der Werkstatt vergraben, und ich war hier draußen. Er hat sich um die Verpflegung gekümmert. Ich habe die Dekorationen übernommen, aber dann ist so viel passiert. Leider habe ich nie richtig zu würdigen gewusst, was Roger zum Geschäft beigetragen hat, oder zu meinem Leben. Ich komme mir so – so mies vor.«

»Sean«, sie legte ihre Hand auf seinen Unterarm, »keiner weiß so was zu würdigen. Nicht nur du. Niemand von uns weiß, was andere für unser Leben tun, bis sie nicht mehr da sind.«

»Ah – danke.« Er kickte Steinchen auf dem Kiesweg hoch, dann sah er Lottie an. »Kommst du auf den Ball?«

»Natürlich. Oh, ich wollte gar nicht so lange bleiben. Ich wollte dir nur Bescheid sagen, dass ich zum Helfen zur Verfügung stehe.«

41

Aus einer Eingebung hatte Cooper das Fahndungsfoto von dem falschen Wesley Partlow an alle Dienststellen im Staat geschickt. Nachmittags um zehn nach vier saß sie an ihrem Schreibtisch an einem Entwurf. Nächsten Mittwoch sollte sie an der Western Albemarle Highschool einen Vortrag über Gesetzesvollzug als Beruf halten. So sehr sie ihre Arbeit liebte, sie war müde, und ihr wollte partout nichts einfallen.

Zum Teil kam die Erschöpfung daher, dass sie es ständig mit Leuten zu tun hatte, die selbst mächtig im Stress waren. Sean hatte sie wegen der Exhumierung am kommenden Montag angegriffen. Er respektierte den Wunsch seiner Mutter, aber er fand, das Gesuch sei makaber und die Exhumierung werde sich als ergebnislos erweisen.

Sobald er Dampf abgelassen hatte, fragte sie ihn nach Rogers Erwerb einer Beteiligung an einem Stockcarsyndikat in Höhe von vierzigtausend Dollar, einem riesigen Batzen Geld für ein Hobby, und Sean sagte, es ginge ihn nichts an, wofür sein Bruder sein Geld ausgab. Er hatte regelmäßig die Rennbahn in Waynesboro besucht, und es war verständlich, dass Roger in die höheren Regionen des Sports vorstoßen wollte, wenn er ein bisschen Geld gespart hatte. Die Formel-1-Fahrer Dale Earnhardt und Richard Petty waren seine Helden.

»Man kann es nicht mit ins Grab nehmen«, hatte Sean O'Bannon wörtlich gesagt.

Dann musste Coop sich mit Don Clatterbucks Mutter bei der Bank treffen, um sein Bankschließfach zu öffnen. In dem schmalen Metallfach befanden sich sein Kraftfahrzeugbrief, seine Geburtsurkunde, einige Aktien und Anleihen sowie die Kombination für den Tresor.

Mrs. Clatterbuck schwor, dass sie die Kombination nicht kannte und gedacht hatte, der Tresor sei eins von Dons Fundstücken. Früher oder später würde er ihn wohl verkaufen. Er handelte gern. Sie wusste nicht, wo er das gute Stück erworben hatte. Weder sie noch ihr Mann waren Kaufleute.

Keine Liebesbriefe waren in dem Bankfach versteckt.

Coop bedankte sich bei Mrs. Clatterbuck, notierte sich die Kombination und kehrte ins Büro zurück.

Um zwanzig nach vier ging sie zur Kaffeemaschine. Ein Koffeinstoß würde sie vielleicht zu Ideen für ihren Vortrag inspirieren. Ihr fiel nichts anderes ein als »Wie würde es euch gefallen, Betrunkene, totgeschlagene Väter und zerquetschte Unfallopfer aufzulesen? Zur Abwechslung könntet ihr einen Drogendealer mit weggeschossenem Kiefer verhören.« Sie wusste, wenn sie in diesem Stil weitermachte, würde sie ins wahrhaft Morbide abgleiten. Kaum hatte sie den Kaffeebecher am Mund, als Sheila ihr ein Gespräch durchstellte.

Coop ging wieder an ihren Schreibtisch und nahm ab. »Deputy Cynthia Cooper.«

»Louis Seidlitz, der Barmann von Danny's.«

»Ja, Mr. Seidlitz?«

»Mir ist der Name von dem kleinen Kotzbrocken eingefallen: Dwayne Fuqua. Hat mich ganz verrückt gemacht.«

»Als ich bei Ihnen war, sagten Sie, er war nicht oft da.«

»War er auch nicht. Wie gesagt, vielleicht einmal im Monat. Dwayne hatte eine Mission.«

»Sir?«

»Mädchen.«

»Mit Glück?«

»Nicht mehr als die meisten.« Louis lachte.

»Mr. Seidlitz, haben Sie ein Faxgerät im Büro?«

»Ja.«

»Legen Sie nicht auf. Geben Sie mir die Nummer und ich faxe Ihnen ein Foto. Sagen Sie mir, ob Sie jemanden erkennen.«

Er gab ihr die Nummer. Sie faxte ihm das Foto von Donald und Roger.

Sie konnte hören, wie das Faxgerät in seinem Büro das Foto auswarf.

»Deputy?«

»Ja?«

»Der mit den Händen in den Taschen. Der war ab und zu da. Mit Dwayne.«

»Mr. Seidlitz, haben Sie vielen Dank. Sie waren mir eine große Hilfe.«

»Gern geschehn.«

Sie legte auf, schalt sich im Stillen, weil sie nach ihrem Besuch in der Bar entmutigt gewesen war. Sie hatte das Gefühl gehabt, geschlampt zu haben. Nun, Louis hatte es wettgemacht. Er hatte soeben Don Clatterbuck identifiziert.

42

Kühl. Ein schöner Herbsttag.« Diego beschrieb den Tag in Montevideo; denn südlich des Äquators waren die Jahreszeiten umgekehrt.

»Hier regnet's. Wenn die Tiere zu zweit gehen, bekomme ich Angst.« Harry lachte.

»Ist das zu fassen? Sie reden übers Wetter!« Pewter rümpfte die Nase.

»Du etwa nicht?« Tucker hatte einen Heißhunger auf Speck, und sie wünschte, Harry würde ein Sandwich mit Speck, Salat und Tomaten machen.

»Es ist so viel passiert, seit Sie weg sind.« Harry wollte nicht, dass Diego zu viel Geld für ein langes Gespräch mit ihr ausgab. Sie hatte keine Ahnung, wie viel Geld er tatsächlich besaß, aber sie wollte bestimmt nichts davon verschwenden. »Don Clatterbuck ist erschossen worden. Sie erinnern sich vielleicht nicht an ihn.«

»Vage. Virginia hört sich an wie der Wilde Westen. Sind Sie in Sicherheit?«

»Aber ja. Ich bin für niemanden von Bedeutung.«

»Für mich schon. Ich hoffe Sie wiederzusehen – bald.«

»Danke.« Sie lächelte, hob die Stimme. »Was haben Sie morgen zu tun?«

»Thomas und ich fliegen nach Buenos Aires, das ist nicht weit. Auf einer Landkarte können Sie sich ansehen, wie die Städte liegen.« Hinter ihm schlug eine Uhr.

»Wo sind Sie jetzt?«

»In der Stadt, in der Wohnung meiner Familie.«

»Ich hab die Glockenschläge gehört.«

»Eine Standuhr, die 1846 aus Frankreich hierherkam. Oh, mein Vater kann Ihnen Geschichten erzählen, aber ich habe nicht angerufen, um von meinem Vater zu sprechen. Ich habe angerufen, um Ihnen zu sagen, dass wir uns an dem Wochenende sehen werden, wenn die Party stattfindet, der Ball.« Er machte eine Pause. »Ich weiß, dass Sie eine Verabredung für den Ball haben. Ich werde nett zu ihm sein …«

»Bitte tun Sie das.«

»Was kann ich Ihnen aus Buenos Aires mitbringen?«

»Ein Bild von den Polofeldern, wo die Argentinian Open stattfinden. Und Sie. Ich möchte Sie sehen.« Das war so viel Koketterie, wie Harry gerade noch aufbringen konnte.

»Sí!«

Sie sagten sich auf Wiedersehen und legten auf. Harry summte vor sich hin, dann sah sie auf die Küchenuhr. »Ich muss los.«

»Nimm uns mit.«

43

So eine hirnrissige Idee«, klagte Pewter.

»Leider fragen die Menschen uns nicht um Rat, bevor sie was Unüberlegtes tun.« Murphy stimmte ihrer Freundin zu, was die Beurteilung der Lage betraf. *»Blöd von ihnen, ich weiß.«*

»Theoretisch ist es eine gute Idee.« Tucker blieb auf der ande-

ren Seite des Raumes, weit weg von dem Schweißbrenner. Der Geruch, die Funken, die Flamme machten ihr dieses Mal mehr zu schaffen.

»Wenn derjenige, der diesen Sums macht, doof ist, dann ist es eine gute Idee.« Pewter schniefte. *»Ich bezweifle aber, dass er so dumm ist. Er wird die Kamera sehen. Die ist wie eine Überwachungskamera in einer Bank.«*

»Wir wissen, dass sie da oben in der Ecke ist, aber der Dieb weiß es nicht, drum könnte es klappen. Es besteht eine kleine Chance.« Tucker hegte eine schwache Hoffnung.

»Wir werden sehn. Außerdem würde ich Dieb in Mörder abändern«, sagte Mrs. Murphy.

Die Tiere sahen zu, wie BoomBoom das gewaltige Schloss geduldig wieder einsetzte. Fair hielt es hoch, doch selbst seine kräftigen Arme erlahmten. Harry löste ihn ab, um ihn zu entlasten.

Während BoomBoom arbeitete, berichtete Cooper der Gruppe von Dwayne Fuqua. »… am Rande der Gesellschaft.«

»Hatte er keinen Highschool-Berater? Bei irgendwem muss er doch einen Eindruck hinterlassen haben«, sagte Susan.

Cooper schüttelte den Kopf. »Kaum. Er hat keinen Abschluss. Der Vater hat ihn im Stich gelassen. Die Mutter hat Zuflucht zu Alkohol und Drogen genommen. Niemand weiß, wo sie ist oder ob sie überhaupt noch lebt. Er hatte ein Zimmer in einem Häuschen hinter der alten Fordhandlung, ich meine, bevor die Firma umgezogen ist. Ich hab mich bei seiner Wirtin erkundigt. Sie sagte, er war ruhig. Sie wusste nicht viel über ihn, nur dass er manchmal tagelang weg war. Die Miete hat er pünktlich bezahlt.«

»Ist er bei der Polizei aktenkundig?«, rief Harry, die das Schloss hielt.

»Nein. Was mich gewundert hat.«

»Seltsam.« Fair trat vor, als BoomBoom die Flamme kleiner stellte. »Ich bin dran.«

»Danke.« Harry war erlöst. »Und er hat Don gekannt. Das ist wirklich – ich weiß nicht. Das verwirrt mich. Waynesboro liegt gleich drüben überm Berg. Leute können sich auf vielerlei Art treffen. Ich meine, es muss keine verbrecherische Absicht dahinter stecken.« Sie zuckte mit den Achseln. »Aber da nun beide tot sind – also, was können sie gewusst haben?«

»Oder getan?« Coop stützte ihren Ellbogen auf den Karton mit dem Falschgeld.

»Ich sage immer noch, Drogen. Leute haben nicht so viel Geld, außer sie handeln mit Drogen«, äußerte Fair.

Boom, die Schutzbrille hochgeschoben, um schnell mal Luft zu holen, fügte hinzu: »Diamanten. Edelsteine. Mit dem Geschäft ist ’ne Menge Geld zu machen.«

Susan betrachtete liebevoll das Falschgeld; sie wünschte, es wäre echt und es würde ihr gehören. »Was ist mit Rubinen und Saphiren?«

»Susan, wovon redest du?« Fair hob die Stimme, um den Lärm des Schweißbrenners zu übertönen.

»Also, ein Mann will sich verloben. Er weiß nicht recht, welcher Stein seiner Braut gefallen würde. Der Juwelier zeigt ihm einzelne Steine. Er sucht einen aus, die anderen gehen zurück. Im Einzelhandel haben Juweliere nicht viele einzelne Edelsteine auf Lager. Bei uns jedenfalls nicht. Unser Markt ist zu klein. Don hätte illegale Rubine haben können. Es hätten keine Diamanten sein müssen. Die Presse sagt übrigens schmutzige Diamanten dazu.«

»Gold, Silber, Platin. Vielleicht war’s Metall.« Harry war neugierig.

»Ja, aber die nächste Frage ist, woher hätte Don Clatterbuck oder Dwayne das Gold bekommen, wer würde es bei ihnen gekauft haben und warum?« Cooper seufzte, in ihrem Kopf drehte sich alles.

Harry lächelte Cooper zu. »Du willst uns damit sagen, dass dieses Geld nichts mit Steinen oder Edelmetallen zu tun hat.«

»Genau.«

»Drogen«, beharrte Fair.

»Der Boss hat Wesley, ich meine Dwayne, und Don als Kuriere benutzt.« Coop stand auf, weil es jetzt an ihr war, das Schloss zu halten. »Das ist wahrscheinlicher.«

»Don hätte die Drogen in den Tieren verstecken können, die er ausgestopft hat«, sagte Susan.

»Grauenhafte Idee.« Pewter verzog das Gesicht.

»Was? Du willst nicht ausgestopft werden, wenn du tot bist?« Murphy lachte schallend.

»Ich werde dich überleben!«, brauste Pewter auf und entblößte ihre Fangzähne.

»Wer weiß? Und überhaupt tut es gar nicht gut, an den Tod zu denken. Du kannst eh nichts machen, wenn du stirbst, aber mit deinem Leben, da kannst du viel machen.«

»Murphy, Pewter, lasst uns nicht vom Sterben sprechen.« Tucker war der Gedanke ans Sterben verhasst.

BoomBoom stellte den Schweißbrenner aus und nahm die Schutzbrille ab. »Fertig!« Sie betrachtete die Naht und versuchte nicht zu atmen, weil die Metalldämpfe ihr Tränen in die Augen trieben. »Nicht schlecht, wenn ich das so sagen darf.«

Die anderen drängten heran, als die Dämpfe sich auflösten.

»Ich fege den Fußboden sauber.« Harry hatte vorsorglich eine Kehrschaufel und einen Handfeger mitgebracht. »Nicht auszudenken, wenn jemand den Tresor öffnet und unter seinen Füßen kleine Metallteilchen knirschen hört.«

Als der Boden sauber war, verstaute Coop das Falschgeld im Tresor. »Okay, wir machen ihn jetzt zu, schließen ihn ab und schließen ihn wieder auf, um sicherzugehen, dass die Kombination funktioniert.«

»Nein.« Boom legte die Hand auf die Tür, um sie offen zu halten. »Probieren Sie die Kombination aus, bevor Sie die Tür zumachen.«

»Okay.« Coop ließ BoomBoom die Griffe drehen und anhalten. Dann drehte sie vorsichtig die Nummernscheibe in der Mitte gemäß den Anweisungen, die sich in Dons Bankfach befunden hatten.

Das Klicken der Zuhaltungen war deutlich im Raum zu hören, weil alle ganz still waren.

»Funktioniert.« Boom lächelte. »Soll ich die Tür jetzt zumachen?«

»Klar.« Coop nickte.

Die Tür schloss sich mit einem satten, schweren Laut.

»Was haltet ihr von meiner Idee, dass Don Drogen in Hirschköpfen versteckt hat?«, erinnerte Susan an ihren Gedanken.

»Gott, hoffentlich ist in meinem Specht nichts drin.« Harry wollte den Specht vom Sheriffbüro in Culpeper zurückhaben.

»Meinem Specht«, verbesserte Pewter sie.

»In deinem Specht war nichts drin«, zerstreute Cooper Harrys Befürchtung. »Aber Drogen in ausgestopften Tieren zu verstecken wäre eine gute Methode, um sie zu transportieren. Vielleicht bist du da auf was gestoßen, Susan.«

»Wie mag Don da wohl reingeraten sein?«, fragte Harry.

»Habgier. Dadurch geraten alle da rein«, sagte Fair.

»Woher würden sie eine solche Menge verbotenen Stoff überhaupt kriegen?« BoomBoom überprüfte ihr Werkzeug.

»Wenn sie Marihuana verkauft haben, ist das nicht schwierig. Es wird hier im Staat angebaut, und keine noch so scharfe Überwachung durch Hubschrauber zur Erntezeit kann alles orten. Man kann es auch in Gewächshäusern anbauen. Wenn sie Drogen wie Kokain und Heroin verkauft haben, dafür hätten sie eine Quelle in einer Großstadt gebraucht. Falls sie so was gemacht haben.« Coop hob den leeren Karton auf.

»Was ist mit legalen Drogen? Hätten sie nicht Darvon, Valium und Quaaludes verkaufen können?« Harry fand, dass die genauso schlimm waren wie illegale Drogen.

»Sicher, aber sie hätten eine Kontaktperson gebraucht. Einen korrupten Arzt oder Firmenvertreter. Ist gar nicht so leicht ein Muskelrelaxans in die Finger zu kriegen.« Als Tierarzt kannte Fair sich mit legalen Drogen bestens aus, wurde er doch regelmäßig von Vertretern heimgesucht.

»Was ist mit Steroiden?«, fragte Susan.

»Genau dasselbe.« Fair hob die schwere Sauerstoff-Flasche auf. »Auch wer gut in Chemie ist, kann so was nicht in der Küche zusammenbrauen. Wie gesagt, man muss eine korrupte Quelle haben, oder man muss es einem Patienten klauen.«

»Gibt's Drogen, die man zu Hause herstellen kann?«, fragte Harry arglos.

»Amylnitrit«, antwortete Coop. »Aber das ist flüssig, wäre nicht so leicht zu transportieren. Das ist eine Droge, die man, wenn man geschickt ist, in der Küche zusammenbrauen könnte, aber dann käme der Kunde zum Kaufen in die Küche. Flüssigkeiten sind zu schwierig über große Entfernungen zu transportieren, und der Gewinn ist nicht sehr hoch. Bei illegalen Drogen oder Designerdrogen von den großen Drogenunternehmen ist die Gewinnspanne riesig. Von Amylnitrit hat Don keine fünfhundertfünfundzwanzigtausend Dollar in seinem Tresor.«

»Und wenn sie tiefgekühlten Samen von erstrangigen Zuchthengsten in Kentucky gestohlen haben? Was, wenn's bei dem Geschäft darum ging? Manche Hengste sind über hunderttausend Dollar wert. Ich weiß, dass der Samen gekühlt und versandt wird. Wenn Roger ständig in Lexington war, könnte er gestohlenen Samen mitgebracht haben. Wegen der DNA-Proben müsste er echte Ware geliefert haben. Aber er hätte es tun können. Vielleicht waren die Autorennen nur Tarnung.«

»Wäre möglich. Ich hab nie darüber nachgedacht, aber ich bringe Roger nicht mit Pferden in Verbindung.« Fair stellte die Sauerstoff-Flasche ab. »Ich nehme an, er hätte es tun können. Sind wir so weit?«

Die anderen nickten, sie überprüften ein und dann noch ein zweites Mal den Raum, drehten das Licht aus und gingen. Fair trug zuvorkommend die Sauerstoff-Flasche bis zur Highschool. Er hatte sie auch auf dem Hinweg getragen.

»Kraftbrocken«, sagte Pewter bewundernd.

»Du hast nicht bei uns gewohnt, als Mom mit ihm verheiratet war. Er war ein echter Schwertransporter.« Mrs. Murphy verhielt sich neutral zu der Frage, ob Harry und Fair wieder zusammenkommen sollten oder nicht, aber seine schwere Arbeit auf der Farm wusste sie durchaus zu schätzen.

Fair zog Harry beiseite, nachdem er die Flasche auf Boom-Booms tollem Transporter abgeladen hatte. »Hast du was von Diego gehört?«

»Er hat heute am Spätnachmittag aus Montevideo angerufen. Er kommt nächstes Wochenende her. Er begleitet Lottie zu einer Ehemaligen-Benefizveranstaltung.«

»Oh.« Fair lächelte.

»Sie hat ihn darum gebeten.«

»Oh.« Er machte ein langes Gesicht.

»Und?«

»Sie macht's ihm schwer.« Tucker liebte Fair.

»Er hat gelernt sich besser zu öffnen.« Mrs. Murphy war stolz auf Fairs Fortschritte, und obwohl sie nicht viel von einer Therapie hielt, fand sie, dass sie ihm geholfen hatte. Er liebte eine feste Struktur, sogar bei seinen Gefühlen, und die Therapie verschaffte ihm diese Illusion. Murphy wusste, dass man seine Gefühle nicht strukturieren konnte, aber Fairs Sitzungen verhalfen ihm zu einer Einsicht in sein Ich.

»Ich dachte, wir gehn auf den Abbruchball.«

»Ja. Ich hab's mir nicht anders überlegt. Du hast mich Neujahr gefragt. Wenn ich mich recht erinnere, hast du gesagt: ›Plan voraus.‹«

»Hab ich, oder?« Er war unendlich erleichtert, dann wurde er wieder angespannt. »Kommt Diego auf den Ball?«

»Ja, und ich werde mit ihm tanzen. Ich tanze mit allen Männern. Ich leg sogar eine flotte Sohle mit Susan hin, wenn ihr alle nicht mehr könnt.«

44

Montagmorgen um acht Uhr wurde Roger O'Bannons Leiche exhumiert. Da er noch nicht so lange in der Erde lag, waren seine Gesichtszüge sowie Finger und Zehen erhalten, aber sein Körper war mit Gasen gefüllt.

Rick verabscheute Exhumierungen. Sie waren unerfreulich und unangenehm, aber er meinte bei dieser zugegen sein zu müssen für den Fall, dass Sean auftauchte. Zwar hatte Sean seiner Mutter versprochen, sich ihren Wünschen zu fügen, aber ein Mensch konnte ausrasten, konnte es sich anders überlegen. Emotionen waren selbst in den besten Zeiten wie Quecksilber. Dies war wahrlich nicht die beste aller Zeiten, weswegen besondere Wachsamkeit geboten war.

Rick begleitete den Leichnam zu Marshall Wells. Während er bei der Arbeit war, erklärte der neue Gerichtsmediziner, er könne nicht genau sagen, wann die Ergebnisse aus Richmond eintreffen würden, aber er glaube nicht, dass es länger als eine Woche dauern werde. Glücklicherweise sei um diese Zeit nicht viel los.

Auf der Rückfahrt vom Gerichtsmediziner rief Rick Coop an, die heute allein in ihrem Streifenwagen war.

»Coop, wir treffen uns bei O'Bannon's Salvage.«

»Ärger mit Sean?«

»Nein, aber ich will mir das Gelände noch mal vornehmen.«

»Wäre's nicht ratsam, noch zu warten? Ich könnte mir vorstellen, dass Sean heute ein bisschen unwirsch ist.«

»In einer vollkommenen Welt hätte Ihr Vorschlag Hand und Fuß. Aber wenn er in der Sache drinsteckt oder wenn er seinen Bruder getötet hat, könnte er sich womöglich verraten, verstehen Sie?«

»Okay. Ich bin in zehn Minuten da. Bin jetzt an der Kreuzung Route 250 und 240. Wollen Sie 'n Sandwich?« An der Kreuzung war ein guter Lebensmittelladen.

»Hab keinen Appetit.«

»'tschuldigung. Hatte ich vergessen.« Sie war froh, dass sie nicht bei der Exhumierung war.

Sean war kurz angebunden, aber nicht direkt grob. Er sagte ihnen, sie könnten überall hingehen, wohin sie wollten.

Zuerst schritten sie die Umgrenzung der vier Morgen ab. Rick wollte sich das Gelände genau einprägen. Es gab nichts Ungewöhnliches zu sehen, außer dass das Geschäft genug Platz hatte, um sich räumlich auszudehnen, was immer ein Vorteil war.

Die wenigen kleinen Nebengebäude enthielten Gartenwerkzeug oder kleine Stücke, die gesäubert werden mussten. Manche Altwarenhändler überließen die Säuberung dem Käufer. Sean hatte entdeckt, dass er, wenn er etwas Zeit in die Säuberung investierte, höhere Preise verlangen konnte. Dafür lohnte sich die Mühe.

Dann stießen sie die Tür zur Werkstatt auf. Das große Schiebetor, groß genug für Fahrzeuge, war abgeschlossen, aber die kleine Tür links davon war offen.

»Blitzsauber«, sagte Coop.

»Ja.« Rick ging zu der hydraulischen Hebebühne hinüber. »Das ist ja 'n Ding.«

»Hier ist nicht viel drin. Er hat wohl gerade an nichts gearbeitet. Den Büchern zufolge hat er eine Woche vor seinem Tod das letzte alte Auto verkauft, ein 1932er Ford Coupé. Er hat siebenundzwanzigtausend dafür gekriegt. Deuce Coupé. So eins würde mir gefallen.«

»Ja.« Rick war kein Autonarr, aber für alte Autos hatte er was übrig. Sie waren individueller, zumindest kam es ihm so vor. »Nichts Auffälliges. Die meisten alten Autos hat er in South Carolina und Georgia aufgetrieben. Die Quellen sind überprüft. Er hat wohl abgewartet, bis er die nächsten ein, zwei Autos fand. Er hat offenbar seinen Teil zu diesem Laden beigesteuert. Er war nicht an vorderster Front, aber er hat gearbeitet. Was anderes hätte Sean auch nicht geduldet.«

»Hier ist 'ne Popcorntüte.« Coop bückte sich und hob die leere Alutüte auf. »Das ist der einzige Abfall.« Sie warf sie in den Mülleimer.

Sie gingen hinaus und schlenderten draußen durch sämtliche großen Angebotsstapel. Sie probierten die Tür zu dem Eisenbahnwaggon. Abgeschlossen. Coop sauste zurück. Sean gab ihr den Schlüssel. Den Pfützen ausweichend, lief sie zu Rick zurück. Sie schloss die hintere Tür auf, zog dann die Rouleaus an den Fenstern hoch. Licht strömte herein. »Cool.«

In der Mitte stand ein Kanonenofen. Der Fußboden aus hartem Eichenholz war sauber, und kein Stäubchen lag auf den zwei Stühlen und auf dem schweren Schreibtisch in der Ecke.

»Auch Sean ist ein Sauberkeitsfanatiker«, bemerkte Rick.

»Das würde ein nettes Restaurant abgeben. Ich hoffe, er zieht das durch«, sagte Coop.

Sie zogen die Schreibtischschubladen auf. Nichts bis auf einen alten, brüchigen Zelluloidfüllhalter.

»Das wär's dann wohl«, meinte Rick. »Ich wünschte, ich wüsste, wonach wir suchen.«

»Ich wäre schon froh gewesen über eine einzige Marihuanapflanze im Fenster.« Cooper seufzte. Auf dem Weg zur Tür sagte sie: »Mist, wir haben Matsch hier reingetragen. Ich sag's Isabella. Ich wisch's auch auf.«

»Coop, wir haben nicht Unmengen Schlamm reingeschleppt. Wenn Sean so einen krankhaften Reinlichkeitsfimmel hat, dass er sich deswegen in die Hose scheißt, soll er's doch selber wegmachen.« Auf dem Weg zur Tür blickte Rick auf die nassen Fußabdrücke hinunter. Ein Lichtstrahl fiel auf getrocknete Abdrücke mit wenig Matsch. »Hey.« Er kniete sich hin. »Die können höchstens ein paar Tage alt sein.«

Coop kniete sich ebenfalls hin. »Ja.« Sie verfolgte die Spuren: eine Person, große Füße. Zwei Schritte, und dann hinten heraus, die Schritte überschnitten sich mit den Eintrittsspuren. »Rein und raus.«

»H-h-m.«

»Chef, ist Ihnen bange?«

»Ja.«

»Mir auch.«

Papst Ratte, der sie von seinem gemütlichen Quartier aus beobachtete, knurrte: *»Schisser.«*

45

Coop schickte Fotos von Dwayne Fuqua und Donald Clatterbuck an Bill Boojum in Lexington, Kentucky. Bill konnte oder wollte keinen von beiden identifizieren. Er hatte sie nie mit Roger zusammen gesehen.

Coop gab nicht auf. Sie schickte Fotos an den Händler in Newport News. Sie bat ihn, allen Angestellten Fotos von Dwayne, Roger und Donald zu zeigen. Obwohl keiner von diesen Männern jemals in der Autohandlung gearbeitet hatte, wäre es möglich gewesen, dass der eine oder andere ein Fahrzeug gebracht oder eins abgeholt hatte, um es bei Boojum in Lexington abzuliefern; Autovermieter pflegten Autos bei großen Händlern überall in den USA zu kaufen.

Binnen zwei Stunden, nachdem sie die Fotos gefaxt hatte, bekam sie einen Anruf von Fisher McGuire, dem Geschäftsführer. Einer von seinen Büroangestellten erinnerte sich, Dwayne die Zulassungspapiere gegeben zu haben, weil er einen Jaguar zu Boojum bringen sollte. Er erinnerte sich sogar, dass der Wagen für drei Jahre geleast worden war.

Bei großen Leasingfirmen wie Boojum gingen oft Anfragen nach einem bestimmten Fahrzeug ein, in diesem Fall nach einer neuen Jaguar Limousine in Britisch-Jagdgrün mit hellbrauner Innenausstattung. Die Einkäufer bei Boojum nahmen Kontakt zu verschiedenen Jaguarhändlern auf, bis sie einen Wagen fanden, der dem Wunsch ihres Kunden entsprach. Sie bezahlten den Wagen, ließen ihn zur Firma fahren und vermieteten ihn dem Kunden. Wenn der Restwert des Wagens exakt ausgerechnet wird, kann ein Händler bei Leasinggeschäften nicht draufzahlen, weil die Wertminderung zu Lasten des Kunden geht, nicht des Händlers. Der Kunde ist für die Wartung zuständig und hat eine bestimmte Anzahl Kilometer pro Jahr frei, normalerweise zwanzig- bis fünfundzwanzigtausend. Was darüber ist, wird mit sechs bis zehn Cent pro Kilometer in Rechnung gestellt. Wenn die Abnutzung des Fahrzeugs extrem ist, muss der Kunde für die Kosten aufkommen, wenn die Leasingzeit abläuft. Wenn der Wagen nach Ablauf der Vertragsdauer, gewöhnlich drei Jahre, zurückgegeben wird, verkauft der Händler ihn zum Restwert. Der Kunde hat das Recht, das Auto zum Restwert zu erwerben.

Diese Methode funktioniert bestens bei Leuten, die nicht gewillt sind, einen Haufen Geld in ein Auto zu stecken. Aber da ihnen das Auto nicht gehört, zählt es nicht als Aktivposten, sondern als Verbindlichkeit. Die Steuerabschreibungen und die Wertminderung stellen ein weiteres Labyrinth von Fragen dar, das nur ein Steuerberater enträtseln kann. Ein Leasingkunde braucht einen Anwalt, bevor er den Vertrag unterzeichnet. Er kann unter Umständen die monatliche Leasingrate abschreiben, wenn der Wagen geschäftlich genutzt wird. Doch oft ist es so, was man mit der einen Hand spart, nimmt einem das Finanzamt aus der anderen.

Cooper schnappte sich Rick, als er durch die Tür trat. Er hörte sich aufmerksam an, was sie herausgefunden hatte.

»Boojum kann Dwayne nicht identifizieren?«

»Nein, aber womöglich hat er gar nicht gesehn, wer den Wagen gebracht hat. Dwayne war vielleicht kein Stammfahrer.«

»Kann sein.« Rick ließ sich schwer auf seinen Stuhl fallen. »Wer hat die Lieferung bezahlt?«

»Boojum hat vorausbezahlt. Sie haben keinen Fahrer benannt. Fisher McGuire, der Geschäftsführer in Newport News, hat den ganzen Papierkram einschließlich Leasingvertrag an Dwayne Fuqua gefaxt. McGuire hatte den Eindruck, dass Dwayne Fahrer bei Boojum war. Bill Boojum sagt, niemand in seinem Laden hat Dwayne Fuqua je gesehn. Oder Wesley Partlow, suchen Sie sich einen Namen aus.«

»Ich garantiere Ihnen, jemand hat ihn gesehn!« Rick knallte aus Frust seine Hand auf den Schreibtisch. Sein Kaffeebecher klirrte.

»Ja, da lügt jemand, dass sich die Balken biegen.« Sie legte ihre Hand auf Ricks Kaffeebecher für den Fall, dass er wieder die Beherrschung verlor. »Also, was haben wir hier? Befördern sie Drogen in den Wagen? Für jede Fahrt über den Berg wird ein anderes Auto benutzt. Vielleicht sogar ein anderer Fahrer. Lexington und Louisville sind florierende Drogenmärkte.«

»Verdammt, in Lexington sind sie so reich, dass sie das Scheißzeug einfliegen können«, grummelte er.

»Nicht alle sind so reich, Chef.«

»Es ist plausibel und auch wieder nicht. Wenn Boojum in der Sache drinsteckt, dann …« Rick brach mitten im Satz ab, griff nach seinem Adressbuch. »Moment mal.« Er fand die gesuchte Nummer und wählte. »Sheriff Paul Carter bitte.« Er wartete kurz. »Paul, Rick Shaw aus Albemarle County, Virginia. Kumpel, du musst mir 'nen Gefallen tun.«

»Worum geht's?«, fragte der Sheriff, ein alter Freund aus Washington County.

»Ich faxe dir drei Fotos rüber. Kannst du damit zu Boojum in Lexington gehn, Bill Boojum meiden und sehn, ob jemand diese Männer identifizieren kann?«

»Die große Autofirma dort? Sehr nobel.«

»Genau die«, sagte Rick. »Ich untersuche hier einen Kriminalfall und habe allen Grund zu glauben, dass Boojum was damit zu tun hat.«

»Wie kriminell ist er denn, der Fall?« Paul lachte.

»Zwei Morde, und wenn der Laborbericht von einer Exhumierung kommt, hab ich vielleicht drei.«

»Herrje.« Paul stieß einen Pfiff aus. »Ich geh persönlich hin – in Zivil.«

»Ich bin dir wirklich sehr verbunden, und glaub mir, ich revanchiere mich, wenn sich die Gelegenheit ergibt.«

»Mach ich doch gern.«

Als er aufgelegt hatte, sprang Rick vom Stuhl und ging hinüber zu den Karten, die er an das Korkbrett an der Wand gepinnt hatte. Coop folgte ihm.

»Chef, brauchen Sie eine Karte von Kentucky?«

»Ja.«

Coop summte Sheila an. »Hey, gucken Sie mal in dem metallenen Aktenschrank nach, ob's da eine neuere Karte von Kentucky gibt.«

Sheila fand eine und brachte sie. Rick zog Stecknadeln aus dem Korkbrett, breitete die Karte aus und strich sie glatt. Er pinnte sie an, und Coop, die seine nächste Bitte ahnte, brachte ihm eine Karte vom Staat Virginia. Als sie ans Brett gesteckt war, betrachteten beide sie.

»Hier, das kapier ich nicht.« Cynthia legte den Finger auf

Newport News. »Über eine Million Einwohner. Ein großer Marinestützpunkt. Würde man da nicht einen blühenden Drogenmarkt vermuten? Es muss einen geben. Warum unsere Zeit mit Lexington vertrödeln?«

»Das organisierte Verbrechen hat Newport News fest im Griff. Kleine Fische könnten 'ne Weile überleben, aber am Ende würden sie ausgenommen. Vielleicht sind die Städte im mittleren Süden offener.« Er berührte jede Stecknadel, die den Schauplatz eines Mordes verkörperte. »Ich bin nicht überzeugt, dass es hier um Drogen geht, auch nicht um legale Drogen, wie Sie vermutet haben.«

»Was immer sie machen, es muss leicht zu transportieren sein.«

»Nein. Was immer sie machen, darf einfach keine Aufmerksamkeit auf sich ziehen. Leicht muss es nicht sein. Sie könnten gestohlene Autos verschieben.«

»Ja, aber wir würden es wissen, wenn hier in der Umgebung Autos gestohlen würden. Außerdem, würde Don von gestohlenen Autos fünfhundertfünfundzwanzigtausend Dollar in seinem Tresor haben? Für so viel Geld müssten die Kerle eines der größten Schiebergeschäfte in Amerika betreiben – und nur für einen einzigen Knilch. Er war vermutlich nicht mal der Chef vom Ganzen.«

»Ich weiß, ich weiß. Das reimt sich auch nicht zusammen. Als wir zu Rogers Werkstatt gingen, hatte ich nach einer Ausschlachterei gesucht. Keine Spur. Ein Auto reinschleppen, die einzelnen Teile abmontieren und verkaufen, verdammt, da hätte überall Schrott sein müssen. Rogers Laden war makellos.«

»In seiner Werkstatt war es sauberer als in den Häusern mancher Leute«, bemerkte Coop.

»Streichen wir die Ausschlachterei. Ich hab sogar an Geldfälschung gedacht. Aber wenn's da keinen unterirdischen Bunker oder sonst einen versteckten Ort gibt, ist es damit auch nichts. Ich weiß, Drogen sind im Moment das einzig Logische in allem Unlogischen, aber Coop, ich glaube nicht, dass es um Drogen geht. Ich weiß nicht, ob Don Clatterbuck und Roger hätten dealen können, ohne selbst zu konsumieren, und das hätte man ihnen angemerkt.«

»Roger hat gern einen getrunken, aber denken Sie dran, Diana Robb sagt, er hat auch gekokst. Ich erinnere mich, als ich wegen Mrs. Hogendobbers Radkappen dort war, war der Weg zu seiner Werkstatt von Bierdosen gesäumt. Aber von Drogen keine Spur.« Cooper verschränkte die Arme.

Rick ging vor den Karten auf und ab. »Ich kann mir schwer, hm, fast unmöglich vorstellen, dass Don oder Roger irgendwelche kriminellen Geschäfte organisiert hat. Keiner von beiden kam mir gewieft genug vor. Jemand muss an der Spitze stehn, jemand, der intelligenter ist.«

»Die meisten Morde geschehen im Familienkreis oder zwischen Leuten, die sich gut kennen. Und bei den meisten solcher Morde sind Alkohol oder Drogen im Spiel, oder es sind Verbrechen aus Leidenschaft. Diese Morde aber sind leidenschaftslos, kalt. Der Mord an Dwayne war opportunistisch, aber kein Verbrechen aus Leidenschaft. Der Leichnam war nicht verstümmelt, er hatte einen Schlag über den Schädel gekriegt; aus irgendeinem Grund konnte der Mörder ihn nicht mit einem stumpfen Gegenstand erledigen, deshalb hat er ihn aufgeknüpft.«

»Vielleicht war die Waffe nicht schwer genug oder der Mörder nicht stark genug. Das weist auf eine Frau hin.«

»Dwayne über einen Baum hieven kann kein leichtes Unterfangen gewesen sein.«

»Ihn hinten auf einen Transporter laden, den Strick über einen Baum werfen und wegfahren. Es hat so stark geregnet, dass keine Spuren geblieben sind. Ein Transporter hätte dort gewesen sein können oder sogar ein PKW, Dwayne über den Kofferraum geschoben. Ist vertrackt, aber gar nicht so schwierig. Und Dwayne wollte mehr Geld. Nach Dschinn Marks Gespräch mit Ihnen könnte das durchaus ein starkes Motiv sein. Wenn er jetzt mehr wollte, würde er später auch mehr wollen. Oder er wollte eine Beförderung.« Rick schüttelte den Kopf. »Habgier saugt alle anderen Emotionen aus, oder?«

»Ja, scheint so. Sie macht die Leute gefühllos.«

»Ich warte auf den Laborbericht über Roger. Wenn er ermordet wurde, dann muss ich meinen ersten Verdächtigen ins Auge fassen, Sean O'Bannon. Er hatte durch die Ermordung seines Bruders am meisten zu gewinnen, unabhängig davon, in welche Gaunerei Roger verwickelt gewesen sein mag. Sean erbt das ganze lukrative Geschäft. Vielleicht erbt er sogar ein lukratives illegales Geschäft.«

»Vielleicht verleitet der Tresor voll Geld den Mörder, in die Falle zu tappen.«

»Ein Aushang mit der Ankündigung, dass Dons Waren verkauft werden, könnte uns weiterhelfen. Ich hab mit seinen Eltern gesprochen. Sie sind einverstanden, und wir schreiben ihre Telefonnummer nicht drauf. Nur Datum, Ort und Zeit der Versteigerung. Das müsste ihm Feuer unterm Hintern machen.« Rick hob eine Augenbraue. Er konnte schlau sein.

46

Täglicher Sonnenschein und Wind ließen die Pfützen kleiner, den Schlamm flacher werden. Da Harry dem Boden noch nicht traute, fuhr sie nicht mit dem Traktor an den Bach. An den Ufern hatten sich große Äste verkeilt, ein paar schwache Bäume waren in den Bach gekracht; ihre entwurzelten Stämme sahen aus wie gelähmte Tintenfischtentakeln. Harry musste die Stämme zu kleineren Stücken zersägen und schwere Ketten darum winden, um sie herauszuziehen. Wenn das Holz getrocknet war, wollte sie es zu Feuerholz zerkleinern und säuberlich auf der Veranda stapeln. Sie hatte auch neben dem Sägespäneschuppen einen wetterfesten Holzschuppen gebaut. Im Laufe des Frühjahrs und des Sommers wollte sie den Holzschuppen nach und nach bis obenhin voll packen. Das würde den ganzen kommenden Winter über reichen.

Das Quecksilber kletterte mittags auf fünfzehn Grad, gerade warm genug, um die Jacke auszuziehen, aber noch kühl genug für ein mitteldickes Hemd. Harry nahm die Gelegenheit wahr, ein Blech auf ihrem Stalldach zu falzen, bevor das Wetter heiß und heißer wurde. Die Falznähte lösten sich mitunter. Man faltet das längere Stück über das kürzere und drückt beide zusammen. Ihr Vater hatte ihr beigebracht, wie man das macht. Sie trug Turnschuhe; die Gummisohlen gaben ihr Halt auf der Dachpappe. Nur eine einzige Naht musste ausgebessert werden, worüber Harry erleichtert war.

Pewter und Murphy hatten sich unter dem großen weißen Fliederbusch zur Ruhe gelegt. Tucker schlief unter dem lila Fliederbusch. Beide Katzen waren wach, hatten sich aber auf der Seite zu voller Länge ausgestreckt.

»Magst du Speck?« Pewter schlug nach einer Ameise, die ihr schnell auswich.

»Das weißt du doch.«

»Wenn du die Wahl hättest zwischen Speck und Rindsstückchen, was würdest du nehmen?«

»Rind.«

Pewter rollte sich auf den Rücken. *»Und zwischen Rind und Thunfisch?«*

»Thunfisch.«

»Thunfisch und Lachs?«

»Hm-h-m, Thunfisch.« Mrs. Murphy musste darüber nachdenken. *»Wieso fragst du mich? Hast du schon wieder Hunger? Du hast reichlich gefrühstückt.«*

»Wenn ich nicht esse, denke ich gern ans Essen. Lieblingsspeisen geben Aufschluss über die Persönlichkeit.« Sie äußerte dies mit großer Überzeugung.

»Pewter, leg dir 'ne Taucherbrille zu.«

»Häh?«

»Du tauchst ab in den Tiefsinn.«

»Beschränkt«, sagte sie naserümpfend. *»Wundert mich gar nicht. Thunfisch, eine äußerst konventionelle Katze.«*

Mrs. Murphy hob den Kopf. *»Sie hat aufgehört.«*

Auch Pewter hob den Kopf von ihrer ausgestreckten Pfote. *»Welche Ausbesserung wird sie sich als Nächstes vornehmen? Sie ist*

unermüdlich. Sie muss lernen, zwischendurch ein Nickerchen zu machen.«

Aus heiterem Himmel flog der Blauhäher an ihnen vorbei, dass der Flieder wackelte, und kreischte: *»Mäusekot!«*

Pewter sprang auf und schüttelte sich. *»Tod!«*

»Geh nicht weg. Komm her. Mal sehn, ob wir ihn in den Busch locken können. Dann haben wir ihn.«

Der Blauhäher wendete, flog um den Walnussbaum, hielt im Sturzflug auf die Fliederbüsche zu, zu gerissen, um sich hineinlocken zu lassen. Er schrie: *»Bandwurmwirtin.«*

»Jetzt reicht's mir!« Pewter stürmte aus dem Busch, aber der Vogel schwirrte schon davon.

Um anzugeben, flog er in den Mittelgang des Stalles und hinten hinaus.

»Wenn wir sein Nest finden, können wir raufklettern und ihn töten«, lautete Mrs. Murphys logischer Vorschlag. *»Wenn wir ihn oder sein Weibchen nicht erwischen, können wir ihre Eier auf die Erde schmeißen.«*

»Die möcht ich zu gerne platschen hören, winzig kleine Platscher, weil es winzig kleine Eier sind. Tod der nächsten Generation.« Pewters Pupillen weiteten sich vor Aufregung.

Die einzige weitere Aufregung des Tages war, dass Diego am Abend Harry anrief. Er sei wieder in Washington und freue sich darauf, sie am kommenden Wochenende zu sehen. Da Fair sie zum Abbruchball begleitete, bat Diego sie, in ihrem Kalender nachzusehen, damit er mit ihr zum nächsten Ball, Picknick, irgendwas gehen könne. Dann schlug er vor, sie könnten ein eigenes Picknick veranstalten. Sie war einverstanden. Sie wollten Samstagmittag einen Imbiss genießen, und wenn es regnete, würden sie im Stall essen, um wenigstens halbwegs im Freien zu sein.

Harry legte auf und fing an zu pfeifen.

»Ein grässliches Geräusch«, maunzte Pewter.

»Das kann man wohl sagen«, stimmte Mrs. Murphy zu. Sie rannte zu Harry und bat sie, aufzuhören.

»'tschuldigung, Mädels, ich hatte vergessen, wie empfindlich euer Gehör ist.«

»Mich stört das nicht«, sagte Tucker. *»Wenn du pfeifst, komm ich gerannt.«*

»Lass die Schleimscheißerei, Tucker, das ist ein unschöner Zug«, grummelte Pewter.

»Weißt du was, Pewter, du bist so fett, ich wette, du hast Stoßdämpfer an deiner Katzenkiste.«

Hierauf musste Mrs. Murphy so lachen, dass sie vom Sofa kullerte und mit einem Plumps auf dem Boden landete.

»Murphy, eigentlich solltest du auf den Füßen landen.« Harry hob sie auf, küsste sie auf die Stirn, während Pewter wütend über den Flur ins Schlafzimmer stapfte.

Das Telefon klingelte wieder. Harry ging in die Küche und nahm ab. Als sie BoomBooms Stimme hörte, kniff sie einen Moment die Augen zu.

»Für welchen guten Zweck willst du mich jetzt wieder gewinnen?«

»Hm, für die Behindertenwettkämpfe werden freiwillige Helfer gesucht. Sie finden in Wintergreen statt« – sie nannte einen Erholungsort in der Nähe –, »und wir brauchen Leute, die sich mit Sport auskennen. Ich dachte, du könntest vielleicht Kampfrichterin bei den Rennen sein.«

»Oh. Gerne.«

»Das war einfach.«

»Ich mag die Behindertenwettkämpfe.« Harry lächelte, dann wechselte sie das Thema. »Glaubst du, dass eine Maus in unsere kleine Falle tappen wird?«

»Das will ich hoffen.«

»Was ich dich immer schon fragen wollte, wie hast du Thomas kennen gelernt?«

»Auf einer großen Party bei Vin Mattacia.« Mattacia war Ende der siebziger Jahre Botschafter in Spanien gewesen. Der weltgewandte, kontaktfreudige Herr stand im Mittelpunkt der ehemaligen Angehörigen des diplomatischen Corps, die sich hier in der Gegend zur Ruhe gesetzt hatten.

»Oh.«

»Tolle Party. Eine Valentinsparty. Ich amüsiere mich gut

mit ihm, aber ich glaube nicht, dass die Beziehung irgendwohin führt. Wir haben einfach nur – Spaß.«

»Oh.«

»Ich weiß nicht, ob ich noch mal heiraten möchte. Manchmal denke ich ja, manchmal denke ich nein.«

»Es ist eine Zwickmühle.«

Sie plauderten noch ein bisschen, dann legte Harry auf, sah, dass es spät war und ging unter die Dusche.

Pewter auf dem Bett ignorierte Murphy und Tucker, die auf dem Bettvorleger saßen.

»Kannst du dir vorstellen, unter der Dusche zu stehen? Das ist wie im Regen stehn«, sagte Mrs. Murphy zu dem Hund, als sie sich zum Schlafen niederlegte.

»Das ist Menschensache.« Tucker machte die Augen halb zu. *»Das ist dasselbe wie mit Messer und Gabel essen.«*

47

Coop kam morgens um halb acht zur Hintertür des Postamts hereingefegt. Sie tackerte das falsche Versteigerungsplakat an das schwarze Brett im vorderen Teil des Gebäudes.

Miranda und Tracy wussten, was gespielt wurde. Alle, die an diesem Tag ins Postamt kamen, gaben einen Kommentar dazu ab.

Lottie wollte wissen, ob die Clatterbucks so knapp bei Kasse seien. Dann meinte sie sarkastisch, Harry werde wohl in der ersten Reihe der Interessenten sein, weil sie es sich nicht verkneifen könne, ihre Nase in anderer Leute Angelegenheiten zu stecken.

Mim, die gerade aus New York zurück war, fand, es sei viel zu früh. Man brauche Zeit, um auszusortieren und zu verkaufen.

Little Mim gab zu bedenken, wer wohl Bärentatzen und dergleichen erstehen wolle.

Jim Sanburne zuckte nur mit den Schultern. Er tolerierte

einen breiteren Verhaltensspielraum als die Frauen in seinem Leben.

Reverend Herb Jones fand die ganze Geschichte zu traurig.

Sean O'Bannon las den Aushang, ohne sich dazu zu äußern.

Gegen Abend hörte Rick Shaw Marshall Wells am Telefon zu. Der Laborbericht war mit gebührendem Tempo eingetroffen. Roger O'Bannon war mit Quinidin vergiftet worden, einem Medikament, das, im Übermaß von einem Gramm eingenommen, innerhalb von fünfzehn bis zwanzig Minuten zum Tode führt. Es kann in Pillen- oder Pulverform verabreicht werden. Anders als die meisten Gifte tötet dieses, ohne entsetzliche Zuckungen hervorzurufen. Es wird manchmal Herzpatienten verschrieben, um akute Rhythmusstörungen zu beheben.

Coop, die neben Rick stand, als er den Hörer auflegte, fragte nur: »Verhaften wir Lottie Pearson?«

»Sie hat ihm den Kaffee gebracht. Können Sie beweisen, dass sie ihn vergiftet hat? Absichtlich?« Er betonte das Wort. »Nicht sofort. Sie läuft uns nicht weg.«

Um drei Uhr in dieser Nacht fuhr ein Auto mit ausgeschalteten Scheinwerfern langsam durch Don Clatterbucks kurze Zufahrt. Der Fahrer stieg aus, schloss geräuschlos die Tür und ging zu Dons Werkstatt. Als Harry, Rick und die anderen Dons Werkstatt nach Wiedereinsetzen des Schlosses verlassen hatten, hatte niemand bemerkt, dass das rote Lämpchen an der Videokamera sich in der Fensterscheibe spiegelte. Der Dieb jedoch sah es und ging.

48

Die Woche verflog in einem Chaos von Tätigkeiten, die zum Zeitpunkt des Geschehens scheinbar ungemein wichtig und hernach rasch vergessen waren. Zum Glück war die Postmenge mäßig, weshalb Harry Freitagmorgen hinauseilte, um ihre Lebensmitteleinkäufe zu tätigen. Miranda, deren Kühlschrank immer gefüllt war, gab ihr gerne frei. Tracy leistete Miranda bei der Arbeit Gesellschaft.

»Weißt du schon, welches Kleid du anziehst?«

»Das Magentarote natürlich, dieselbe Farbe wie meine Pfingstrosen.«

»Du wirst dort das hübscheste Mädchen sein.« Er lächelte und dachte bei sich, ein weißes oder rosa Ansteckbouquet würde ihr Kleid vervollständigen. »Ich kann mich nicht erinnern, dass Tim O'Bannon sich so für karitative Belange eingesetzt hat.«

»Tim war ein Geizkragen. Ida war das immer peinlich. Als die Jungs den Laden übernahmen, haben sie sich an Gemeindeangelegenheiten beteiligt. Ich denke, sie taten es aus Herzensgüte, aber ich glaube, dem Geschäft hat es auch nicht geschadet. ›Ein jeglicher nach seiner Willkür, nicht mit Unwillen oder aus Zwang; denn einen fröhlichen Geber hat Gott lieb.‹ Zweiter Brief an die Korinther, neuntes Kapitel, Vers sieben.«

»Hast du ein Gedächtnis.«

»Da sind wir wieder!«, verkündete Tucker fröhlich.

»Mom ist nach Hause gefahren, hat die Sachen in den Kühlschrank gepackt, hat uns was Leckeres gegeben, und jetzt hab ich Lust auf den Postkarren.« Pewter sprang hinein, was den Karren ein kleines bisschen ins Rollen brachte.

»Ich hab Schweinekoteletts gekauft.« Harry klang triumphierend, der Herausforderung gewachsen. »Ich mache gefüllte Schweinekoteletts nach Ihrem Rezept. Die Frage ist nur, mag Diego Schweinefleisch? Manche Leute essen keins.«

»Bewirten Sie ihn mit einem Laib Brot, einer Flasche Wein et cetera …« Tracy klopfte ihr auf den Rücken.

»Ihr Männer. Alle gleich.« Sie zog ihn auf, weil er aus dem Rubaijat zitiert hatte, denn in der nächsten Zeile hieß es »und du«. Tracy nahm an, Harry sei alles, was Diego brauchte.

»Geschlechterkriege!«, rief Pewter vom Boden des Postkarrens. *»Ich tippe auf eine Frau als Siegerin.«*

»Klar tippst du auf eine Frau, du Trottel. Bist ja weiblich.« Mrs. Murphy sprang ebenfalls in den Karren.

Es folgte eine lautstarke Diskussion, nach welcher Mrs. Murphy aus dem Karren hüpfte, mit gespreizten Vorderpfoten auf dem Boden landete und so tat, als jage sie eine Maus in einen offenen Postsack.

Tucker steckte ihre Nase in den Sack. Murphy schlug nach dem Hund, der den Kiefer aufklappte und sehr grimmig schaute.

»Oh, eine Katze oder ein Hund zu sein.« Harry bewunderte die ungezügelte Lust der Tiere.

»Ihre Katze oder Ihr Hund.« Tracy winkte, als Coop im Streifenwagen vorbeifuhr.

Kurz darauf kam sie durch den Hintereingang. »Hi. Wollte nicht vorne parken. Bin auch gleich wieder weg.«

»Neuigkeiten hoffentlich?« Miranda bot ihr ein Plätzchen an, und sie nahm es.

Sie erfuhren die Sache mit Roger. Rick hatte Cynthia erlaubt, es ihnen zu erzählen. Schließlich steckten sie alle in diesem Schlamassel mit drin. Sie hatten bei dem Tresor geholfen und waren Rick nicht im Weg gewesen. Er konnte nicht sagen, ob er weich geworden oder ob er zu erschöpft gewesen war, um zu meckern und zu klagen.

»Paul Carter, der Sheriff von Washington County, hat angerufen. Zwei Leute bei Boojum haben Dwayne Fuqua erkannt. Sie sagen, er hat regelmäßig Autos vorbeigebracht. Roger haben sie natürlich auch erkannt, aber das Interessante daran ist, dass Roger Dwayne bei Boojum abgeholt hat. Bill Boojum hätte das wissen müssen.«

»Hi.« Susan kam durch den Vordereingang gestürmt, gefolgt von Brooks, ihrer Jüngsten.

»Und warum bist du nicht in der Schule, junge Dame?« Miranda drohte dem Higschoolmädchen scherzhaft mit dem Finger.

Brooks lächelte. »Lehrerkonferenz.«

»So was gab's nicht, als ich zur Schule ging.« Miranda runzelte die Stirn. »Ich weiß noch, dass George Washington gut in Mathe war.« Sie gab ein klingendes Kichern von sich.

»Ach, Miranda.« Harry verdrehte die Augen.

»Brooks, gut dass du hier bist. Ich wollte heute Abend sowieso vorbeikommen und dir noch ein paar Fragen stellen.

Ich wünschte, sie würden mir alle auf einmal einfallen, tun sie aber nicht.« Coop beugte sich über die Trennklappe, Brooks trat heran und lehnte sich auf die andere Seite.

»Wirst du wohl die Rumrennerei sein lassen«, befahl Harry Mrs. Murphy, die von dem Postsack abgelassen hatte, um mit Tucker Fangen zu spielen.

»Spielverderberin.« Murphy setzte sich jedoch hin, wurde aber dann von Tucker gerammt, und sie kippten beide um.

»'tschuldigung, meine Bremse funktioniert nicht.« Der Hund leckte Murphy die Wange, um den Zusammenstoß wieder gutzumachen.

»Ha, wer's glaubt, wird selig«, rief Pewter im Postkarren.

»Als du den Zucker zum Tisch gebracht hast, wer hat dir da die Zuckerdose gegeben?« Coop zückte ihr kleines Notizbuch.

»Ted, der Koch.«

»Hat jemand dich auf dem Weg zum Tisch aufgehalten?«

»Nein.«

»Und es war eine Dose mit Rohzucker?«

»Äh – ja.« Brooks verschränkte die Arme, lehnte sich fester auf die Trennklappe. »Ich hab sie neben das silberne Sahnekännchen ans Ende vom Tisch gestellt.«

»Die zerbrochene Zuckerdose war aus Porzellan.« Mrs. Murphy sprang abrupt auf. *»Porzellan. Oh, warum ist mir das neulich nicht aufgefallen?«*

»Und man hat dich nicht gerufen, um den Zucker auf dem Fußboden aufzukehren?«

»Nein. Irgendjemand hat ihn aufgekehrt. Ein Gast, nehme ich an.«

»Thomas Steinmetz. Lottie ist mit ihm zusammengestoßen.« Das hatten mehrere Augenzeugen Coop bestätigt. »Als du die Zuckerdose auf den Tisch gestellt hast, hast du da gesehn, wer zuerst danach griff?«

»Ah – Daddy. Er hat eine Tasse Kaffee für Tante Tally geholt.«

»Und warum ist Tante Tally nicht tot?« Susan hob ratlos die Hände.

»Diese Frage stellen sich die Leute seit Jahren«, erwiderte Harry frech.

»Aber das war nicht die Dose!«, jaulte Murphy.

»Spar dir deine Kräfte«, empfahl Tucker.

»Ich kann nicht glauben, dass ich so blöd war.« Murphy war fassungslos.

»Sei nicht so streng mit dir, Miezekatze. Roger O'Bannon lag ausgestreckt auf dem Boden, und Little Mim hat an seinem Arm gezerrt. Das würde die Aufmerksamkeit von jeder Katze auf sich ziehen«, sagte Tucker besänftigend.

»Direkt vor meiner Nase.« Murphy senkte den Kopf und legte die Stirn an Tuckers Brust.

»Hey, sie haben es auch direkt vor ihrer Nase. Sie sind nicht dahinter gekommen, dabei denken sie, ihre Intelligenz ist allen anderen Geschöpfen auf Erden überlegen.« Gelassen äußerte Tucker diese Kritik.

»Ha«, rief Pewter.

»Erinnerst du dich, ob Party-Gäste in die Küche gekommen sind?«, fragte Coop.

Brooks überlegte einen Moment. »Mrs. Sanburne, Little Mim, Tante Tally, Sean ...«

»Sean?«

»Er ist reingekommen und hat gefragt, wann der Kaffee fertig ist. Es können noch viel mehr Leute gewesen sein, aber ich hab ja die Schüsseln rausgetragen. Ging ganz schön rund.«

»Das glaube ich gern«, sagte Miranda.

»Jeder, der in die Küche geht, kommt durch die große Kammer, wo Geschirr und Silber aufbewahrt werden. Die Speisekammer ist auf der anderen Seite der Küche«, überlegte Coop laut. »Brooks, erinnerst du dich, ob alle Silberdosen in Gebrauch waren?«

»Nein, Ma'm.«

Coop lächelte. »Na ja, weshalb hätte es dir auffallen sollen. Wie sollte irgendwer von uns ahnen, was passieren würde? Manchmal denke ich, ein Verbrechen lösen ist wie das Zusammensetzen eines Mosaiks, es sind Tausende und Abertausende winzige Teilchen, bis sich am Ende ein Bild ergibt.«

»Ein interessanter Gedanke.« Miranda reichte die Plätzchenschale über den Schalter.

Brooks aß genüsslich eins. Susan widerstand mit äußerster Willenskraft.

»Sie haben natürlich mit dem Koch gesprochen?«, fragte Tracy.

»Ja. Ich war von seinem Gedächtnis für Einzelheiten beeindruckt, insbesondere was Speisen betrifft.« Sie lächelte.

»Was dagegen, wenn ich Tante Tally anrufe?«, fragte Harry.

»Nein«, sagte Coop.

Harry wählte die Nummer.

Tally meldete sich: »Klingeln tut es, bitte nur Gutes.«

»Hi, Tante Tally, ich bin's, Harry.«

»Hab ich ein Päckchen?«

»Nein, ich bin hier im Postamt mit Deputy Cooper, Miranda und Tracy, Susan und Brooks.«

»Eine kleine Party.«

»Es würde viel lebhafter zugehen, wenn Sie hier wären.«

»Da haben Sie Recht.« Sie lachte. »So, und was haben Sie auf dem Herzen, Mary Minor Haristeen?«

»Auf Ihrer Teeparty haben Sie doch Ihr eigenes Silber, Porzellan und Kristall benutzt, oder?«

»Natürlich.«

»Wie viele silberne Zuckerdosen haben Sie?«

»Zwei. Eine für weißen Würfelzucker und eine für Rohzucker. Ich benutze Würfelzucker, damit ich das, was die Leute an dem Tag nicht verbrauchen, den Pferden geben kann.«

»Und beide waren auf der Teeparty in Gebrauch?«

»Meine Güte, ja, ich glaube, ich hatte fast alles auf dem Tisch.«

»Frag sie nach dem Porzellan!« Murphy sprang hinten auf den Tisch und hopste unentwegt auf und ab.

»Immer mit der Ruhe«, ermahnte Harry die Katze.

»Ich bin vollkommen ruhig«, antwortete Tally.

»Entschuldigung, Tante Tally, Sie hatte ich nicht gemeint. Mrs. Murphy führt einen Veitstanz auf. Würde es Ihnen sehr große Umstände machen, in Ihre Geschirrkammer zu gehen und die Zuckerdosen zu zählen, einschließlich der Porzellandosen, sofern Sie welche haben?«

»Nein, aber es wird etwas dauern.«

»Macht nichts.«

Während Harry wartete, plauderten die anderen. Mrs. Murphy lief gespannt zu Harry hinüber. Sie setzte sich so, dass sie Tante Tallys Antwort hören konnte. Da sie ein scharfes Gehör hatte, konnte sie lauschen, wenn sie in der Nähe des Hörers war. Sie musste ihn nicht direkt am Ohr haben.

»Ich bin wieder da«, meldete sich die gebieterische Stimme. »Ich habe zwei silberne Zuckerdosen. Dieselben, die ich von Anfang an hatte. Das ist auch gut so, denn sie sind viel zu teuer, um sie zu ersetzen. Ich habe auch eine einzige Porzellanzuckerdose, die gehört zu meinem Frühstücksservice. Hilft Ihnen das weiter?«

»Tante Tally, Sie waren eine *große* Hilfe. Wir sehen uns morgen Abend auf dem Ball.«

»Ohne Roger wird es nicht wie früher. Er hat sich immer dermaßen voll laufen lassen, dass er die Maschinen gestartet, ein heilloses Durcheinander angerichtet hat und auf den Bahngleisen umgekippt ist. Alle anderen werden sich manierlich aufführen, leider.«

»Man kann nie wissen.«

Tante Tally lachte. »Harry, in Crozet ist das die absolute Wahrheit! Tschüss.«

Harry legte auf. »Die zwei silbernen Zuckerdosen sind da. Die Porzellandose ist da, aber die Porzellanzuckerdose ist kaputtgegangen. Wie konnten wir das übersehen? Das heißt, die zerbrochene Porzellandose war nicht die von Tante Tally.« Sie schlug sich mit der Hand an die Stirn.

»Wir haben es alle übersehen«, sagte Murphy bekümmert.

»Das hilft uns bei unserem Problem nicht weiter, aber es bringt uns der Lösung näher, wie Roger vergiftet wurde.« Miranda seufzte.

»Roger ist vergiftet worden!« Brooks Stimme quiekte.

»Ja, Schätzchen, aber das behältst du für dich.« Susans Ton bürgte für Gehorsam.

»Werden Sie nach Lexington fahren? Hört sich an, als müsste man sich Bill Boojum persönlich vorknöpfen.« Tracy fand, dass jeder Vorgang eine bessere Erfolgschance hatte, wenn er Auge in Auge durchgeführt wurde.

»Nächste Woche. Wir wissen, dass die drei Morde zusammenhängen. Wir wissen, dass Boojum etwas weiß, das er nicht mitteilen will, aber wir wissen noch nicht warum. Wenn wir's nur wüssten.«

»Darauf läuft es immer hinaus.« Tracy nickte.

»Drogen. Das Umfeld passt perfekt, aber Rick schluckt es nicht. Zumindest noch nicht.« Cooper trommelte auf den Schalter. »Wir brauchen einen kleinen Schnitzer, einen winzigen Fehler. Nur einen einzigen.«

Den sollte sie bekommen.

49

Ein leichter Südwind trug den Duft von Geißblatt über Wiesen und Berge. Die Hummeln traten in voller Stärke an, ebenso die Holzbienen. Winzige Gottesanbeterinnenbabys krabbelten über die Klettertrompeten, die schon hübsch grünten, aber noch keine dunkel orangefarbenen Blüten zeigten.

Ein buckliger Hügel am Ende von Harrys Grundstück bot den idealen Platz für ein Picknick. Weil Harry der Festigkeit des Bodens noch nicht traute, war sie nicht mit dem Transporter hingefahren, sondern hatte den Korb und die Kühltasche mit den Getränken auf den John-Deere-Traktor geladen. Es war mit einer Tour getan, sie hatte die karierte Tischdecke ausgebreitet und einen mit einem Band umwundenen Thymianzweig in die Mitte gelegt. Daneben stand ein Leuchter aus klarem Glas mit einer Zierkerze.

Als Diego kam, setzte er sich auf den Traktorsitz, und Harry stellte sich vor ihn und lenkte das Gefährt.

Tucker schlenderte daneben her, weil Harry nicht schneller als im zweiten Gang fuhr. Mrs. Murphy und Pewter blieben zurück und stellten dem Blauhäher eine Falle. In ihren Mäulern trugen sie mit Melasse vermischtes Körnerfutter zum Rasen neben den Fliederbüschen. Sie öffneten die Mäuler und ließen es fallen. Dreimal hin und zurück, und sie hatten einen verlockenden Haufen geschaffen. Sie verzogen sich unter die Fliederbüsche und warteten.

Auf dem Hügel plauderten Harry und Diego drauflos; die peinliche Gesprächspause, die sich zuweilen ergibt, wenn Menschen sich gerade kennen lernen, stellte sich bei ihnen nicht ein.

»... geschwollen vom Händeschütteln.« Er schilderte, wie Lottie ihn bei dem Ehemaligen-Essen allen Leuten vorgestellt hatte.

»Sie war in ihrem Element.«

»Das war sie, und sie macht das gut. Sie hat den alten Herren Geld aus der Tasche gelockt, vielleicht sogar einigen mittelalten. Ach, warum dauert es so lange, bis man Geld verdient?« Er lachte. »Wir haben es am nötigsten, wenn wir jung sind.«

»Finden Sie?«

»O ja, solange wir noch offen sind für Abenteuer, bevor wir uns zu sehr an die leiblichen Genüsse gewöhnen, bevor die Kinder kommen.« Er überblickte die ländliche Szenerie. »Wunderschön.«

»Das ist wahr.« Sie lehnte sich an den Ahornbaum. »Welche Abenteuer möchten Sie erleben, bevor Sie sich häuslich niederlassen?«

Seine Augen blitzten. »Auf der Westseite der Südinsel von Neuseeland Floß fahren. Im Frühling durch Patagonien reiten. In den Grand Tetons von Wyoming und in den Bighorn-Bergen wandern. An den griechischen Inseln entlang segeln, aber das könnte man auch mit Kindern machen, nehme ich an. Ah, ich würde gern Tennis in Kapstadt, Krocket in England und Polo in Argentinien spielen. Ich möchte das Nordlicht sehen und noch öfter in Crozet, Virginia picknicken. Und Sie?«

»Den Dubliner Pferdemarkt. Den würde ich gern einmal sehen. Ich möchte Südfrankreich sehen und die Toscana und das Wiener Opernhaus. Ich möchte die Ostsee sehen und dann nach Stockholm fahren und durch die schwedische

Landschaft gondeln. Und ich möchte das Britische Museum sehen, aber wenn ich nichts von alledem zu sehen bekomme, kann ich darüber lesen. Im Großen und Ganzen bin ich zufrieden mit dem, was ich habe. Das ist nicht viel, gemessen am Standard der Reichen und Mächtigen, aber es macht mir Freude, und Diego, wie viel braucht der Mensch, um glücklich zu sein?«

»Für manche ist genug nicht genug. Die haben Risse in ihrer Seele, nicht?«

Harry nickte. »Hier bin ich, Posthalterin in Crozet, Virginia. Der überwiegende Teil der Menschheit hat nie von Crozet gehört und von mir erst recht nicht. Aber ich denke über die Welt nach. Ich wünsche den Menschen ein gutes Leben, und ich weiß, ich kann nicht viel tun, um ihnen zu helfen, außer auf mich Acht zu geben und anderen nicht zur Last zu fallen. Ich weiß nicht, ob der Menschheit zu helfen ist.«

»Ein sehr protestantisches Anliegen.« Er lächelte, seine weißen Zähne hoben sich von seiner gebräunten Haut ab.

»Ja, nicht wahr? Dieses entsetzliche Bedürfnis, sich selbst und die Welt zu verbessern. Man sollte meinen, nach so vielen Jahrhunderten hätten wir gelernt Gott zu danken für das, was wir haben und es dabei bewenden zu lassen.« Sie lächelte traurig.

»Glauben Sie an Bestimmung?«

Eine Honigbiene schwirrte zu der Mayonnaise, während Harry nachdachte, und schwirrte dann wieder davon. »Ja.«

»War die Antwort so schwer?«

»Ich musste darüber nachdenken. Meine Freundinnen treibt das zum Wahnsinn. Ich bin nicht sehr spontan. Ich überdenke alles, und ich weiß nicht, ob ich auf diese Weise weniger Fehler mache, aber das ist nun mal meine Art.«

»Das sehe ich. Ich bin freilich das genaue Gegenteil. Gegensätze ziehen sich an.«

»Ich weiß nicht recht.« Sie lachte; seine übersprudelnde Laune ergötzte sie. »Noch ein Sandwich?«

»Ja.« Er wusste, dass die Schinkensandwiches ihn furchtbar durstig machen würden.

Sie gab ihm eins, dann brach sie ein kleines Stück von ihrem Sandwich für Tucker ab, die es sofort verschlang. »Hab vergessen die Kerze anzuzünden.« Sie griff in ihre Jeanstasche. »O je, Streichhölzer hab ich auch vergessen.«

Diego kramte in seiner Tasche und zog ein grellbuntes Streichholzbriefchen heraus. »Hier.«

Harry starrte auf das Briefchen von Roy and Nadine's in seiner Hand. »Diego, woher haben Sie die Streichhölzer?«

»Die hier?« Er las die Aufschrift. »Aus Lotties Auto.«

Harry hoffte inständig, dass er die Wahrheit sagte. Gleich nach dem Picknick wollte sie Coop anrufen.

»Waren Sie mal in Lexington, Kentucky?«

»Nein. Ich werde das auf meine Abenteuerliste setzen.«

Hinten beim Haus entspann sich auch ein kleines Abenteuer. Der Blauhäher, der auf der Wetterfahne auf dem Dach hockte, hatte beobachtet, wie die zwei Katzen die Falle stellten. Er wartete, bis die Menschen zurückkamen, Diego sich verabschiedete und die Katzen enttäuscht ins Haus gingen. Dann stieß er herab, futterte die Körner und kreischte triumphierend. Bis die Katzen aus dem Haus gerast kamen, war die Hälfte des Futters verputzt.

»Ich hasse dich!«, heulte Pewter, was ihre Lungen hergaben.

»Haha«, rief der Blauhäher von der Wetterfahne herunter.

Bevor Harry sich für den Ball anzog, rief sie Cooper an und berichtete ihr, dass sich ein Roy-and-Nadine's-Streichholzbriefchen in Diegos Besitz befand.

»Ich würde sie ja selbst anrufen und fragen«, erbot sich Harry, »um dir den Anruf zu ersparen, aber dann würde sie denken, ich rufe wegen Diego an. Es ist doch klar wie Kloßbrühe, dass sie ihn haben will.«

»Du würdest sie anrufen, weil du so neugierig bist wie deine Katzen«, erwiderte Coop. »Wie auch immer, ich ruf sie an. Was glaubst du, um wie viel Uhr du auf dem Ball sein wirst?«

»Oh, um sieben. Um halb sieben geht's los, ah, warte, die Einladung liegt auf dem Kühlschrank. Ich guck lieber noch mal nach. Okay, Bar-Eröffnung um halb sieben, Essen um sieben, Tanz um acht. Also denke ich, dass wir um halb sieben dort sind. Fair möchte bestimmt gern einen Drink. Ich passe.«

»Hast du überhaupt schon mal richtig getrunken?«

»Nein, eigentlich nicht, höchstens ab und zu mal ein Bier. Sekt auf einer Hochzeit. Und du?«

»Auf dem College.«

»Wann kommst du hin?«

»Halb sieben.« Sie lachte.

»Hast du heute Abend Dienst?«

»Ja, aber ich schmeiß mich in Schale. Rick auch.«

»Sobald du mich siehst, musst du mir erzählen, was Lottie zu dem Streichholzbriefchen gesagt hat. Ich hoffe, er hat es in ihrem Auto vom Boden aufgehoben. Wenn nicht …«

»Ja, ich weiß.«

50

Die Scheinwerfer, die die alte Abrissbirne anstrahlten, leuchteten kaltblau. Die Lichter an dem Schild, das auf O'Bannon's Salvage hinwies, waren weiß geblieben, doch rings um den Hof, der der Straße zu dem Gelände gegenüberlag, brannten Lichter in fröhlichem Rot, Gelb, Grün, Blau, einige rosa, einige weiß.

Die ankommenden Festgäste fuhren durch eine Lichterallee.

Das neue Hauptgebäude, wo der Ball stattfand, entlockte den Gästen bewundernde Töne. Sean hatte alle Abstellflächen auf Rollen gebaut, und die Regale waren an die Seiten des großen Gebäudes geschoben worden. Davor hingen bespritzte Maler-Abdeckplanen von der Decke bis zum Boden. Schöne alte Gegenstände, Kamineinfassungen, prächtige riesige Kutschenlaternen waren rund um den Raum arrangiert oder hingen von den Deckenbalken herab. Der Blickfang des Raumes, ein Art-Nouveau-Brunnen mitsamt lebenden Nymphen und Satyren, floss von Blumen über statt von Wasser.

Sean hatte den Brunnen mit Glyzinien gefüllt und die Gymnastikgruppe der Universität engagiert, die sich in Kostümen präsentierte. Oben auf dem Brunnen stand eine Hirsch-Skulptur, ein ungewöhnliches, aber anschauliches Symbol.

Auf jedem Tisch stand ein Tafelaufsatz aus Glyzinien, die sich um ein altes Stück wanden – eine handgeschnitzte Kreuzblume, einen porzellanenen Waschkrug, einen Stapel kristallener Türknäufe. Mit dem Glas in der Hand schlenderten die Leute von Tisch zu Tisch und bewunderten die Tafelaufsätze, die sämtlich zum Nutzen der Wohltätigkeit zum Verkauf standen.

Andere schöne Stücke, etwa alte goldene Bilderrahmen, waren von Komiteemitgliedern erworben und dann für den Wohltätigkeitsball gestiftet worden. Niemand erwartete, dass Sean allein für alles aufkam. Er hatte sich ohnehin schon erheblich verausgabt, indem er die Abdeckplanen gekauft und à la Jackson Pollock bemalt hatte. Er und sein Personal hatten das Gebäude geputzt, die Regale zur Seite geschoben, die Planen aufgehängt und die schweren Skulpturen mit einem Gabelstapler hereingeschafft. Glücklicherweise war der Fußboden aus Beton. Und Sean hatte den Brunnen zum Verkauf gestiftet, hatte die Tanzfläche mit einem Podest für die Kapelle gebaut. Er erzählte allen, er brauchte die Arbeit, um seine Gedanken von Roger abzulenken.

Miranda ließ sich mit einem Satyr vor dem Brunnen fotografieren. Der Fotograf wurde ebenfalls von Sean bezahlt. Die Leute kauften die Bilder, der Erlös kam »Bauen für das Leben« zugute.

Tante Tally war eine Sensation. Sie trug einen weißen Smoking, eine rote Rosenknospe am Revers. Big Mim erschien mit einem Herrn in den Achtzigern als Begleitung für ihre Tante, doch Tally erwies sich als zu viel für ihn, und sie ließ ihn für einen vierzig Jahre alten Rechtsanwalt stehen, der begeistert war von ihrem Witz.

Mim, von Kopf bis Fuß in papageienbunten St. Laurent gehüllt, huschte hierhin, dorthin, überallhin.

Harry und Fair sahen zusammen so gut aus wie damals, als

sie heirateten. Sie trug das schöne klassische Dior-Kleid ihrer Mutter, und er trug einen Smoking, den er in der Weihnachtswoche bei Bergdorf Goodman gekauft hatte.

Susan hatte sich für Lavendel entschieden, und Brooks hatte für ihren ersten Erwachsenen-Ball Weiß gewählt.

Lottie, die sich nah bei Sean hielt, trug ein schlichtes, aber elegantes schulterfreies schwarzes Kleid.

Diego begleitete Little Mim, was Gerede auslöste. Um Unabhängigkeit von ihrer Mutter zu beweisen, unterstützte Little Mim einen um seine Existenz ringenden New Yorker Modeschöpfer namens Mikel. Nach dem Abbruchball würde er vermutlich nicht mehr ringen müssen; denn er ließ Little Mim hinreißend aussehen, was nicht immer eine leichte Aufgabe war. Ihr smaragdgrünes Kleid, apart mit Perlen bestickt, erzeugte beim Gehen ein leises, außergewöhnliches Geräusch. Nicht, dass Little Mim übel aussah – beileibe nicht –, aber meistens wurde sie von ihrer Mutter in den Schatten gestellt. Dieses Kleid bot die Gewähr, dass dem heute Abend nicht so sein würde.

Coop, deren Blondschopf die anderen Damen überragte, hatte sich für Rot entschieden, aus dem einfachen Grund, weil Blondinen das normalerweise nicht trugen. Ihr war heute Abend nach Regelverstößen zumute.

Bis um sieben Uhr waren alle eingetroffen, sogar einige ungeladene Gäste. Mrs. Murphy, Pewter und Tucker verstanden es, Fair zu umschmeicheln.

Fair hatte sich einen neuen schwarzen Volvo Kombi gekauft. Weil er es leid war, überall in seinem Tierarztwagen aufzukreuzen, hatte er sich schließlich den Volvo zugelegt. Harry hatte geraten, die Tiere zu Hause zu lassen, aber dann waren ihr die umgeworfenen Lampen, zerfetzten Lampenschirme, die Bücher auf dem Boden eingefallen. Die Verwüstungen eskalierten mit dem kätzischen Zorn. Eine verstimmte Katze mochte sich damit begnügen, ein Glas umzustoßen, aber von einem großen Ereignis ausgeschlossen zu werden rief verheerende Zerstörungsorgien hervor. Harry erklärte sich einverstanden, sie mit auf den Ball zu nehmen. Schließlich kannten sie sich auf dem O'Bannon-Gelände aus, und es lag weit genug abseits der gepflasterten Staatsstraße, um keine Gefahr für sie darzustellen. Fair machte die hintere Klappe auf, so dass sie nach Belieben kommen und gehen konnten. Harry legte ein Strandlaken hinein, damit sie die beigefarbene Automatte nicht schmutzig machten.

»Lasst uns Papst Ratte suchen gehn«, schlug Tucker keuchend vor, begierig, den Schuft zu jagen.

»Nein.« Murphy ruhte hinten in dem Volvo. *»Lasst uns eine Weile hier sitzen und den Gesprächen lauschen, wenn die Leute parken oder zu ihren Autos zurückgehn. Ich will wissen, ob jemand zurückkommt, um sich 'ne Linie reinzuziehn.«*

»Stimmst du mit Coops Theorie überein?« Pewter kuschelte sich vergnügt auf das Strandlaken.

»Sie ist mit Sicherheit am plausibelsten, und doch – lasst uns Augen und Ohren offen halten. Niemand rechnet damit, dass wir hier sind. Wenn sie uns sehn, geben sie kitschig-dämliche Laute von sich. Sie haben keine Ahnung, was wir vorhaben – in dieser Beziehung ist auf Menschen Verlass.« Die Tigerkatze lachte.

»Aber Murphy, selbst wenn Leute herkommen, um draußen einen Platz zum Koksen zu finden, heißt das doch nicht, dass sie was mit den Morden zu tun haben«, hielt die kluge Tucker ihr entgegen.

»Das weiß ich. Ich hoffe, dass wir was rausfinden.«

»Papst Ratte weiß was.« Pewter kratzte sich hinterm Ohr. *»So 'ne miese Ratte.«* Als ihr einfiel, dass er wirklich eine Ratte war, brach sie in Lachen aus.

Rick Shaw hielt in der nächsten Reihe geparkter Autos. Er sah gut aus im Smoking, und seine Frau trug ein weißes bodenlanges Kleid, das ihr sehr gut stand.

Die Tiere konnten hören, was sie sprachen.

»Schatz, wenn mein Pieper losgeht, muss ich weg. Reverend Jones hat gesagt, dann bringt er dich nach Hause.«

»Ich weiß, Lieber.« Sie lächelte; sie war an seine ungewöhnlichen Arbeitszeiten und plötzlichen Aufbrüche gewöhnt. »Ich finde es bloß so aufregend, hier zu sein.«

Sie hielten auf die Klänge des Streichquartetts zu. Die Tanzkapelle würde nach dem Essen loslegen.

Das Glockenspiel ertönte und verkündete, dass das Essen

serviert wurde. Die Gäste suchten ihre Tischnummern und nahmen ihre zugewiesenen Plätze ein.

Sean als der Gastgeber saß bei dem Vorsitzenden von »Bauen für das Leben«. Lottie saß zu seiner Rechten. Boom-Boom, die für die Öffentlichkeitsarbeit dieser Veranstaltung zuständig gewesen war, saß bei Thomas, dessen Teint einen Ton dunkler war als beim Hartriegelfest.

Als Diego Little Mim zu ihrem Tisch führte, Nummer zwei, zwinkerte er Harry zu, die zurückzwinkerte. Fair beschloss, es nicht zur Kenntnis zu nehmen.

Dank der geöffneten Bar generös gefördert, sprudelten die Gespräche; die Lautstärke stieg mit dem Genuss des Weines, der zum Essen gereicht wurde. Nachdem die Nymphen und Satyre in dem Brunnen Drinks gekostet hatten, die Bewunderer ihnen spendierten, wurden sie ausgelassener als beabsichtigt, ganz besonders die Satyre. Nicht lange, und sie würden ihre Mythologie wörtlich nehmen.

Nach dem Hauptgang wurden zu einem überwältigenden Angebot an Süßspeisen, Obst, Käse und Sorbets Liköre serviert.

Die gesättigten Gäste saßen mit glücklich leuchtenden Augen da.

Als die Tische abgeräumt wurden, stand Sean auf. »Entschuldigen Sie mich, meine Herrschaften, ich gehe nach draußen, eine rauchen.«

»Ich wusste gar nicht, dass du rauchst.« Lottie stand ebenfalls auf.

»Ich auch nicht, bis jetzt. Man kann über Nikotin sagen was man will, es beruhigt die Nerven.« Er lächelte matt.

»Ein bisschen paffen kann dir sicher nicht groß schaden.« Lottie lächelte nachsichtig.

Auch andere Leute begaben sich nach draußen. Thomas, der die Brusttasche voller himmlischer kubanischer Zigarren hatte, zog einen Schwarm von Männern nach sich. Sie ähnelten Pinguinen, die dem Leit-Pinguin folgten.

Lottie verschwand auf der Damentoilette, bevor sie sich den Rauchern anschloss. Harry war drinnen und putzte sich die Zähne.

»Harry, ich glaub's einfach nicht, dass jemand so ein Gesums um seine Zähne macht.« Lottie rümpfte empört die Nase.

Harry spülte ihren Mund aus. »Die Nüsse von der Schokoladentorte sind mir zwischen die Zähne geraten. Das macht mich wahnsinnig.«

»H-mmpf.« Lottie marschierte hinaus.

Als Harry herauskam, stieß sie mit Tante Tally zusammen. »Ist er nicht göttlich?«

»Wer, Tante Tally?«

»Der Marinemensch.« Mit den Augen wies sie auf einen durchtrainierten Mann am Beginn des mittleren Alters, der eigens zu diesem Anlass seine Marineuniform trug, ein Überbleibsel aus dem neunzehnten Jahrhundert, eines, das die Damen entzückte. Der taillenkurze Uniformrock lag eng an, seine Medaillenbänder, vier Reihen, zierten die linke Brust. Die blauschwarze enge Hose hatte einen schmalen roten Streifen an der Außenseite. Die lackledernen Ballschuhe glänzten.

»Was ist mit Ihrem Begleiter?«

»Zu alt, Harry. Ich kann alte Männer nicht ausstehn.« Tally schnippte ihren Stock in die Höhe.

»Und der andere?« Harry war dem Rechtsanwalt nicht begegnet.

»Ah.« Tally hob die Schultern. »Langweilig. Aber der hier, das ist ein rechter Mann.« Sie hielt sich die behandschuhte Hand vor den Mund und sah genauso aus, wie sie mit siebzehn auf ihrem Debütantinnenball ausgesehen haben musste – abzüglich der Falten natürlich.

Harry senkte verschwörerisch die Stimme. »Ich weiß, dass Sie nicht brav sein können, aber gehn Sie's langsam an.«

»In meinem Alter, Süße, gibt's kein Langsam. Nimm's, so lange du kannst! Und das werde ich, das werde ich!«, sagte Tally kichernd, dann eilte sie in die Damentoilette.

Rick, der nach einer Zigarette gierte, war von Jim Sanburne aufgehalten worden. Während sie sich unterhielten, ging Ricks Pieper los.

»Entschuldigen Sie. Ich muss mich mal eben drum kümmern.« Eine kurze Nachricht: DON. Ricks Miene blieb unbewegt. »Jim, ich muss weg.« Er ging mit forschen Schritten zu Coop, die auch nach draußen unterwegs war, um eine zu rauchen. »Kommen Sie mit.«

Hoffend, keine Aufmerksamkeit zu erregen, gingen sie rasch, aber nicht hektisch zu Ricks Wagen.

»Da ist was im Busch«, bemerkte Mrs. Murphy.

51

Sie hielten vor Don Clatterbucks Werkstatt, schnappten sich ihre Pistolen und öffneten die Wagentüren, hinter die sie sich duckten. Coop wünschte innig, sie wäre nicht im Ballkleid.

Rick löste sich von der Wagentür und rannte gebückt vor die Tür zur Werkstatt. Er blieb stehen, öffnete sie. Er drückte sich flach an das Gebäude. Nichts.

Coop, die sich so tief bückte, wie ihr Kleid es zuließ, stellte sich auf die andere Seite der Tür.

Rick griff hinein und drückte den Lichtschalter.

Kein Laut. Keine Bewegung. Rick lief hinein, hechtete zur Werkbank. Nichts.

»Coop, kommen Sie.« Er rappelte sich hoch, wischte seinen Smoking ab.

Die Tür des Tresors stand weit offen. Er war leer.

»Unser Vögelchen kann nicht weit weg sein.« Coop griff sich einen Stuhl und stellte ihn unter die Kamera. Sie schaltete die Kamera ab und nahm das Videoband heraus.

Yancy hatte die Kamera installiert und den kleinen Videorecorder in Dons Besenschrank eingeschlossen. Coop raffte ihren langen Rock und stieg vom Stuhl. Rick öffnete den Schrank. Rasch schalteten sie den Monitor ein.

»Verdammt!«, entfuhr es Rick.

Eine maskierte Gestalt. Ein schwarzes Tuch vor dem Gesicht, mit Schlitzen für Augen und Nase, in ein schwarzes Bettlaken oder einen langen Mantel gehüllt, war das Wesen vor der Kamera stehen geblieben, nachdem es den Tresor geleert und ihnen den Stinkefinger gezeigt hatte.

»Sein Gesicht möchte ich sehn, wenn er merkt, dass das Geld nicht echt ist.«

»Das entdeckt er erst, wenn er ins Helle kommt.« Rick schob seine Pistole in das Brusthalfter. »Wer das getan hat, wusste, dass wir heute Abend auf dem Ball sein würden.«

»Chef, das ist nicht verwunderlich. Alle sind heute Abend auf dem Ball.«

»Vielleicht – aber eins wissen wir – er weiß, dass wir hier sind. Ich glaube, wir sind eben verscheißert worden.« Er spurtete zum Wagen, Coop dicht hinter ihm. Im Hinauslaufen knipste sie das Licht aus.

»Chef, Chef, ich kann nicht so schnell rennen wie Sie.«

Er wartete die zwanzig Sekunden, die sie länger brauchte, um sich ins Auto zu quetschen. »Coop, im Moment würde ich keinen Pfifferling für Seans oder Lotties Leben geben.«

»Wir werden sie schnappen.«

»Das meine ich nicht. Einer von beiden wird tot sein.« Er drückte auf die Tube, dass die Steinchen nur so spritzten.

52

Mrs. Murphy streckte sich. Aus dem Augenwinkel sah sie Papst Ratte aus der Richtung des Waggons kommen und mit einer Tüte Popcorn zur Werkstatt huschen. *»Hey, Tucker, da ist die Ratte.«*

Tucker sprang aus dem Volvo und raste auf die große glänzende Ratte zu.

»Die kann sich bewegen«, sagte Pewter bewundernd.

»Ja, vielleicht sollten wir ihr beispringen.« Die Tigerkatze hielt inne. *»Da kommen Rick und Coop.«*

»Sie behalten Lottie im Auge, ich Sean«, wies Rick sie an, als sie zurück zum Ballsaal rannten.

»H-m-m, Mom ist da drin.« Murphy sah dem Hund hinter-

her, der der Ratte nachrannte, die nicht gewillt war, sich von dem Popcorn zu trennen. Weswegen Papst Ratte kehrtmachte und wieder in den Waggon flitzte. Geschickt hatte er unmittelbar über der Wagenkupplung, gleich rechts von der mannshohen Tür, einen Eingang genagt.

Tucker war schon einmal in diese Sackgasse geraten, deswegen lief sie um den Waggon herum, zog sich mit großer Anstrengung auf die erste Trittstufe und war an der hinteren Waggontür, die das Letzte ist, was man sieht, wenn der Zug vorbeifährt. Aber diesmal war die Tür nicht abgeschlossen. Tucker stieß sie auf und überraschte das unverschämte Geschöpf, das vor dem Holzofen saß.

Papst Ratte entblößte seine Reißzähne. Er hob die Popcorntüte auf und bewegte sich langsam rückwärts auf sein Loch zu.

Tucker verhielt einen Moment. Auf dem Fußboden stand ein Jutesack mit Geld. So gern sie Papst Ratte das Genick gebrochen hätte, sie kehrte um, sprang die Stufen hinunter und rannte schnurstracks zu dem Volvo. *»Murphy, Pewter, das Spielgeld ist in dem Waggon!«*

»Wir müssen Mom holen.« Murphy begab sich mit entschlossenem Schritt zum Hauptgebäude. Sie hatten Autos kommen und ein paar wegfahren gesehen, als sie sich hinten in dem Volvo lümmelten, aber ihnen war nichts Außergewöhnliches aufgefallen. Jetzt wünschten alle drei Tiere, sie wären aufs Dach des Autos gestiegen, um genau sehen zu können, wer angefahren kam und wer wegfuhr.

Die Kapelle spielte alte Weisen, neue Weisen. Die Tanzfläche war gedrängt voll. Rick und Cooper betraten das Gebäude im Abstand von ein paar Sekunden. Mrs. Murphy, Pewter und Tucker folgten Cooper.

Harry, die diesen Tanz ausließ, um eine Tasse Tee zu trinken, erblickte ihre drei Lieblinge. »O nein.« Sie stand auf, dann sah sie Coops Gesicht. »Alles in Ordnung?«

»Ja.«

»Hey, du hast mir noch nicht von dem Streichholzbriefchen erzählt.«

»Diego hat dir die Wahrheit gesagt.« Sie suchte den Raum

nach Lottie ab, die, sehr zu Tante Tallys Missfallen, mit dem Marinemenschen auf der Tanzfläche war.

»Da bin ich aber froh.« Harry atmete erleichtert auf. »Kommt jetzt, ihr Halunken, zurück ins Auto mit euch.«

Sie ging nach draußen, die drei folgten ihr viel zu gefügig. Als sie beim Auto ankam, nahmen alle drei Richtung Waggon Reißaus.

»Verdammt.« Harry spürte die kalte Abendluft und wünschte, sie hätte einen Umhang. In ihren hochhackigen Schuhen, diesen Folterinstrumenten, stakste sie zu dem Waggon.

Tucker und die Katzen stießen die Tür auf und trieben Papst Ratte wieder einmal in sein Loch.

»Schisser«, höhnte er.

»Wer hört schon auf dich?« Tuckers Stimme kündete von großem Selbstbewusstsein.

Harry stieg vorsichtig die Stufen hinauf und betrat den Waggon. Ihre Augen brauchten einen Moment, um sich an das trübe Licht zu gewöhnen. Dann sah sie den offenen Sack. Als sie sich hinkniete, knackten ihre Knie, was sie zusammenzucken ließ. Sie griff in den Sack und zog einen säuberlich gebündelten Packen Einhundertdollarscheine heraus.

Sie hielt sich das Geld dicht vor die Augen und stieß einen Pfiff aus. »Das Falschgeld? Herrgott.«

Sie steckte einen falschen Schein in ihren Ausschnitt und eilte zum Ballsaal zurück. Sie war klug genug, nicht hineinzuplatzen. Einige Leute riefen ihr zu, sie lächelte und rief zurück. Ihr Gefolge kam ihr nach, Murphy vorneweg.

Fair trat zu ihr. »Ich hab dich gesucht.«

»Fair, Cooper ist auf der Tanzfläche. Du kannst dich besser durch das Gewühl schieben als ich. Kannst du sie zu mir bringen? Es ist wichtig.« Sie nahm den Hundertdollarschein aus ihrem Ausschnitt.

»Sieht ganz so aus.« Seine großen Schritte brachten ihn in einer Sekunde auf die Tanzfläche, obwohl er einer erotischen Nymphe ausweichen musste.

Cynthia Cooper, die mit Reverend Herb Jones tanzte, behielt Lottie im Blick. Rick, der mit seiner Frau tanzte, ließ Sean nicht aus den Augen.

Fair flüsterte Coop etwas ins Ohr, sie zögerte, er flüsterte wieder, sie dankte Herb für den Tanz, entfernte sich so unauffällig wie möglich und trat zu Harry, die ihr das Geld zeigte.

Coop versuchte Rick auf sich aufmerksam zu machen, aber er war auf Sean fixiert. »Fair, fordere Lottie zum Tanzen auf. Halt sie fest«, wies Coop den Tierarzt an. »Sag Rick, ich gehe zu dem Eisenbahnwaggon.«

»Ich komme mit«, erbot sich Harry munter.

»Du hältst Lottie fest.« Fair wollte nicht, dass Harry sich in Gefahr begab. »Coop, ich komme lieber mit dir.«

»Ich fordere sie nicht zum Tanzen auf«, sagte Harry starrköpfig und schob den alles andere als willigen Fair zur Tanzfläche.

Die zwei Frauen eilten nach draußen, die Tiere kamen wieder mit, doch ehe Fair zu Lottie gelangen konnte, hatte sie sich still von dem Marinemenschen gelöst, war hinter die Kapelle und zur Hintertür hinausgegangen. Sie sah die Tiere und Menschen zu dem Waggon gehen. Lottie warf einen Blick über die Schulter und begab sich zu ihrem Auto.

»Hier drüben.« Tucker umrundete aufgeregt den Jutesack in dem Waggon.

»Was ist das hier, ein Hauptbahnhof?«, klagte Papst Ratte in seiner Unterkunft. Nachdem er sein Popcorn verputzt hatte, besserte sich seine Laune beträchtlich. Der einzige Grund, weswegen er das Popcorn überhaupt mit in den Waggon genommen hatte, war der, dass er die Musik leid war und die Menschen nicht mehr hören wollte. Er hatte sich damit abgefunden, in dem Waggon zu bleiben, bis das lästige Haustiertrio ihn in Frieden ließ.

Harry, die unmittelbar hinter Coop war, kniete sich zu ihr. Keine von ihnen hatte eine Taschenlampe, aber Coop angelte ein Feuerzeug aus einer kleinen versteckten Tasche in ihrem Kleid. Sie knipste es an, und eine hohe Flamme schoss aus dem billigen Plastikfeuerzeug.

»Sieh mal an, unsere Trickkiste.«

»Meinst du, er weiß, dass es Falschgeld ist?«

»Keine Ahnung, aber wer es hier reingeschafft hat, der hat die Tür nicht abgeschlossen, entweder weil er wusste, dass dieses Geld nichts wert ist, oder weil er keinen Schlüssel hatte.«

Mit langsamen Schritten kam Fair aus dem Hauptgebäude. Er sah sich auf dem Parkplatz um und fand Lottie, als sie ihre Wagentür öffnete.

»Lottie.«

»Fair, ein bisschen frische Luft schnappen?« Sie lächelte.

»Ich hoffe, dass Sie den nächsten Tanz mit mir tanzen.«

»Natürlich.« Sie steckte ein frisches Päckchen Zigaretten in ihre Abendtasche, schloss die Tür und ging mit ihm zurück.

Wieder im Ballsaal, fingen sie gerade an zu tanzen, als die Kapelle verstummte. Jim Sanburne stieg auf das Podest und nahm das Mikrophon, das der Lead-Sänger ihm reichte.

Thomas stöhnte BoomBoom ins Ohr: »Man verschone uns mit einer langen, gewundenen Rede. Davon bekomme ich genug zu hören.«

»Als Bürgermeister möchte ich ein paar Worte sagen. Ich bin ja nie sehr gesprächig. Wenn nun Little Mim als Vizebürgermeisterin das Mikro in die Hand kriegt, werden wir wohl eine ganze Weile hier sein.« Er zwinkerte Little Mim zu, und alle lachten.

»Ich schleiche nach draußen, eine rauchen.« Thomas küsste BoomBoom auf die Wange, stand auf, bewegte sich dann behende am Rand der Menge entlang, bis er vorne hinausging. Er atmete die kühlende Abendluft ein und zog eine aromatische Portages-Zigarre aus seiner Tasche.

Er konnte hören, wie Jim den Direktor von »Bauen für das Leben« pries und dann fortfuhr: »Ich bin sehr froh, dass so viele von Ihnen gekommen sind, um ›Bauen für das Leben‹ zu unterstützen. Diejenigen von Ihnen, die den Abbruchball früher schon besucht haben, wissen, dass alles möglich ist …«

»Schritte«, warnte Mrs. Murphy.

»Komm.« Tucker zwickte Harry ins Fußgelenk.

Harry machte den Mund auf, um den Corgi zu schimpfen, als auch sie die knirschenden Schritte auf dem Perlkies hörte. Den Finger an die Lippen gelegt, winkte sie Cooper ihr zu folgen. Rasch öffneten sie die Tür auf der Kupplungsseite des Waggons, packten den eisernen Handlauf, der jetzt kalt war, da die Temperatur ständig sank, und schwangen sich hinaus; Harry drückte sich flach rechts an den Waggon, Coop links.

Die Schritte gingen an ihnen vorbei, die Metallstufen vibrierten, als das Individuum auf die hintere Plattform stieg und sodann die Tür öffnete, um den Waggon zu betreten.

Mrs. Murphy und Tucker sprangen mühelos herunter. Tucker landete mit einem Plumps auf der Erde, rollte sich herum, rappelte sich auf und folgte den Katzen unter den Waggon. Harry und Coop ließen sich auf die Erde fallen. Die zwei Frauen krochen leise an der dem Hauptgebäude entgegengesetzten Seite des Waggons entlang. Auf dieser Seite war es noch dunkler.

Sie hörten eine weitere Person aus der Richtung des Ballsaals kommen und zu dem Waggon gehen.

Die zwei Frauen sahen sich an. Sie hofften, dass ihre Füße nicht zu sehen waren.

Mrs. Murphy lugte unter dem Waggon hervor. *»Sean.«*

»Ich hab's gewusst«, triumphierte Pewter.

Keine Sekunde später rief Lotties Stimme: »Sean, wo gehst du hin?«

Wer immer in dem Waggon war, erstarrte.

»Eine rauchen. Dachte, ich geh mal auf dem Gelände herum.«

Fair kam nach draußen, bemüht, Lottie zu beschatten, aber für einen einsneunzig großen Mann ist es schwer, unauffällig zu sein.

Lottie wandte sich an ihn: »Fair, was ist?«

»Wir haben unseren Tanz noch nicht getanzt.«

»Oh.« Sie sah Sean an. »Aus einem unerfindlichen Grund findet Fair mich attraktiv.« Dies sagte sie in ironischem Ton.

»Darf ich dann um diesen Tanz bitten?« Fair blieb beharrlich.

»Ich rauche schnell mit Sean eine Zigarette, dann komme ich gleich rein.«

Fair räumte das Feld und zog sich wieder in den Ballsaal zurück, wobei er sich die ganze Zeit den Kopf nach einem Versteck zerbrach, von wo er Lottie beobachten konnte. Rick lehnte mittlerweile an seinem Wagen, um eine zu rauchen, und warf von Zeit zu Zeit einen Blick auf Sean. Diego kam heraus und fragte Fair, wo Harry sei. Fair zuckte mit den Achseln. Er dachte nicht daran Diego zu helfen. Diego ging wieder hinein.

»Möchtest du mit mir kommen?«, fragte Sean Lottie seelenruhig. »Als Erstes schauen wir beim Waggon vorbei. Ich glaube nicht, dass ich ihn dir schon mal gezeigt habe.«

»Das wäre reizend.« Sie hob auf diese falsche weibliche Art die Stimme.

Cooper und Harry hörten denjenigen, der im Waggon war, auf Zehenspitzen nach hinten zu der Kupplungstür schleichen, derselben, die sie genommen hatten. Die Tür ging auf und zu, aber es folgten keine Schritte. Wer immer es war, hielt sich am Handlauf fest. Die zwei Frauen sahen sich an. Cooper verfluchte sich im Stillen, weil sie ihre Abendtasche in Ricks Wagen gelassen hatte, in der eine kleine Pistole war.

Gerade als Sean und Lottie die Waggontreppe erreichten, sagte Lottie: »Sean, ich friere so. Ich lauf schnell zu meinem Auto und hol meinen Umhang.«

»Ich kann schneller laufen als du. Hohe Absätze.« Lächelnd zeigte er auf ihre Füße, dann spurtete er zu Lotties Auto, das knapp hundert Meter entfernt stand.

Es war nicht nötig, dass sie ihm ihr Auto beschrieb. In Crozet kannte jeder jedermanns fahrbaren Untersatz.

In Windeseile stieg Lottie die Stufen hinauf, stieß die Tür auf, packte den Sack und ging wieder hinaus, den Sack über der Schulter. Sie schob ihn unter den Waggon, und da sah sie Harrys und Coopers Schuhe. Sie rannte zu ihrem Auto.

Wer immer sich an dem Waggon festhielt, ließ sich fallen.

»*Thomas!*«, rief Pewter.

»Nein, das lässt du schön bleiben.« Er packte Lottie, just als Sean Lotties Autotür öffnete, ohne etwas von dem Drama bei dem Waggon zu ahnen.

»Das Geld ist unter dem Waggon«, zischte sie flüsternd in der Hoffnung, dass Cooper ihn schnappen würde. Er ließ sie los. Sie lief hastig zu ihrem Auto, Tucker hinterher.

Thomas bückte sich und packte den Sack, gerade als Cooper hinter dem Waggon hervortrat.

»Hände hoch, Sie sind verhaftet.«

Er sah, dass Cooper unbewaffnet war, schlug sie mit dem Sack aufs Zwerchfell und stürmte Lottie nach, die Sean aus dem Weg stieß, während sie die Schlüssel aus ihrer Tasche kramte.

»Halt, stehen geblieben.« Tucker biss sie ins Fußgelenk.

Lottie schrie auf, schaffte es aber, den Hund abzuschütteln, indem sie Tucker ihre Handtasche auf den Kopf knallte. Sie stieg ins Auto und schlug die Tür zu, während Tucker aus Leibeskräften bellte.

»Alles in Ordnung mit dir?« Harry beugte sich über Cooper.

»Halt sie auf«, keuchte die groß gewachsene Frau.

Sie hörten weitere rennende Schritte und hofften, dass welche davon zu Rick und Fair gehörten.

Harry, die nicht bewaffnet war, hörte einen Schuss, fühlte einen Lufthauch an der Schläfe und schlug auf die Erde.

Die Katzen waren sogleich bei ihr. Ein vernünftiger Mensch wäre unter den Autos in Deckung gegangen. Nicht so Harry. Sie rannte so schnell sie konnte zur Vorderseite des Hauptgebäudes.

»Was macht sie da?« Pewter hielt mit dem Menschen Schritt. Da Menschen nicht so schnell zu Fuß sind, musste die Katze sich nicht überanstrengen, aber sie war nicht gut in Form.

»Es gibt nur einen Ausgang. Sie will ihn blockieren.« Murphy wusste, wie ihr Mensch dachte.

»Die wollen durch das Maschendrahttor preschen.« Die graue Katze war jetzt wirklich besorgt. Sie hatte eine Vision, dass Harry überfahren würde, und dann wurde ihr klar, dass ihr selbst dasselbe Schicksal beschieden sein könnte.

Am Tor angekommen, schob Harry es zu, dann kletterte sie auf den Kran. Sie setzte sich hoch oben in die Kabine. Sie konnte Sean aus dem Weg kriechen sehen, mit Hilfe von Tucker, die an Seans Kragen zerrte, während Lottie ihren Motor anließ. Sie war drauf und dran, die beiden zu überfahren.

Thomas war zu seinem Auto gesprintet, einem Mercedes-Sportwagen. Er drohte Lottie mit der Faust, als sie an ihm vorbeibrauste. Sie mussten um den vollen Parkplatz herum, seitlich um das Gebäude und dann die vordere Auffahrt entlang zum Tor fahren.

Das hatte Rick erkannt. Er lief zwischen den Autos hindurch zum vorderen Tor.

»Stoß Blumentöpfe um, Pewter, alles, was sie aufhält«, brüllte Mrs. Murphy.

Tucker, die wie ein geölter Blitz um die Ecke sauste, hörte die Tigerkatze und begann einen Holzstoß aus Whiskyfässern, alten leeren Milchkisten in den Weg zu werfen. *»Ich hab sie ins Fußgelenk gebissen!«*, bellte der kräftige kleine Hund.

Auch Fair Haristeen hatte erkannt, wo es zur Krise kommen würde. Er rannte ebenfalls zwischen den geparkten Autos hindurch, so schnell ihn seine Füße trugen.

»Es kann losgehen!« Harry ließ den Kran an, der schwere Dieselmotor ratterte.

Als die Leute das laute Durcheinander hörten, strömten sie aus dem Gebäude. Einige waren unsicher auf den Beinen. Sie mochten gedacht haben, es sei der Geist von Roger O'Bannon, der wieder voll geladen war und im Suff eine denkwürdige Szene hinlegte.

Nervös wie sie war, vergaß Harry, welche Greifer wofür dienten. Sie schwenkte die Birne über das festlich geschmückte Gebäude, worauf die Leute draußen kreischten und sich in den Dreck warfen.

»Verdammt!«, fluchte Harry, holte tief Luft, drückte vorsichtig die richtigen Greifer und schwenkte die Birne zurück.

Big Mim, wieder auf den Beinen, erkannte, was Harry tat.

Motordröhnen und Reifenquietschen waren hinter dem Gebäude zu hören. Die Leute stoben wieder auseinander.

Harry holte die Birne zur Spitze des Krans hoch und hielt sie genau über dem Tor an. Sie segnete Sean dafür, dass er die bunten Scheinwerfer angebracht hatte.

Sie wusste nicht genau, wie viel Zeit vergehen würde von dem Augenblick, wenn sie die Greifer drückte, bis zu dem Moment, wenn die horizontal heruntergelassene Birne auftraf. Die Hand an den Greifern, betete sie, dass sie es richtig machen würde.

Lottie nahm die Ecke um das Hauptgebäude auf zwei Rädern. Sie krachte in den Holzstoß. Tucker sprang aus dem

Weg. Die Katzen begaben sich in Sicherheit, indem sie sich unter dem Kran versteckten.

»Mach schnell, Tucker, Thomas kommt gleich hinterher«, rief Mrs. Murphy ihrer lieben Freundin zu.

Tucker rannte, so schnell sie konnte.

Die Pistole in der Hand, langte Rick ebenfalls an der Ecke des Gebäudes an. Er schoss auf Lotties Reifen, aber sie sah ihn und riss das Steuer herum. Thomas, der jetzt keine drei Meter hinter ihr war, sah Rick ebenfalls und lenkte seinen Wagen direkt auf den Sheriff zu, der sich fortrollte, während Thomas ausscherte, um nicht in das Gebäude zu krachen, wobei er Fair knapp verfehlte, der auf eine Motorhaube und von da auf die nächste sprang.

Die Gäste sahen wie gebannt zu.

Als Diego erkannte, dass Thomas ein Mitwirkender des dramatischen Geschehens war, entfernte er sich von der Menge und schob sich zu den Autos, die am nächsten am Tor parkten.

Tucker war im Nu bei dem Kran.

Cooper hatte die Schuhe ausgezogen und rannte auf Strümpfen über den Perlkies. Sie hatte sich ihre Pistole geschnappt und lief um die andere Seite des Gebäudes herum.

»Mein Gott, sie will das Tor rammen!«, schrie Big Mim.

Gerade als die Schnauze von Lotties Auto auf das Tor traf, drückte Harry die Auslösegreifer, und die Abrissbirne fiel nach unten.

Krach! Die Birne knallte auf die Kühlerhaube und quetschte den Motor zum Boden raus. Lottie, die nicht angeschnallt war, flog mit solcher Wucht durch die Windschutzscheibe, dass sie in das eingedrückte Tor knallte und von dem Aufprall getötet wurde.

Harry holte die Birne hoch und schwenkte sie zu Thomas hinüber. Sie ließ die Birne herunter. Er hatte kaum Platz für ein Ausweichmanöver, da Lottie vor ihm am Tor lag. Die Birne krachte in die Beifahrerseite des Mercedes, dass das Metall nur so splitterte.

Diego Aybar lief zu dem Wagen und zog den benommenen und blutenden Thomas heraus.

53

Montagmorgen warf Rob Collier den Postsack durch die vordere Eingangstür des Postamts. »Harry, gut gemacht, Mädchen.« Er hielt die Daumen in die Höhe.

»Danke.« Sie lächelte scheu.

Unterdessen war fast ganz Crozet ins Postamt gekommen, um die Post zu holen und über die Ereignisse zu sprechen.

»Ich hab's rausgekriegt. Ich weiß nicht, warum die Leute ihr Komplimente machen«, nörgelte Pewter.

»Jaja.« Tucker hatte sich, ermüdet vom Begrüßen aller Leute, neben den Tisch gesetzt.

Miranda hatte Harry wohl zehnmal umarmt und geküsst. Jedes Mal, wenn sie an das schnelle Schalten und den kühlen Kopf der jungen Frau dachte – immerhin hätte Lottie oder Thomas sie direkt vom Kran herunterschießen können, wenn sie ihre fünf Sinne beisammen gehabt hätten –, musste Miranda sie abermals umarmen und küssen.

Die erschöpfte Coop trottete um elf herein. »Hey, Partnerin.« Sie lächelte. »Ich denke, wir haben ganze Arbeit geleistet.«

»Wird Thomas durchkommen?«, fragte Miranda, stets besorgt, auch wenn ein Mensch nichts taugte.

»Sein Gesicht sieht schlimm aus. Er hat 'ne Menge Knochenbrüche, aber das ist erstaunlicherweise auch alles.«

»Lottie war's, die Dons Tresor geöffnet hat, nicht?« Das hatte Harry herausgefunden.

Coop kräuselte die Oberlippe. »Thomas ist bleich geworden, als ich ihm einen Haufen Anklagepunkte vorlegte. Er schiebt alles auf Lottie, und sie kann uns mit ihrer Version der Ereignisse nicht mehr dienen.«

»Waren es Drogen?« Miranda bot Coop eine Tasse dampfenden Tee an, den sie dankbar annahm.

»Nein. Nein, keine Drogen. Es war viel raffinierter, als wir gedacht hatten. Sie haben gestohlene Autos nach Uruguay verkauft. Eine vier Jahre alte Mercedes-Limousine kann zweihundertzwanzigtausend Dollar bringen, ein neuer Wagen bringt dreihunderttausend. Dank seiner Stellung konnte Thomas die Ware ganz einfach dorthin verfrachten.«

»Autos, komplette Autos. Werden denn bei den Flug- oder Schifffahrtsgesellschaften die Registriernummern nicht überprüft?«

»Da kamen Roger und Dwayne ins Spiel. Roger hat die Nummer auf der Innenseite der Vordertür abgeschliffen und ein neues Schild gemacht. Wer überprüft schon die Motornummer? Er hat den Wagen umlackiert. Rick und ich dachten, er hätte vielleicht eine Ausschlachtwerkstatt, aber auf diese Weise war es dank Thomas weniger Arbeit und mehr Gewinn. Die Leute in Uruguay und Paraguay schnappen nach teuren Autos wie nach Bonbons. Thomas kannte natürlich alle Welt, genau wie Lottie. Lottie war's, die Thomas mit Roger zusammengebracht hat.«

»Ach je, der arme Roger.«

»Er hat einmal zu viel gesagt, er sei ein reicher Mann, weil er Lottie erobern wollte. Je mehr er trank, desto mehr prahlte er. Roger wurde zur Belastung. Sie machte eine große Schau daraus, dass sie ihn verachtete, eine zu große Schau. Sie und Thomas waren sich einig, dass Roger die Sache bald vermasseln würde. Mit der Zeit würden sie einen anderen finden, der neue Schilder prägte. Roger war entbehrlich geworden. Thomas hat das Gift zusammen mit einer Hand voll Rohzucker in eine Porzellan-Zuckerdose getan. Thomas' kranke Mutter musste Quinidin nehmen. Wir denken, er hat einfach ihr Rezept geklaut. Sie hatten eine Porzellandose. Es war nicht die von Tante Tally. Er sagte, es war Lotties Aufgabe, die Dose in die Geschirrkammer zu stellen. Er hat sie rausgeholt. Sie war hinter Tellern versteckt. Ich weiß nicht, wie sie das gemacht hat. Er sagt, er weiß es auch nicht, aber der Plan war, Roger vor aller Augen umzubringen. Je mehr Leute zugegen waren, desto sicherer würden sie sein. Lottie schenkte den Kaffee für Roger ein und stieß dann mit Thomas zusammen, als er nach der Dose griff. Die fiel auf den Boden und zerbrach wie geplant. Sie wollten, dass es wie ein natürlicher Tod aussah. Seans Ansicht über die Ehrung der Toten war allseits bekannt.«

»Trotzdem waghalsig. Sie waren wirklich waghalsig«, fand Miranda.

»Was war mit Dwayne?«

»Er hat Plaketten, Kraftfahrzeugscheine und -briefe geklaut. Bill Boojum in Kentucky hatte jemanden, der dasselbe im dortigen Verkehrsamt besorgte«, antwortete Coop.

»Er hat gestohlene Autos durch das Geschäft geschleust?«

»Wie alle großen Händler hatte Boojum eine Werkstatt. Was sie in Louisville oder Lexington oder auf der anderen Seite des Flusses in Indiana gestohlen haben, wurde schleunigst umlackiert. Dwayne fuhr das Fahrzeug zu Roger und versteckte es in dessen Werkstatt. Roger kümmerte sich um alle Kleinigkeiten, die bei Boojum nicht fertig geworden waren. Was er aus Virginia bei Boojum ablieferte, war rechtmäßig.«

»Was Dwayne gelegentlich in Newport News, Richmond und Stanton stahl, hat Roger umlackiert, er hat die Registriernummern abgeschliffen und so weiter. Es war eine lukrative Angelegenheit, und Thomas hat alle bar auf die Hand bezahlt.«

»Hat Sean davon gewusst?« Miranda fragte sich, wie weit das Netz reichte.

»Er schwört, dass er nichts wusste.«

»Warum hat Sean Dwayne nicht erkannt?«

»Er hatte zwar nichts damit zu tun, aber ich meine, Dwayne könnte ihm gedroht haben. Ich weiß es nicht, und ich bin nicht hundertprozentig überzeugt, dass Sean nicht mehr wusste, als er zugibt. Wenn sich erweist, dass er ein Komplize war, tja, dann wird er einen guten Anwalt brauchen.« Coop zuckte mit den Achseln. »Es könnte auf ›Bin ich der Hüter meines Bruders‹ hinauslaufen. Vielleicht hat Sean es gewusst und versucht, Roger zum Aussteigen zu bewegen.«

»Warum haben sie Dwayne umgebracht?«, fragte Harry.

»Er wollte mehr Geld. Er sagte, er trage das größte Risiko, da er die Autos fuhr und stahl. Er wollte mehr, viel mehr. Thomas sagte, er werde ihm fünfzigtausend in bar geben und verabredete sich mit ihm an dem Altenpflegeheim. Er musste rasch handeln, weil Dwayne wusste, dass er Roger umgebracht hatte. Man musste kein Genie sein, um das rauszufinden. Er hat Thomas und Lottie hart zugesetzt. Fünfzigtausend Dollar waren nicht mehr genug.« Sie sinnierte: »Ich nehme an, Dwayne wollte sozusagen aufsteigen in seinem Beruf. Der Junge konnte einfach nicht aufhören zu stehlen, kleine Dinge, große Dinge. Er war der geborene Dieb.«

»Ich weiß nicht, ob ich jemals dahinter gekommen wäre«, sagte Harry nachdenklich. »Was hatte Don damit zu tun?«

»Er konnte schadhafte Polster reparieren und die Farbe der Innenausstattung vollkommen auswechseln, wenn es sein musste, aber er hat auch Autos gestohlen. Es war gutes Geld – Thomas schwört, dass er Don nicht umgebracht hat. Er sagt, es war Lottie. Ich glaube, Don hat etwas bei Lottie oder Thomas abgeliefert – Bargeld, gefälschte Kraftfahrzeugbriefe, irgendwas. Und bevor Dwayne umgebracht wurde, war er vielleicht bei Don am Durant Creek. Vermutlich hat er dort in der Hütte gewohnt. Wie er seinen Mercedesstern verloren hat – es hätte bei einem Kampf mit Don passiert sein können. Er hat wahrscheinlich alle unter Druck gesetzt. Ich vermute, sobald Don klar wurde, dass Roger ermordet worden war, hat er Schiss gekriegt – was beim Verbrechen eine Belastung ist. Dwayne hatte keine Angst. Thomas sagt, er hat sich nie ängstlich verhalten, bloß habgierig.«

»Cooper, haben die ganzen fünfhundertfünfundzwanzigtausend Dollar Don gehört?«

»Ja. Das ist das Geld, das er im Laufe der letzten drei Jahre gekriegt hat. Thomas glaubt übrigens, dass er als Diplomat Immunität genießt. Er meint, er muss nicht vor Gericht. Wir sind uns ziemlich sicher, dass sich das Geschäft auf fast vier Millionen im Jahr belaufen hat.«

»Und genießt Thomas Immunität?«, fragte Miranda.

»Ja.« Coop stellte ihre Tasse hin. »Aber seine Regierung verspricht, ihn in seinem Heimatland zu belangen. Soweit ich mich auskenne, wird er als freier Mann daraus hervorgehen.«

»So ein Beschiss!« Harry schüttelte den Kopf.

»Lottie ist da reingeraten. Sie hat Thomas auf einer Party in Washington kennen gelernt. Sie machte die Runde, aber das gehört zu ihrem Job. Er spürte, dass sie klug, kaltblütig, auf Männerfang war. War sie ja auch.«

»Coop, ist das eine grässliche Geschichte.« Miranda seufzte. »›Sehet zu und hütet euch vor dem Geiz; denn niemand lebt davon, dass er viele Güter hat.‹ *Lukas*, zwölftes Kapitel, Vers fünfzehn.«

»Ich bin froh, dass Diego nichts damit zu tun hatte – oder doch?« Harry senkte die Stimme.

»Wir glauben nicht, dass er da mit drinsteckte, aber seine Karriere wird darunter leiden. Das ist nun mal der Lauf der Welt.« Coop ließ sich nachschenken. »Seine Regierung hat ihn schon nach Uruguay zurückbeordert. Er wird bei der Verhandlung aussagen müssen.«

»Ihre Familien sind seit langem befreundet. Ich frage mich, wie viel Druck man wohl auf ihn ausüben wird«, sagte Harry betrübt.

»Wisst ihr was«, meinte Coop nachdenklich, »Rick und ich haben die Formulare von Kraftfahrzeugscheinen und -briefen gefunden. Sie waren bei Rogers Papieren in seiner Werkstatt. Wir hatten die Papiere durchgesehen, also können sie erst hingebracht worden sein, nachdem wir die Werkstatt durchkämmt hatten. Komisch, eine Riesenratte hat uns vollkommen furchtlos beobachtet.«

Tucker lachte. *»Wetten, wir wissen, wie er sie genannt hat.«*

»O Harry, ich hab was für dich.« Coop ging zur Hintertür hinaus und kam mit dem Helmspecht zurück, den sie auf den Tisch stellte. »Aus dem Knast entlassen.«

»Wie schön er ist.« Harry bewunderte Dons Werk.

»Und so groß.« Miranda hatte noch nie einen Specht aus solcher Nähe gesehen. »Mit dem würde ich mich gut stellen.«

»Ich kann's nicht erwarten, dass sie ihn mit nach Hause nimmt. Ich werde ihn zerfetzen. Das ist mein Specht. Überall Federn«, verhieß Pewter.

»Das würdest du nicht tun.« Mrs. Murphy warf den Kopf hoch.

»Wart's nur ab.« Lachend blähte die graue Katze die Brust.

Liebe Leserinnen und Leser,

Ich habe eine große Neuigkeit: Ich habe drei Fuchsbaue gefunden, zwei von Rotfüchsen und einen von grauen. Ich beobachte sie von weitem. Füchse und Katzen sind natürliche Feinde, weil wir um dieselbe Beute wetteifern. Aber dieses Jahr gibt es genug Feldmäuse, um uns alle auf Trab zu halten.

Oh, ich habe mehr Habichte, Falken und andere Raubvögel gesehen, als ich mich je erinnern kann. Und Grünreiher, ebenso die großen blauen. Vögel bringen mich zum Keckern, ich kann nichts dafür.

Nochmals danke für die Fotos, die ihr mir geschickt habt. Sogar Pferde haben Fotos von sich geschickt.

Es war eine gute Zeit auf der Farm. Die Heuernte war richtig gut. Nächstes Jahr kommt die Nutzholzernte, alles zu seiner Zeit. Mom kann es sich immer noch nicht leisten, eine neue Brücke zu bauen, aber sie hat die alte ausgebessert. John Morris und Robert Steppe haben den großen Traktor genommen und verflixt gute Arbeit geleistet, Dana Flaherty hat alles beaufsichtigt. Die Brücke richtig auf Vordermann bringen würde ungefähr 15.000 Dollar kosten, aber für die Ausbesserungsarbeiten haben wir nur Steine im Wert von 1700 Dollar gebraucht.

Die Stürme haben einen Teil vom Dach weggeweht. Das war schmerzlich. Arme Mom. Sie konnte das Dach reparieren, aber sie hat immer noch kein Geld, um das Haus innen zu renovieren, und es sieht ziemlich schrecklich aus.

Aber wir haben ja uns. Wir sind alle gesund. Die Zäune

sind stabil. Die Rinder sind gut genährt, und die Pferde sind so glücklich, dass sie albern sind.

Farmarbeit ist ein hartes Leben, wenn man dabei reich werden will, aber ich stimme mit Mom und Harry überein, dass es für uns das einzig wahre Leben ist. Wenn die Sonne aufgeht und das Blue-Ridge-Gebirge sich scharlachrot färbt, wenn die Hähne aufwachen und die Pferde und wenn ich die Erde riechen kann, oh, ich sage euch, das ist dem Paradies so nahe, wie eine Katze ihm nur kommen kann. Manchmal klettere ich in die große Glyzinie, die sich um den Vordereingang zum Haus rankt. Die Blätter rascheln über meinem Kopf, und überall sind Gottesanbeterinnen, Vögel schwirren herum, und manchmal merken sie nicht mal, dass ich da bin! Es ist das Beste vom Besten, und ich hoffe, ihr habt wenigstens halb so viel Spaß in diesem Leben wie ich.

Mit freundlichen Katzengrüßen,

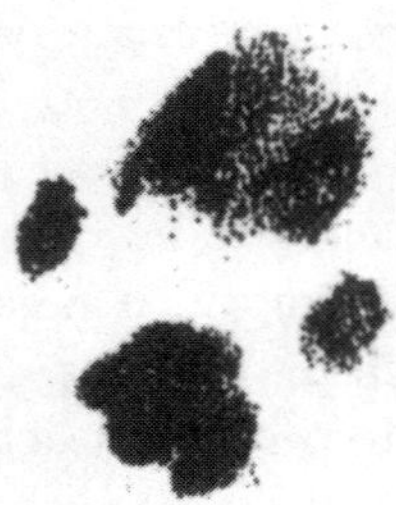

Sneaky Pie
www.ritamaebrown.com